非洲文学研究丛书 ｜ 朱振武 主编

国家出版基金项目
NATIONAL PUBLICATION FOUNDATION

西部非洲精选文学作品研究

Studies in Choice Writings of Western African Writers

冯德河　陈平　张燕　著

西南大学出版社
国家一级出版社 全国百佳图书出版单位

图书在版编目（CIP）数据

西部非洲精选文学作品研究 / 冯德河, 陈平, 张燕
著. -- 重庆：西南大学出版社, 2024.6
（非洲文学研究丛书 / 朱振武主编）
ISBN 978-7-5697-2112-6

Ⅰ.①西… Ⅱ.①冯… ②陈… ③张… Ⅲ.①文学研
究 – 非洲 Ⅳ.①I400.6

中国国家版本馆CIP数据核字(2023)第242342号

非洲文学研究丛书　　朱振武　主编

西部非洲精选文学作品研究

XIBU FEIZHOU JINGXUAN WENXUE ZUOPIN YANJIU

冯德河 陈平 张燕　著

出 品 人：张发钧
总 策 划：卢　旭　闫青华
执行策划：何雨婷
责任编辑：唐　倩　李浩强
责任校对：李晓瑞
特约编辑：陆雪霞　汤佳钰
装帧设计：万墨轩图书 | 吴天喆　彭佳欣　张瑷俪
出版发行：西南大学出版社
　　　　　重庆市北碚区天生路2号　　邮编：400715
　　　　　市场营销部电话：023-68868624
印　　刷：重庆升光电力印务有限公司
成品尺寸：170 mm×240 mm
印　　张：22.25
字　　数：372千字
版　　次：2024年6月　第1版
印　　次：2024年6月　第1次印刷
书　　号：ISBN 978-7-5697-2112-6

定　　价：88.00元

国家社会科学基金重大项目"非洲英语文学史"阶段成果

"非洲文学研究丛书"顾问委员会

（按音序排列）

"非洲文学研究丛书"专家委员会

（按音序排列）

丛书主编简介

朱振武，博士（后），中国资深翻译家，中国作家协会会员；上海市二级教授，外国文学文化与翻译博士生导师，博士后合作导师，上海师范大学外国文学研究中心主任，比较文学与世界文学国家重点学科带头人；上海市"世界文学多样性与文明互鉴"创新团队负责人。主持国家社科基金重大项目、重点项目十几项，项目成果获得国家出版基金资助。在《中国社会科学》《文学评论》《外国文学评论》《文史哲》《中国翻译》《人民日报》等重要报刊上发表文章400多篇，出版著作（含英文）和译著50多种。多次获得省部级奖项。

主要社会兼职有（中国）中外语言文化比较学会小说研究专业委员会会长和中非语言文化比较专业委员会副会长、中国外国文学学会副秘书长暨教学研究会副会长、上海国际文化学会副会长、上海市外国文学学会副会长兼翻译专业委员会主任等几十种。

本书主要作者简介

■ 冯德河

　　山东青年政治学院外国语学院副教授，副院长，文学博士，毕业于上海师范大学国家重点学科比较文学与世界文学学科点，主要研究方向为尼日利亚及西部非洲英语文学，在《当代外国文学》《外语教学》《外国语文研究》等核心期刊发表非洲文学相关学术论文多篇，是国家社科基金重大项目"非洲英语文学史"子项目"西部非洲英语文学史"骨干成员，参与其他省部级教改、科研项目多项。

■ 陈 平

　　海南师范大学文学院讲师，博士，在《社会科学》《外语教学》《河南大学学报》等核心期刊以及《中华读书报》《社会科学报》等报纸发表论文与文章多篇，主要研究方向为非洲英语文学与文化，是国家社科基金重大项目"非洲英语文学史"骨干成员。

■ 张 燕

　　华侨大学外国语学院副教授，英语语言文学专业硕士研究生导师，在《外国文学评论》《当代外国文学》《民族文学研究》等CSSCI学术期刊发表论文10余篇，是国家社科基金重大项目"非洲英语文学史"骨干成员。

总序：揭示世界文学多样性　构建中国非洲文学学

2021 年的诺贝尔文学奖似乎又爆了一个冷门，坦桑尼亚裔作家阿卜杜勒拉扎克·古尔纳获此殊荣。授奖辞说，之所以授奖给他，是"鉴于他对殖民主义的影响，以及对文化与大陆之间的鸿沟中难民的命运的毫不妥协且富有同情心的洞察"[①]。古尔纳真的是冷门作家吗？还是我们对非洲文学的关注点抑或考察和接受方式出了问题？

一、形成独立的审美判断

英语文学在过去一个多世纪里始终势头强劲。从起初英国文学的"一枝独秀"，到美国文学崛起后的"花开两朵"，到澳大利亚、加拿大、爱尔兰、印度、南非、肯尼亚、尼日利亚、津巴布韦、索马里、坦桑尼亚和加勒比海地区等多个国家和地区英语文学遍地开花的"众声喧哗"，到沃莱·索因卡、纳丁·戈迪默、德里克·沃尔科特、维迪亚达·苏莱普拉萨德·奈保尔、J. M. 库切、爱丽丝·门罗，再到现在的阿卜杜勒拉扎克·古尔纳等"非主流"作家，特别是非洲作家相继获

[①] Swedish Academy, "Abdulrazak Gurnah—Facts", *The Nobel Prize*, October 7, 2021, https://www.nobelprize.org/prizes/literature/2021/gurnah/facts/.

得诺贝尔文学奖等国际重要奖项[1]，英语文学似乎出现了"喧宾夺主"的势头。事实上，"二战"以后，作为"非主流"文学重要组成部分的非洲文学逐渐呈现出蓬勃发展的态势，涌现出一大批优秀的作家作品，在世界文坛产生了广泛影响。但对此我们却很少关注，相关研究也很不足，其中一个重要原因就是我们较多跟随西方人的价值和审美判断，而具有自主意识的文学评判和审美洞见却相对较少，且对世界文学批评的自觉和自信也相对缺乏。

非洲文学，当然指的是非洲人创作的文学，但流散到其他国家和地区的第一代非洲人对非洲的书写也应该归入非洲文学。也就是说，一部作品是否是非洲文学，关键看其是否具有"非洲性"，也就是看其是否具有对非洲历史、文化和价值观的认同和对在非洲生活、工作等经历的深层眷恋。非洲文学因非洲各国独立之后民主政治建设中的诸多问题而发展出多种文学主题，而"非洲性"亦在去殖民的历史转向中，成为"非洲流散者"（African Diaspora）和"黑色大西洋"（Black Atlantic）等非洲领域或区域共同体的文化认同标识，并在当前的全球化语境中呈现出流散特质，即一种生成于西方文化与非洲文化之间的异质文化张力。

非洲文学的最大特征就在于其流散性表征，从一定意义上讲，整个非洲文学都是流散文学。[2]非洲文学实际上存在多种不同的定义和表达，例如非洲本土文学、西方建构的非洲文学及其他国家和地区所理解的非洲文学。中国的非洲文学也在"其他"范畴内，这是由一段时间内的失语现象造成的，也与学界对世界文学的理解有关。从严格意义上讲，当下学界认定的"世界文学"并不是真正的世界文学，因此也就缺少文学多样性。尽管世界文学本身是多样性的，但我们现在所了解的世界文学其实是缺少多样性的世界文学，因为真正的文学多样性被所谓的西方主

---

[1] 古尔纳之前6位获得诺贝尔文学奖的非洲作家依次是作家阿尔贝·加缪，尼日利亚作家沃莱·索因卡，埃及作家纳吉布·马哈福兹，南非作家纳丁·戈迪默、J. M.库切和作家多丽丝·莱辛，分别于1957年、1986年、1988年、1991年、2003年和2007年获得诺贝尔文学奖。

[2] 详见朱振武、袁俊卿：《流散文学的时代表征及其世界意义——以非洲英语文学为例》，《中国社会科学》，2019年第7期。作者从流散视角对非洲文学从诗学层面进行了学理阐释，将非洲文学特别是非洲英语文学分为异邦流散、本土流散和殖民流散三大类型，并从文学的发生、发展、表征、影响和意义进行多维论述。

流文化或者说是强势文化压制和遮蔽了。因此，许多非西方文化无法进入世界各国和各地区的关注视野。

二、实现真正的文明互鉴

当下的世界文学不具备应有的多样性。从歌德提出所谓的世界文学，到如今西方人眼中的世界文学，甚至我们学界所接受和认知的世界文学，实际上都不是世界文学的全貌，不是世界文学的本来面目，而是西方人建构出来的以西方几个大国为主，兼顾其他国家和地区某个文学侧面和诺贝尔文学奖得主的所谓"世界文学"，因此也就不能实现真正意义上的文明互鉴。

文学是文化最重要的载体之一。文学是人学，它以"人"为中心。文学由人所创造，人又深受时代、地理、习俗等因素的影响，所以说，"文变染乎世情，兴废系乎时序"①。文学作品囊括了丰富多彩的政治、经济、文化、历史、地理、习俗和心理等多种元素，不同民族、不同国家、不同区域和不同时代的作家作品更是蔚为大观。但这种多样性并不能在当下的"世界文学"中得到完整呈现。因此，重建世界文学新秩序和新版图，充分体现世界文学多样性，是当务之急。

很长时间里，在我国和不少其他国家，世界文学的批评模式主体上还是根据西方人的思维方式和学理建构的，缺少自主意识。因此，我们必须立足中国文学文化立场，打破西方话语模式、批评窠臼和认识阈限，建构中国学者自己的文学观和文化观，绘制世界文化新版图，建立世界文学新体系，实现真正意义上的文明互鉴。与此同时，创造中国自己的批评话语和理论体系，为真正的世界文化多样性的实现和文学文化共同体的构建做出贡献。

在中国开展非洲文学研究具有英美文学研究无法取代的价值和意义，更有利于我们均衡吸纳国外优秀文化。非洲文学本就是世界文化的重要组成部分，现已

---

① 《文心雕龙》，王志彬译注，北京：中华书局，2012年，第511页。

引起各国文化界和文学界的广泛关注，我国也应尽快加强对非洲文学的研究。非洲文学虽深受英美文学影响，但在主题探究、行文风格、叙事方式和美学观念等方面却展示出鲜明的异质性和差异性，呈现出与英美文学交相辉映的景象，因此具有世界文学意义。非洲文学是透视非洲国家历史文化原貌和进程，反射其当下及未来的一面镜子，研究非洲文学对深入了解非洲国家的政治、历史和文化等具有深远意义。另外，站在中国学者的立场上，以中国学人的视角探讨非洲文学的肇始、发展、流变及谱系，探讨其总体文化表征与美学内涵，对反观我国当代文学文化和促进我国文学文化的发展繁荣具有特殊意义。

三、厘清三种文学关系

汲取其他国家和地区文学文化的养分，对繁荣我国文学文化，对"一带一路"倡议下人类命运共同体的建设也具有重要意义。我们进行非洲文学研究时，应厘清主流文学与非主流文学的关系、单一文学与多元文学的关系及第一世界文学与第三世界文学的关系。

第一，厘清主流文学与非主流文学的关系。近年来，我国的外国文学研究重心已经从以英美文学为主、德法日俄等国文学为辅的"主流"文学，在一定程度上转向了澳大利亚、加拿大、新西兰等国文学，特别是非洲文学等"非主流"文学。这种转向绝非偶然，而是历史的必然，是新时代大形势使然。它标志着非主流文学文化及其相关研究的崛起，预示着在不远的将来，"非主流"文学文化或将成为主流。非洲作家流派众多，作品丰富多彩，不能忽略这样大体量的文学存在，或只是聚焦西方人认可的少数几个作家。同中国文学一样，非洲文学在一段时间里也被看作"非主流"文学，这显然是受到了其他因素的左右。

第二，厘清单一文学与多元文学的关系。世界文学文化丰富多彩，但长期以来的欧洲中心和美国标准使我们的眼前呈现出单一的文学文化景象，使我们的研究重心、价值判断和研究方法都趋于单向和单一。我们受制于他者的眼光，成了传声筒，患上了失语症。我们有时有意或无意地忽略了文学存在的多元化和多样性这个事实。非洲文学研究同中国文学走向世界的意义一样，都是为了打破国际上单一和固化的刻板状态，重新绘制世界文学版图，呈现世界文学多元化和多样性的真实样貌。

对于非洲作家古尔纳获得诺贝尔文学奖，许多人认为这是英国移民文学的繁盛，认为古尔纳同约瑟夫·康拉德、维迪亚达·苏莱普拉萨德·奈保尔、萨尔曼·拉什迪以及石黑一雄这几位英国移民作家①一样，都"曾经生活在'帝国'的边缘，爱上英国文学并成为当代英语文学多样性的杰出代表"②，因而不能算是非洲作家。这话最多是部分正确。我们一定要看到，非洲现代文学的诞生与发展跟西方殖民历史密不可分，非洲文化也因殖民活动而散播世界各地。移民散居早已因奴隶贸易、留学报国和政治避难等历史因素成为非洲文学的重要题材。我们认为，评判是否为非洲文学的核心标准应该是其作品是否具有"非洲性"，是否具有对非洲人民的深沉热爱、对殖民问题的深刻揭示、对非洲文化的深刻认同、对非洲人民的深切同情以及对未来生活的美好憧憬。所以，古尔纳仍属于非洲作家。

的确，非洲文学较早进入西方学者视野，在英美等国家有着较为丰硕的研究成果。我国的非洲文学研究虽然起步较晚，然而势头比较强劲。有一个重要的问题应该引起重视，那就是我们的非洲文学研究不能像其他外国文学的研究，尤其是英美德法等所谓主流国家文学的研究一样，从文本选材到理论依据和研究方法，甚至到价值判断和审美情趣，都以西方学者为依据。这种做法严重缺少研究者的主体意识，因此无法在较高层面与国际学界对话，也就在很大程度上失去了外国文学研究的意义和作用。

第三，厘清第一世界文学与第三世界文学的关系。如果说英美文学是第一世界文学，欧洲其他国家的文学和亚洲的日本文学是第二世界文学的话，那么包括中国文学和非洲文学乃至其他地区文学在内的文学则可被视为第三世界文学。这一划

---

① 康拉德 1857 年出生于波兰，1886 年加入英国国籍，20 多岁才能流利地讲英语，而立之年后才开始用英语写作；奈保尔 1932 年出生于特立尼达和多巴哥的一个印度家庭，1955 年定居英国并开始英语文学创作，2001 年获诺贝尔文学奖；拉什迪 1947 年出生于印度孟买，14 岁赴英国求学，后定居英国并开始英语文学创作，获 1981 年布克奖；石黑一雄 1954 年出生于日本，5 岁时随父母移居英国，1982 年取得英国国籍，获 1989 年布克奖和 2017 年诺贝尔文学奖。

② 陆建德：《殖民·难民·移民：关于古尔纳的关键词》，《中国社会科学报》，2021 年 11 月 11 日，第 6 版。

分对我们正确认识文学现象、文学理论和文学思潮及其背后的深层思想文化因素，制定研究目标和相应研究策略，保持清醒判断和理性思考，都具有十分重要的意义。

第四，我们应该认清非洲文学研究的现状，认识到我们中国非洲文学研究者的使命。实际上，现在呈现给我们的非洲文学，首先是西方特别是英美世界眼中的非洲文学，其次是部分非洲学者和作家呈现的非洲文学。而中国学者所呈现出来的非洲文学，则是在接受和研究了西方学者和非洲学者成果之后建构出来的非洲文学，这与真正的非洲文学相去甚远，我们在对非洲文学的认知和认同上还存在很多问题。比如，我们的非洲文学研究不应是剑桥或牛津、哈佛或哥伦比亚等某个大学的相关研究的翻版，不应是转述殖民话语，不应是总结归纳西方现有成果，也不应致力于为西方学者的研究做注释、做注解。

我们认为，中国的非洲文学研究者应展开田野调查，爬梳一手资料，深入非洲本土，接触非洲本土学者和作家，深入非洲文化腠理，植根于非洲文学文本，从而重新确立研究目标和审美标准，建构非洲文学的坐标系，揭示其世界文学文化价值，进而体现中国学者独到的眼光和发现；我国的非洲文学研究应以中国文学文化为出发点，以世界文学文化为参照，进行跨文化、跨学科、跨空间和跨视阈的学理思考，积极开展国际学术对话和交流。世上的事物千差万别，这是客观情形，也是自然规律。世界文学也是如此。要维护世界文明多样性，要正确进行文明学习借鉴。故而，我们要以开放的精神、包容的心态、平视的眼光和命运共同体格局重新审视和观照非洲文学及其文化价值。而这些，正是我们所追求的目标，所奉行的研究策略。

四、尊重世界文学多样性

中国文学和世界上的"非主流"文学，特别是非洲文学一样，在相当长的时间里被非主流化，处在世界文学文化的边缘地带。中国长期以来是世界上人口最多的国家，没有中国文学的世界文学无论如何都不能算是真正的世界文学。中国文学文化走进并融入世界文学文化，将使世界文学成为名副其实的世界文学。非洲文学亦然。

中国文化自古推崇多元一体，主张尊重和接纳不同文明，并因其海纳百川而生生不息。"君子和而不同"①，"物之不齐，物之情也"②，"万物并育而不相害，道并行而不相悖"③。"和"是多样性的统一；"同"是同一、同质，是相同事物的叠加。和而不同，尊重不同文明的多样性，是中国文化一以贯之的传统。在新的国际形势下，我国提出以"和"的文化理念对待世界文明的四条基本原则，即维护世界文明多样性，尊重各国各民族文明，正确进行文明学习借鉴，科学对待传统文化。毕竟，"文明因交流而多彩，文明因互鉴而丰富"④。共栖共生，互相借鉴，共同发展，和而不同，相向而行，是现在世界文学文化发展的正确理念。2022年4月9日，大会主场设在北京的首届中非文明对话大会以线上线下相结合的方式举行，共同探讨"文明交流互鉴推动构建新时代中非命运共同体"，体现了新的历史时期世界文明交流互鉴、和谐共生的迫切需求。

英语文学在很长一段时间里被窄化为英美文学，非洲基本被视为文学的"不毛之地"。这显然是一种严重的误解。非洲文学有其独特的文化意蕴和美学表征，具有重要的研究价值，对其他国家和地区的文学也具有重要借鉴意义。在非洲这块拥有3000多万平方公里、人口约14亿的土地上产生的文学作品无论如何都不应被忽视。坦桑尼亚作家阿卜杜勒拉扎克·古尔纳获得诺贝尔文学奖，绝不是说诺贝尔文学奖又一次爆冷，倒可以说是诺贝尔文学奖评委向世界文学的多样性又迈近了一步，向真正的文明互鉴又迈近了一大步。

五、"非洲文学研究丛书"简介

"非洲文学研究丛书"首先推出非洲文学研究著作十部。丛书以英语文学为主，兼顾法语、葡萄牙语和阿拉伯语等其他语种文学。基于地理的划分，并从被殖民历

---

① 《论语·大学·中庸》，陈晓芬、徐儒宗译注，北京：中华书局，2018年，第160页。
② 《孟子》，方勇译注，北京：中华书局，2018年，第97页。
③ 《论语·大学·中庸》，陈晓芬、徐儒宗译注，北京：中华书局，2018年，第352页。
④ 习近平：《在联合国教科文组织总部的演讲》，《人民日报》，2014年3月28日，第3版。

史、文化渊源、语言及文学发生发展的情况等方面综合考虑，我们将非洲文学划分为4个区域，即南部非洲文学、西部非洲文学、中部非洲文学及东部和北部非洲文学。"非洲文学研究丛书"包括《南部非洲精选文学作品研究》《南非经典文学作品研究》《西部非洲精选文学作品研究》《西部非洲经典文学作品研究》《东部和北部非洲精选文学作品研究》《东部非洲经典文学作品研究》《中部非洲精选文学作品研究》《博茨瓦纳英语文学进程研究》《古尔纳小说流散书写研究》和《非洲文学名家创作研究》共十部，总字数约380万字。

该套丛书由"经典"和"精选"两大板块组成。"非洲文学研究丛书"中所包含的作家作品，远远不止西方学者所认定的那些，其体量和质量其实远远超出了西方学界的固有判断。其中，"经典"文学板块，包含了学界已经认可的非洲文学作品（包括获得诺贝尔文学奖、布克奖、龚古尔奖等文学奖项的作品）。而"精选"文学板块，则是由我国首个非洲文学研究国家社科基金重大项目"非洲英语文学史"团队经过田野调查，翻译了大量文本，开展了系统的学术研究之后遴选出来的，体现出中国学者自己的判断和诠释。本丛书的"经典"与"精选"两大板块试图去恢复非洲文学的本来面目，体现出中西非洲文学研究者的研究成果，将有助于中国读者乃至世界读者更全面地了解进而研究非洲文学。

第一部是《南部非洲精选文学作品研究》。南部非洲文学是非洲文学中表现最为突出的区域文学，其中的南非文学历史悠久，体裁、题材最为多样，成就也最高，出现了纳丁·戈迪默、J. M. 库切、达蒙·加格特、安德烈·布林克、扎克斯·穆达和阿索尔·富加德等获诺贝尔文学奖、布克奖、英联邦作家奖等国际奖项的著名作家。本书力图展现南部非洲文学的多元化文学写作，涉及南非、莱索托和博茨瓦纳文学中的小说、诗歌、戏剧、文论和纪实文学等多种文学体裁。本书所介绍和研究的作家作品有"南非英语诗歌之父"托马斯·普林格尔的诗歌、南非戏剧大师阿索尔·富加德的戏剧、多栖作家扎克斯·穆达的戏剧和文论、马什·马蓬亚的戏剧、刘易斯·恩科西的文论、安缇耶·科洛戈的纪实文学和伊万·弗拉迪斯拉维克的后现代主义写作等。

第二部是《南非经典文学作品研究》，主要对12位南非经典小说家的作品进行介绍与研究，力图集中展示南非小说深厚的文学传统和丰富的艺术内涵。这

12 位小说家虽然所处社会背景不同、人生境遇各异，但都在对南非社会变革和种族主义问题的主题创作中促进了南非文学独特书写传统的形成和发展。南非小说较为突出的是因种族隔离制度所引发的种族叙事传统。艾斯基亚·姆赫雷雷的《八点晚餐》、安德烈·布林克的《瘟疫之墙》、纳丁·戈迪默的《新生》和达蒙·加格特的《冒名者》等都是此类种族叙事的典范。南非小说还有围绕南非土地归属问题的"农场小说"写作传统，主要体现在南非白人作家身上。奥利芙·施赖纳的《一个非洲农场的故事》和保琳·史密斯的《教区执事》正是这一写作传统支脉的源头，而纳丁·戈迪默、J. M. 库切和达蒙·加格特这 3 位布克奖得主的获奖小说也都承继了南非农场小说的创作传统，关注不同历史时期的南非土地问题。此外，南非小说还形成了革命文学传统。安德烈·布林克的《菲莉达》、彼得·亚伯拉罕的《献给乌多莫的花环》、阿兰·佩顿的《哭泣吧，亲爱的祖国》和所罗门·T.普拉杰的《姆胡迪》等都在描绘南非种族隔离制度的社会悲剧中表达了强烈的革命斗争意识。

第三部是《西部非洲精选文学作品研究》。西部非洲通常是指处于非洲大陆西部的国家和地区，涵盖大西洋以东、乍得湖以西、撒哈拉沙漠以南、几内亚湾以北非洲地区的 16 个国家和 1 个地区。这一区域大部分处于热带雨林地区，自然环境与气候条件十分相似。19 世纪中叶以降，欧洲殖民者开始渐次在西非建立殖民统治，西非也由此开启了现代化进程，现代意义上的非洲文学也随之萌生。迄今为止，这个地区已诞生了上百位知名作家。受西方殖民统治影响，西非国家的官方语言主要为英语、法语和葡萄牙语，因而受关注最多的文学作品多数以这三种语言写成。本书评介了西部非洲 20 世纪 70 年代至近年出版的重要作品，主要为尼日利亚的英语文学作品，兼及安哥拉的葡萄牙语作品，体裁主要是小说与戏剧。收录的作品包括尼日利亚女性作家的作品，如恩瓦帕的小说《艾弗茹》和《永不再来》，埃梅切塔的小说《在沟里》《新娘彩礼》和《为母之乐》，阿迪契的小说《紫木槿》《半轮黄日》《美国佬》和《绕颈之物》，阿德巴约的小说《留下》，奥耶耶美的小说《遗失翅膀的天使》；还包括非洲第二代优秀戏剧家奥索菲桑的《喧哗与歌声》和《从前有四个强盗》，布克奖得主本·奥克瑞的小说《饥饿的路》，奥比奥玛的小说《钓鱼的男孩》和《卑微者之歌》

以及安哥拉作家阿瓜卢萨的小说《贩卖过去的人》等。本书可为 20 世纪 70 年代后西非文学与西非女性文学研究提供借鉴。

第四部是《西部非洲经典文学作品研究》。本书主要收录 20 世纪初至 20 世纪 70 年代西非（加纳、尼日利亚）作家的经典作品（因作者创作的连续性，部分作品出版于 70 年代），语种主要为英语，体裁有小说、戏剧与散文等。主要包括加纳作家海福德的小说《解放了的埃塞俄比亚》，塞吉的戏剧《糊涂虫》，艾杜的戏剧《幽灵的困境》与阿尔马的小说《美好的尚未诞生》；尼日利亚作家图图奥拉的小说《棕榈酒酒徒》和《我在鬼林中的生活》，现代非洲文学之父阿契贝的小说《瓦解》《再也不得安宁》《神箭》《人民公仆》《荒原蚁丘》以及散文集《非洲的污名》、短篇小说集《战地姑娘》，诺贝尔文学奖获得者索因卡的戏剧《森林之舞》《路》《疯子与专家》《死亡与国王的侍从》以及长篇小说《诠释者》。

第五部是《东部和北部非洲精选文学作品研究》，主要对东部非洲的代表性文学作品进行介绍与研究，涉及梅佳·姆旺吉、伊冯·阿蒂安波·欧沃尔、弗朗西斯·戴维斯·伊姆布格等 16 位作家的 18 部作品。这些作品文体各异，其中有 10 部长篇小说，3 部短篇小说，2 部戏剧，1 部自传，1 部纪实文学，1 部回忆录。北部非洲的文学创作除了人们熟知的阿拉伯语文学外也有英语文学的创作，如苏丹的莱拉·阿布勒拉、贾迈勒·马哈古卜，埃及的艾赫达夫·苏维夫等，他们都用英语创作，而且出版了不少作品，获得过一些国际奖项，在评论界也有较好的口碑。东部非洲国家通常包括肯尼亚、坦桑尼亚、乌干达、卢旺达、南苏丹、索马里、埃塞俄比亚、厄立特里亚、吉布提、塞舌尔和布隆迪。总体来说，肯尼亚是英语文学大国；坦桑尼亚因古尔纳获得诺贝尔文学奖而异军突起；而乌干达、卢旺达、索马里、南苏丹因内战、种族屠杀等原因，出现很多相关主题的英语文学作品，引起国际社会的关注；乌干达、卢旺达、索马里、南苏丹这些国家的文学作品呈现出两大特点，即鲜明的创伤主题和回忆录式写作；而其他 5 个东部非洲国家英语文学作品则极少。

第六部是《东部非洲经典文学作品研究》。19 世纪，西方列强疯狂瓜分非洲，东非大部分沦为英、德、意、法等国的殖民地或保护地。第二次世界大战前，只有埃塞俄比亚一个独立国家；战后，其余国家相继独立。东部非洲有悠久的本土语言书写传统，有丰富优秀的阿拉伯语文学、斯瓦希里语文学、阿姆哈拉语文学和索马里语文学等，不过随着英语成为独立后多国的官方语言，以及基于英语成为世界通用语言这一事实，在文学创作方面，东部非洲的英语文学表现突出。东部非洲的英语作家和作品较多，在国际上认可度很高，产生了一批国际知名作家，比如恩古吉·瓦·提安哥、纽拉丁·法拉赫和 2021 年诺贝尔文学奖得主阿卜杜勒拉扎克·古尔纳等。此外，还有大批文学新秀在国际文坛崭露头角，获得凯恩非洲文学奖（Caine Prize for African Writing）等重要奖项。本书涉及的作家有：乔莫·肯雅塔、格雷斯·奥戈特、恩古吉·瓦·提安哥、查尔斯·曼谷亚、大卫·麦鲁、伊冯·阿蒂安波·欧沃尔、奥克特·普比泰克、摩西·伊塞加瓦、萨勒·塞拉西、奈加·梅兹莱基亚、马萨·蒙吉斯特、约翰·鲁辛比、斯科拉斯蒂克·姆卡松加、纽拉丁·法拉赫、宾亚凡加·瓦奈纳。这些作家创作的时间跨度从 20 世纪一直到 21 世纪，具有鲜明的历时性特征。本书所选的作品都是他们的代表性著作，能够反映出彼时彼地的时代风貌和时代心理。

第七部是《中部非洲精选文学作品研究》。中部非洲通常指殖民时期英属南部非洲殖民地的中部，包括津巴布韦、马拉维和赞比亚三个国家。这三个紧邻的国家不仅被殖民经历有诸多相似之处，而且地理环境也相似，自古以来各方面的交流也较为频繁，在文学题材、作品主题和创作手法等方面具有较大共性。本书对津巴布韦、马拉维和赞比亚的 15 部文学作品进行介绍和研究，既有像多丽丝·莱辛、齐齐·丹格仁布格、查尔斯·蒙戈希、萨缪尔·恩塔拉、莱格森·卡伊拉、斯蒂夫·奇蒙博等这样知名作家的经典作品，也有布莱昂尼·希姆、纳姆瓦利·瑟佩尔等新锐作家独具个性的作品，还有约翰·埃佩尔这样难以得到主流文化认可的白人作家的作品。从本书精选的作家作品及其研究中，可以概览中部非洲文学的整体成就、艺术水准、美学特征和伦理价值。

第八部是《博茨瓦纳英语文学进程研究》。本书主要聚焦 1885 年殖民统治后博茨瓦纳文学的发展演变，立足文学本位，展现其文学自身的特性。从中国学者的视角对文本加以批评诠释，考察了其文学史价值，在分析每一作家个体的同时又融入史学思维，聚合作家整体的文学实践与历史变动，按时间线索梳理博茨瓦纳文学史的内在发展脉络。本书以"现代化"作为博茨瓦纳文学发展的主线，根据现代化的不同程度，划分出博茨瓦纳英语文学发展的五个板块，即"殖民地文学的图景""本土文学的萌芽""文学现代性的发展""传统与现代的冲突"以及"大众文学与历史题材"，并考察各个板块被赋予的历史意义。同时，遴选了贝西·黑德、尤妮蒂·道、巴罗隆·塞卜尼、尼古拉斯·蒙萨拉特、贾旺娃·德玛、亚历山大·麦考尔·史密斯等十余位在博茨瓦纳英语文学史上产生重要影响的作家，将那些深刻反映了博茨瓦纳人的生存境况，对社会发展和人们的思想观念产生了深远影响的文学作品纳入其中，以点带面地梳理了博茨瓦纳文学的现代化进程，勾勒出了博茨瓦纳百年英语文学发展的大致轮廓，帮助读者拓展对博茨瓦纳英语文学及其国家整体概况的认知。博茨瓦纳在历史、文化及文学发展方面可以说是非洲各国的一个缩影，其在文学的现代化进程中表现得尤为突出。这是我们考虑为这个国家的文学单独"作传"的主要原因，也是我们为非洲文学"作史"的一次有益尝试。

第九部是《古尔纳小说流散书写研究》。2021 年，坦桑尼亚作家古尔纳获得诺贝尔文学奖，轰动一时，在全球迅速成为一个文化热点，与其他多位获得大奖的非洲作家一起，使 2021 年成为"非洲文学年"。古尔纳也立刻成为国内研究的焦点，并带动了国内的非洲文学研究。因此，对古尔纳的 10 部长篇小说进行细读细析和系统多维的学术研究就显得非常必要。本书主要聚焦古尔纳的流散作家身份，以"流散主题""流散叙事""流散愿景""流散共同体"4 个专题形式集中探讨了古尔纳的 10 部长篇小说，即《离别的记忆》《朝圣者之路》《多蒂》《天堂》《绝妙的静默》《海边》《遗弃》《最后的礼物》《砾石之心》和《今世来生》，提供了古尔纳作品解读研究的多重路径。本书从难民叙事到殖民书写，从艺术手法到主题思想，从题材来源到跨界影响，从比较视野到深层关怀再到世界文学新格局，对古尔纳的流散书写及其取得巨大成功的深层原因进行了细致揭示。

第十部是《非洲文学名家创作研究》。本书对 31 位非洲著名作家的生平、创作及影响进行追本溯源和考证述评，包含南部非洲、西部非洲、中部非洲、东部和北部非洲的作家及其以英语、法语、阿拉伯语和葡萄牙语等主要语种的文学创作。收入本书的作家包括 7 位获得诺贝尔文学奖的作家，也包括获得布克奖等其他世界著名文学奖项的作家，还包括我们研究后认定的历史上重要的非洲作家和当代的新锐作家。

这套"非洲文学研究丛书"的作者队伍由从事非洲文学研究多年的教授和年富力强的中青年学者组成，都是我国首个非洲文学研究国家社会科学基金重大项目"非洲英语文学史"（项目编号：19ZDA296）的骨干成员和重要成员。国内关于外国文学的研究类丛书不少，但基本上都是以欧洲文学特别是英美文学为主，亚洲文学中的日本文学和印度文学也还较多，其他都相对较少，而非洲文学得到译介和研究的则是少之又少。为了均衡吸纳国外文学文化的精华和精髓，弥补非洲文学译介和评论的严重不足，"非洲英语文学史"的项目组成员惭凫企鹤，不揣浅陋，群策群力，凝神聚力，字斟句酌，锱铢必较，宵衣旰食，孜孜矻矻，黾勉从事，不敢告劳，放弃了多少节假日以及其他休息时间，终于完成了这套"非洲文学研究丛书"。丛书涉及的作品在国内大多没有译本，书中所节选原著的中译文多出自文章作者之手，相关研究资料也都是一手，不少还是第一次挖掘。书稿虽然几经讨论，多次增删，反复勘正，仍恐鲁鱼帝虎，别风淮雨，舛误难免，贻笑方家。诚望各位前辈、各位专家、非洲文学的研究者以及广大读者朋友们，不吝指疵和教诲。

2024 年 2 月
于上海心远斋

序

多位西方学者曾提到，非洲文学是非—欧"互动"（interaction）的产物。这一说法看似切中肯綮、无懈可击，但情感中立的"互动"一词却表明，那段给非洲人带来沉痛创伤的"互动"史，在一些西方人心中似乎再难泛起一丝波澜。对于非洲人来说，那一段段非—欧"互动"史，如400多年的罪恶贸易史，或近百年的殖民统治史，显得灾难深重、不堪回首。站在他们的角度，毋宁说，非洲文学是在非洲对欧洲的"反动"（reaction）中诞生的，即在非洲人反对奴隶贸易、反抗殖民主义、反击种族主义、反驳西方话语的过程中诞生的。这大概就是"逆写帝国"一说会拥有更多拥趸的原因，尽管提出这一概念的学者也是西方人。

西非作家，特别是早期作家，或多或少都受过殖民主义的"恩惠"，这一点不可无视，也不可否认。最明显的一点，他们许多人都是通过西式教育成为非洲知识精英的。1911年出版西非首部英语小说的凯斯利·海福德是西式教育的产物，"非洲现代文学之父"阿契贝是西式教育的产物，非洲诺贝尔文学奖第一人索因卡是西式教育的产物，甚至连因读书不多而饱受诟病的图图奥拉也曾上过五六年教会学校，而规模庞大、影响甚广的奥尼查市场文学，无论是其作者还是读者，多数是殖民学校的在校生或毕业生。这些事例虽然还不足以解释西非文学的全部问题，但至少可以直观地反映出殖民主义对西非作家的影响。殖民者开办教育的目的，主要在于传播基督教、推广西方意识形态、培养殖民机构所需职员，并寄望于维持殖民统治万古长青。但令其始料未及的是，他们在构筑殖民主义伟业的同时，也在为自己培养"掘墓人"，一批反殖作家就此在非洲大陆应运而生。

西非文学既具有共同的政治、社会和文化基础，也具有共同的价值定位和目标追求，即打造一个独立自主、活力充盈的去殖民化非洲社会。实现这一理想的首要目标是推翻殖民统治、赢得国家独立，而这一过程其实并不显得有多么漫长。从1884 年"柏林会议"瓜分非洲，到 20 世纪初殖民政权初固，再到 20 世纪 60 年代非洲各国纷纷独立，历史的车轮仅仅走过了 70 多年。70 年在历史长河中可谓沧海一粟，对殖民者来说，诚可谓"其兴也勃焉，其亡也忽焉"！而西非文学就在这 70 多年时间里不断发展壮大。自西非现代文学肇始以来，作家们就以高度的敏感性和坚定的非洲立场审视着剧烈变迁中的世界。凯斯利·海福德以《解放了的埃塞俄比亚》（1911）为阵地，反对非洲全盘西化，揭示传统文化危机，开启了以小说言说独立精神的先河；科比纳·塞吉以《盎格鲁－芳蒂人》（1918）为载体，呼吁人们在思想上、行为上做真正的加纳人；阿契贝以《瓦解》（1958）为矛头，"逆写"约瑟夫·康拉德和乔伊斯·卡里，痛斥西方人对非洲的丑化，讽刺白人殖民者的傲慢，哀悼非洲传统文化的凋零；以伊博人为主体的奥尼查市场文学作者，则把文学触角伸向普罗大众，将火热的西非生活带入文学创作。西非早期作家以略显稚嫩的文笔，持续构建社会认同、民族认同、情感认同和文化认同，有力地推动了西非国家的独立进程。继 1957 年加纳独立后，西非的殖民政权迅速土崩瓦解——1960 年尼日利亚、喀麦隆独立，1961 年塞拉利昂独立，1965 年冈比亚独立……短时间内西非各国纷纷自立门户。

当人们还沉浸在独立的喜悦中时，西非文学早已显露出对未来的忡忡忧虑。1960 年尼日利亚独立日，索因卡将《森林之舞》搬上舞台。他通过 300 年前屈死武士的幽灵，将妓女罗拉、议会演说家阿德奈比和雕刻匠戴姆凯等人的现世身份和行为举止，同他们的前世身份和罪恶行径串联起来，警示人们，新的国家极有可能是历史悲剧的再循环。索因卡的悲观情绪反映了作家对非洲的深刻洞察力，而且，此后的历史进程又进一步证明了他的非凡预见力。尼日利亚独立后不久即发生部族间的流血冲突，最终于 1967 年升级为全面内战，战后进入长期的军政府统治。西非其他国家也未能幸免。1966 年，加纳政变，"国父"恩克鲁玛被推翻；1980 年，利比里亚政变，总统托尔伯特被杀；1981、1994 年，冈比亚两度发生军事政变；1991 年，塞拉利昂发生叛乱和内战。这一系列政局动荡充分表明，独立后的西非并未迎来理想的光明前景。西非文学不得不将殖民批判的矛头转向躬身自省。

后殖民时期的动荡并不是西非文学反思传统的源头，它只是起了推波助澜的作用。可以从两个明显现象中考察这种反思精神的源流。其一是女性文学的迅速崛起。殖民时期的男性在政治、教育和就业领域占据主导地位，而女性则在社会生活中被严重边缘化。造成的结果就是，男性作家几乎包揽了早期西非文学创作，而且，由于男性社会对女性的歧视，他们的作品中大量存在矮化甚至丑化非洲女性的内容。可喜的是，随着恩瓦帕、埃梅切塔、苏瑟兰、艾杜等女性作家崛起，男性主导西非文坛的局面开始大为改观。这些女作家通过书写非洲女性经验、塑造正面女性形象，不仅亲自为非洲女性发声代言，而且改变了男性作家的性别观念，使他们的作品中也出现了熠熠生辉的正面女性形象。其二是反思作品的大量涌现。这类作品的批判性仍然强烈，但矛头所指却多了一个方向——国内的堕落腐败。尼日利亚内战后出现的许多作品即属此类。阿契贝、索因卡、埃梅切塔、奥索菲桑、阿尔马，以至新生代的阿迪契、奥比奥玛等人，各以不同的方式批判官员腐败、道德堕落、部族主义、政治独裁等内生弊病，深刻揭示了这些弊病背后的新旧殖民主义根源，让西非文学的反思精神绵延赓续、代代相传。从对殖民主义的"反动"，到对内生问题的"反动"，西非文学秉承肇始以来的批判精神，形成了独具风格的审美态度。

尼日利亚内战①是尼日利亚乃至西非文学史的重要分水岭。本书以此事件为界，精选 20 世纪 70 年代至今的西非名家名作为研究对象，主要以英语小说和戏剧为主，兼及少量葡萄牙语作品。作品包括尼日利亚的女性文学，如恩瓦帕的《艾弗茹》和《永不再来》，埃梅切塔的《在沟里》《新娘彩礼》和《为母之乐》，阿迪契的《紫木槿》《半轮黄日》《绕颈之物》和《美国佬》，奥耶耶美的《遗失翅膀的天使》，阿德巴约的《留下》，包括非洲第二代作家奥索菲桑的《喧哗

---

① 尼日利亚内战发生于 1967 年 7 月至 1970 年 1 月间，交战双方分别是尼日利亚联邦和伊博人成立的"比亚夫拉共和国"。本次内战是尼日利亚部族矛盾长期发酵的结果，最终以比亚夫拉失败为结束。结果虽然保全了尼日利亚联邦，但造成了上百万平民伤亡，给这个国家带来了持久的历史创伤。

与歌声》和《从前有四个强盗》，布克奖得主本·奥克瑞的《饥饿的路》，包括青年作家奥比奥玛的《钓鱼的男孩》和《卑微者之歌》，以及安哥拉作家阿瓜卢萨的《贩卖过去的人》等。通过阅读本书，读者可一览独立后西非文学的发展脉络。

目录 | CONTENTS

总 序 揭示世界文学多样性 构建中国非洲文学学

序

尼日利亚文学

尼日利亚（Nigeria）西靠贝宁，北接尼日尔，东邻乍得、喀麦隆，南望几内亚湾，是西部非洲乃至整个非洲大陆的领土与人口大国。尼日利亚属热带草原气候，一年分为旱雨两季，地势中间高、四周低，尼日尔河纵贯南北，自然资源非常丰富，石油和天然气储量均居世界前列。尼日利亚人口超过两亿，由豪萨族（Hausa）、约鲁巴族（Yoruba）、伊博族（Igbo 或 Ibo）等 250 多个民族构成，其中豪萨 - 富拉尼族人口最多。尼日利亚语言种类繁多，官方语言为英语，另有包括豪萨、约鲁巴、伊博语等在内的 400 多种民族语言。伊斯兰教和基督教是尼日利亚的两大宗教，其信众约占总人口的 90%，其余 10% 人口主要信奉本土宗教。

尼日利亚历史悠久，文明源远流长，境内曾发现公元前 12000 年的石器时代遗迹，存在于公元前 500 年前后的诺克文明更是举世闻名。尼日利亚于 20 世纪初沦为英国殖民地，经过不懈斗争，于 1960 年获得独立，1963 年成立共和国，从此走上艰难的国家和民族建构之路。尼日利亚是非洲文学重镇，"非洲现代文学之父"阿契贝（Chinua Achebe）、诺贝尔文学奖非洲第一人索因卡（Wole Soyinka）、非洲女性文学先驱恩瓦帕（Flora Nwapa）等人皆诞生于此。在独立后不到 70 年时间里，尼日利亚已经出现了上百位重要作家。多姿多彩的部族传统，西方文化与本土文化的交锋，以及后殖民时代的复杂社会变迁，赋予尼日利亚英语文学以独特的美学意蕴，也使其成为世界文学的重要组成部分。

第一篇

恩瓦帕小说《艾弗茹》中伊博妇女的自主之路

弗洛拉·恩瓦帕

Flora Nwapa, 1931—1993

作家简介

　　弗洛拉·恩瓦帕（Flora Nwapa，1931—1993）出生于尼日利亚东南部的奥古塔（Oguta），22 岁进入伊巴丹大学学院（University College, Ibadan）读书，26 岁远赴苏格兰的爱丁堡大学（University of Edinburgh）留学。31 岁时，恩瓦帕将其第一部长篇小说《艾弗茹》（*Efuru*）的手稿寄给阿契贝（Chinua Achebe），受到这位非洲文学巨匠的高度赞誉。1966 年，在阿契贝举荐和帮助下，这部小说由海涅曼（Heinemann）出版公司正式出版。此后，恩瓦帕陆续创作了多部长篇小说，如《伊杜》（*Idu*，1970）、《永不再来》（*Never Again*，1975）、《一个足已》（*One Is Enough*，1981）、《女人不一样》（*Women Are Different*，1986）等。除长篇小说外，恩瓦帕还出版了《这就是拉各斯》（*This Is Lagos*，1971）和《战争中的妻子》（*Wives at War*，1980）两部短篇小说集，《木薯之歌》（*Cassava Song*，1986）和《稻米之歌》（*Rice Song*，1986）两部诗集及多部儿童文学作品。1995 年，恩瓦帕病逝两年后，她的最后一部小说《湖中女神》（*The Lake Goddess*）面世。

　　恩瓦帕是非洲女性文学的先驱，主要书写非洲传统观念对女性的桎梏，溯源殖民、战争、政治对女性的影响，探讨经济独立、教育发展对非洲女性解放的重要意义。她笔下的非洲女性多数善良美丽、吃苦耐劳、独立自主、才能出众，而男性则多数缺乏责任感、道德感和谋生能力，有些人甚至需要依靠女人生活。作为非洲女性文学的拓荒者，恩瓦帕曾被批评未触及非洲女性问题的根源，有些作品甚至存在逻辑瑕疵，但她凭借女性特有的敏感，成功进入男性主导的非洲文学圈子，极大扭转了先前作品中常见的忍辱负重的母亲、沉默寡言的妻子、离经叛道的女儿以及生育机器、蛇蝎美人等扭曲的非洲女性形象，为非洲女性文学发展做出了卓越贡献。

　　恩瓦帕不仅通过作品启迪非洲女性，还通过创办出版机构帮助她们将自己的作品付梓传世。1974 年，恩瓦帕创立坦纳出版社（Tana Press），1977 年成立弗洛拉·恩瓦帕公司（Flora Nwapa Company），出版分销自己或其他非洲作家的作品。其中，坦纳出版社是非洲第一家由女性运营并面向女性读者的出版机构，在非洲女性尚未被视为读者的年代，这是一项了不起的创举。在恩瓦帕的倡议和激励下，阿玛·阿塔·艾杜（Ama Ata Aidoo）、伊菲奥玛·奥科耶（Ifeoma Okoye）、佩欣丝·伊费吉卡（Patience Ifejika）等一大批非洲女性作家陆续涌现。可以说，恩瓦帕开创的文学事业，对非洲女性产生了积极且深远的影响，"现代非洲文学之母"之谓名副其实。

　　在文学之外，恩瓦帕还积极参与政治与社会工作。内战结束后，她积极参与战后重建，先后担任中东部州卫生与社会福利部部长（1970—1971）和土地、调查与城市发展部部长（1971—1974），为恢复饱受战争摧残的社会秩序做出了突出贡献。

作品节选

《艾弗茹》

（*Efuru*，1966）

Then, I became ill. Where the illness came from, nobody knew. Everybody thought I was going to die. Many dibias were consulted and we were asked to sacrifice to the gods, our ancestors and the woman of the lake. All was in vain. I was worse. Then a rumour went round that I was guilty of adultery — that I, Efuru, the daughter of Nwashike Ogene was guilty of adultery. My mother was not an adulterous woman, neither was her mother, why should I be different? Was it possible to learn to be left-handed at old age? Then, my husband, Eneberi, had the nerve to ask me to confess so as to live.

Eneberi, my husband, of all people, asked me to confess that I am an adulterous woman. Ajanupu saved me. I was too weak to do anything. But Ajanupu said a few home truths to Eneberi. I hear he is in hospital on account of the injury given him by Ajanupu.[①]

…

Efuru slept soundly that night. She dreamt of the woman of the lake, her beauty, her long hair and her riches. She had lived for ages at the bottom of the lake. She was as old as the lake itself. She was happy, she was wealthy. She was beautiful. She gave women beauty and wealth but she had no child. She had never experienced the joy of motherhood. Why then did the women worship her?[②]

---

① Flora Nwapa, *Efuru*, London: Heinemann Educational Books Ltd., 1966, p. 279.

② Flora Nwapa, *Efuru*, London: Heinemann Educational Books Ltd., 1966, p. 281.

后来，我病倒了。病从何来，无人知晓。所有人都认为我要死了。他们向好几位迪比亚①祷告，迪比亚告知需要向神灵、祖先和湖中女神献祭。但一切都无济于事。我的病情愈发严重。接着流言四起，说我犯了通奸罪——我，艾弗茹，恩瓦希凯·奥根尼的女儿犯了通奸罪。我的妈妈不是奸妇，她的妈妈也不是奸妇，到了我怎么就不一样了呢？难道是年纪大了反倒学会左撇子了？然而，我的丈夫，恩尼贝里，竟有胆要求我认罪以便能够活下去。恩尼贝里，我的丈夫，是所有人中唯一要求我承认通奸的人。阿贾努普救了我。我已经虚弱到干不了任何事。阿贾努普把一些真相告诉了恩尼贝里。我听说他被阿贾努普揍进了医院。

……

那天晚上艾弗茹睡得很香。她梦见了湖中女神，梦见了她的美貌、她的长发和她的财富。她已经在湖底生活了很久，就像那湾湖水一样古老。她很幸福，很富裕，很漂亮。她将美丽与财富赐给女人，但她没有孩子，从未体验过当母亲的快乐。那么，女人为什么要崇拜她呢？

（冯德河/译）

---

① 迪比亚（dibia），伊博人的占卜师，处在精神世界与物质世界之间的中间人。

作品评析

《艾弗茹》中伊博妇女的自主之路

引 言

弗洛拉·恩瓦帕（Flora Nwapa，1931—1993）被誉为"女阿契贝"[①]，其作品在尼日利亚乃至非洲文学史上均极具影响力。她不仅在小说领域有所建树，在戏剧、诗歌、散文等方面也取得了不俗的成绩。此外，她还涉足政界、商界，既在政府中任过要职，又成立过两家出版社。可以说，恩瓦帕是现代非洲成功女性的代表。她一方面用自己创造的文学形象激励非洲女性走向自强独立，另一方面又身体力行地用自身经历证明了这种自强独立的可行性。虽然她享有"现代非洲文学之母"的美誉，但在我国的受关注程度却与这一评价无法匹配。

究其原因，无外乎我们外国文学研究的重点一直放在英美诸国，即使近些年来有所转向，恩瓦帕及其作品作为"他者"中的"她者"，边缘中的边缘，依然罕有人予以关注。在今日的文学研究中，我们已经具备条件和能力，将这些前人忽略的"遗珠"挖掘出来，让其绽放原有的光彩，并置于多元文化的视域考量其文学价值，为我国文学文化的发展提供启迪和经验。在此层面上，恩瓦帕的处女作《艾弗茹》（*Efuru*，1966）值得研究。

---

① 李青霜、王立梅:《当代尼日利亚女性文学回顾与展望》,《绥化学院学报》,2007年第5期,第105页。

一、两段婚姻与爱情自主

因为该小说至今尚未被译成中文，所以有必要对其故事情节进行一个简要概述。小说的主人公艾弗茹出生在奥古塔地区一个显赫的伊博族人家，长相出众，才智过人。她的母亲过早地离开了人世，她在父亲的抚养下长大。长大后的艾弗茹喜欢上了一个贫苦的小伙子阿迪瓦，虽然阿迪瓦家里出不起彩礼，但艾弗茹毫不在意。在爱情的驱使下，她毅然决然地与阿迪瓦私奔，逃离了自己父亲的房子。艾弗茹的父亲虽然暴怒，但碍于殖民者的法律，并不能拿他们两人如何，最终也只能听由自己女儿的决定。婚后的艾弗茹并没有随丈夫一起回到农场工作，而是在市场做起了生意。凭借自己的聪明才智，艾弗茹很快就将生意做大，在镇子上小有名气。相较于事业上的一帆风顺，两人孕育生命的过程则没那么顺利。婚后的艾弗茹迟迟未能怀孕，几经求医问药后才最终产下一个女儿。而在农村，只有儿子才被看作生命的延续和生活的保障。未能称心如意的阿迪瓦开始频频外出，彻夜不归，并最终在女儿夭折后彻底离开了艾弗茹。

在阿迪瓦离开后，艾弗茹经历了一段漫长的恢复期，直到吉尔伯特出现。吉尔伯特是艾弗茹小时候的同龄学伴，曾出手保护过艾弗茹免遭其他同学欺凌。后来吉尔伯特在父母的安排下进了教会学校，再次出现在艾弗茹身边时他已经成为一名欠债人。由于仰慕艾弗茹的美貌及才能，这位欠债人对艾弗茹展开了猛烈的追求，艾弗茹再三考虑后答应了他的求婚，由此开始了自己的第二段婚姻。但第二段婚姻同样不幸，原因仍旧是艾弗茹迟迟不孕。生意的红火并没有让吉尔伯特知足，相反，他却拿着艾弗茹未能生育大做文章，甚至怀疑艾弗茹与他人通奸。伤心欲绝的艾弗茹最后选择离开家庭，决定终其一生侍奉湖中女神乌哈米瑞。

小说主要以对话形式展开，穿插了大量的俚语、故事，极富生活趣味。小说通过不同人物的口语习惯表明人物的不同性格，具体而微地展示了伊博族妇女的生活场景。同时期的非洲文学作品更多关注的是民族独立、种族斗争，妇女问题被搁置一旁，甚至有些作品还扭曲了非洲妇女的形象。恩瓦帕在《艾弗茹》中采取了与民族国家叙事截然不同的方式，关注的是普通妇女的生活问题，塑造的是独立自主的非洲女性形象。从她的其他作品中也能够看出，恩瓦帕一直在努力将湮没在男性作家笔下的非洲妇女形象复原重塑。以艾弗茹为代表的伊博族妇女走向自主的道路上荆棘丛生，她们不仅受到部族传统的羁绊，还不断遭到殖民文化的冲击。

二、两任丈夫与文化冲突

《艾弗茹》中没有明显的种族斗争情绪，亦无强烈的反殖民倾向，但从作家描绘的日常琐事中，我们还是能够看到殖民文化对当地伊博族民众生活的冲击，最明显的表现就是英国垄断酿酒权的问题。[①]当地居民喜爱饮酒，但殖民者却禁止私自酿酒，这引起伊博族民众强烈不满。除此之外，殖民文化对部族传统的冲击在恩瓦帕笔下并没有体现得那么激烈，作家更愿意用平和的笔调来反映这两种客观存在的文化，而不是对某一种文化加以批判指责。而就在这种看似不夹杂任何情绪的语言对话中，却能够看到恩瓦帕对这两种文化的思考。

艾弗茹自主之路上的第一道障碍是婚姻，更可悲的是，她连续两度遭遇了失败的婚姻。其实，艾弗茹两次婚姻的背后体现的就是一种文化冲击、文化交融的时代背景。与其说艾弗茹遇人不淑，不如说她没有认清两任丈夫身上所积聚的文化冲突。

艾弗茹与阿迪瓦的婚姻好似中国"诗三百"中那首卫国民歌的异国翻版。阿迪瓦一开始就是一个老实憨厚，前来"抱布贸丝"却"匪来贸丝"的农家小伙子；艾弗茹就是那个"不见复关，泣涕涟涟，既见复关，载笑载言"的痴情美少女。一个是子无良媒，一个是子无彩礼，却都得到了女主人公私定终身的允诺。结婚以后，女子都是全身心地投入家庭生活，一个是"靡室劳矣，靡有朝矣"，一个是投身于市场贸易，风生水起，但男主人公却都"士贰其行，二三其德"。故事

---

① 张毅：《非洲英语文学》，北京：外语教学与研究出版社，2011 年，第 66 页。

的结局也是惊人的一致，女主人公们都果断地摆脱了这段屈辱的婚姻。两个不同时期、不同国度的爱情故事如此相似，不禁让人称奇。《诗经》中《氓》的故事发生在先秦，那时候男女恋爱相对自由，还未形成纲常思想，所以女主人公敢爱敢恨，不受束缚。而《艾弗茹》的故事发生在殖民统治时期，殖民文化已经浸入部族传统当中，无论是艾弗茹还是阿迪瓦，都处于一个文化过渡阶段，因此两人才会做出逾越传统规矩的事情。两个故事一个发生在规则尚未形成之前，一个发生在新旧规则过渡的真空时期，看似相同，实则不同。

　　艾弗茹的第一任丈夫阿迪瓦是一个典型的传统文化过渡者，他在部族中长大，却生活在殖民统治之下。他既不愿接受本土习俗，又不会采纳欧洲标准，在任一文化中都感到不自在。这种文化异化也造就了他残忍自私的性格。阿迪瓦娶走了艾弗茹，却没有给艾弗茹家留下任何彩礼，他想到的变通办法是等他们婚后有了积蓄再买一些礼物偿还。这样随心所欲的想法打破了旧有的婚俗规矩，使彩礼失去了其本身的意义，加剧了婚姻的不稳定性。此外，阿迪瓦并不像传统伊博族男性那样勤劳耕作。同时，由于艾弗茹过于成功，这在一定程度上伤害了阿迪瓦的男性尊严。文化过渡者的尴尬身份让阿迪瓦无所适从，最终选择了将艾弗茹残忍抛弃。也可以说，过渡时期的文化思想让艾弗茹的婚姻选择变得草率，并不得不自吞苦果。但同样是因为文化过渡，艾弗茹才有勇气坚定地走自主之路。她没有像婆婆那样一辈子死守一个男人，而是在被抛弃后勇敢地追求新的幸福。

　　艾弗茹的第二任丈夫则是欧洲文化的拥护者。吉尔伯特虽然不像阿迪瓦那般自私残忍，却同样给艾弗茹造成了非常大的伤害。吉尔伯特被父母送往教会学校，在那里接受了良好的西式教育。作为一个欧洲化的人物，他甚至放弃了自己原来的名字。但即便受到了西化的教育，他却仍做出了像阿迪瓦那样的事情；他虽然最终回来了，但回来的目的却是控告艾弗茹通奸。作为欠债人，吉尔伯特羡慕艾弗茹创造财富的能力，所以不顾一切地追求她。但吉尔伯特又并非完全欧化，他仍然受着伊博族文化的影响。混杂的文化造就了他多疑的性格，同样造成了他与艾弗茹之间的悲剧。综合来看，无论是传统文化的过渡者，还是欧洲文化的拥护者，他们在对待女性的方式上均不同程度地存在问题。而新旧文化的碰撞，本土与外来规则的过渡，也加剧了女性婚姻的不稳定性。

三、两类成功与生产力隐喻

在经济落后的农村，重男轻女思想一直非常严重，儿子被看作家族生命的延续及生产生活的保障。艾弗茹的两段婚姻均以悲剧告终，最重要的一个原因就是她迟迟未能为夫家生下儿子。能生儿育女证明女性有着良好的生育能力，因此，产子也成为女性富有生产力的一个隐喻。但命运恰恰给艾弗茹开了一个玩笑，她虽然创造了许多财富，却始终无法证明其富有"生产力"。在这里，恩瓦帕借艾弗茹表达了自己对现代女性境况的一种思考。现代女性既要生儿育女，又要相夫教子，还要在事业上取得成功。只有做到这几点，她们才被认为实现了自身价值，才是富有生产力的女性。

恩瓦帕提出的问题是，如果没有产子，一个在商业活动中取得非凡成就的女性是否也应该称其富有生产力？无疑，现代社会虽然进步了，却反而增加了女性的负担，她们既要平衡母亲与女强人之间的角色，又要平衡家庭与社会间的关系。艾弗茹通过自己的大脑和双手取得了经济独立，但最终却需要用"肚子"来为自己正名。恩瓦帕笔下的艾弗茹形象体现了女性从农业社会到商业社会的身份转变。她在第一段婚姻中没有跟随阿迪瓦前往农场工作，而是在市场中从事商业贸易，这本身是女性摆脱土地束缚，走向独立的一个有益转变，但无奈的是，周围人仍旧用农业社会"多子多福"的标准来衡量一个从事商业贸易的女性。因此，无论她在商业上做得多么成功，评价标准的固化始终是阻止其走向自主之路的障碍。

抛开没有子女这一条，艾弗茹绝对算得上是一个富有生产力、具有创造性的女性。她积极乐观，相貌出众，在商业上表现出色。她作为家庭的纽带，和婆婆关系融洽，努力成为贤妻良母，并渴望实现自己的价值。此外，她在社区中还发挥着重要的作用，如经常接济穷苦人士，帮助别人治疗腿伤，甚至主持社区大事。在殖民统治下的伊博族社会，如果一个人生活好了，学识高了，通常会被比作"跟白人一样"。可以说，艾弗茹在女性社群中就像"白人一样"，具有极高的名气和威望。

相较于其他男性作家笔下逆来顺受的女性，恩瓦帕无疑用《艾弗茹》修正了非洲妇女的形象。艾弗茹鼓舞了很多非洲女性追求独立自主，当然最重要的是实现自身经济上的独立，因为经济上的独立是实现自我价值的一个重要前提条件。在这部小说中，还有许多积极正面的女性形象，如遵循传统、友爱乡邻的艾弗茹的婆婆，能说会道、侠肝义胆的阿迪瓦的婶婶。这些人物的塑造让非洲妇女的形象更加立体，同时也让艾弗茹这一正面形象不会显得过于突兀。当我们深入考量伊博族社会，就会发现，在这个社群中，女性其实一直有着较高的地位。在被殖民统治之前，男性负责耕种田地，女性负责商业贸易，女性基本上可以实现经济独立。此外，女性还有自己的组织，集中商讨社区大事。但随着殖民统治的确立，女性价值的实现方式变得越来越单一。如何处理好家庭与事业之间的关系，成为摆在以艾弗茹为代表的伊博族妇女面前的一个重要问题。在恩瓦帕看来，既然已经步入了现代社会，女性价值实现的方式也应该同样多元化。生儿育女固然是女性生产力的体现，同样，在商业上取得成功，也应该看作女性实现其创造性价值的一种方式。

四、两种结局与出路困惑

《艾弗茹》之所以饱受批评家诟病，是因为恩瓦帕在结尾处安排艾弗茹去侍奉湖中女神。西方批评者认为，恩瓦帕并未完成其笔下角色的超越转型，反而让其回归了旧传统，这无疑是一种倒退。但在恩瓦帕看来，回归传统并不等于倒退，一味地追求超越也许并不符合伊博族妇女追求自主的需求。

西方激进的女权主义者往往站在男性的对立面，在争取平权的过程中剑拔弩张，将一切过错归咎于男性的偏见。但非洲的女性由于受到万物共生、阴阳和谐的传统思想影响，在争取男女平等的问题上表现得极为温和。非洲女性更看重个人在家庭及社会中的作用，珍惜自己为妻、为母的身份，所以恩瓦帕所代表的女权主义是一种温和的妇女主义。

艾弗茹在经历了两段失败的婚姻之后，选择去侍奉湖中女神乌哈米瑞，这本身就是一种对现实的反思。她并未去寻求报复抑或控诉不公，而是去追求一种内心的慰藉和宁静。湖中女神这一形象在奥古塔地区有着非常丰富的文化意蕴，在恩瓦帕多部作品中都出现过，但其代表的含义又稍有不同。在小说《艾弗茹》中，她是一个美丽、富有却没有孩子的女神，就像艾弗茹一样，湖中女神仿佛就是一个神化的自我，而那片静谧的湖则是艾弗茹最好的归宿。女神虽然没有孩子，但伊博族民众却相信祈求女神就可以得到财富和孩子。也许艾弗茹就在湖边为那些没有孩子的妇女默默祈祷，希望她们的生活会有所好转。此外，小说中还多次提到艾弗茹早逝的母亲像湖中女神一样。艾弗茹的母亲贤惠端庄，经常有人称赞其拥有湖中女神一般的美貌。在此意义上，艾弗茹回归到湖中女神身边，又可理解为一种母系的回归——经受了父权制、夫权制伤害的艾弗茹选择回到了"母亲"身边疗伤。

超越还是回归，究竟寻求哪一条自主之路，是摆在艾弗茹面前的艰难选择，也是值得伊博族妇女思考的问题。超越的是对西方文明的鼓吹，回归的则是传统文化的静谧。在另一层面上，湖中女神是与基督上帝相对应的。受殖民文化的影响，很多伊博族民众也渐渐开始信仰基督教，敬仰上帝，例如艾弗茹的第二任丈夫吉尔伯特。这些信众丢却了本民族的信仰，甚至连其原本的名字都被看成是异教的象征。在这种意义上，湖中女神的形象就有了新的含义，而艾弗茹侍奉湖中女神的结局正表明了她将从本民族文化中去寻求自主之道。

结　语

小说《艾弗茹》在阿契贝的举荐下入选了"非洲作家系列"丛书（African Writers Series）[①]，该书也让恩瓦帕成为非洲妇女文学的先驱。恩瓦帕及其创作的

---

① "非洲作家系列"丛书由英国的海涅曼出版公司出版，迄今已有数百部非洲文学作品出版，几乎囊括了非洲的所有重要作家的作品，是向世界推介非洲文学的重要阵地之一。

作品不仅影响了广大非洲妇女，鼓舞她们实现自身独立，追求自由生活，更是影响了一大批尼日利亚女性作家，激励她们坚持写作，并在各自作品中关注非洲女性生存现状。诚然，作为恩瓦帕的第一部小说，《艾弗茹》存在许多不足之处，但考虑到它在非洲女性文学史上的特殊地位，应当给予其更多学术关注。

（文 / 海南师范大学 陈平）

第二篇

恩瓦帕小说《永不再来》中的尼日利亚内战书写

作品节选

《永不再来》

(*Never Again*, 1975)

When for two weeks in Port Harcourt we heard nothing but the angry booming of our gun-boat amidst a savage orchestra of exploding shells and rockets and the sound of small arms, I knew the game was up. I had told Chudi that Port Harcourt was in great danger, and would fall at any time. This was about two months before it actually fell. He was so upset that he threatened to hand me over to the Civil Defenders or the Militia. But I had never seen him so angry.

"If you think, woman, that we are going to leave Port Harcourt for the Vandals you are making a great mistake," he roared. "We will do no such thing. We will all die here rather than leave Port Harcourt."

I laughed a mirthless laugh. Quietly, I said, "Calabar fell ages ago. Calabar is forgotten. Port Harcourt will fall, and when it falls, it will be forgotten as well. This is Biafra. I have heard so much about Biafra. I did not hear so much about Nigeria when I was a Nigerian."

My husband looked at me intently; without a word he opened the door and went out. Why talk to a mad woman? He hadn't fled yet.[1]

在哈科特港的两周里，当我们只听到我方战舰发出的愤怒炮火声、火箭爆炸声和小枪小炮混合而成的野蛮的交响乐声时，我就知道游戏已经结束了。我告诉

---

[1] Flora Nwapa, *Never Again*, Trenton: Africa World Press, Inc., 1992, pp. 1—2.

楚迪，哈科特港非常危险，随时都有可能沦陷。这时距它真正陷落还有两个月。他非常烦躁，威胁我要把我交给国防军或民兵。我还从来没见他发这么大火。

"如果你打算，臭婆娘，我们逃离哈科特港，去投奔那群侵略者，那你就大错特错了。"他咆哮着说。"我们不会那样干，我们宁愿死在哈科特港也不离开。"

我冷笑一声，平静地说："几十年前卡拉巴尔就陷落了。现在的卡拉巴尔已经被人遗忘。哈科特港也将陷落，一旦沦陷，它也将被人遗忘。这里是比亚夫拉。我听过好多人谈论比亚夫拉。我从没听谁说过尼日利亚，即便当我还是尼日利亚人的时候也没有听人说过。"

我丈夫死死盯着我，一言不发，开门走了。为什么要跟个疯婆娘说话？他到现在也没有逃离。

（冯德河 / 译）

作品评析

《永不再来》的尼日利亚内战书写

引 言

　　大多数民族主义战争都是一种"性别化的活动"①，或曰"一种分配父权的方式"②，它只涉及交战双方的男性，与女性鲜有关系。尼日利亚内战（1967—1970，亦称比亚夫拉战争或尼日利亚—比亚夫拉战争）的情形也大抵如此。伊博族人以200万人的生命为代价试图建立一个令"全世界黑人骄傲"的"健康、充满活力以及先进的"③比亚夫拉共和国，但它似乎也与女性没有多大关系。女性完全被排除在国家重要事务的商讨之外，该国的战争内阁无女性成员或任何名义上的女性顾问，甚至连管理女性事务的成员中也没有女性。

　　这种男性主导的情况也存在于对这场内战的书写中。关于这场内战的各种著述多出自男性之手，女作家所著寥寥无几。奥哈（O. Oha）指出，讲故事从来都是一种政治行为，尤其当故事本身是基于社会中的政治事件写成的。尽管故事属虚构，它们仍然直接或委婉地表明了他们在意识形态上的立场。④ 这个论断无

---

① Bhakti Shringarpure, "Wartime Transgressions: Postcolonial Feminists Reimagine the Self and Nation", *Journal of Commonwealth and Postcolonial Studies*, 2015, 3(1), p. 23.

② Stephanie Newell ed., *Writing African Women: Gender, Popular Culture and Literature in West Africa*, London: Zed Books Ltd., 2017, p. 32.

③ Jago Morrison, "Imagined Biafras: Fabricating Nation in Nigerian Civil War Writing", *Ariel: A Review of International English Literature*, 2005, 36(1—2), p. 7.

④ Obododimma Oha, "Never a Gain? A Critical Reading of Flora Nwapa's *Never Again*", *Emerging Perspectives on Flora Nwapa*, Marie Umeh ed., Trenton: Africa World Press, 1998, p. 438.

疑也适用于尼日利亚的内战书写。正如研究女性战争文学的学者西格耐特（M. Higonnet）指出的那样，传统的战争文学与父权民族主义密切相关，可谓一种最为男性化的文类，它常常将女性经验拒之门外。①尼日利亚男性的内战书写倾向于强化尼日利亚男性化的"军营文化"，它们通常固化父权秩序，拒斥女性的政治力量。因此，尽管伊博族女性从未停止为比亚夫拉国的独立而斗争：在内战前，她们举行大规模示威游行抗议3万名伊博同胞被杀，呼吁伊博地区脱离尼日利亚联邦政府。她们的这些斗争让伊博著名诗人奥基博（C. Okigbo）产生这样的念头，即如果奥朱库不宣布东部脱离尼日利亚联邦，他们将组织2万个市场的女商贩对他实施私刑。在内战期间，她们也以实际行动支持比亚夫拉：她们不仅抗议苏联对战争的干涉，也公开动员平民奔赴前线；她们通过"越境生意"（attack trade，伊博语为afiaatak）②维持比亚夫拉的经济，并持续为其军民提供食物；她们是民兵和战争工作小组的核心力量，也是为生存而战但渐渐失利的比亚夫拉民众的坚强后盾。然而，所有这一切在男性的内战书写中均被刻意忽略。③

战争往往能让女性更清楚地看到自己的生存状态。经历了战争创伤的女性主义作家伍尔夫（V. Woolf）曾愤慨地说："作为一名女性，我没有国家。"④这也是反帝国主义、反民族主义斗争常会引发女性主义运动的原因。比亚夫拉战争虽然没有直接引发尼日利亚的女性主义运动，但尼日利亚男性内战书写对女性内战经历的刻意遮蔽促使"非洲女性小说之母"弗洛拉·恩瓦帕（Flora Nwapa，1931—

---

① Quoted in Polo B. Moji, "Gender-based Genre Conventions and the Critical Reception of Buchi Emecheta's *Destination Biafra*", *Literator*, 2014, 35(1), p. 2.

② "越境生意"指的是在尼日利亚内战期间，由于比亚夫拉物资奇缺、物价飞涨，比亚夫拉的女商贩们偷偷进入尼日利亚联邦军控制的地区进行采购，然后将商品贩运至比亚夫拉进行销售。参见 Mary E. Modupe Kolawole, "Space for the Subaltern: Flora Nwapa's Representation and Re-presentation of Heroism", *Emerging Perspectives on Flora Nwapa*, Marie Umeh, ed., Trenton: Africa World Press, 1998, p. 231.

③ 正如伊扎格博（T. Ezeigbo）指出："从有关内战的无数史实记录中，尤其是那些战时由比亚夫拉一方所撰写的记述中，我们可以看到女性扮演了她们一贯以来的角色，即为她们的家庭和战斗中的男性提供各种支持性的服务、物品以及各种生存保障。令人失望的是，大多数以虚构方式描绘这场战争的男性作家却忽略了女性在这方面的贡献。"参见 Theodora A. Ezeigbo, "Vision and Revision: Flora Nwapa and the Fiction of War", *Emerging Perspectives on Flora Nwapa*, Marie Umeh ed., Trenton: Africa World Press, 1998, p. 483.

④ Virginia Woolf, *Three Guineas*, London: The Hogarth Press, 1986, p. 125. Quoted in Elleke Boehmer, *Stories of Women, Gender and Narrative in the Postcolonial Nation*, Manchester: Manchester University Press, 2005, p. 90.

1993）打破内战叙事中女作家的沉默。她就这场"折磨 [尼日利亚民族] 的良心及集体记忆的战争"[1]写就了《永不再来》（*Never Again*，1975；下文简称《永》）一书，吹响了尼日利亚内战女性书写的第一声号角。榜样的力量是无穷的。在恩瓦帕的激励和影响下，不断有女作家积极参与尼日利亚内战书写。其中，尼日利亚新生代著名女作家阿迪契（C. N. Adichie）的内战叙事小说《半轮黄日》（*Half of a Yellow Sun*，2006）还斩获了"奥兰治宽带小说奖"（Orange Broadband Prize for Fiction）。

目前，学界对《永》的专题研究仍不多见。伊扎格博的《想象与修正：弗洛拉·恩瓦帕与战争小说》[2]和奥哈的《对弗洛拉·恩瓦帕〈永〉的批判性阅读》[3]对该小说的研究较为深入，前者从女性视角探讨了恩瓦帕对尼日利亚内战的重构问题，后者探讨了作家在作品中对一些战争事件的选择与弃用及其内涵，并分析了叙事中的断裂与沉默问题。这两篇论文侧重小说文本本身的研究，对比分析的内容较少。本文以互文性理论为指导阅读《永》，把其他尼日利亚作家如艾克文西（C. Ekwensi）、阿契贝（C. Achebe）、艾克（C. Ike）、埃梅切塔（B. Emecheta）、阿迪契、恩娇库（R. Njoku）等人的战争叙事作品也纳入考察范围，旨在凸显恩瓦帕在《永》中独特的战争书写风格，具体表现为"反英雄"形象的塑造，"她历史"的书写和"内聚焦"的自传性叙事三方面。

---

[1] Wole Soyinka, *The Open Sore of a Continent: A Personal Narrative of the Nigerian Crisis*, Oxford: Oxford University Press, 1996, p. 32.

[2] Theodora A. Ezeigbo, "Vision and Revision: Flora Nwapa and the Fiction of War", *Emerging Perspectives on Flora Nwapa*, Marie Umeh ed., Trenton: Africa World Press, 1998, pp. 477—495.

[3] Obododinma Oha, "Never a Gain? A Critical Reading of Flora Nwapa's *Never Again*", *Emerging Perspectives on Flora Nwapa*, Marie Umeh ed., Trenton: Africa World Press, 1998, pp. 429—440.

一、"反英雄":小说中的官兵形象

学界认为,不管尼日利亚男性作家是否赞同比亚夫拉的理念,他们的战争叙事都宣扬英雄主义思想。[1]艾克的内战小说《日落清晨》(*Sunset at Dawn*,1976)就是一个极好的例子。主人公卡努博士(Dr. Kanu)是名战时身居比亚夫拉政府要职的医生,但他最后选择弃医从戎、战死沙场。这种英雄主义气概不仅激励其豪萨族妻子法蒂玛(Fatima)放弃安全、优渥的国外生活,拒绝回到她父母的身边而选择留在比亚夫拉,接替其夫未竟的事业,并让他那位贪生怕死的好友艾克瓦厄鲁莫(Akwaelumo)羞愧万分。阿契贝的经典短篇小说《战争中的姑娘》("Girls at War",1972)虽然没有塑造像卡努博士这样铁血激荡的英雄形象,但故事也让人深切地感受到无所不在的英雄主义气息——"它存在于偏僻的难民营里,在潮湿的碎片中,在那些赤手空拳冲锋陷阵而又饥肠辘辘人群的勇气中"[2]。该故事的结尾写到,女主人公格莱蒂斯(Gladys)虽曾在战争中迷失了灵魂,但她不顾个人安危帮助一名伤兵以致中弹身亡的壮举,是那种代表着正直和坚定的民族性格的官兵英雄形象的真实写照。西格耐特指出,塑造能体现英雄主义思想的官兵英雄形象是传统战争文类的主要特点。她认为正是传统战争文类中对官兵英雄形象的过分强调,才导致女性作家被排除在该文类之外。[3]在《永》中,为了获取女性言说战争的权利,恩瓦帕淡化和解构了这种官兵英雄形象。

应该说,《永》对士兵形象的着笔不多。唯一一个稍微具体的士兵形象是那位来自前线,"全副武装"闯入平民集会并向他们索要食物的士兵。但与传统战

---

[1] Jane Bryce, "Conflict and Contradiction in Women's Writing on the Nigerian Civil War", *African Languages and Cultures*, 1991, 4(1), p. 32.

[2] Chinua Achebe, *Girls at War and Other Stories*, New York: Doubleday, 1972, p. 104.

[3] Polo B. Moji, "Gender-based Genre Conventions and the Critical Reception of Buchi Emecheta's *Destination Biafra*", *Literator*, 2014, 35(1), p. 3.

争小说中那些浴血奋战的士兵不同，该士兵全然没有英雄气概：他"没有武器和弹药与敌人打仗"①，也没有食物；他没有保家卫国的豪情，而是不停抱怨军官们"抢走了漂亮姑娘"，却让士兵们"到前线去送死"（16）。保家卫国本是士兵的职责，但恩瓦帕笔下的士兵在敌军来犯乌古塔（Ugwuta）之际却自己"把身上的军装扔了，……朝着安全的地方逃跑"（54）；比亚夫拉政府花高价请来的外国雇佣军甚至在敌军发动军事进攻之际还开车满世界追女人。不仅如此，那些本该用来打击敌人的武器却被士兵们用来逼迫平民留在乌古塔坐以待毙。更有甚者，不少比亚夫拉士兵还干起了打家劫舍的勾当。女主人公凯特（Kate）在处理逃难时无法带走的东西时，心里琢磨的是如何才能让那些士兵抢劫者们没那么容易得手。虽然乌古塔在被尼日利亚联邦军占领后24小时之内又回到比亚夫拉一方，②但有些比亚夫拉士兵为了给同伙们争取更多的时间来抢劫而选择用手中的武器阻挠平民回家。有些士兵甚至公开设卡，将平民车上的食物及其他物资洗劫一空，并冠冕堂皇地说，"当你们回到乌古塔时，不要想你们的财产，而要想我们为了解放它而洒下的热血"（72）。总之，在《永》中，我们几乎找不到传统男性战争叙事中常见的那种士兵英雄形象，取而代之的是士兵土匪形象。

《永》中没有点明士兵英雄气概荡然无存的原因，但从故事中那些本该起着表率作用的军官的所作所为来看，或许就能明白其中的一些缘由。以卡尔（Kal）少校为例。此人是比亚夫拉"战争内阁"成员。敌军进攻乌古塔时，他火线参军，当上了少校。然而，与《日落清晨》中的英雄卡努博士不同，卡尔是一个利用内战大肆为自己捞取政治和经济利益的投机分子。他阴险狡诈、满嘴谎言，鼓动哈科特港（Port Harcout）、乌古塔等地手无寸铁的平民在敌军进犯时坚守自己的家乡。对于像凯特那样不愿充当敌人炮灰的平民，他甚至威胁要将他们绳之以法。然而，在那些地方沦陷之际，他自己却毫发无损地先偷偷逃离了。在战争期间，他将自己的车藏起来，却堂而皇之地开着从平民手中征用过来的车辆。更为可恶

---

① Flora Nwapa, *Never Again*, Trenton: Africa World Press, Inc., 1992, p. 16. 该作品的引文均为笔者自译，后文中该作品的引文出处只在正文中标示引文页码，不再另注。

② 叙述者称，乌古塔之所以能重新回到比亚夫拉一方是因为湖神乌哈米瑞（Uhamiri）在湖泊的深处用她巨大的扇子把"敌军的炮舰"击沉了（第84页）。

的是，他不顾公序良俗，还试图和凯特的闺蜜碧（Bee）发展婚外恋情。为了讨好她，他甚至将比亚夫拉严格管控的汽油偷卖给她；被碧拒绝后，恼羞成怒的他又利用手中的权力报复她，害得她差点被当作奸细抓起来。其实在《永》中，像卡尔那样在战场上毫无斗志、毫无节操的军官并非孤例。小说写道，那些能出入奥朱库总统府的军官们都将自己的车妥善保管起来，却开着从平民手中征用过来的汽车，而且开车出行时也从不停下车来帮助那些逃难的平民。

有学者指出，几乎所有有关尼日利亚内战的女性书写都体现出对传统英雄主义思想以及官兵英雄形象的自然疏离。[①]不过，我们应该看到，不同女性作家的政治立场是不一样的。例如，埃梅切塔的战争叙事中虽然也有对官兵英雄形象的解构，但她解构的主要是尼日利亚联邦政府军队的官兵英雄形象。在《目的地比亚夫拉》（*Destination Biafra*，1982）中，她塑造的暴力强奸者都是尼日利亚联邦政府军的官兵。该小说虽偶有提及比亚夫拉方官兵的恶行，但她将其归咎为饥饿或为战争扭曲的人性，有为他们开脱罪责之嫌。然而，在《永》中，恩瓦帕聚焦的全是比亚夫拉官兵的恶行，而且丝毫没有替他们开脱罪责的意思。小说写道，有不少士兵原本就是无信仰与节操的土匪。比如那个设卡抢劫凯特兄弟物品的士兵在战前就是一个无恶不作的"小偷和肮脏的骗子"（74）。埃梅切塔虽然在《目的地比亚夫拉》中解构了传统的官兵英雄形象，但她同时又塑造了一个女英雄形象：主人公黛比（Debbie）为了国家独立之需而毅然参军；为了国家的利益，她强忍失父之痛，选择原谅杀害其父的政变者；内战爆发时，为了国家的安定和百姓的安危，她两次冒死执行和平任务，两度遭尼日利亚官兵强奸而不退缩；和平任务失败之后，她又赴伦敦为比亚夫拉募捐；她还只身挫败了阿保希试图让那些给比亚夫拉运送红十字救济物品的飞机改运武器的阴谋。可以说，虽然黛比实施的是与官兵的杀戮行为相反的和平壮举，但她本质上并无异于传统的官兵英雄形象。

由此看来，埃梅切塔虽然在《目的地比亚夫拉》中解构了传统的官兵英雄形象，但她并未彻底颠覆传统男性战争书写中的英雄主义思想。相反，恩瓦帕在《永》

[①] Jane Bryce, "Conflict and Contradiction in Women's Writing on the Nigerian Civil War", *African Languages and Cultures*, 1991, 4(1), p. 32.

中不仅解构了官兵英雄形象，同时也彻底消解了那种传统的英雄主义思想。比亚夫拉制定的战争策略是基于传统的英雄主义思想，即当敌兵压境时允许平民撤离而士兵们应保家卫国。①具有讽刺意味的是，在《永》中，这种英雄主义思想却变成了逼迫平民百姓留下来赤手空拳抵抗强大敌人的工具。恩瓦帕还敏锐地看到，这种英雄主义思想被微妙地与伊博族人最为看重的男子气概捆绑在一起，变质为一种与女性气质相对立的品质：要当英雄就得赤手空拳死守家乡，否则就与女人无异，虽生犹死！将自己三个孩子送往前线的"英雄母亲"艾琪玛（Ezeama）就无情地责骂那个打算在敌军进攻之前逃离乌古塔的平民楚迪（Chudi，凯特之夫），说他是个软骨头，是个女人（13，14）。从艾琪玛的话里可以看出，这种传统的英雄主义思想早已被贴上了男子气概的标签，是男性优越和高贵的体现。身为平民的楚迪因试图在战争中求生存而被斥为女人。

其实，这种疯狂的英雄主义思想在乌古塔是被广泛接受的。小说中，许多青年男子都受到这种思想的蛊惑。为了向别人证明自己是男子汉而不是女人，他们毫不犹豫地走向自我毁灭。那个原本又聋又哑但在敌军攻打乌古塔期间却神奇般恢复语言能力的疯子艾泽科罗（Ezekoro）的言行，就暗示了这种传统英雄主义思想的疯狂和死亡内涵。这个堂吉诃德式的疯子大喊道：

你们杀死了乌古塔，……你们所有人杀死了恩努古，你们杀死了奥尼查，你们杀死了哈科特港，……你们不可能杀死乌古塔。你们不能。我准备回乌古塔去救她。我会救乌古塔。除了我没人能救她，……我要用我的扇子把［尼日利亚人］赶走。（62）

他边喊边冲向乌古塔，最终死于敌军的炮火之下。尼日利亚著名评论家伊曼尤纽（E. Emenyonu）指出，这种在内战叙事中频频出现的疯狂意象表明，人们生活在一个疯狂的世界里，他们的残酷行为导致了自然元素中的反叛以及动乱。②伊曼尤纽的

---

① Femi Nzegwu, *Love, Motherhood and the African Heritage: The Legacy of Flora Nwapa*, Dakar: African Renaissance, 2001, p. 137.

② Ernest N. Emenyonu, "Post-war Writing in Nigeria", *Ufahamu: A Journal of African Studies*, 1973, 4(1), p. 82.

读解颇有道理，但恩瓦帕似乎也想借艾泽科罗这种反生存的疯狂举动表明，这种盲目的英雄主义思想犹如一种能摧毁人们理智的腐蚀品，驱使着受害者走向极度焦虑和自我毁灭。可以说，比起其他女性内战书写者，恩瓦帕更为彻底地批判和解构了传统男性战争书写中的英雄主义思想。

二、"她历史"（herstory）：[①] 苦难中的求生者形象

恩瓦帕为何要解构传统战争书写中的英雄主义思想呢？笔者认为，主要原因是她不能接受传统战争书写中以男性角色为主导而女性角色被忽视的叙事模式。在其题名为"尼日利亚的女性角色"未出版的论文中，恩瓦帕将《永》定位为"一部有关尼日利亚内战期间比亚夫拉女性所扮演的角色的战争小说。"[②] 在她看来，伊博女性在战争中发挥了十分重要的作用。她说："在战争期间，我们被封锁，……但我们为男人找食物，维持整个家庭。我们是战争的脊梁。"[③] 男性作家的战争书写往往刻意遮蔽女性在战争中做出的重要贡献。他们认定，女人们在后方的工作是微不足道的。伊扎格博曾指出，男性作家倾向于强调或放大女性的道德堕落，而忘了她们为赢得那场战争所做的努力。[④] 不难发现，许多男性内战书写者笔下的女性人物，比如艾克文西《在和平中活下来》中的维多利亚（Victoria）和朱丽叶蒂（Juliette）、艾克《日落清晨》中的乐芙（Love）、阿契贝《战争中的姑娘》中的格莱蒂斯都选择"将自己的身体卖给最高竞价者"[⑤]。用伊扎格博的话说，男

---

① 为了凸显女性对人类历史的贡献，西方女权主义者特意造出"herstory"一词，以质疑英文中原有的"history"一词的男权中心主义内涵。

② Theodora A. Ezeigbo, "Vision and Revision: Flora Nwapa and the Fiction of War", *Emerging Perspectives on Flora Nwapa*, Marie Umeh ed., Trenton: Africa World Press 1998, p. 478.

③ Ezenwa-Ohaeto, "Breaking Through: The Publishing Enterprise of Flora Nwapa", *Emerging Perspectives on Flora Nwapa*, Marie Umeh ed., Trenton: Africa World Press 1998, p. 192.

④ Theodora A. Ezeigbo, "Vision and Revision: Flora Nwapa and the Fiction of War", *Emerging Perspectives on Flora Nwapa*, Marie Umeh ed., Trenton: Africa World Press 1998, p. 483.

⑤ Ibid.

性作家们总是热衷于女性在内战期间不忠于婚姻的耸人听闻的细节描写。[1]阿契贝在一次采访中指出，《战争中的姑娘》的创作动机缘于他对内战中女性角色的新认识：

你可以发现一种新精神。……不久前，我在欧洲逗留了三周。当我回来时，我发现年轻的女孩们已经从警察手里接管了交通管制的工作，她们的确是发自内心的，没人要求她们这么做。[2]

尽管如此，在《战争中的姑娘》中，女性在这个新国家的建设中所扮演的角色却遭到了讥讽：故事中，一群来自本地高中的女生们齐步走在写有"我们坚不可摧！"[3]的旗帜后面。小说中，为了在战争中活下去，曾经富有理想和洞见的格莱蒂斯堕落成一个为了"一块鱼干……一美元就愿意[与人]上床"[4]的女人。她头戴染色的假发，身着昂贵短裙、低胸外衣以及自加蓬进口的皮鞋，注定只能成为"某位身居高位、大发战争财的绅士的金丝雀"[5]。可以说，阿契贝在该小说中触及了"战争状态下尼日利亚女性同胞的道德困境"[6]，但他对男性，尤其是那些"身居高位的绅士"，即使是与格莱蒂斯发展一夜情的军官恩万科沃（Nwankwo）的道德堕落却绝口不提。反观《永》，尽管卡尔手握巨大权力和稀缺资源，但他却无法让碧对他投怀送抱，后者在意识到他是个假话连篇的骗子时就毅然与他断绝关系（36），充分显示了女性在战时自尊、自强的气节；虽然护士阿格尼丝（Agnes）及其妹妹最后委身于一名白人雇佣兵，但恩瓦帕并没有像

---

[1] Theodora A. Ezeigbo, "Vision and Revision: Flora Nwapa and the Fiction of War", *Emerging Perspectives on Flora Nwapa*, Marie Umeh ed., Trenton: Africa World Press 1998, p. 483.

[2] Francoise Ugochukwu, "A Lingering Nightmare: Achebe, Ofoegbu and Adichie on Biafra", *Spheres Public and Private: Western Genres in African Literature*, Gordon Collier, ed., New York: Rodopi, 2011, p. 258.

[3] 英文为"We are impregnable!"。这是一个双关语，它的另一个意思是"我们能受孕"。参见 Chinua Achebe, *Girls at War and Other Stories*, New York: Doubleday, 1972, p. 103.

[4] Chinua Achebe, *Girls at War and Osther Stories*, New York: Doubleday & Company, Inc., 1973, p. 122.

[5] Ibid., p. 115.

[6] Francoise Ugochukwu, "A Lingering Nightmare: Achebe, Ofoegbu and Adichie on Biafra", *Spheres Public and Private: Western Genres in African Literature*, Gordon Collier, ed., New York: Rodopi, 2011, p. 257.

阿契贝那样担忧"未来的母亲们"道德上的堕落会给"整整一代人带来多么可怕的命运"①。相反,她借叙述者的话把批判的矛头对准男性:"那个雇佣兵捕获了……两个比亚夫拉女孩。"(64)

大多数的内战书写者都是原属比亚夫拉的伊博人,他们大多将自己视为与他们的人民一起为独立而斗争的勇士。1968年,在内战最酣时,阿契贝在乌干达坎帕拉的一所大学演讲时提到,"今日比亚夫拉作家投身于人民为之战斗、献身的事业无异于许多非洲作家——过去和现在——投身于发生在非洲的大事"②。他指出,艺术家必须"具有高度责任感。他必须知晓人类关系中任何细微的不公正。因此,非洲作家不可能漠视他的人民所遭受的非同寻常的不公正"③。楚库吉尔(G. Chukukere)将恩瓦帕也列入投身于内战事业的革命作家行列。她认为,恩瓦帕在《永》中凸显了女性在内战中与男性同样做出了重大贡献,强调男女两性互补乃是当代非洲政治的原则——它既是性别关系也是由多民族组成的国家中共存关系的准则。④不可否认,尼日利亚的女性内战书写通常会强调女性在战争中的政治作用:战争中的妻子、母亲、护士通常拥有美丽的心灵,她们是简·亚当斯(Jane Addams)所说的只为"家庭需要"和"社会需要"服务的"公民存在"⑤。阿迪契的《半轮黄日》就十分详细地描述了奥兰娜(Olana)及凯内内(Kainene)双胞胎姐妹在内战期间为了"家庭需要"及"社会需要"所做的种种努力。埃梅切塔的《目的地比亚夫拉》更是如此,黛比被塑造成一位令男性都望尘莫及的女英雄。玛丽·卡拉瓦尔(Mary Kolawole)认为《永》也不例外。她指出:"恩瓦帕在比亚夫拉战争期间对女性的描写……是对伊博女性在寻求生存以及在支持她们所深深信仰的事业中所扮演的核心角色的真实反映。"⑥

---

① Chinua Achebe, *Girls at War and Other Stories*, New York: Doubleday & Company, Inc., 1973, p. 125.

② Maxine Sample, "In Another Life: The Refugee Phenomenon in 2 Novels of the Nigerian Civil War", *Modern Fiction Studies*, 1991, 37(3), p. 447.

③ Ibid.

④ Femi Nzegwu, *Love, Motherhood and the African Heritage: The Legacy of Flora Nwapa*, Dakar: African Renaissance, 2001, p. 160.

⑤ Obioma Naemeka, "Fighting on All Fronts: Gendered Spaces, Ethnic Boundaries, and the Nigerian Civil War", *Dialectical Anthropology*, 1997, (22), p. 237.

⑥ Mary E. Modupe Kolawole, "Space for the Subaltern: Flora Nwapa's Representation and Re-presentation of Heroism", *Emerging Perspectives on Flora Nwapa*, Marie Umeh ed., Trenton: Africa World Press, 1998, p. 231.

　　然而，细读《永》之后，笔者发现恩瓦帕较少涉及女性在内战中的政治作用，可以说，那些诸如奥姆（Omu）、乌姆阿达（Umuada）等曾在尼日利亚反殖民运动中举足轻重的"庄严而有影响力的本土女性组织在该故事中无足轻重"①，整部小说只有一处写到女人们"为士兵们缝制军服，为士兵们烧饭，还给军官们送昂贵的礼物。……每个星期三为比亚夫拉祈祷"（7）。作为回报，她们可以听到专门为她们而作的战报。但颇为讽刺的是，这些战报充满了谎言，最终导致她们对战事做出误判，致使她们及其家人走向无谓的死亡。在故事结尾处，阿格法因误信那些骗人的战报，未能在敌军进攻之前把四个未成年的儿子带离乌古塔而倒地痛哭便是最好的例证。这一方面反映了女性的生存能力在内战期间未被充分利用和被边缘化的事实，另一方面，恩瓦帕似乎也不在意女性在内战中的政治作用。事实上，主人公凯特毫不关心比亚夫拉的事业，更谈不上对它的信仰。不同于《目的地比亚夫拉》及《半轮黄日》中清晰的比亚夫拉概念，在《永》中，比亚夫拉人在国家身份问题上有着激烈的冲突，②他们的比亚夫拉概念充满了模糊性和矛盾性，被淹没在一片混乱、伤害以及丧失中。凯特一直与比亚夫拉政权所做的"名为保护人民实则欺骗他们的社会以及军事宣传"③的斗争就清楚地说明了这一点。在《永》中，恩瓦帕并没有像其他女作家那样强调女性在战争中的政治作用，她更多的是关注女性处理内战紧张局势的能力，以及缓解无处不在的肉体及精神错乱的生存策略。笔者同意布莱斯的论断，即恩瓦帕的战争书写基本上没有对战争做对或错的政治判断，也没在情感上靠拢民族主义，相反，只有冷静的实用主义以及求生的本能。可以说，通过凯特这一女性形象，《永》主要记录的是她引领着家人在内战中存活下来的经历。

　　在埃梅切塔的《目的地比亚夫拉》中，黛比也是战时女性求生经历的记录者。在名为"妇女之战"（"Women's War"）的章节中，黛比记录了她带领一群妇

---

① Femi Nzegwu, *Love, Motherhood and the African Heritage: The Legacy of Flora Nwapa*, Dakar: African Renaissance, 2001, p. 142.

② Jago Morrison, "Imagined Biafras: Fabricating Nation in Nigerian Civil War Writing", *Ariel: A Review of International English Literature*, 2005, 36(1—2), p. 12.

③ Gloria Chukukere, *Gender Voices and Choices: Redefining Women in Contemporary African Fiction*, Enugu: Fourth Dimension Publishing Co. Ltd., 1995, p. 139.

孺在战争中存活下来的经历。不过，在《目的地比亚夫拉》中，黛比记录自己及其周围来自不同阶层、不同部族的妇女们的内战经历的主要目的，是避免它像历史上的"妇女之战"一样消失在男性的内战书写中。同时，埃梅切塔也试图借此颂扬女性的智慧、坚韧及她们对比亚夫拉事业的伟大贡献。然而，在《永》中，凯特生存下来的目的只是想告诉别人：

> 身处战争意味着什么。……我听到了炮弹致命的呜呜声。没有哪本书会教我们这些东西。在给我们讲解发生在欧洲以及美洲的无数次战争时，没有哪位老师能让我们听到炮弹声。（1）

可以说，通过凯特的经历和体验，恩瓦帕强调的并非女性在战争中为比亚夫拉事业所做的重大贡献，而是女性在战争中求生存的痛苦经历。凯特在战争中扮演的仅仅是战争苦难记录者的角色，她记录了战争的邪恶、荒诞和残酷。《永》讲述的始终是凯特如何与比亚夫拉虚假的军事宣传作斗争，从而为整个大家族赢得生存的机会。用恩泽格乌（F. Nzegwu）的话说，在该小说中，生存的本能优于国家的理想。①恩瓦帕正是借此来凸显小说的反战主题。对于凯特这一女性形象，内战文学研究专家阿缪塔（C. Amuta）有不同的看法。他将该女性形象读解为"恩瓦帕执着于对女性主义思想的宣扬"，并不无讽刺地称恩瓦帕竭力使"女性成为该故事中唯一有勇有谋的生物"②。笔者认为阿缪塔的批评有失公允。因为恩瓦帕在《永》中之所以不断地揭露比亚夫拉军事宣传的荒诞和虚假，其目的并非要宣扬其女性主义思想，而是要揭示女性在战争中求生存的不易以及战争的可怕和邪恶，从而达到反战的目的。换言之，通过强调女性在内战中所扮演的求生存的角色，恩瓦帕表达了对战争的强烈谴责。楚库吉尔指出，在《永》中，恩瓦帕质疑任何

---

① Femi Nzegwu, Love, *Motherhood and the African Heritage: The Legacy of Flora Nwapa*, Dakar: African Renaissance, 2001, p. 149.

② Chidi Amuta, "The Nigerian Civil War and the Evolution of Nigerian Literature", *Canadian Journal of African Studies*, 1983, 17(1), p. 95.

以战争的方式来解决冲突的行为，哪怕是一个民族要宣布独立的合法动机。① 笔者赞同楚库吉尔的观点。尽管恩瓦帕支持比亚夫拉事业，但她似乎觉得即便是一个民族宣布独立的正义事业，也不能成为发动战争的合法理由。小说中，她借凯特之口谴责了比亚夫拉政客，认为正是他们"招致了这场战争"（7）。这或许也是恩瓦帕为何要采用"内聚焦"的叙事模式来描写战争给人身心带来的巨大创痛的原因。

三、"内聚焦"：小说的自传性叙事模式

阿迪契曾听她父亲谈论过他本人内战期间的痛苦经历。她说："如果所有那些事情发生在我身上的话，我就会成为怨恨重重的人。"② 艾克文西也指出，亲历战争的作家在书写内战时容易情绪化以致无法做到客观，而这往往会影响其写作的真诚。③ 为了客观公正地再现这场内战，大部分的内战书写者，尤其是亲历内战的书写者，往往不会采用自传性叙事模式。尽管《在和平中活下来》中涉及了艾克文西不少的亲身经历——在内战期间，他和小说中的主人公一样也负责比亚夫拉电台，④ 但他尽量避免明显的自传色彩而采用了全知全觉的"零聚焦"⑤ 叙事模式。

---

① Femi Nzegwu, *Love, Motherhood and the African Heritage: The Legacy of Flora Nwapa*, Dakar: African Renaissance, 2001, p. 160.

② Vendela Vida, Ross Simonini & Sheila Heti, eds., *Always Apprentices: The Believer Magazine Presents Twenty-two Conversations Between Writers*, San Francisco: Believer Books, 2013, p. 97.

③ Bernth Lindfors ed., *DEM-SAY: Interviews with Eight Nigerian Writers*, Austin: African and Afro-American Studies and Research Center of the University of Texas, 1974, p. 30.

④ B. Nganga, "An Interview with Cyprian Ekwensi", *Studia Anglica Posnaeniensia: An International Review of English Review*, 1984, 17, p. 284.

⑤ 热内特的聚焦理论将小说叙事中的聚焦分成三种类型：零（无）聚焦 [zero (non-) focalization]，即叙述者＞人物，指叙述者能如上帝般透视所有人物的内心世界；内聚焦（internal focalization），即叙述者＝人物，指叙述者只叙述自己的所见所闻、所思所想，不具备透视别的人物内心世界的能力；外聚焦（external focalization），即叙述者＜人物，指叙述者处于故事之外，不具备透视任何人物的内心世界。参见赵莉华、石坚：《叙事学聚焦理论探微》，《西南民族大学学报（人文社科版）》，2008 年第 12 期，第 230—234，349 页。

在多位记者和评论者的访谈中,恩瓦帕曾坚决否认其文学创作的自传因素,[①]不过,我们应看到,《永》的确记述了恩瓦帕在内战期间的亲身经历。正如布莱斯指出,《永》是恩瓦帕对自己战争经历"不加掩饰的伪装"[②]。伊扎格博更是认为,恩瓦帕在《永》中身兼作者、叙述者以及女主人公三重身份。他断言,《永》中的凯特就是恩瓦帕自己。[③]事实上,如果把《永》与恩瓦帕长女恩泽莱比斯(E. Nzeribes)所著的名为"战时记忆"的文章(记录了她们母女在乌古塔的战时经历,未发表)相对照,我们就可以发现《永》的确具有明显的自传特质。[④]不同于《在和平中活下来》"零聚焦"的叙事模式,《永》采用的是"内聚焦"的叙事模式。

恩瓦帕曾在英国留学,获得了爱丁堡大学的教育硕士学位,并因此而出任卡拉巴(Calabar)教育局局长一职,可谓社会精英。然而,正如她自己所言,"我所热爱的是事业而非政府"[⑤]。在内战中,与分别任职于比亚夫拉文化部与宣传部的阿契贝和艾克文西等男性精英不同,恩瓦帕没有担任任何公职。可以说,在所有亲历战争的内战书写者中,恩瓦帕是唯一一个过着平民生活,与政府或公共服务全然无关的人。由于她的平民身份,她在战争期间无法知晓任何的官方消息和军事行动,所以她的战争书写显然有别于阿契贝、艾克文西等男性作家或尼日利亚高官之妻恩姣库笔下有关军事行动、政治阴谋及外交策略的描写,《永》中描

---

① Marie Umeh, "Flora Nwapa as Author, Character, and Omniscient Narrator on 'The Family Romance' in an African Society", *Dialectical Anthropology*, 2001, 26(3-4), p. 343.

② Jane Bryce, "Conflict and Contradiction in Women's Writing on the Nigerian Civil War", *African Languages and Cultures*, 1991, 4(1), p. 35.

③ Theodora A. Ezeigbo, "Vision and Revision: Flora Nwapa and the Fiction of War", *Emerging Perspectives on Flora Nwapa*, Marie Umeh ed., Trenton: Africa World Press, 1998, p. 479.

④ 举一例,埃金尼·恩泽莱比斯讲道:"妈妈……总是开着收音机,听战争新闻尤其是 BBC 报道的战争新闻。现在回望当时,她总是非常警觉,似乎在等待什么。……我想她并未觉得战事有什么可笑的。因为她总是与人争论,而我想人们把她当成了一个奸细。"参见 Ejine Nzeribes, "Remembrances of the War Period", Leslie Jean, *Blow the Fire*, Enugu: Tana, 1986, p. 1. 恩瓦帕在《永不再来》中是这样写的:我们开始谈论 BBC 及其新闻。其他人的观点纯粹是撒谎,"尼日利亚并未准备攻打乌古塔。这不可能。"但我们听说尼日利亚在安排平底船,为攻打乌古塔做准备",我坚持道。"撒谎!谎话连篇!"很多人这么说(第24—25页)。这两种叙事极其相似,唯一的不同之处在于埃金尼"记录"了战争事件而恩瓦帕则将其"创造"并"转化"成小说。参见 Theodora A. Ezeigbo, "Vision and Revision: Flora Nwapa and the Fiction of War", *Emerging Perspectives on Flora Nwapa*, Marie Umeh ed., Trenton: Africa World Press, 1998, pp. 479—480.

⑤ Theodora A. Ezeigbo, "Vision and Revision: Flora Nwapa and the Fiction of War", *Emerging Perspectives on Flora Nwapa*, Marie Umeh ed., Trenton: Africa World Press, 1998, p. 481.

述的仅是非战斗人员、非政治人物的内战经历。此外，有文献记载，恩瓦帕在内战期间从哈科特港逃回自己的家乡乌古塔，并一直待在那儿直至战争结束。①因此，在尼日利亚军队对乌古塔发动进攻之时，她无从知晓乌古塔之外的情况。笔者认为，正是恩瓦帕的平民身份及其内战经历，使她的内战叙事"内聚焦"于战争期间身处与外界隔绝的乌古塔的叙述者凯特的经历。恩瓦帕曾特别提及她本人在战争期间所遭遇的虚假宣传——"在战争期间，当我表达与虚假宣传不同的想法时，我遇到不少麻烦。"②《永》也侧重凯特对战时乌古塔之于她及其家人有直接影响的事件的叙述，尤其是比亚夫拉的军事宣传。可以说，《永》在时空上体现出更为狭窄的"内聚焦"叙事特征。

尼日利亚著名评论家乌梅（M. Umeh）认为，凯特有着与《目的地比亚夫拉》中黛比一样的人生体验，即"从理想主义到现实主义……从天真到世故，从无知到对现实世界里的邪恶有着深刻的了解"③。《永》的"内聚焦"叙事模式展示了凯特对比亚夫拉战争宣传逐渐深入的认识过程。战争伊始，凯特支持比亚夫拉并相信它的战争宣传。但是随着卡拉巴以及哈科特港的相继陷落，她就开始厌烦比亚夫拉的战争宣传："我听到的有关比亚夫拉的宣传够多的了。当我还是尼日利亚人的时候，我可没有听到过这么多有关尼日利亚的宣传"（2）。等她及其家人逃回家乡乌古塔时，她开始表现出对比亚夫拉方虚假战争宣传的强烈不满。她说，"我们不想再用言语来打仗。言语是无力的。比亚夫拉不可能凭借着言语就赢得一场内战。……我们已经输了这场战争"（23，24）。凯特甚至拿充满谎言的比亚夫拉战争宣传当作调侃和嘲讽的对象。她对比亚夫拉战争宣传的认识越深入，就越看清它的虚假、荒诞、死亡的本质：在内战中，它不是把重点放在如何打败敌人上面，而是把更多的精力放在寻找、排查所谓的奸细之上；为了哄骗、操控民众，比亚夫拉战争宣传竟然就同一场战事编造出三个自相矛盾的版本。在这种

---

① Theodora A. Ezeigbo, "Vision and Revision: Flora Nwapa and the Fiction of War", *Emerging Perspectives on Flora Nwapa*, Marie Umeh ed.,Trenton: Africa World Press, 1998, p. 481.

② Brenda F. Berrian, "In Memoriam: Flora Nwapa (1931—1993)", *Signs: Journal of Women in Culture and Society*, 1995, 20(4), p. 997.

③ Theodora A. Ezeigbo, "Vision and Revision: Flora Nwapa and the Fiction of War", *Emerging Perspectives on Flora Nwapa*, Marie Umeh ed.,Trenton: Africa World Press, 1998, p. 491.

战争宣传的洗脑下，原本坚决支持妇孺及早撤离乌古塔的民兵阿迪格威（Adigwe）最后竟也改弦易辙。更为可笑的是，深受这种虚假的战争宣传之苦的碧最后也违心地变成了一名撒谎者，致使更多的平民白白送死。

一般而言，如果作家在审视社会及民众的冲突与痛苦时站得过近的话，他的书写很可能让人视线模糊。《永》的"内聚焦"的叙事模式有时的确让读者有这种感觉，因为他们对尼日利亚军方所发生的一切一无所知。即便当尼日利亚军队进入同一叙事背景后，读者也无法从叙述者处了解他们的所作所为和所思所想。这种模糊性在凯特的情感发泄中得到了明显的体现：

> 我们都是兄弟，我们都是同事，都是朋友，都是同时代的人。然而，没有任何的警示，他们就开始射击；没有任何的警示，他们就开始抢劫、掠夺、强奸和亵渎神明，更可恶的是，他们开始撒谎，互相撒谎。（73）

在这里，"他们"指的是谁？比亚夫拉人还是尼日利亚人，抑或兼指两者？叙述者似乎无法区别加害者和受害者。虽然如本·奥克瑞（Ben Okri）在其题为"男性之战中的女性"（"Women in a Male War"）的书评文章中所说的那样，"事件的混乱和困惑一定是人们在面对那段尼日利亚历史中血腥时期的部分反应"[1]。不过，《永》的那种因"内聚焦"的叙事模式导致意义空白的模糊书写似乎另有含义。伊格尔顿（T. Eagleton）曾指出，读者往往能从文本中明显的沉默、空白或缺席更明确地感受到意识形态的在场。[2]笔者以为，恩瓦帕正是通过这些模糊或限制来揭示战争的邪恶和恐怖。虽然艾克文西在《在和平中活下来》中也曾严厉批判了比亚夫拉战争宣传的虚假与荒诞，但《永》这种"内聚焦"的自传性叙述模式犹如一把放大镜让读者能够更清晰、更直观地感受充满谎言的比亚夫拉战争宣传的荒诞。

---

① Gloria Chukukere, *Gender Voices and Choices: Redefining Women in Contemporary African Fiction*, Enugu: Fourth Dimension Publishing Co. Ltd., 1995, p. 203.

② Obododimma Oha, "Never a Gain? A Critical Reading of Flora Nwapa's *Never Again*", *Emerging Perspectives on Flora Nwapa*, Marie Umeh ed., Trenton: Africa World Press, 1998, p. 438.

贝蒂·威尔逊(Betty Wilson)曾指出,自传模式通常为女性作家所青睐。[1]不过,恩瓦帕似乎并不是特别青睐自传模式,因为《永》是这位女作家创作的唯一一部具有自传色彩的小说。与她其他的非自传小说如《艾弗茹》(*Efuru*,1966)、《伊杜》(*Idu*,1970)全知全觉的"零聚焦"叙事模式中始终克制而审慎的叙述者声音不同,[2]恩瓦帕在《永》中有不少道德说教。在伊扎格博看来,这种道德说教声音在某些时候甚至到了遮蔽其审美考量的地步。[3]威尔逊指出,自传模式是一种宣扬个人主张的文类,是一种主人公(或作者)用以表现自我的方式。[4]笔者认为,恩瓦帕在《永》中之所以采用自传模式的目的,就在于她试图通过小说叙述者的道德说教来宣扬自己的反战思想:

是啥念头?是什么样的自大以及什么样的愚蠢想法把我们带向如此荒芜、如此疯狂、如此邪恶的战争和死亡?这场残酷的战争结束后就不再会有战争。战争不会再发生,绝不再来,绝不再来,绝不再来。(73)

乌梅相信,《永》中那些随处可见的不育、荒芜、麻风病以及被称为"夸希奥科"(kwashiorkor)的重度营养不良症和被叫作"渴扰渴扰"(craw craw)的皮肤病的意象表明,恩瓦帕对战争的邪恶有着比其他战争书写者更为深刻的洞见。[5]笔者也认为,《永》那种"内聚焦"自传性叙事模式的战争叙事进一步凸显了战争的邪恶和荒诞,表达了恩瓦帕鲜明的反战意识,使《永》成了尼日利亚内战叙事中一道独特的风景。

尼日利亚内战的女性书写者大多未亲历那场内战。战争爆发时,阿迪契尚未出生,而埃梅切塔已移居伦敦。唯有恩瓦帕和恩娇库亲历内战的整个过程,她们

---

[1] Theodora A. Ezeigbo, "Vision and Revision: Flora Nwapa and the Fiction of War", *Emerging Perspectives on Flora Nwapa*, Marie Umeh ed., Trenton: Africa World Press, 1998, p. 480.

[2] Theodora A. Ezeigbo, "Vision and Revision: Flora Nwapa and the Fiction of War", *Emerging Perspectives on Flora Nwapa*, Marie Umeh ed., Trenton: Africa World Press, 1998, p. 489.

[3] Ibid.

[4] Ibid., p. 480.

[5] Ibid., p. 491.

对战争中的恐惧、焦虑、暴行以及邪恶有着更为直接和深刻的感受。后者的丈夫是一位尼日利亚高级军官，所以她认识参与 1966 年恩西奥格乌（Nzeogwu）政变的几乎所有军官以及戈翁与奥朱库。[①] 她的自传《抵挡暴风雨——一个家庭主妇的战争回忆录》（1986）不仅真实记录了她本人在丈夫被比亚夫拉政府羁押时带着孩子在内战中求生的经历，而且也像《目的地比亚夫拉》那样大量描写了内战期间的政治人物及政治阴谋。相比之下，由于恩瓦帕在战时只是一介平民，她采用"内聚焦"的自传性叙事模式，将其内战书写仅聚焦于以叙述者为中心的战时普通民众的日常生活也就不足为奇了。恩姣库的内战叙事是西苏所言的在个人层面与国家层面同时展开叙述的战争书写，[②] 而恩瓦帕的内战叙事仅从个人层面切入，它"内聚焦"于普通民众战时的日常生活，凸显他们在战争中的恐惧和焦虑以及战争的荒诞和邪恶，表达了极强的反战意识。《永》无愧为一个凸显和平主义"反战修辞文本的范例"[③]。

结　语

在一次采访中，阿迪契谈及尼日利亚内战小说的标准——它应该告诉读者在内战期间"发生过什么，为什么发生。它如何改变这场内战的亲历者以及后来者，它如何继续影响尼日利亚的政治景观"[④]。按此标准，《永》并非一部优秀的内战小说，因为该小说只叙述"发生过什么"，而且仅限于发生在身处与外界隔绝的乌古塔的主人公身上的事情。阿契贝等人认为，历史事件的书写者必须在时间和空间上与历史事件保持距离。他相信，只有这样，他们才能在另一端理解得更清

① Jane Bryce, "Conflict and Contradiction in Women's Writing on the Nigerian Civil War", *African Languages and Cultures*, 1991, 4(1), p. 33.

② Obododimma Oha, "Never a Gain? A Critical Reading of Flora Nwapa's *Never Again*", *Emerging Perspectives on Flora Nwapa*, Marie Umeh eds., Trenton: Africa World Press, 1998, p. 429.

③ Ibid., p. 434.

④ Chimamanda Ngozi Adichie, "A Brief Conversation with Chimamanda Ngozi Adichie", *World Literatures Today*, 2006, 80(2), p. 5.

楚，就好比一个明智的观众总会为了更确切和充分地理解事情的来龙去脉而后退一步。①评论家艾迪·伊罗（Eddie Iroh）在谈及他心目中伟大的内战书写时也表达了类似的观点，认为书写内战的佳作应不偏不倚地叙述这一悲剧事件。②按照阿契贝和伊罗的看法，《永》似乎也称不上什么伟大之作。因为这部被作者本人称为"梗在胸口不写不快、在很短的时间内一气呵成"③的小说是在内战结束后不久（5年之后）发表的，而且它还是一部较为个人化甚至情绪化的内战叙事。用阿缪塔的话说，作品时常会以个人主观印象式评论的方式拙劣地体现了作家主观、预置的结论。④不过，我们应该看到，恩瓦帕创作《永》的初衷并非要对这场战争做客观和整体的评估：该书通过对充斥于传统战争叙事尤其是男性战争叙事中的英雄主义意识的解构，对战争中为生存而苦苦挣扎的女性形象的塑造以及对战争场景的"内聚焦"处理，揭示了战争摧毁人性的本质，并清楚地表明作家坚定的女性主义立场和反战的人道主义思想。

（文 / 华侨大学 张燕）

---

① Chinua Achebe, *Hopes and Impediments*, New York: Anchor Books, 1990, p. 35.

② John C. Hawley, "Biafra as Heritage and Symbol: Adichie, Mbachu and Iweala", *Research in African Literatures*, 2008, 39(2), p. 18.

③ Ezenwa-Ohaeto eds., *Winging Words: Interviews with Nigerian Writers and Critics*, Ibadan: Kraft Books Ltd., 2003, p. 26.

④ Chidi Amuta, "The Nigerian Civil War and the Evolution of Nigerian Literature", *Canadian Journal of African Studies*, 1983, 17(1), p. 96.

第三篇

埃梅切塔小说《在沟里》
和《新娘彩礼》中女主人公的"性情"辨识

布契·埃梅切塔

Buchi Emecheta, 1944—2017

作家简介

布契·埃梅切塔（Buchi Emecheta，1944—2017）出生于尼日利亚拉格斯（Lagos）的亚巴（Yaba）。9 岁时父亲辞世，母亲改嫁，她与弟弟不得不寄人篱下。她 16 岁时结婚，婚后经常遭丈夫殴打，《新娘彩礼》（*The Bride Price*）的第一份手稿甚至被丈夫焚毁。22 岁时，她与丈夫离婚，此后，一边工作养家，一边读书创作。1972 年，她被伦敦大学授予社会学专业理学学士学位（荣誉），1992 年被菲尔莱·狄更斯大学授予文学博士学位（荣誉）。

坎坷的人生经历对埃梅切塔的创作产生巨大影响，她的多数作品是根据其自身经历创作而成。1972 年，她将原为《新政治家》（*New Statesman*）杂志撰写的专栏小说以"在沟里"（*In the Ditch*）为题结集出版。1974 年，她出版第二部小说《二等公民》（*Second-Class Citizen*），该小说的女主人公阿达（Adah）与《在沟里》的主人公同名。1983 年，她将这两部作品作为合集出版，题为《阿达的故事》（*Adah's Story*），这部小说堪称埃梅切塔的自传。而她的其他作品也多数以自传或半自传方式，描述黑人女性的悲惨命运，讲述她们为争取权利而抗争的艰辛经历，如《新娘彩礼》（*The Bride Price*，1976）、《奴隶女孩》（*The Slave Girl*，1977）、《为母之乐》（*The Joys of Motherhood*，1979）、《双重枷锁》（*Double Yoke*，1982）、《月光新娘》（*The Moonlight Bride*，1982）等。这些作品均涉及非洲女性的生存困境，凸显了埃梅切塔对女性、母亲、儿童、奴隶等弱势群体的关切。

埃梅切塔是继恩瓦帕之后尼日利亚第二代女性作家的杰出代表。她通过文学创作激励非洲女性勇敢打破观念枷锁，追求独立，追求自我，追求解放，她提出的"小写 f 的女性主义"（feminism with a small "f"）受到女权主义者广泛关注。由于成就突出，埃梅切塔先后获得多种奖励或荣誉。1978 年，她凭借《奴隶女孩》荣获乔克·坎贝尔奖（Jock Campbell Award）；1979 年，成为英国内政大臣种族问题咨询委员会（British Home Secretary's Advisory Council on Race）委员；1983 年，进入《格兰塔》（*Granta*）杂志评选的 20 位"英国最佳青年小说家"名单；2005 年，被授予大英帝国勋章；2018 年，入选《英国广播公司历史杂志》（*BBC History Magazine*）评出的"改变世界的 100 位女性"。埃梅切塔对非洲的女性文学与女性事业均产生了深远的影响。

作品节选

《在沟里》

（*In the Ditch*，1972）

The first evening when the "sitters" came she kept worrying in the class at the Poly. She held herself to her seat from sheer will power. Society had nothing good to say about long-haired, guitar-playing Youth. All she had read and heard about them was that they were always marching from pillar to post with their mad banners, they were always sitting-in somewhere or other, and almost all of them were on dope. Suppose they should start smoking the stuff in the presence of her kids? Suppose they started their free love while the kids were still awake? Oh, God, help her. As soon as it was nine o'clock she sped home. [1]

"保姆们"到来的第一个晚上，在理工学院夜校课堂的她心情忐忑，纯粹靠意志力坐在座位上。社会看不惯留长发、弹吉他的年轻人。她从所见所闻中得到的印象是，这类年轻人总是举着愚蠢的标语四处奔走，静坐示威，且几乎个个吸毒。要是他们在她孩子们面前吸起那玩意儿怎么办？要是他们在孩子们还醒着时就开始自由性爱怎么办？哦，上帝啊，快别这样。一到 9 点，她就匆匆往家赶了。

（蒋玉兰 / 译）

---

[1] Buchi Emecheta, *Adah's Story*, London: Allison & Busby, 1983, p. 165.

作品节选

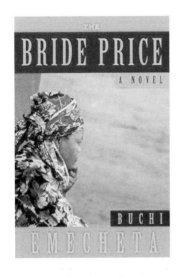

《新娘彩礼》

（ *The Bride Price* ，1976）

Aku-nna did not know how it had happened, but the next thing she knew she was standing beside Chike. Their fingers were not touching but the closeness was enough to give her strength. Friends and neighbours poured out comfort to her mother, trying to assure her that she, Aku-nna, was simply infatuated; that she would change and think of her mother more as she grew older. Okonkwo's senior wife, who was Ogugua's mother, pointed out that this should have been Aku-nna's happiest day, and now this had happened. She begged Okoboshi to take the insult like a man. [1]

　　阿库娜不清楚自己怎么站到了契克的旁边。两人没有碰到彼此之手，但这么近的距离足以给予她力量。朋友和邻居们竭力劝慰她母亲，试图向她保证，阿库娜这孩子只是一时迷恋罢了；随着年龄增长，她会改变的，会更为她母亲着想的。奥贡喀沃的大老婆，即奥谷瓜的母亲，强调这本该是阿库娜最快乐的日子，而现在却弄成这样。她恳求奥科博希像个男子汉那样承受这份侮辱。

（蒋玉兰 / 译）

---

[1] Buchi Emecheta, *The Bride Price*, New York: George Braziller, Inc., 1976, p. 122.

作品评析

《新娘彩礼》和《在沟里》中女主人公的"性情"辨识

引　言

尼日利亚作家布契·埃梅切塔（1944—2017）出版的首部小说是《在沟里》（*In the Ditch*，1972）[①]，而她真正的处女作则是四年后出版的《新娘彩礼》（*The Bride Price*，1976）[②]。因《新娘彩礼》的首个手稿被她的丈夫烧毁，约 10 年后埃梅切塔将其重写，这部小说才得以与读者见面。阿库娜（Aku-nna）和阿达（Adah）分别是《新娘彩礼》和《在沟里》的女主人公。阿库娜失父后飘零，阿达离异后落魄，其命运几乎与埃梅切塔的身世相对应，两部小说都含有作者自传的成分。阿库娜自童年至青春期的主要经历与埃梅切塔的成长经历相似，都有丧父、母亲改嫁、寄人篱下及抗婚并自主结婚的经历，虽然小说中的爱情故事有别于现实。而小说"《在沟里》记录了单亲家庭的她 [布契·埃梅切塔] 在伦敦的贫苦生活"[③]。这两部小说的主旨是揭示处于被殖民以及刚从殖民桎梏中解脱出来的非洲妇女所承受的传统压迫和种族歧视。换个视角，如果不以国别和文化差异为藩篱，而是从人的共性出发审阅这两部小说，以自古及今人的基本性情为基点感受文学艺术的共性，也不失为一件值得做的事。毕竟，人的基本性情相同。

---

① Buchi Emecheta, *Adah's Story*, London: Allison & Busby, 1983.

② Buchi Emecheta, *The Bride Price*, New York: George Braziller, Inc., 1976.

③ Buchi Emecheta, *Head Above Water: An Autobiography*, London: Collins Publishing Group, 1986.

荀子在"正名篇"中对人的性、情、欲做如下定义："性者，天之就也；情者，性之质也；欲者，情之应也。"[①]他指明性与情的关系是"性之好、恶、喜、怒、哀、乐谓之情"[②]，是人性的"六情"说。《礼记》对"情"做相近的定义："何谓人情？喜、怒、哀、惧、爱、恶、欲七者，弗学而能。"[③]此界定保留了荀子提出的喜、怒、哀、恶四项，改好项为爱项，去了乐项，增了惧和欲两项，提出人性"七情"说。本文借用《礼记》的性情七分法定义，提炼小说主人公的性情变化核心，辨识《新娘彩礼》和《在沟里》的女主人公的性情脉络和精神内涵。

一、阿库娜的"性情"

在《新娘彩礼》中，尼日利亚伊博族女孩阿库娜的父亲曾于二战期间加入英国军队，参加过缅甸战役，解甲回家后被安排在拉各斯火车站当焊工。阿库娜自小聪颖勤快，深得父亲喜爱。但由于她身材瘦小，体弱多病，不被包括母亲在内的世俗眼光欣赏。小家庭不快乐，父母常吵架，原因是连续五年不得新子，膝下仅有 13 岁的阿库娜和 11 岁的弟弟阿道夫，这在伊博人眼里几乎等于无子女。父母为此不断祈求神祇和拜访巫医，用尽各种解数却无果。最后母亲听从巫医建议，回老家暂居，向河神献祭，沐浴家乡神河，以求多子。正是此期间，父亲二战时感染的腿疾恶化。有一天他告诉两个孩子他得去医院看病，会回家吃晚饭，但当父亲数日后由大人们送回时，已是一具尸体。父亲离世后，家庭失去了经济支柱。按传统，母亲由老家夫兄继承，三人全回了老家。身为女孩的阿库娜忧心忡忡，生怕从此失学，无法实现自己的梦想。鉴于上述诸因，阿库娜的性情核心是"惧"，等到"惧极而返"时，她最可贵的精神实质显现，"惧"返向"怒"，开始了对生的捍卫和对邪恶的斗争。

---

① 王先谦：《荀子集解》，北京：中华书局，2012 年，第 415 页。

② 同上，第 399 页。

③ 王文锦：《礼记译解》，北京：中华书局，2016 年，第 268 页。

（一）因丧而惧

父亲离世后，母亲成为伯父的"第四房"，阿库娜和弟弟犹如孤儿。伯父自己子女众多，一门心思追求更高尊位，迫切需要经济支撑。母亲把父亲留下的100多英镑带到新家，要不是父亲立有遗嘱，保证孩子的就学费用，一家三口就更感寄人篱下。身为女孩的阿库娜担心伯父要她休学干家务，早出嫁，得彩礼，如果那样，她的梦想就成了灰烬。母亲为自己能在守丧9个月后被夫兄继承而感幸运，她靠做远途小倒卖养活自己和孩子。当新夫君答应让阿库娜再读一年以完成小学学业时，感激不已的母亲提醒女儿要懂知足、会感恩，因为"女孩没了父亲还能上学，这在伊布扎是找不出第二家的"①。

（二）因爱而惧

比阿库娜大四五岁的老师契克（Chike）进入了她的生活，令她渐渐感到人间尚存一丝温情。契克发现来自大城市的阿库娜与众不同，她瘦小、腼腆，但异常勤奋，成绩优异，便不自觉地喜欢上她，时常关爱她的亲人，送去丝丝暖意。阿库娜在契克鼓励下也重生希望，决定升学，毕业后当老师。阿库娜和契克常坐在大河岸边的隐蔽处，他们学唱新歌，对视而笑，默视奔腾的大河，互听跳动的心房。这时的她能忘却一切忧愁，满怀憧憬。然而，她的幸福始终被恐惧包围着，因为契克出身于奴隶家庭。契克的祖母原是异地公主，被绑架来后沦为奴隶，其后代都是奴隶。到契克这一代，法律上虽已废除奴隶身份，年轻人能凭努力上学谋得生计，但鄙视奴隶身份的观念烙印深刻于民间，当地自由民不能跟他们通婚，如有，就会给家族带来奇耻大辱。所以，阿库娜接受甚至渴望契克的爱意，但也因此诚惶诚恐。一旦她长大成人，继父必然依彩礼及声望把她许配出去，不管求婚者多大年纪，也不管她会成为第几房。阿库娜母亲这时已有身孕，对夫君感激不已的她要女儿听从继父。阿库娜的恐惧果真应验。当继父得知她已长大后，大方地为她杀了一只鸡，举行成年礼。家人们兴高采烈地享受着鲜鸡，阿库娜却无丝毫食欲，因为就在用餐之前，继父已向她严厉挑明："阿库娜，契克·奥富卢只是个朋友

---

① Buchi Emecheta, *The Bride Price*, New York: George Braziller, Inc., 1976, p. 82.

而已。你必须记住这一点。既然你长大了，那友谊迟早都要了断。且了断是必须的！"①

（三）旧礼之惧

成年礼的一个惯例加深了阿库娜的恐惧。按伊博风俗，女孩过成年礼，应接受男孩们上门与她嬉闹以表亲昵。阿库娜对此的惊惧可想而知，因为她已有心上人，还是个被族人鄙视的人。听到男同学奥科博希和其他男孩陆续到来，阿库娜心惊胆战，尤其害怕瘸腿的奥科博希，因为他从未对她说过半句好话。当契克出现在门口时，奥科博希呵斥他走开，自己则果断走到阿库娜身旁，用双手使劲挤压她的乳房。阿库娜凄厉的尖叫声令契克不顾一切扒开奥科博希，将他击倒在地，被火速赶来的阿库娜母亲斥止。接下来的母女对话传达出深深的悲哀，女儿祈求母亲："妈妈，求你了。奥科博希伤了我，他……妈妈呀，你看看我的新衬衣，他把它撕裂了，他太粗暴。他很邪恶——哦，妈妈，求你听我……"②妈妈反而训斥女儿，哭自己命运不济，竟碰上这么不懂事的女儿，搁着这么多好家庭不嫁……此种场面，所有在场者各有心思，而刚步入成年的阿库娜的窘迫和痛苦之情难以言表。

（四）惧极而返

成年礼的痛苦渐散，阿库娜出门与同年女孩们聚会，为社区节日排练舞蹈。然而，平静的水面涌动着一股暗流：某个夜晚，女孩们正在一个偏僻的房间排练舞蹈，一群男人突然冲进来，打灭灯火，把她绑架了。惊恐过度、嘴被捂住的她昏了过去，第二天醒来才知是奥科博希家绑架了她，要她嫁给奥科博希。精疲力竭的她面对奥科博希家人的软硬兼施报以沉默，但当看望她的弟弟告诉她契克和他想法救她时，她下定决心，为荣誉、为生存，必须孤注一掷，守住贞操。极具反讽意味的是，她想守住贞操，却必须以"失去贞操"为前提：当奥科博希扑向她，施出他平时练拳击的功夫准备占有她时，她狂笑起来，笑奥科博希无能透顶，

---

① Buchi Emecheta, *The Bride Price*, New York: George Braziller, Inc., 1976, p. 116.
② Ibid., p. 121.

竟然煞费心机抢来一个早把贞操失给奴隶的贱女孩！奥科博希怔住了，自己竟然抢到一个贱女孩。阿库娜挫败了对方的企图，但也付出了极大的代价。当饱受折磨的阿库娜去河边汲水时，路人都斜眼看她，戳她的脊梁骨，连她的好友见了也躲开去——因为她不仅失贞，还是失给了奴隶！获救后的她与契克远走他乡。但是，在当时社会条件下，年轻的她终归脆弱，在故事的结尾死于难产，暗含了"女孩不为娘家挣得彩礼就会死于难产"的旧观念。不过，婴儿活了下来，取名"悦儿"（Joy）。阿库娜匆匆离世，但她相信"喜悦"终将属于善良的人们。

从少年到青年，阿达喜于品学兼优，怒于女孩受欺，哀于离父失母，欲于成才自立。她没被"恐惧"淹没，而是奋起抗争。比起《新娘彩礼》中的阿库娜，《在沟里》的阿达经历了结婚多子、种族歧视和婚姻失败后，也一度非常悲哀。年轻的她要抚养5个孩子，压力之大是阿达和小说作者自己都能感受到的。埃梅切塔坦言："这过去20年我在英格兰的生存，始于22岁的我带着4个乳臭未干的孩子，肚里怀着第五个——着实是个奇迹。"[1]阿达的故事基于埃梅切塔自己的这段艰辛经历。较之于阿库娜的"惧极而返"，阿达是"哀极而返"，"哀"在落魄，返向"怒"和"欲"。比起阿库娜，阿达因为阅历增多，怒和欲所转化的抗争在策略上更为成熟，她开始认识到社会底层民众的集体力量以及斗争中自我反思的必要。这是极为可贵的。

二、阿达的"性情"

遭遇离婚之痛，独自抚养5个孩子，年轻的阿达极感落魄。起初租住在同乡家的顶楼，阿达面对着三更半夜老鼠在房间里逍遥的局面，大胆拿起书朝它猛掷过去，老鼠逃进破衣柜，惊起了里边的一窝蟑螂，其中一只直奔阿达的怀里。阿达斗不过老鼠、蟑螂，房东不仅不消杀它们，还落井下石，切断她房间的电源，装神弄鬼吓唬阿达和她的孩子们，对她下逐客令。陷入穷途末路的阿达得知社会

---

[1]Buchi Emecheta, *Head Above Water: An Autobiography*, London: Collins Publishing Group, 1986, p. 5.

保障部给她提供了一套公寓时，感觉救星来了。尽管邻居劝她不要搬去那个"猫咪豪宅"，因为那是"一个被上帝遗弃的地方"①，但这对阿达来说却是一根救命草，那是她申请了9个月的收获。

（一）无奈之哀

"豪宅"区有数个多层建筑，围着一个以破车棚为中心的空地。宅院的底楼住着失去自理能力的单身老人。阿达一家住在顶层，水泥楼梯陡峭狭窄，垃圾通道发出异味。阿达住进来的第三天，就被一对在此住了30多年的白人夫妇投诉，说他们的生活受到阿达一家干扰，警告他们放规矩些，尽管他们不介意阿达一家的肤色。阿达听到对方说她的肤色时，愤怒和悲哀一起袭来。为了与邻居搞好关系，她想了个"傻人求助"之法，故意去问这家邻居怎样点燃无烟煤。不料这一招甚是失策，因为邻居家的女儿一听阿达说要点火，立马惊叫妈妈，说阿达要放火了，尖叫声引出几家邻居。女孩的母亲责备阿达不懂就不该买这种煤。阿达很是懊丧，身为5个孩子的母亲，高中毕业，在伦敦做公务员，竟被这样数落，顿感颜面扫地。数周后阿达又接到学校的投诉，说校方无法接受她每早8点前留孩子们在学校车棚，晚上5点后才来接回。万般无奈的阿达只得辞去博物馆的工作。至此，她的失落感到了极点。委身于"豪宅"这个弃地，"似与外界隔绝，麻木度日，不思当初，不知为何糊口度日，不想日后。大家就待在这'沟'里，等不到有人拽出他们就是彻底沦陷下去"②。失业的阿达走进"豪宅"的妇女们当中，从一名高学历的公务员沦落到贫民窟的失业民。

（二）哀极而返

墙、柜、厨常发霉，门口、楼道常见狗屎，邻居男孩偷走牛奶，垃圾通道阵阵异味，孤寡老人独自死去，穷人取暖失火成灾，种种问题，逼得大家联合起来抗争。阿达的首次抗争在邻居妇女伍佩的协助下获得暂时性胜利。在某个领救济

---

① Buchi Emecheta, *Adah's Story*, London: Allison & Busby, 1983, p. 154.

② Ibid., p. 166.

金的日子，当阿达和伍佩领了救济金到交房租窗口时，阿达要求政府解决门口的狗屎问题，伍佩和另一白人妇女则一左一右向职员们"开弓"，质问他们为何让阿达白等一天也不见调查者来访，为何宅院环境的申诉石沉大海。职员们知道理在对方，只得记下阿达的详细投诉。纷争以职员们的让步告终，尽管事后宅院的环境依然如故。

（三）由惧返思

宅区空地旁的小房是家庭顾问卡罗尔的办公室。卡罗尔得知阿达上夜校攻读社会学学位，晚上总是留5个孩子在家后，就为她向"特别工作组"申请了年轻志愿者。阿达对年轻人有顾忌，因为媒体常对年轻人做负面报道，如性别难辨、摇旗呐喊、纵性吸毒，等等。阿达很不放心：他们会在孩子们面前做不规矩之事吗？会吸毒吗？孩子们会跟着学坏吗？所以，在志愿者上门的首个晚上，身在夜校心在家的阿达不禁担忧和恐惧，一下课就急奔回家，进门先找到孩子们，看到他们都已洗净就寝才如释重负。然后她看见了干净的浴室和整洁的房间，不禁热泪盈眶，愧疚地和手拉手坐着看电视的年轻志愿者们亲切交谈。自此，志愿者们成了阿达家的常客，阿达也改变了对年轻人的成见，她开始寻找时机走近年轻人，倾听他们的诉求并给予力所能及的帮助。

（四）慎待"声讨"

声讨意味着怒之极，是极为严肃的事，因为它直接拷问声讨者、被声讨者及所有旁观者的灵魂，决定着被声讨者做良民的两个基本条件：名誉能否捍卫，肉体能否安在。但是，作为社会群体的人会因为情绪感染、个性冲动、宣泄仇恨等习性导致声讨的后果未必理性和公正。小说《在沟里》有几个声讨场面，是宅院住户对卡罗尔的声讨。卡罗尔是社会保障部门派驻"猫咪豪宅"的家庭顾问。随着住户对宅院各项问题不满程度的加深，他们把矛头对准了卡罗尔，她成了宅民对政府不满的首个"出气筒"。第一次有阿达参与的声讨在考克斯太太家举行，大家纷纷说出对卡罗尔的不满。有人说卡罗尔好宣扬，把他们的一切都告诉了市政；有人说如果大家搬离此地，就意味着卡罗尔会失业；有人说她偏心，偏爱某些家庭。大家越说越气愤，后来有人口出狂言，说不会放过她。阿达乍听吃惊不小，但提醒自己静听。第二次声讨在卡罗尔的办公室进行，那是他们经常喝着卡罗尔煮的咖啡一起唠嗑的地方。主要指责还是三点：卡罗尔把宅院各家的事都暴露给社保部门，造成外界带着成见看待这里的人；她在背后有意阻挠大家搬走，只为保住她自己的"饭碗"；她借着宅院平台施恩惠，搞人情，不秉持公正。在场群众的情绪相互感染，对卡罗尔的诅咒声越来越多，有人发誓要杀了她。阿达听人们对卡罗尔的声讨，先是困惑不已，因为她以为卡罗尔是站在住户立场的，阿达甚至担心是否别人把她也当作卡罗尔的偏爱者了，同时，听多了大家的控诉，感受着大家的愤慨，阿达也真的开始怀疑卡罗尔了，但她的思考是理性的，"有可能她[卡罗尔]出卖了人们的信任，至少人们这么认为。是卡罗尔的过错还是她代表的那个官僚机构的呢？"①

阿达与住户们一样对给人"贴标签"的行为深恶痛绝。社会上把长发男子称作"长发女郎"，短发的是"光头党"，守旧的是"书呆子"，好新潮的是"波希米亚人"，而身处社会底层的被看作有问题的人，这令她气愤。外界对宅院住户的成见有一部分归因于卡罗尔的言语，阿达也感懊恼。但卡罗尔的种种帮助也历历在目：经常为住户向社保部申请额外困难补助，为生病在家的居民请医生，在宅院举办一些公益活动，每天在办公室里为大家提供热咖啡，不时帮着照看留在办公室的孩子，等等。阿达觉得应给卡罗尔一个公正的评价，"毕竟，她也是肉身，承受宅院里妇女们的一些'小道道'也真非易事"②。因此，阿达在适当的时机运用社会学知识为卡罗尔的某些言行做些学术角度的解释，为人们对卡罗尔态度的极端化起缓冲和平衡的作用。同时，阿达开始反省自己被卡罗尔"喂"惯了的依赖心理，想到自己完全是个有工作能力的人，却靠救济、施舍、赚便宜过日子，对此颇感羞耻。"外部原因造成的灾祸令人痛苦，但人们自己造成的灾祸则令人苦恼和沮丧。"③阿达虽因反思而痛苦，但她不回避自我剖析，而是在痛苦中获得新生。

---

① Buchi Emecheta, *Adah's Story*, London: Allison & Busby, 1983, p. 209.

② Ibid., p. 230.

③ 康德：《康德人类学文集（注释版）》，李秋零译注，北京：中国人民大学出版社，2016 年，第106 页。

（五）平和之欲

处在人生低谷的阿达想靠写非洲短篇故事挣点稿费，却不断收到言辞美丽的退稿信。在这最落魄的日子里，有一看似细小之事对阿达的身心健康却起着至关重要的作用。日后说起"猫咪豪宅"她曾坦言，恰恰在"豪宅"生活的日子里，穷人们之间的戏谑让她学会了笑，松弛了她一直紧绷的心弦，避免了被满腔怒火、自艾自怜或自暴自弃吞噬。典型的戏谑发生在考克斯太太和她的大女儿伍佩之间。考克斯太太的儿子们已自立门户，两个女儿却先后带着孩子回到她身边，靠救济生活。大女儿伍佩很热心，当阿达因为打短工疲劳过度引起高烧时，家里的一切都是伍佩帮忙操持的。伍佩有两大特点：待人热情仗义，但在母亲面前永远长不大。穷人最简便易得的开心就是做美梦了，当妇女们在卡罗尔办公室唠嗑时，伍佩会兴高采烈地描写自己的昨夜梦，尤其喜好描述梦里的意中人，比如"那家伙"被孩子们称作爸爸，他很爱孩子们。每当这种时候，如果考克斯太太也在当中，就会禁不住嘲笑女儿，令女儿感到委屈或撒娇，而母亲的讥讽总是伴着哈哈大笑，也感染着旁人。阿达最初听到考克斯太太对女儿用诸如"讨债的""该死的"词时，吃惊不小，不久得知这是宅院里大家的口头禅，就不太当真了。阿达自己也跟着用一些发泄和自嘲的语气，心情会放松不少。

宅院里的100多户人家各有各的不幸：有的是男人走了，独留残疾女人在家；有的是男人酗酒成性，被妻儿赶出家门；有的是女人抛弃慵懒的丈夫及一群孩子，自己出户找新家；有的是一家之主上班所得的工资竟没有失业救济金多，失业在家但良心不安……各家境地不同，但都被社会保障部看作"有问题的家庭"。阿达既向往平和的生活，又意识到责任和担当。住在贫民窟的她，一天中特别舒心的时刻是晚饭后邻居们在院子里闲聊，孩子们在大人旁嬉闹欢笑。听着孩子们的笑声、尖叫声，阿达会心境平和，体会到自己在孩子们心目中的意义。这种情景和作者埃梅切塔自己的童年有几分相似，童年的她曾在尼日利亚伊布扎老家门前月下听大姑母讲娓娓动听的故事，和小伙伴们唱童谣做游戏，感受纯真的快乐。阿达也在苦中寻乐，在寒冷的圣诞日欣赏迷人景色："院子里下了场雪，白雪覆盖着院子中间的小屋，令人想起'巫师'的小房子，整个景色是一张上好的圣诞卡片。"①阿达会沉浸在美好的心境中忘却现实，但她终归是清醒的，当她疲惫至极而发高烧时，她祈求死神先别拉她走，因为她的孩子们都有梦想：当太空科学家、好妈妈、医生、警察……她得抚养他们，让他们都有美好的未来。为了孩子们，为了自己的理想，阿达振作了起来，搬出了"猫咪豪宅"，住进了伦敦著名的摄政公园附近小区，紧挨着成功的作家和演员们的公寓区。这里环境幽静，景色优美，但这里租金更贵，不适宜阿达这样的家庭进入。阿达知道不容易，但她有勇气迎接新的挑战。

结　语

梳理了阿库娜和阿达的"性情"，感受了两个非洲女性的内心，我们也能得到一次心灵的涤荡：既要有奋斗之紧迫感，也需要时而"放下"。如果谁家有母女纷争，让她们且听听伍佩和母亲考克斯太太的对话，女儿说："我不想离妈妈太远，……要知道，要不是我妈妈，我的小女儿会患那该死的病的。"而她耳尖的母亲会立马回应："没事的……即使我去了那该死的月亮上，也会关注你的……"②人们也不妨记住阿达的感慨："世界很美，但世界的居民给别人制造问题。"③阿达希冀着美好的世界。

（文 / 浙江师范大学 蒋玉兰）

---

① Buchi Emecheta, *Adah's Story*, London: Allison & Busby, 1983, p. 207.

② Ibid., p. 194.

③ Ibid., p. 210.

第四篇

埃梅切塔小说《为母之乐》中的非洲女性

作品节选

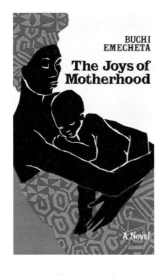

《为母之乐》

（*The Joys of Motherhood*，1979）

Her only regret was that for this baby she could not afford a naming ceremony like the one they had given Ngozi. She had not felt inclined to do any kind of trading after Ngozi's death, and throughout the term of her second pregnancy she had been so apprehensive that something would happen to make her miscarry that she took things easy, concentrating solely on having the child safely. She had reminded herself of the old saying that money and children don't go together: if you spent all your time making money and getting rich, the gods wouldn't give you any children; if you wanted children, you had to forget money, and be content to be poor. She did not remember how this saying had originated among her people; perhaps it was because a nursing mother in Ibuza could not go to the market to sell for long, before she had to rush home to feed her baby. And of course babies were always ill, which meant the mother would lose many market days. Nnu Ego realised that part of the pride of motherhood was to look a little unfashionable and be able to drawl with joy: "I can't afford another outfit, because I am nursing him, so you see I can't go anywhere to sell anything."[①]

　　她唯一感到遗憾的是没有钱给这个孩子办取名礼，就像以前给恩戈兹办的那样。恩戈兹夭折后，她再也没有心情做生意了。怀二胎时，她一直担心发生意外导致流产，所以尽量放轻松一些，全心全力地保胎。她一直用那句老话安慰自己，

---

① Buchi Emecheta, *The Joys of Motherhood*, New York: George Braziller, Inc., 1979, p. 80.

挣钱与生子不可兼得：如果你十分投入地挣钱致富，神灵就不会赐给你一个孩子；如果你想要孩子，就别老想着赚钱，而要甘守清贫。她不记得族人的这句老话是从哪里来的；或许是来自阿布扎的一位哺乳妈妈，她因为要赶回家给孩子喂奶，就不能长时间地出摊卖货。小孩子们老是生病，这事儿很自然，这就意味着妈妈出摊的时间更少了。恩努·埃戈意识到，她虽然看上去不修边幅却能慢条斯理地说："我买不起新衣服啦，因为我得看孩子，所以你看，我也不能出去卖货啦"，这是为母之傲的一部分。

（冯德河 / 译）

作品评析

《为母之乐》中的非洲女性

引 言

在传统非洲社会中，男女的地位与角色是固定的：丈夫占主导地位，妻子必须称呼丈夫"主人"并遵从于他，不得与他同桌吃饭；妻子只是使丈夫的姓氏得以永存，确保家族香火延续的生育工具。因此，人们普遍认为非洲女性就是受父权社会残酷虐待的奴隶，是被父权社会吞噬的"软食""生儿育女者"和"役畜"。然而，殖民主义给非洲人民的生活带来了极大的冲击。例如，殖民主义迫使当地居民接受陌生的价值体系和信仰；资本主义、基督教教义及欧洲的教育观念和行为观念有效地改变并且威胁着他们的传统文化。处于社会及家庭最底层的非洲女性能意识到这些变化并接受这些变化吗？

非洲女作家布契·埃梅切塔根据自己的人生经历创作的小说《为母之乐》，通过讲述一个女人因为思想狭隘、不善交流、一意孤行，不能适应新的生存环境，最后虽然实现了做母亲的愿望，却孤零零地死在了路边的故事，为我们提供了一个透视非洲女性的新视角。

一、埃梅切塔与《为母之乐》

布契·埃梅切塔于1944年出生在尼日利亚拉格斯附近一个名叫亚巴（Yaba）的小村庄。她年幼时父母双亡，由养父母抚养成人，其间常常受到虐待。1962年，她随丈夫移居伦敦，不久后离异，独自抚养5个孩子。她毕业于伦敦大学，获得了社会学学位，主要靠写作和演讲为生。通过自己的不懈努力，她很快成为极具影响力的作家、著名的社会学家和激进的女权主义者，受到许多女权主义者的青睐，但同时也遭到一些非洲男性排斥，认为她是一个受到欧洲观点洗脑的满怀敌意的移民。

埃梅切塔根据自己的人生经历创作了20多部作品，包括小说《在沟里》（*In the Ditch*，1972）、《二等公民》（*Second-Class Citizen*，1974）、《新娘的彩礼》（*The Bride Price*，1976）、《奴隶女孩》（*The Slave Girl*，1977）和《为母之乐》（*The Joys of Motherhood*，1979）等。前两部小说从严格意义上讲属于自传；后三部小说虽与前两部不同，但都以作者自己及家人作为故事的人物原型，以自己的人生经历及家人的生活为素材，较真实地描述了传统非洲文化中的女性角色以及她们在被迫融入受殖民文化影响的生活时所面临的冲突。几乎每部作品都探讨了在一个观念不断变化的社会中做女人和做母亲的意义。小说《为母之乐》也不例外。

《为母之乐》是布契·埃梅切塔的第五部小说，出版于1979年夏天。小说主人公恩努·埃戈（Nnu Ego）于20世纪初出生在尼日利亚一个叫奥博里（Ogboli）的小村庄，父亲阿戈巴迪（Agbadi）是一位英俊潇洒，擅长演讲、摔跤、打猎，妻妾成群的部落首领。埃戈从小接受的是伊博族的传统教育，有过两段婚姻。第一段婚姻刚开始很幸福，但由于婚后数月未怀孕，丈夫娶了小妾，开始冷落她。不久后，小妾生下个儿子，接着又生了好几个孩子。埃戈忍受不了这样的打击，做出了有悖天理的事情，被丈夫暴打一顿后给休了。她后来嫁给了一位在英国人家里做工的奴仆，搬到了拉各斯，开始了她第二段不幸的婚姻。埃戈一生只有一个追求：做母亲。她最终虽然实现了自己的愿望，生养了 8 个子女，却并未从中得到预期的快乐。没有人关心她、照顾她，最后她孤零零地死在了路边。

那是什么原因导致了埃戈的人生悲剧？她的人生悲剧又能带给我们怎样的思考呢？

二、恩努·埃戈的悲剧成因

20 世纪初，尼日利亚全境沦为英国的殖民地。殖民主义的影响触及了社会的各个层面，例如，给殖民地带来了新的政治经济秩序，改变了人们的价值观念、社会准则以及生活方式等。令人惋惜的是，恩努·埃戈并没有充分意识到这些影响，更没有努力去接受各种变化，而是固守传统、一心只想做母亲。造成她人生悲剧的原因是多方面的，既有外因也有内因，但笔者认为，她坚守传统观念、过于关注自我、与身边的人缺少交流是造成她一生坎坷、命运多舛、中年早逝的主要原因。

（一）固守传统，不能适应社会变化

埃戈和其他女孩一样生活在父权社会中，但当面对殖民主义带来的新观念、新挑战时，她却没有像其他女孩那样积极应对，把自己的命运掌握在自己手中，而是一心想着做"正确的事"，即做个"好女人""好女儿""好妻子"和"好母亲"，以满足人们对女性的期待。例如，埃戈和她第二任丈夫的小妾阿达库（Adaku）在面对同一个无能的丈夫和极度贫穷的生活时做出了完全不同的选择：阿达库为了给自己和女儿创造舒适的生活而选择了离开；埃戈却留了下来，因为她认为社会希望她这样做。再如，埃戈和她母亲奥娜（Ona）之间也存在鲜明的对比：奥娜虽然只是个小妾，却是"一个充满野性，难以驯服的女人"[1]；她性格倔强，且不为丈夫的财富、名望或英俊的外表所动。而这些看似缺点的性格却彻底征服

---

[1] Buchi Emecheta, *The Joys of Motherhood*, New York: George Braziller, Inc., 1979, p. 14.

了自己的丈夫，因此给她取名奥娜，意思是"无价的宝石"①。她非常清楚，成为一个完整的女人不需要依靠男人，实现自我也并不意味着只有做母亲。临死前，她将这一观点明确地告诉了自己的丈夫。她说："……不要过分为我悲伤，看看你多爱我们的女儿埃戈，一定要让她拥有自己的生活，如果她需要，给她一个丈夫，让她做个女人。"②她希望女儿成为自己命运的主人和自己行为的主人。在她看来，这就是做女人，就是做自己。然而，尽管有母亲和其他女人做榜样，埃戈仍固执地认为获得幸福的唯一途径就是做母亲。她对父亲说："一个人年老时需要孩子照顾。如果你没有孩子，你的父母又走了，你还有什么亲人呢？"③对此，她的父亲也感到无能为力。他对朋友说："我多么希望她生活在我们那个时代。那时的年轻人较看中她那种类型的美。"④遗憾的是，"她没有出生在那时，她出生在她自己生活的时代，一切都改变了许多"⑤。所以要在"已改变了许多"的时代生存下来，埃戈不得不拥有远见卓识、具有创造力以及适应不断变化的现实的灵活性。但她并未意识到这一点，而是仍然坚持过时的习俗和信仰，这就决定了她的悲剧人生。

（二）关注自我，总是生活在自我世界里

埃戈的选择令所有认识她的人（包括她自己）失望至极。她所犯的一个致命错误在于，痴迷于做母亲和没能看透有限的自我，因而在她遇到个人危机时总是拒绝接受其他女人的帮助和安慰。例如，在她第一任丈夫阿马托库（Amatokwu）家里，周围的女人们很同情她的苦境，也理解她为了要孩子所做的努力。虽然她没有孩子，但没有人讥讽或虐待她。相反，作为妻子，她得到了尊重，丈夫的小妾给她机会教育和抚养自己的儿子，但是她既不感激也不满足。她的自私和过于专注自我到了不可原谅的地步，最后辜负了大家对她的信任：她不停地对婴儿说

---

① Buchi Emecheta, *The Joys of Motherhood*, New York: George Braziller, Inc., 1979, p. 11.

② Ibid., p. 28.

③ Ibid., p. 38.

④ Ibid., p. 37.

⑤ Ibid.

话，希望他从另一个世界给她送一些朋友来，甚至幻想自己绑架阿马托库的儿子并独自快乐地抚养他。看到孩子哭泣时，她没有去找孩子的母亲喂乳，而是想自己哺乳。她关上房门，躺在孩子身边，让孩子吮吸自己干瘪的乳房。她感到满足，闭上双眼静静地享受。但有一天她忘了锁房门，被丈夫发现后狠狠地揍了一顿，孩子也被带走了。她企图占有不属于自己的东西，试图跨越人与人之间的界限，因此受到丈夫的责骂和殴打，然后被休。

尽管她的被休给娘家带来了极大的耻辱，但父亲及其他家人并未嫌弃她，而是把她接回家中。大家不断地安慰她，悉心照顾她，她慢慢地恢复到出嫁前的状态，努力使自己看上去有女人味，因为很多伊布扎（Ibuza）男人愿意娶小女人为妻。她的父亲看到女儿的变化也非常高兴，暗下决心，这次一定要给她找一个有耐心、珍惜她、理解她、愿意尽力使她快乐的男人。他日夜祈祷，希望能尽快找到这样一个"对"的人。

没过多久，父亲找到了在英国人家里做事的男仆恩奈费（Nnaife），并很快把女儿嫁给了他。婚后不久，他们有了第一个孩子。可惜，这个仅仅一个月大的"漂亮的婴儿"恩戈兹（Ngozi）突然死了。她受不了这样的打击，跑到卡特桥（Carter Bridge）——一座她认为可以通往自由之门的桥——企图自杀。幸运的是，她被一个过路者救下，并被送回了家。不久她又怀了身孕。有一天她梦见自己在小溪边捡到了一个约三个月大的男婴。男婴皮肤黝黑，胖乎乎的，但浑身很脏，身上有土，从鼻子到嘴巴都有黏液。她没有多想，抱起男婴，打算把他洗干净，然后等候孩子母亲回来，但他的母亲没来。男婴睡着了，她把他背在背上。这时她朦朦胧胧地看见了那个被迫为其女主人阿贡瓦（Agunwa，父亲的妻子）陪葬的女奴隶正站在小溪对面，并对她说，"把这些脏兮兮的婴儿带走吧。你想要多少就可以有多少……"[1] 说完，女奴隶大笑着消失在溪边茂密的丛林中。埃戈一共生了8个孩子，其中有3个男孩，因此，尽管她还时不时地梦想着偶遇一位英俊潇洒、结实健壮的年轻人，但她仍很感激她那又懒又肥胖的丈夫，因为他让她做了"真正的女人"，给了她儿子。她似乎从做母亲的过程中得到了极大的满足与快乐。

---

[1] Buchi Emecheta, *The Joys of Motherhood*, New York: George Braziller, Inc., 1979, p. 77.

很可惜，她并没有得到真正的快乐，因为她不明白两个道理：没有经济实力的女人是没有自由可言的；一个没有能力抚养自己子女的母亲，不管多么宠爱自己的孩子，根本算不上真正的母亲。与恩奈费结婚后，她身边的女人借钱给她开商店，教她做生意。刚开始她听从了这些女人的建议，挣了钱，改善了自己的生活，但在失去她的第一个孩子后，一切都改变了。她再度痴迷于做母亲。她深信"金钱与孩子不可兼得：如果把所有时间都用来赚钱，变成了富人，上帝就不会给你孩子；如果想要孩子，就得忘掉金钱，甘于贫穷"①这句俗语，常常告诫自己，"恩努·埃戈，不要贪婪。丈夫挣多少就用多少吧，照看好孩子，那是你的职责……"②

不能随时代的变化而改变自己，不能调节自己的心理，不能脚踏实地地设计自己的未来，这些都是"疯狂"的表现。事实上，该小说追踪了恩努·埃戈的心理变化历程。她的行为与疯狂之间的联系在整部小说中都有所暗示：当她被带到拉格斯与她的第二任丈夫见面后，小说第一次提及了她内心的不安，即由于过度焦虑和身心疲惫，她陷入了做母亲的噩梦中，总是说梦话。她的大伯叫醒她并安慰道，"你会实现你的愿望的，当你真的'疯'了时我会再来看你"③。在此，他指的是女人像疯子一样与根本听不懂话的婴儿不断"交谈"。埃戈自杀未遂后，她的闺蜜阿托（Ato）再次试图让她认识到自己的行为带来的后果。她说：

……恩努·埃戈，阿戈巴迪的女儿，请把那副茫然的表情卸下来，如果你长时间这样，你是否意识到别人会说什么？他们会说，"你认识阿戈巴迪的漂亮女儿吧？就是他的小妾给他生的那个，就是企图偷走她'妹妹'的孩子的那个，就是企图自杀而又故意失败以博得他人同情的那个。好了，她现在完全疯了。"你了解我们的族人，您应该知道你不是唯一痛苦之人，你的父亲永远无法让人们忘掉这件事，你的众多姐妹将嫁不出去，因为人们会说疯狂会遗传的。④

① Buchi Emecheta, *The Joys of Motherhood*, New York: George Braziller, Inc., 1979, p. 80.

② Ibid., p. 81.

③ Ibid., p. 45.

④ Ibid., p. 74.

但是，这些警告并不足以阻止埃戈做出毁灭性的举动。最后她真的疯了。小说结尾处有这样两段描述：

有段时间，恩努·埃戈默默地忍受着这一切，一点反应也没有，直到她的理智开始丧失。她的意识变得含混不清，有人说，她的情感从来不曾强大过。

她经常去一个叫奥廷克普的沙地广场，就在她的住所附近。她告诉那里的人，她有个儿子在"埃梅利卡"[Emelika，即美国]，另一个儿子也在白人的土地上——她永远说不清加拿大这个名字。有天晚上，就这样游荡一阵子后，恩努·埃戈躺在路边，以为自己已经到家了。她静静地死在那里，既没有孩子握着她的手，也没有朋友和她说话。她从来没有真正交过多少朋友，只是忙于营造自己的为母之乐。①

在她生命快结束时，她发现尽管自己生养了8个孩子，却没有一个关心她、照顾她，那两个被称为"聪明的孩子"的儿子（在加拿大和美国）也从未给她写过信，只是在她去世后才记起她。这位一生别无他求只想做母亲、最后实现了自己愿望的母亲，这位为了孩子付出了所有的金钱、精力，甚至牺牲了自己幸福的母亲，这位因为做母亲曾赢得过他人短暂的"尊重"，也得到过转瞬即逝的"快乐"的母亲，最后像个没有生育能力的人一样在孤独、绝望、悲伤中中年早逝，孤零零地死在了路边。

作者刻意选择"奥廷克普"（Otinkpu）一词作为埃戈吹嘘她儿子的那个广场的名称，其寓意是显而易见的。从字面上讲，otinkpu 是指"一个发出尖叫的地方"或"人们发出尖叫的地方"。人们通常在无法承受生活压力或无力改变某一事实时发出尖叫。一个被生活击败的女人，一个需要孩子给予支持和救济却被抛弃的女人最后死在了路边。对伊博族人来说，这是最糟糕的死法，只有动物和被抛弃的人才这样死去。由于太沉迷于做母亲，埃戈最终成了一个自己生活的社会中的陌生人。

---

① Buchi Emecheta, *The Joys of Motherhood*, New York: George Braziller, Inc., 1979, p. 224.

（三）缺少交流，无力理解他人及变化中的外界

埃戈与周围的人之间缺少交流也是造成她人生悲剧的原因。第一，她与自己的丈夫恩奈费之间没有交流。小说中有一段描写了埃戈刚到拉各斯时见到的恩奈费：胡子拉碴，身材矮胖，皮肤苍白，脸颊浮肿，着装奇异（他穿着一条上面有很多洞洞的卡其布短裤，一件破旧宽大的白色汗衫）。[1]当时埃戈心里暗想，如果她的丈夫是这样的，她就回到父亲身边，因为"与一个像果冻一样的人结婚感觉像与一个中年妇女生活在一起"[2]。此外，她的丈夫从事的是伺候人的工作，要帮女人洗内衣内裤等，主人送他一个"男洗衣工"的头衔。他每天早上6点起床（这是主人给他设定的时间），穿上卡其布短裤，吃完前一天的剩饭剩菜，匆忙赶往主人家开始清洗各种各样的东西，包括毛巾、女人的睡衣等，偶尔也会到花园里提水，常常一只手提一桶。由于他干活卖力且干得漂亮，主人的朋友有时会借用他。他每天从早忙到晚，即使是周末也要工作一天半的时间，只有等到星期天下午两点以后才可以休息一下，但这仅有的小半天时间也不完全属于自己，因为他还要去参加各种基督教活动。因此，他根本没时间关注埃戈，埃戈也不奢望从他那儿得到关心。埃戈无法接受他的外表，也无法接受她认为很不体面而他却引以为豪的工作，一结婚他们就发生了激烈的争吵。之后，两人虽然生活在一个屋檐下，但交流甚少。

第二，埃戈与邻里之间也缺少交流。由于丈夫挣钱很少，婚后她生活很节俭：星期六从市场购物回来后就把衣服脱下来洗了，用一张毛巾系在腰间，把自己锁在家里，不管院子里的其他女人如何叫她，她都不出去。衣服干了后，叠好熨平，然后放在枕头底下使其更平整，以便第二天穿戴。此外，虽然刚结婚时几乎每个星期天下午丈夫都带着她参加各种基督教服务活动，但她根本不明白基督教的意义，只是傻傻地跟在丈夫身后四处走动。每周都去教堂对她来说既单调乏味又毫无意义，所以没过多久就不去了。这实际上斩断了埃戈与他人之间的联系，失去了接触新思想新事物、了解外面世界的机会。

---

① Buchi Emecheta, *The Joys of Motherhood*, New York: George Braziller, Inc., 1979, p. 42.

② Ibid.

此外，语言障碍也造成了埃戈与他人之间的隔阂。在尼日利亚，英语、豪萨语、约鲁巴语、伊博语以及其他地方方言交织在一起，讲不同语言的人之间很难交流。例如，当士兵冲进亚马的院子驱逐埃戈和她的儿子奥希亚（Oshia）时，他们喊出的刺耳、陌生的词汇就像恶狗狂吠一样让人不寒而栗。有时，即使讲着同样语言的人也无法完全理解对方的行为和意图。例如，埃戈根本不知道奥希亚并不打算终止学业，回归家庭，撑起这个家。语言障碍和交流失败暗示了一个分离的世界，暗示了当时影响着尼日利亚社会的一个更深层次的问题，即他们无力与外面的世界取得联系，也无力理解外面的世界。

结　语

"母亲身份"（motherhood）是一把双刃剑。一方面，埃戈一生只想做母亲，因为她认同从小接受的传统观念，即孩子是对一个女人身份的补充，如果没有孩子，她的生活就是不完整的。因此，从头到尾，孩子都被理想化地想象成为女性自我实现的寄托。这些抽象的母性概念及随之产生的快乐充斥着埃戈的早年生活。另一方面，随着故事的展开，孩子所具有的偶像般的意义发生了变化。孩子仍被认为是快乐的源泉，但也是痛苦的源泉。当埃戈慢慢扔掉做母亲的幻想和那些根本无法实现的愿望时，就只剩下了赤裸裸的现实：她巨大的真心付出并未换来家人和孩子的关心以及他人的尊重。这使她开始质疑自己作为母亲和女人存在的意义。当她接近死亡时，当她看着自己为之付出了一生的一切逐渐消失时，她有了短暂的清醒认识：自己被对孩子的爱囚禁了，被妻子这个角色囚禁了，男人利用女人的责任感来奴役她很不公平。这时她开始怀疑自己选择的人生之路，后悔自己把所有心思都放在了孩子身上，后悔没去结交那些向自己伸出友谊之手的女人们。可惜，埃戈觉醒得太晚了。

布契·埃梅切塔用"为母之乐"这一带有讽刺意味的标题说明，对于一个在不断变化的世界中选择过一种已经过时的、"与世隔绝"的生活的女人来说，不管是生活还是做母亲都没有任何乐趣。对恩努·埃戈来说，她没有从做母亲的过程中得到任何快乐。埃戈痛苦的、短暂的人生经历，也让我们明白了以下道理：一个除了做母亲而无他求的女人根本不可能得到他人（包括自己的孩子）的爱；一个固守传统，不能接受新观念，不能适应时代变化的女人终将被社会遗弃；女人应该通过不断地完善自我来应对各种变化和挑战，从而掌控自己的命运。

（文 / 乐山师范学院 沈玉如）

第五篇

奥索菲桑戏剧《喧哗与歌声》中的反抗书写

费米·奥索菲桑

Femi Osofisan, 1946—

作家简介

集戏剧家、小说家、诗人、导演、演员、学者等多重身份于一身的费米·奥索菲桑（Femi Osofisan，1946— ），是继索因卡之后非洲第二代戏剧家的杰出代表。奥索菲桑于 1946 年降生在奥贡州（Ogun State）的埃伦旺村（Erunwon）的一个约鲁巴家庭。20 岁时，进入伊巴丹大学（University of Ibadan）攻读法语专业，其间转赴塞内加尔的达喀尔大学（University of Dakar）攻读学位课程，曾在丹尼尔·塞拉诺戏剧公司培训，接受过塞内加尔国家舞蹈剧团导演莫里斯·森戈尔（Maurice Senghor）的指导。大学毕业后，奥索菲桑远赴法国索邦大学读研究生。由于在研究方向上跟导师产生分歧，他返回尼日利亚，在伊巴丹大学继续研究，并于 1974 年获得博士学位。

奥索菲桑辗转任教于非洲和欧美高校，也曾一度供职于北京大学。这种丰富的跨文化经历赋予他宽广的国际视野，也使他特别善于根据自己的需要改编非洲内外的经典作品。例如，《不再是废种》（*No More the Wasted Breed*，1982）是戏仿索因卡的《强种》（*The Strong Breed*），《另一只木筏》（*Another Raft*，1988）与 J. P. 克拉克（John Pepper Clark-Bekederemo）的《木筏》（*The Raft*）互文，《多彩雷王》（*Many Colours Make the Thunder-King*）和《父亲的日记》（*A Diary of My Father: A Voyage Round Wole Soyinka's Isara*，1981）则分别呼应杜罗·拉迪波（Duro Ladipo）的《奥巴科索》（*Oba Koso*）和索因卡的《伊萨拉》（*Isara: A Voyage Round "Essay"*）。此外，他的《提戈涅》（*Tegonni*，1999）是改编自索福克勒斯的《安提戈涅》（*Antigone*），《奥武女人》（*Women of Owu*，2006）是改编自欧里彼德斯的《特洛伊女人》（*The Trojan Women*），《谁害怕索拉林？》（*Who's Afraid of Solarin?*，1978）则是改编自果戈理的《钦差大臣》。2016 年前后，他还曾将曹禺的话剧《雷雨》改译为《一切为了凯瑟琳》（*All for Catherine*），把这部中国话剧进行了大幅度的非洲化改造。

奥索菲桑具有强烈的使命感，在作品中总是直面社会弊病，以期达到启迪民众，进而达到以艺术干预社会的目的。他的两部"魔法恩典"（magic boon）剧——《从前有四个强盗》（*Once upon Four Robbers*，1980）和《埃苏和流浪歌手》（*Esu and the Vagabond Minstrels*，1988）——即属此类。《从前有四个强盗》探讨了尼日利亚内战后愈演愈烈的武装抢劫问题，《埃苏和流浪歌手》则对无所不在的腐败现象进行了深刻批判。在这两部戏剧中，奥索菲桑化用民间故事，融入民族歌舞，将约鲁巴传统文化和尼日利亚现实问题巧妙结合，不仅令舞台表演形式耳目一新，而且，他设计的"剧中剧"、观众参与以及开放性结尾等，均能有效启发观众对尖锐的社会矛盾展开深入探讨。

奥索菲桑是一位非常高产的作家，除上述作品外，他还创作了《喧哗与歌声》（*The Chattering and the Song*，1976）、《莫伦托顿》（*Morountodun*，1982）、《阿林金丁和守夜人》（*Aringindin and the Nightwatchmen*，1991）、《缠绕故事》（*Twingle-Twangle A-Twynning Tayle*，1992）、《扬巴－扬巴和舞蹈比赛》（*Yungba-Yungba and the Dance Contest: A Parable for Our Times*，1993）等作品，为非洲戏剧发展做出了突出贡献。

作品节选

《喧哗与歌声》

(*The Chattering and the Song*, 1977)

LATOYE: Enough! ... For centuries you have shielded yourselves with the gods. Slowly, you painted them in your colour, dressed them in your own cloak of terror, injustice and bloodlust. But Olori, we know now how Edumare himself arranged his heaven, on which model he moulded the earth. To each of the gods, Edumare gave power, and fragility, so that none of them shall ever be a tyrant over the others, and none a slave. Ogun of the forge, king of Ire and outcast; Sango of the flaming eyes, king and captive; Oya, beautiful, unfaithful like women; the great mother Yemoja, whose weakness is vanity; and oh a thousand other *Orisa*, all the assurance that power shall not be corrupted by abundant privilege, that neither good nor evil shall be the monopoly of a few. Yes, Abiodun, yes, Olori! Sango eats, Ogun eats, and so do the *ebora* of the forest! But in your reign Abiodun, the elephant eats, and nothing remains for the antelope! The buffalo drinks, and there is drought in the land! Soldiers, seize him! He is ripe for eating![1][2]

拉托耶：够了！……几百年来，你们一直以神灵作为保护自己的挡箭牌。渐渐地，你们将自己的色彩浸染到神灵身上，你们给他们穿上象征恐怖、不公和杀戮的斗篷。但是，奥洛瑞，我们现在已经知道，埃杜玛莱本尊是如何安排他的天国，又是用什么模子塑造了大地。埃杜玛莱赐予每位神灵以力量和脆弱，因而他

① Ogun、Sango、Oya、Yemoja、Orisia、ebora 等，均为尼日利亚本土信仰中的神灵。

② Femi Osofisan, *The Chattering and the Song*, Ibadan: Ibadan University Press, 1977, p. 45.

们中既没有人成为高高在上的暴君，也没有人成为低人一等的奴隶。锻造大神奥贡，既是愤怒之王又是被流放者；眼睛喷火的桑戈神，既是一国之君又是阶下囚徒；奥雅女神，像女人一样，虽貌若天仙却风流善变；伟大的母亲耶莫贾，她的弱点是爱慕虚荣；哦，还有其他上千位奥瑞莎，所有神灵都保证权力不会因过剩而被腐蚀，无论善良还是邪恶，都不会被少数人主宰。是的，阿比奥顿，是的，奥洛瑞！桑戈有饭吃，奥贡有饭吃，森林里的埃波拉们也有饭吃！但在你的统治下，阿比奥顿，大象有饭吃，羚羊却一无所有！水牛有水喝，大地却一片焦土！士兵们，抓住他！他已经熟透，可以吃了！

（冯德河／译）

作品评析

《喧哗与歌声》中的反抗书写

引 言

　　费米·奥索菲桑是非洲第二代戏剧家群体中的杰出代表，创作了一系列反映尼日利亚社会现实的作品，鞭辟入里地揭示了社会内部矛盾。经历过殖民统治和独立后军政府独裁的奥索菲桑，切身感受了此起彼伏的政权争夺给普通民众带来的身心伤害，极度担忧后殖民语境下非洲民众缺乏自我认同所带来的深层次危机。本着让来源于生活的戏剧回馈社会的目的，他将戏剧创作视为自己毕生的事业，并以此担负起唤醒民众、为民众谋求话语权力从而改变社会弊端的历史使命和社会责任。创作于 1976 年的《喧哗与歌声》（ *The Chattering and the Song* ）讲述了农民运动助推者桑特里和未婚妻雅金在婚礼前夕被秘密警察逮捕的故事。原本应该为婚礼带来欢乐的戏剧排演，却蜕变为一场鸿门宴，暗讽了彼时军阀政府不惜一切代价镇压反抗行动的丑陋罪行，反映出剧作家对国家社会现状的深刻关注。该剧曾多次在尼日利亚上演，一再构想了"没有链锁的未来道路"[①]。然而，由于非洲戏剧长期处于世界主流文学边缘的现实，《喧哗与歌声》并未得到国内外研究者应有的关注。现有的研究趋势尚停留在推介阶段，成果缺乏一定的深度和广度。基于此，本文将基于独立后尼日利亚的社会现实，从隐喻性对话、戏中戏编排和暴力抗争思想三个方面解读该剧，以期获得对该剧更为全面、深刻的认识。

[①] Niyi Osundare, "Theatre of the Beaded Curtain: Nigerian Drama and the Kabiyesi Syndrome", *Okike: An African Journal of New Writing*, 1988, 27/28, pp. 99—113.

一、背景铺垫：独立后尼日利亚的复杂政治生态

西方殖民者蚕食尼日利亚后，在当地扶植各种传统势力实行间接统治，其粗暴干预、横征暴敛的行为，让当地民众生活在水深火热之中，激起了一波又一波的反抗怒潮。历经千难万险之后，尼日利亚终于在 1960 年迎来了独立。然而，独立并未从根本上改变这个国家的政治生态，政权掌控者不断更迭，上演着一出又一出"你方唱罢我登场"的政治闹剧。军人掌权的 13 年间，民众对政变与反政变已习以为常。北区军官雅库布·戈翁上台后加强对各州的控制，导致政府公务人员权力骤涨，滥用职权的行为比比皆是。由于政府只是"关注原始积累，索取资源来满足政客们的愿望"①，丝毫没有考虑过还政于民的承诺，激发了民众的强烈不满。在日益强烈的抗议呼声中，尼日利亚政府采用总统制代替议会制，同时起草新宪法并建立新政党。不过这一计划却因选举诈骗、政治腐败、权力滥用胎死腹中。最终军队发动政变，再次攫取了国家权力。

除军阀荼毒以外，历史遗留问题和部族矛盾日趋尖锐。尼日利亚是一个拥有 200 多个族群的多民族国家，民族语言纷繁复杂。沦为殖民地之后，英语逐渐成为当地占主导地位的语言，且并未因为该国独立而丧失地位，反而成了国家的官方语言。除此之外，本地语和英语混杂而成的皮钦语也被广泛使用。不过英语和皮钦语的官方性和通用性，并未在根本上改变各族之间存在的交流隔阂，持不同部落语言的民族为了各自的利益互不相容、争斗不休，其中豪萨 – 富拉尼族、伊博族和约鲁巴族 3 族因为人口众多成了追逐政权的主力军。极具分裂性和危险性的民族政治使得国家日益趋向于分裂的边缘，民族之间的对立冲突"成为体制性的痼疾"②，民族之间的相互猜忌使得事态进一步恶化，终于在 1967 年引发了比

---

① 托因·法洛拉：《尼日利亚史》，沐涛译，上海：东方出版中心，2015 年，第 97 页。
② 同上，第 5 页。

亚夫拉战争。持续 3 年的内战造成 100 多万民众丧生，同时也对社会生产力造成了极大的破坏，国家不得不进口物品以满足地方上对食品的需求。[①]军人主政破坏了政治环境，而政治动荡又使得经济问题难以解决。独立之初设立的经济转型目标一无所成，经济发展严重依赖国外资本的注入。受殖民时期遗留的畸形经济结构的影响，加之国内政局的动荡，尼日利亚经济发展情况不尽如人意。人均国内生产总值日渐下降，昔日的"非洲经济巨人"沦落为十足的"非洲经济乞丐"[②]，下层民众饥寒交迫，暴力抗议和内讧周而复始。

政局的动荡和经济的波动进一步加剧了宗教文化间的矛盾。尼日利亚的"宗教冲突错综复杂"[③]，伊斯兰教、基督教以及本土宗教并存，各派宗教领导人竞相角逐政治权力，造成了教派之争并带来了一系列问题。殖民前，神职人员处在主流话语一列，拥有着至高无上的权力。随着西方殖民者的武力入侵，权力结构开始发生巨变，本地神职人员的权力被一步步削弱，逐步让位于西方殖民者。独立之后，神职人员至高无上的权力依旧没有被恢复，军人直接掌控政府的后果必然是军人成为上层统治阶级，而上层统治阶级与底层民众的矛盾则成了尼日利亚国内最为主要的矛盾。尼日利亚国内贫富差距日渐拉大，社会矛盾日益尖锐，国家的发展前景一片黯淡。普通民众在无尽的黑暗中苦苦挣扎、备受煎熬。身为其中的一员，奥索菲桑可谓感同身受。强烈的作家使命感迫使他直面社会问题，创作出了包括《喧哗与歌声》在内的一系列针砭时弊的作品。

二、矛盾伏笔：隐喻的解读

奥索菲桑之所以创作《喧哗与歌声》，就是为了公然反对这个腐败的政府。[④]在此想法的指引下，他通过戏剧策略、场景设置以及情节编排等方式揭露了尼日

---

① 托因·法洛拉：《尼日利亚史》，沐涛译，上海：东方出版中心，2015 年，第 15 页。

② 沈冰鹤：《尼日利亚百年经济发展历程述评》，《非洲研究》，2015 年第 1 期，第 216 页。

③《尼日利亚的民族、语言和宗教》，《世界知识》，1998 年第 16 期，第 21 页。

④ 费米·奥索菲桑：《"秘密起义"：军人统治下的后殖民国家戏剧》，《国际社会科学杂志（中文版）》，黄觉译，2016 年第 4 期，第 126 页。

利亚社会的弊病，并且"在剧中尝试用隐喻来解释为什么必须推翻现有政权，以及之后如何建立社会公正"①。《喧哗与歌声》一剧描述了一场反对社会上层压迫者的行动，承载了奥索菲桑希望国家欣欣向荣的美好愿景。该剧以桑特里和他的未婚妻雅金之间的对白作为序幕，并以他们的婚礼为时间轴将整部剧划分为两幕，即婚礼前夕的狂欢派对和婚礼当天的意外场景。两幕以时间为分界线将整剧分割成两个部分，描述的事件虽不同，但内在逻辑却紧密相连。剧中人物之间的矛盾冲突在内在逻辑的引导下，步步推进剧情的发展，幕间衔接自然，达到了在终局时述尽全剧意旨的目的。整剧由序曲、第一幕、第二幕及终曲四部分组成，与古希腊戏剧的经典布局异曲同工。剧目开篇通过导演与观众的互动对话抛砖引玉，运用简约直白的方式来调动观众的观剧兴致。引介话语完结之时，正是整个舞台帷幕徐徐拉开之际。那一刻台下观众的视野由微入宏，从聚焦导演一人转为放眼整个舞台。在观众的欢呼声中，陆续登台的演员们有条不紊地将舞台道具摆置到位。一切准备就绪后，他们开始载歌载舞。此时，剧场灯光由暗至明，为引导观众入戏做好了铺垫。

实际上，戏剧名中的"喧哗"一词就是隐喻性词汇。该词原指声大而嘈杂，意指戏中织布鸟发出的鸣叫声极为喧闹，然而剧中该词的使用是为了预示即将到来的社会革命。通过在剧名上设下伏笔，剧作家用"喧哗"引出外延之意，即"喧哗是一种反抗，如同反抗坏政府……"②。如此，间接性策略的使用与剧名的隐喻性便有机地融合在一起。很显然，为了避免直接冲突，奥索菲桑在自己的所思所想上覆盖了一层面纱。一旦面纱被揭开，其中的内涵立刻公之于世。此外，奥索菲桑还在剧中穿插了大量的隐喻，巧妙地借用剧中人物的对白吐露自己的心声。无论是序幕中桑特里和雅金进行的游戏之谜，还是第一幕中桑特里与富洛拉之间的争吵，都满含着言外之意。剧情伊始桑特里和雅金玩的谜语游戏值得玩味。前者先扮演青蛙，催促扮演鱼的后者赶紧逃命；然后，扮演的角色发生了改变。桑

---

① 费米·奥索菲桑:《"秘密起义"：军人统治下的后殖民国家戏剧》,《国际社会科学杂志（中文版）》,黄觉译，2016 年第 4 期，第 126 页。

② Wole Soyinka, Percy Mtwa, Ama Aidoo, et al., *Contemporary African Plays: Death and the King's Horseman; Anowa; Chattering and the Song; Rise and Shine of Comrade; Woza Albert! Other War*, London: Bloomsbury Publishing, 1999, p. 26.

特里扮演的老鹰又开始追逐雅金扮演的母鸡。紧接着，前者转变为雄鹿，后者变成了雌鹿。而无论扮演的角色如何变化，桑特里的台词内涵如出一辙，要么是"你拼尽全力向前游，不然我纵然一跃，你便会是我的囊中之物"①，要么是"你奋力奔逃，而我一个俯冲便能抓到你"②。此类谜语游戏真实地"揭露了生存状况"③，虽是字面游戏，但是对尼日利亚当时社会现状的影射却是不言自明的。总之，游戏的核心就是强者对弱者的追捕，即底层民众为弱小动物，不断遭受着强势剥削者的攻击，而他们所能做到的不过是四处奔逃以保全性命。于是乎，当时的社会现实直白地呈现在舞台之上。底层民众处于水深火热之中，寻求出路变得困难重重。尽管从表面上看，剧中的谜语游戏描尽了自然界的万有规律，实际上却隐射了彼时社会的游戏规则。

序曲完结、灯光渐暗、幕布缓闭。此时，一些歌曲演唱者从候场区出现。他们的现身让观众们的思绪暂时回到现实。随后，被舞台追光聚焦的他们边走边唱，直至曲终追光渐灭的那一刻。剧场短暂的黑暗暗示着下一幕的出现，为接下来的灯火渐明、幕布拉开提供了足够的对比和强大的张力。在这一幕中，桑特里和富洛拉之间的对白再次隐喻性地揭露了上层阶级与底层民众之间的矛盾。由于无法忍受织布鸟的过度喧哗，富洛拉将它们放飞。这种行为看似是对笼中鸟的同情，实则还是富洛拉一己之私的表现。因为这种所谓的同情，随意和任性地给予自由，只会让织布鸟们陷入惨烈境地。它们终究会被那些狠心的人毫不留情地追捕、猎杀。当"那些翅膀受伤的织布鸟在周围不断地呻吟"④的时候，富洛拉却毫无自责感，反而"沉浸在甜蜜的浪漫梦境中……以宵禁为由紧闭窗户"⑤。事实上，富洛拉的生活状态只是上层阶级的缩影。剧中"甜蜜"又"浪漫"的梦境反映的是那个群体拥有的安逸生活；而"紧闭""宵禁"一类的词汇则表现了他们内心对普

① Wole Soyinka, Percy Mtwa, Ama Aidoo, et al., *Contemporary African Plays: Death and the King's Horseman; Anowa; Chattering and the Song; Rise and Shine of Comrade; Woza Albert! Other War*, London: Bloomsbury Publishing, 1999, p. 8.

② Ibid.

③ Ibid., p. 10.

④ Ibid., p. 25.

⑤ Ibid.

通民众疾苦的冷漠。对富洛拉而言，她所行的是善意之举，而对织布鸟的主人桑特里而言，富洛拉的释放之举暗喻着上层剥削者的自私利己。织布鸟实则代表着那些被剥削、被踩躏的底层民众，尽管它们的巢穴千疮百孔，但它们仍团结、勇敢地坚守在原地。而织布鸟的叽叽喳喳声就是一首歌，无人能阻止鸟儿尽情高歌，这便暗示着自由之歌将永不中断。

　　除此之外，第一幕中展示出来的歌曲也包含着一定的言外之意。雅金在婚礼筹备间看到蜥蜴，在惊慌失措下想到了桑特里创作的一首歌，歌名为"爬行的东西"。为了让台下观众更全面地了解歌曲内涵，她开始演唱并且跳着击打爬行动物的舞蹈。载歌载舞的氛围感染了富洛拉等人，随后独舞成了群舞，大家一同唱着："它没有牙齿，没有拳头；它没有舌头来发出抗议的声音；这个淘气的东西是千足虫！这个普通样貌的奇特东西是千足虫，它现在象征着我们的国家……"①这里关于爬行动物的歌舞在发挥戏剧娱乐性的同时也兼顾了戏剧的教育性，告知观众和读者这样一个事实，那就是尼日利亚如同千足虫一般，难以发出抗议之声，只能默默忍受着后殖民遗留问题的困扰以及社会不稳定性的摧残。剧作家以千足虫指代尼日利亚，直言不讳地讽刺了政治现状，象征性地揭示了国家的屏弱。同时，"真理刺刀即将到来"②的歌舞尾声预示着即将发生的社会变革，由此可见，这首歌既有讽刺之色彩，又有预言之内涵，昭告了即将到来的社会权力话语的变动。至此，奥索菲桑在序曲及第一幕中设下伏笔，通过隐喻策略间接性地揭露尼日利亚的社会问题，反映底层民众的真实内心，发人深省。

---

① Wole Soyinka, Percy Mtwa, Ama Aidoo, et al., *Contemporary African Plays: Death and the King's Horseman; Anowa; Chattering and the Song; Rise and Shine of Comrade; Woza Albert! Other War*, London: Bloomsbury Publishing, 1999, p. 23.

② Ibid.

三、高潮跌宕：戏中戏的寓言

剧中莱伊的扮演者拉开帷幕，摸黑走上舞台中央并按下开关，随即舞台主光投射在舞台道具上。此时演员站定，开始独白，开启了被剧作家设计为全剧高潮部分的第二幕。奥索菲桑通过寓言推进剧情，竭力阐述了尼日利亚社会话语权力的颠覆之路。彼时的尼日利亚政治架构中，上层军阀拥有绝对话语权力。普通民众尽管人数甚众，却游离在社会边缘，基本属于失语状态。由于话语是权力的产物，权力是影响和控制话语运动最根本的因素，如若要变动话语地位，权力的颠覆必不可少。历史早已证明，权力的施展是一把双刃剑，"一方面不断创造新的话语；另一方面这些新话语也会导致加固某种权力，或者削弱、对抗这种权力"[1]。权力颠覆的实现可通过"边缘话语通过对抗主流话语，最终可以消解和取代它，并确立新的权力"[2]。然而这并非易事，因为军阀控制着绝对的权力。底层民众若想摆脱政治掠夺的悲惨循环，唯有选择革命才能实现权力的颠覆。

由于下层群众没有话语权，常被"自命不凡的族长和诡计多端的政客剥削"[3]，能接触到新思想和新理论的知识分子阶层自然肩负起了组织动员每一个群体的责任。但受现实状况的影响，知识分子难以直接表述民众们的需求或希望，仅能通过间接的方式达到目的。例如剧作家们常常借用隐喻、戏仿、寓言等一些戏剧策略来战胜独裁者[4]，通过间接隐蔽的方式来达到变革社会的效果。随着剧中情节的发展，观众们便会渐渐地推敲起隐藏在表演下的真实人生。实际上，反思与审视现实所达到的间离效果与颠覆意义恰是元戏剧的价值所在。正所谓无元不戏，各

---

① 黄华：《权力，身体与自我——福柯与女性主义文学批评》，北京：北京大学出版社，2005 年，第 42 页。
② 魏婷：《颠覆和重构——福柯权力话语理论视角下〈比利·巴思格特〉中的女性形象解读》，《哈尔滨学院学报》，2012 年第 11 期，第 82 页。
③ 费米·奥索菲桑：《"秘密起义"：军人统治下的后殖民国家戏剧》，《国际社会科学杂志（中文版）》，黄觉译，2016 年第 4 期，第 124 页。
④ 同上，第 122 页。

类戏剧中不乏戏剧因素的存在，其中戏中戏是较为常见和容易辨识的一类。

在《喧哗与歌声》中，奥索菲桑在第二幕中利用戏中戏的结构来传达主要的信息以及设下寓言，以期发挥戏剧的价值。戏中戏实质上指戏剧中出现的嵌套现象，主戏与戏中戏形成两个空间，相互影响、相互渗透，构成一种特殊的互文现象。剧本的第二幕是整剧的高潮部分。雅金在她婚礼前夕设计了一场戏剧排演，几位主角一并参与其中，每个人都扮演了不同的角色。这场戏中戏解读了1899年尼日利亚伊巴丹北部城市奥约的历史，经过改编再现了叛军拉特伊和著名的阿拉菲·阿比奥登之间的对峙事件。在真实的历史中，阿比奥登镇压了拉特伊的起义，最终拉特伊英勇就义。剧中场景设定在约鲁巴古宫殿的一个房间里，当阿瑞莎（警卫长，莫坎扮演）将鼓动者拉特伊（莱伊扮演）带到阿比奥登（桑特里扮演）眼前之后，剧情迅速推进，将两人激烈的冲突呈现在舞台上。拉特伊通过撰写颠覆性的文章来鼓吹人们进行变革，而此举威胁到了阿比奥登的国王之位，于是阿比奥登不断攻击拉特伊，认为拉特伊之所以有胆抵抗都是因为其"父亲是这片土地上的瘟疫，也是个叛逆者和篡夺者"[1]。拉特伊不甘示弱，并发出反击之声："你们一直躲在神的后面，给自己涂上保护色，而你们的恐怖、不公正和嗜血却被掩盖……"[2]紧接着，拉特伊一一道出事实，控诉独裁者利用宗教作为烟幕来剥削群众和确保政权安全的行为。阿比奥登因此气急败坏，命令保镖们袭击拉特伊，结果却被拉特伊用魔法控制住。最后，拉特伊动之以情、晓之以理，说服保镖们抓捕了阿比奥登和他的妻子们。整场戏中戏戛然而止，但与历史结局不同的是，拉特伊挑战阿比奥登并取得了胜利。

奥索菲桑利用艺术的真实虚构重塑了历史，并通过情节借用达到了虚实相间的效果。剧本成功地塑造了鼓动者拉特伊的形象，究其原因，一方面是剧作家妙笔生辉使人物形象生动活泼，另一方面便是角色之间的对立人物关系让角色变得全面立体。拉特伊最终目标的达成离不开阿比奥登的助推。换言之，阿比奥登的

---

[1] Wole Soyinka, Percy Mtwa, Ama Aidoo, et al., *Contemporary African Plays: Death and the King's Horseman; Anowa; Chattering and the Song; Rise and Shine of Comrade; Woza Albert! Other War*, London: Bloomsbury Publishing, 1999, p.49.

[2] Ibid., p. 56.

突袭为导火索，为拉特伊施展魔法、说服士兵并最终获得胜利提供了相应的契机。二者形成正反两个对立面，性格的差异、意见的分歧、行事方式的不同引发质的变化。主角与配角之间互相配合，由此推动剧情的走向并引出全剧的核心思想。

实际上，主戏与戏中戏情节有异曲同工之妙，每一个人物都有着相对应的角色，每一个人都有属于自己的影子。剧作家让影子成为交错时空中的自身，从而使得人物出现同向命运，形成寓言情节。莫坎在主戏中的真实身份是秘密警察，他在终曲时逮捕了桑特里和雅金。戏中戏里也出现了类似的对峙以及逮捕，印证了主戏与戏中戏在情节和意义上相互补充以及相互影响。整部戏介于现实与历史间，不断间离和同化，从而让观众不断反思。需要注意之处是，拉特伊会使用魔法但没有直接用在阿比奥登身上，反而间接动员那些以保镖为代表的群众制裁阿比奥登，这凸显了群众参与的重要性。拉特伊代表着用知识武装自身并且具有挑战精神的知识阶层，他用自己的力量唤醒了群众的意识，告知群众把命运掌握在自己的手中。整场戏中戏的寓言意欲唤起尼日利亚民众的质疑态度和反思精神，让人们改变以往的认知，敢于挑战并重构起一个合理的社会权力话语。

四、主旨揭示：暴力抗争意识

前文言及的隐喻性对话或者戏中戏结构，均能引发观众的深度思考，充分调动起了他们的主观能动性。而前戏铺垫的所有矛盾冲突最终都指向剧本的主旨核心，即普通民众应通过暴力抗争来重塑社会权力话语。奥索菲桑借鉴后殖民主义学家弗朗兹·法侬的暴力抗争哲学，指出受压迫的人应通过暴力革命来解放自己，顽强地争取自己的权利。

法侬的暴力抗争哲学指出，"暴力思想以及革命主体的提出只是民族解放的第一步"[①]，民族独立并不意味着真正摆脱了帝国主义的梦魇，殖民地的政治、经济

---

① 杨自强：《文化、阶级与民族解放：弗朗兹·法侬后殖民主义理论研究》，南京师范大学硕士学位论文，2017年，第14页。

以及文化等各个方面都深受殖民主义的荼毒。殖民解放实则分为两阶段：一是推翻殖民统治，实现国家政治、经济独立；二是民族独立后的再革命，进行文化身份的重构。因而，独立后的原殖民地需要明确意识到自己的文化身份，瓦解原宗主国在精神上的操控。另外，法侬还预见性地指出，"民族革命后会产生内在的新的压迫"①，因此他呼吁独立后的民族继续进行解放革命，以此来实现公平与自由，而不应再处于"权力再分配、他者重新被指定"②的境况中。反观此剧我们不难发现，奥索菲桑将暴力抗争思想的火种藏在了剧中人物的对白中，通过不同的人物角色形成社会的投影，从而使得戏剧更为丰满。在收场白中，莱伊与富洛拉之间的谜语游戏与开篇的游戏遥相呼应，揭示了整场戏剧的主旨。只不过这一次游戏不再是追逐和捕杀，而是合作与互助。剧中人物莱伊和富洛拉扮演的乌龟和野兔共处贫瘠荒原，乌龟就如"伟大的旅行者，背着饥渴的野兔走向富饶之地"③。很显然，剧作家在此设置的贫瘠荒原象征着满目疮痍的尼日利亚，饥渴的野兔则代表着煎熬的尼日利亚民众。由于莱伊的真实身份是农民运动的领导人，那么舞台上乌龟带领野兔走向富饶的举动，自然而然体现了抗争运动带领民众走向自由的真实意图。随后，莱伊转换为织布机上的梭子，富洛拉变成了织布的线，"一同从现有的世界中编织出新的图案，一同舞出希望"④。此时剧作家暗示观众和读者，尼日利亚追求民主与自由的脚步不会停歇，希望就在前方。

剧作家借莱伊之口阐明了这个世界的可变性。在他看来，"整个世界就如同农场一般"⑤，如果农民勤劳地耕耘，便会收获丰盛的果实。这也就类似于抗争运动，如果"所有有能力的人都参与其中"⑥，那么社会话语将会得到调整。纵使"压

---

① 杨自强：《文化、阶级与民族解放：弗朗兹·法侬后殖民主义理论研究》，南京师范大学硕士学位论文，2017 年，第 14 页。
② 艾莉丝·薛尔茉：《黑色呐喊：法侬肖像》，彭仁郁译，台北：心灵工坊出版社，2008 年，第 16 页。
③ Wole Soyinka, Percy Mtwa, Ama Aidoo, et al., *Contemporary African Plays: Death and the King's Horseman; Anowa; Chattering and the Song; Rise and Shine of Comrade; Woza Albert! Other War*, London: Bloomsbury Publishing, 1999, p. 65.
④ Ibid.
⑤ Ibid., p. 62.
⑥ Ibid.

迫和不公正以新的形式重新出现"①，群众仍可转变意识，联合起来争夺话语权。通过强者欺凌弱者的暗喻到弱者守望相助的象征的转换，奥索菲桑不但指出了尼日利亚现在的阶级矛盾，还透露出了抗争绝非一个人的表演，而是群众参与的狂欢这一理念。从首至尾，《喧哗与歌声》强调了一个过渡顺承的关系，预示着矛盾积累到一定程度必会引起质的突变，而压迫的最终结果只能是抗争。

本质上说，所有角色的密切配合赋予了剧本鲜活的生命力。奥索菲桑从历史的角度去塑造人物形象，从揭露过去到预设未来，将人物的职业背景、家庭身份及完整的历史立体地呈现给了观众。剧情伊始，主角桑特里与莱伊利用保守话语及动作来掩盖身份。随着剧情的推进，二者在冲突中关系变得越来越紧张。内在的相互作用交替发力，让人物的形象趋于丰满。配角雅金、富洛拉和莫坎等人物扁平却不呆板的形象则很好地点缀了舞台。无论是雅金与桑特里之间的游戏、富洛拉与桑特里之间的争辩还是莫坎与桑特里之间的对峙，都成了戏剧性的冲突节点和人物形象树立的支点。

不仅如此，奥索菲桑还通过人物个性塑造来达到强化主题的效果。剧中人物可划分为两类，即压迫者和被压迫者，主人公桑特里是农民运动的助推者，他足智多谋，跟随着社会境况而改变，变得"更加努力……更忧国忧民"②。作为一名艺术家，他全身心地投入这场运动中，谱写了一首农民的颂歌。他像火山喷发般撒播下了革命的种子。他的未婚妻雅金也极具艺术气息，她主持排演了那场戏中戏，最后因为参与农民运动而被捕。雅金并未选择莫坎，而是另嫁给桑特里，显然这暗示了最终结果的导向，即便面临着危险，明智的人也会选择正义的一方。莱伊则是另一位极具革命性的人物，他全程用酒鬼的身份伪装着自己，实际上他才是农民运动的领导人。由此可见，戏中戏里早已呼应，莱伊扮演的拉特伊因解放保镖们而成为英雄，预示着莱伊也将成为解放民族的英雄。在整部戏剧的最后，他揭示了真实身份并动员富洛伊加入农民运动。上述角色都是正面形象的代表，

---

① Wole Soyinka, Percy Mtwa, Ama Aidoo, et al., *Contemporary African Plays: Death and the King's Horseman; Anowa; Chattering and the Song; Rise and Shine of Comrade; Woza Albert! Other War*, London: Bloomsbury Publishing, 1999, p. 64.

② Ibid, p. 21.

相反，莫坎则是反面人物，他也在最后才揭开秘密警察的身份，任务就是逮捕农民运动的所有参与人员。很显然，莫坎是剥削阶层的代理人，只是执行指令的机器，为了利益不惜一切代价。奥索菲桑通过正反人物之间的矛盾冲突，揭露了尼日利亚社会的主要矛盾，表达了他对独裁统治的憎恶，与此同时，也暗示了"战斗必须在更大更为抽象的意识层面展开"[1]。即使发起者出现了意外，反抗斗争也仍然必须继续下。抗争的种子已经播撒，无人能阻止它发芽开花，这正如鸟儿不能停止喧哗一样。整剧终结之际，无论是戏中演员还是戏外观众都唱响了农民颂歌，这也预示着话语权力将会在悠扬的歌声中得以重构。

结　语

《喧哗与歌声》深刻揭露了军阀统治下的种种矛盾冲突，展示了奥索菲桑对尼日利亚社会现状的深刻认识。剧中大量隐喻的使用、戏中戏的穿插以及后殖民主义暴力抗争思想的呈现，全方位地阐述了独立后的尼日利亚面临的压迫，凸显了群众力量的重要性。不言自明，剧作家希望借助大众戏剧来唤醒民众的自我意识，希望民众依靠自身的力量去争取话语权力。由此可见，作为非洲戏剧家的杰出代表之一，奥索菲桑为民族的解放和自由做出了重要的贡献。从更深层次来说，包括他在内的非洲新兴戏剧家群体所凝聚的心血结晶，在极大程度上有利于民族文化身份的重构，同时也为我国学界了解非洲艺术文化开启了一扇窗，助力构建更加紧密的中非命运共同体。

（文 / 长沙理工大学 黄坚 杨贵岚）

---

[1] 费米·奥索菲桑：《"秘密起义"：军人统治下的后殖民国家戏剧》，《国际社会科学杂志（中文版）》，黄觉译，2016 年第 4 期，第 124 页。

第六篇

奥索菲桑戏剧《从前有四个强盗》中的
文化自觉与民族自觉

作品节选

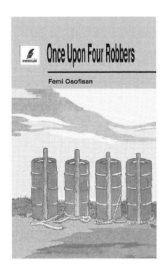

《从前有四个强盗》

（*Once Upon Four Robbers*，1980）

HASAN: The family circuit, eh? Like a huge female breast eternally swollen with milk. But it's a mere fantasy isn't it? The family breast can be sucked dry, however succulent, it can shrivel up in a season of want. Listen, Ahmed. Teacher flogged us at the writing desk - remember his Tuesday specials, when he always came dressed in red - Reverend flogged us with divine curses at the pulpit, the light glinting on his mango cheeks like Christmas lanterns - and poor Mama, she laid it into us routinely behind the locked door, her work-hardened palm stinging even sharper than whips. But for what? So that afterwards the grown man can crawl the street from month to month on his belly, begging for work, for a decent pay, for a roof, for a shelter from the pursuit of sirens? Ahmed, hide behind your bayomet, but I want to pay back all those lashes, and the lies, of teacher, priest and parent. The world is a market, we come to slaughter one another and sell the parts...[①]

哈桑：这是家庭循环吗？嗯？就像女人的大乳房，永远充满奶水。可这只是个幻觉，不是吗？家里的乳房可以吸干，无论它有多少奶水，都会在某个时节干涸。听着，艾哈迈德。老师在书桌旁用鞭子抽打我们——记不记得他的特殊礼拜二，他总是穿着红衣服？牧师在讲坛上用神圣的诅咒抽打我们，杜果色的脸颊像圣诞灯笼一样闪闪发光。还有可怜的妈妈，她每天都在紧锁的门后将这些灌输给我们，

---

① Femi Osofisan, *Once upon Four Robbers*, Ibadan: Heinemann Educational Books Nigeria PLC, 1991, pp. 90—91.

粗糙的手掌比鞭打还要刺痛。但这些都是为了什么？难道是为了孩子长大后能成年累月地在大街上匍匐，乞求一份工作，乞求一份不错的工资，乞求一片屋顶，乞求一处可以躲避警察抓捕的避难所吗？艾哈迈德，你躲在刺刀后面，但我想报复所有这些来自老师、牧师和父母的鞭笞与谎言。世界就是一个市场，我们相互屠宰，再分块卖掉……

（冯德河 / 译）

作品评析

《从前有四个强盗》中的文化自觉与民族自觉

引　言

据《圣经·出埃及记》记载，上帝借摩西之口向犹太人颁布了十条诫令，称为摩西"十诫"。其中，不可杀人、不可奸淫、不可盗窃、不可贪恋他人财物等，不仅对宗教信徒具有极强约束力，也成为世俗民众严守的道德准则。费米·奥索菲桑（Femi Osofisan）受"十诫"启发，曾计划创作 10 部"魔法恩典"（magic boon）剧，希望以此实现文艺介入社会、净化社会的目的。不过，奥索菲桑目前只完成了两部此类戏剧——《从前有四个强盗》（Once upon Four Robbers）和《埃苏与流浪歌手》（Esu and the Vagabond Minstrels），其余 8 部是否按计划进行尚不得而知。这两部戏剧均遵循如下范式：一些处于痛苦或困境中的人，突然从神灵那里获得魔法；只要他们遵守魔法禁令或指示，就能消除痛苦、摆脱困境。通过这一范式，奥索菲桑将耳熟能详的约鲁巴神话、传说、歌舞、魔咒等非洲传统文化元素与繁杂敏感的社会现实问题相融合，创造了新颖的舞台表演形式。

《从前有四个强盗》创作于 1976 至 1978 年间，于 1979 年在伊巴丹大学艺术剧院首演。本剧化用约鲁巴民间故事框架，以魔法驱动剧情发展，针对内战后尼日利亚日益猖獗的武装抢劫问题，对"抢劫"的道德定义、法律定义、社会根源以及 1970 年戈翁（Gowon）军政府颁行《武装抢劫与枪支法令》（Armed Robbery and Firearms Decree）对公众的影响等进行了充分探讨，表达了奥索菲桑借助戏剧革新社会的信念，体现了他高度的文化自觉与社会批判意识。

一、化用传统，彰显文化自觉

《从前有四个强盗》的角色与情节均是对传统民间故事的化用，在强盗身上可以清晰地发现非洲民间故事中乌龟伊贾帕（Ijapa）的影子。

乌龟是非洲民间故事中的常客，它时而是聪明智慧的代表，时而是狡黠邪恶的象征，无论是说书人还是观众对这一形象都非常熟悉。根据索拉·阿德耶米（Sola Adeyemi）的故事版本，为了应对干旱和饥荒，动物们决定挖一口水井供水，但乌龟拒绝加入这项工作。于是，在水井挖好后，动物们派守卫严密防护以阻止乌龟偷水。然而一到晚上，乌龟就乔装改扮，又唱又跳，用歌舞的魔力吸引守卫的注意力，从而能够尽情偷水。为了抓乌龟于现形，动物们制作了一个涂满胶水的木头人并最终将乌龟擒获。① 而根据奥索菲桑的说法，本剧所依据的故事是这样的：乌龟多次运用具有魔力的歌声迷倒市场女贩，窃取她们的货物。商贩们雇来卫兵，请来猎人、长老保护，甚至国王亲自出马都不奏效，始终无法抓住盗贼。最后，他们制造了一个假人才将乌龟抓住。② 这两个版本的共同之处在于，乌龟都是运用魔法实施偷盗行为，也最终被抓获并受到处罚。在《从前有四个强盗》中，强盗利用阿发（Aafa）赐予的魔力对商贩实施抢劫的行为，与乌龟的行为一模一样。奥索菲桑承认自己是将这个简单而又好玩的故事进行改编，搬上现代舞台。③

在化用民间故事角色与情节的同时，奥索菲桑还在本剧中采用了传统的说书方式引导剧情发展。演出开场，观众们尚未完全落座，忽然从某个角落传出"啊……啰……！"（ALO O!）④ 的声音。这是非洲说书人或长者讲故事时的惯用开场。随后，

---

① Adesola Olusiji Adeyemi, *The Dramaturgy of Femi Osofisan*, University of Leeds, 2009, p. 125.

② 费米·奥索菲桑：《"秘密起义"：军人统治下的后殖民国家戏剧》，《国际社会科学杂志（中文版）》，黄觉译，2016 年第 4 期，第 127 页。

③ 同上。

④ Femi Osofisan, *Once upon Four Robbers*, Ibadan: Heinemann Educational Books Nigeria PLC, 1991, p. 1.

剧场四处传来呼应之声，观众们抓紧时间落座。随着讲述者的三次吆喝，观众逐渐明白了这是个自幼熟知的套路，于是许多人也随之吆喝起来。这种开场模式有效地抓住观众的兴趣点，使其迅速进入观演状态，也为后面观众讨论戏剧结局预留了伏笔。

"说书人"，即戏剧故事讲述者全程在场并且掌控着戏剧情节的走向。观众们就位后，熟悉的歌声响起，讲述者在合唱中走上舞台。事先埋伏在观众席的演员跟随讲述者一起在舞台上汇合，他们在即将讲述的故事中扮演某个角色。讲述者则从中随机选取演员，现场分发服装和道具。此后，讲述者角色转移至剧中人物阿发身上。

演出开始后，舞台上出现了一群武装强盗。他们正在哀悼被新法令处死的首领，而他们也时刻面临被抓、被处死的危险。强盗之一少校（Major）打算就此金盆洗手，但有同伙持不同意见，因为除抢劫外他们别无谋生之路。正当强盗们争论不休时，一位名叫阿发的穆斯林伊玛目现身舞台。阿发答应他们，只要不使用武力就可赐予他们魔力，让他们以和平的方式抢得财物。强盗们第一次在市场试验魔法，听到歌声后商贩昏昏入睡，他们堂而皇之地搬走了商贩的货物。从这一时刻起，阿发身兼两职——既是剧中人又是讲故事的人。

强盗运用阿发赐予的魔力，通过咒语和歌声迷惑市场商贩与士兵，轻而易举地抢得大量财富。得手后，早已打退堂鼓的少校意欲独吞赃物，并用武力逼迫同伙就范，结果触犯了魔法禁忌。于是魔法失效，少校受伤被捕并将被公开处决。同伙营救未果，被一网打尽。被捕的强盗与商贩相互指责谩骂。正当士兵们准备行刑时，阿发再次出场。他用魔法将所有演员定在舞台上，让观众们讨论强盗是否应当被处死。

在本剧中，奥索菲桑不仅将乌龟故事的内容、角色搬到了现代舞台上，还将传统故事的叙事方式移植到演出中，体现了非洲作家一贯的文化自觉。不仅如此，奥索菲桑还在剧中大量使用歌舞与魔咒，彰显了本剧的非洲文化底色。

奥索菲桑在每一幕中都运用了传统的歌唱形式。第一幕开始，强盗用约鲁巴语歌谣哀悼死去的首领，"其声如泣如诉，渲染出浓郁的哀伤之情，观众的心弦在这样忧郁的氛围中极易被触动"[1]。第二幕，商贩爱丽丝（Mama Alice）为保护她们的士兵献唱，"歌词表露出对金钱的向往与痴迷"；随后强盗唱着"夹杂着胜利和危险气息"的魔法之歌成功抢劫。[2]第三幕中，阿拉加（Alhaja）为营救少校吟唱拯救之歌，"凄切之声萦绕整个剧场，直抵观众的灵魂深处"[3]。歌唱是非洲观众都熟悉的表演形式，在节日、庆典、祭祀等仪式中广泛使用。这种方式能够预示发展、揭示主题，或者利用其感染力拉近与观众的距离，让观众投入更多的情感与更深刻的思考。

魔法咒语的使用体现了奥索菲桑"彰显民族表征"[4]的用意。在约鲁巴人的日常生活中，"播种、收获、婚嫁、丧葬"等各种仪式都"离不开祭司的主持和祈祷"。[5]正是依靠这些仪式或神话，"祭司能够将同一部落的人凝聚在一起"[6]。因此，阿发的咒语既起到推动剧情发展的作用，又代表了作者对基于传统文化的民族团结与文化融合的希冀。尤其是阿发为咒语设定的使用禁忌与次数限制，避免了"武装抢劫可能造成的流血和死亡，间接维护了某种程度上的'和平'"[7]，他的身上寄托着奥索菲桑维护社会稳定的希望。

在本剧中，奥索菲桑化用民间故事，使用民族歌舞、魔力咒语及其他文化元素，既彰显了本剧的非洲文化底色，又将民族振兴的希望寄托于这一文化根基，反映了他高度的文化自觉意识。

---

① 黄坚、杨贵岚：《奥索菲桑的后殖民戏剧策略——〈从前的四个强盗〉及其他》，《读书》，2020 年第 8 期，第 152 页。

② 同上，第 153 页。

③ 同上。

④ 同上。

⑤ 同上。

⑥ 同上。

⑦ 同上，第 154 页。

二、暴露根源，痛陈社会弊病

《从前有四个强盗》所探讨的是内战后尼日利亚日益猖獗的武装抢劫问题，以及政府对抢劫犯实施的公开处决政策。奥索菲桑通过对四个强盗——少校、安哥拉（Angola）、哈桑（Hasan）和阿拉加的命运书写，启迪人们思索导致抢劫泛滥的社会根源，是一部典型的社会批判剧。

内战（1967—1970）是尼日利亚独立后最严重的政治与人道主义危机。比亚夫拉共和国的战败，虽然使尼日利亚作为一个统一国家继续存在，但战火、屠戮、封锁、饥饿等导致数百万平民流离失所，让原本尖锐的民族矛盾雪上加霜。内战结束后，军事独裁政府理政无方、贪腐横行，致使道德堕落、民不聊生，给战后的和平愿景蒙上沉重阴云。

枪支泛滥成灾，持械抢劫成风，这些都成为当时异常严重的社会问题，抢劫疑犯被私刑处死的新闻时常见诸报端。戈翁军政府于1970年颁行《武装抢劫与枪支法令》，严厉打击武装抢劫犯罪。后续的文官政府继续沿用这一法令。然而，强力政策并未起到立竿见影的效果，抢劫问题仍然十分突出，政府也无力提供更好的解决方案。

当时，抢劫分子一旦判刑即被公开处决，行刑地点往往选在市场、海滩等人员聚集地，以方便或刻意吸引民众围观。这一做法虽然遭到许多人谴责，但也有人抱以娱乐心态，将其戏称为"巴滩秀"（Bar Beach Show）①。这表明，对于强盗横行的原因，民众缺乏深入探讨，他们对问题根源的认知非常肤浅。奥索菲桑希望通过本剧引导人们深入思考这些问题背后的是是非非。

首先，如何评价剧中人物——强盗、商贩与士兵？强盗杀人越货、制造混乱，"因为残忍，且给许多家庭造成悲伤，被人视为铁石心肠的恶人，要以牙还牙地

---

① 费米·奥索菲桑：《"秘密起义"：军人统治下的后殖民国家戏剧》，《国际社会科学杂志（中文版）》，黄觉译，2016年第4期，第126页。

用暴力消灭"①。奥索菲桑也不否认其罪恶，他们理应受到法律制裁，这一点符合一般认知。市场女商贩是武装抢劫的直接受害者。她们需要吃饭、纳税，需要交房租、交学费，死了兄弟下葬要钱、姊妹出嫁要钱、孩子病了要钱；②她们早出晚归、辛辛苦苦积累的财富在一夜之间被洗劫一空，委实可悯可怜。

然而，强盗也都是出身社会底层，为了生存才铤而走险，这同样是铁打的事实。强盗的身份大多是退伍军人，阿拉加虽然没当过兵、打过仗，但她是通过与战争双方做生意来维持生计。也就是说，强盗的出现与内战密切相关。通过这样的联系，奥索菲桑暗示，内战是武装抢劫成风的历史根源，也就是说，强盗同样是社会动荡的受害者。同时，保护商贩、抓捕强盗的士兵们，他们作为政府的帮凶，也只不过是制度的傀儡。

其次，如何处置强盗？是处决还是释放他们？奥索菲桑通过开放的戏剧结局，给予观众讨论的机会。阿发用魔法将演员定住后，主持了一场关于"是生存还是死亡"的大讨论，让观众投票决定强盗的命运。据阿德耶米（Sola Adeyemi）回忆，在他经历的"大约12场演出中，观众投票决定处决强盗的只有2次"③。如果出现这种情况，士兵们先将强盗杀死，再调转枪口指向观众，然后慢慢淡出，演出结束。这时观众往往意犹未尽，他们会和演员进行长时间的讨论。

处决或释放强盗是个两难之选，有时观众的决定也是模棱两可。奥索菲桑记载：这一天，强盗没有被处决，也没有像大多数劳作的日子那样被释放。④即便是同一场演出的同一位观众，他的看法也时刻发生着变化，"刚才投了赞成票的人，后悔没投反对票。刚才投了反对票的人也后悔不迭"⑤，这种现象非常普遍。这表明观众对剧中的强盗抱有同情之心，意识到抢劫并不是个简单的是非问题。这也

---

① 费米·奥索菲桑：《"秘密起义"：军人统治下的后殖民国家戏剧》，《国际社会科学杂志（中文版）》，黄觉译，2016年第4期，第131页。

② Femi Osofisan, *Once Upon Four Robbers*, Ibadan: Heinemann Educational Books Nigeria PLC, 1991, pp. 91—92.

③ Adesola Olusiji Adeyemi, *The Dramaturgy of Femi Osofisan*, University of Leeds, 2009, p. 130.

④ 费米·奥索菲桑：《"秘密起义"：军人统治下的后殖民国家戏剧》，《国际社会科学杂志（中文版）》，黄觉译，2016年第4期，第131页。

⑤ 同上。

正是奥索菲桑的意图所在；他希望观众更深入思考谁是受害者，谁应该为这些问题负责。

现实生活中，有些观众可能有过与强盗类似的窘境，但他们对强盗的同情仍然是一种肤浅的认识，想产生更深的感受或思考，甚至引发行动，需要让他们感受到切肤之痛。阿发让观众决定强盗命运，使他们从强盗、商贩、士兵等一系列"他者"中走出，进入"自我"反思中来。如果选择释放强盗，就意味着观众"不定何时[也]会被送上刑场"①；如果决定枪毙强盗，则意味着他们将会继续成为以士兵为代表的政权的压迫对象。无论观众如何决定，其结局都是悲观的。如果强盗获释，就会出现无法无天和无政府状态；而如果士兵获得支持，则意味着无尽的黑暗和恐怖的军事统治得以延续。奥索菲桑让观众认识到自己也是混乱的社会秩序的受害者。

第三，是谁造成了这种人人自危的局面？哈桑被抓后对商贩和士兵说："世界就是一个集市……，我们相互屠宰，然后切成块卖掉……"②，女商贩"……听见钱币的声音，就会互相把对方砍碎"③，既然"人人都在互相肢解。[那]杀人要快，不然只能被吃"④。而且，"我想要的只是工作的权利，但是，每到一个地方，他们想要的只是奴隶……"⑤哈桑的控诉既指向特权阶层，又指向社会中的所有人。奥索菲桑暗示，是恶劣的社会环境导致人人都是受害者。

奥索菲桑不仅暴露了抢劫成风的历史根源与社会根源，他还通过强盗、商贩以及士兵们的行为淋漓尽致地揭示了尼日利亚社会无处不在的腐败。

强盗"喝得烂醉在街上游荡，啥也不做，天黑了就出来打劫"⑥。他们既痛恨特权阶层，又艳羡他们的财富、地位和体面的生活，梦想能成为其中一员。他们嘲笑低薪工作，看不起底层人民，不愿为他人服务，不愿承担社会责任。女商

---

① 费米·奥索菲桑：《"秘密起义"：军人统治下的后殖民国家戏剧》，《国际社会科学杂志（中文版）》，黄觉译，2016 年第 4 期，第 131 页。

② Femi Osofisan, *Once upon Four Robbers*, Ibadan: Heinemann Educational Books Nigeria PLC, 1991, p. 91.

③ Ibid.

④ Ibid., p. 93.

⑤ Ibid., p. 90.

⑥ Ibid., p. 91.

贩为赚钱不择手段，经常欺诈顾客，肆意囤积居奇，无耻地贿赂士兵与官员。在面对哈桑指责时，她们找了一系列理由，如税收、学费、家庭、抢劫、行贿等，为自己辩护。同样，在将强盗抓捕后，士兵们并未将扣留的赃款、赃物归还失主，而是坐地分赃、据为己有，将法律与正义抛诸脑后；后来他们还坦然接受阿拉加奉上的物质贿赂与性贿赂。强盗、商贩与士兵之间虽然互相谴责对方道德败坏，但他们又何曾有人洁身自好？奥索菲桑通过本剧勾勒出了一幅弥漫于整个尼日利亚社会的贪婪与腐败图。本剧从武装抢劫入手，一步步引导观众思考其历史根源与社会根源，体现了奥索菲桑强烈的社会批判意识。

三、唤醒冷漠，探索民族出路

批判社会并不是奥索菲桑的最终目的，他的目的是改变社会、寻求出路。由于政府对文艺作品的审查日益严苛，奥索菲桑采取"魔法恩典"剧的方式予以规避。他曾说："在独裁国家，抗议之声若非通过密道，无法抵达公众的视听。"①戏剧家需要"通过隐喻和魔术、戏仿和寓言、面具和拟态，战胜独裁者"，揭去[独裁者]神秘的面纱，并"确保他或她的合作者不落入政府帮凶的魔掌"，进而启迪大众、"唤醒冷漠"。②奥索菲桑将这套"隐蔽和隐喻的操作系统"称为"秘密起义"。③与此同时，魔法的介入可以将难以公开讨论的社会问题（特别是批评政府时）戏剧化，以便更多人参与探讨。利用这一范式，奥索菲桑突破审查限制，达到了曲径通幽的目的。

剧中的阿发不仅能够运用魔力让强盗为所欲为，还能通过魔法左右戏剧情节走向，扮演着奥索菲桑代言人的角色。阿发身上混杂着诸多宗教与世俗元素：首先，他是伊斯兰教的伊玛目，是正义与公正的象征；其次，他是一位会使用魔法

---

① 费米·奥索菲桑：《"秘密起义"：军人统治下的后殖民国家戏剧》，《国际社会科学杂志（中文版）》，黄觉译，2016年第4期，第122页。
② 同上。
③ 同上。

和咒语的巴巴拉沃（Babalawo）——约鲁巴本土神祇的祭司；再次，他的台词中频频出现"上帝"一词，俨然是上帝的代言人；第四，他虽代表着守法与诚实，但又纵容鼓励抢劫行为。集四种元素于一身，阿发被奥索菲桑塑造成一位典型的尼日利亚人形象。大多数约鲁巴人要么信仰基督教，要么信仰伊斯兰教，但他们也同时崇拜本土神灵。阿发既是一个多信仰综合体，也是位想尽办法致富或脱困的世俗人。本剧中阿发似乎无所不能，但对解决剧中反映的矛盾又无从着手，因而，抽象地看，奥索菲桑希望在他的身上找到帮助尼日利亚走出困境的办法。

要想解决问题就要先找到问题根源。武装抢劫泛滥的根源是多方面的，经济剥削、社会不公、严重贫穷、个人无知等对这一问题都有助纣为虐的作用。强盗们觉得自己的机会被剥夺，而现有的机会又不足以让自己过上体面生活。少校的话代表了强盗的心声：

……我不要在后街的臭味里穿行！我要宫殿一样大小的房子！我要法律臣服在我的银行账户面前！还有，我要孩子！听着，我要当爸爸！我要拥有整条街道，我要拥有6台，不，10台奔驰车，我要霓虹灯，我要超市……①

强盗将矛头指向特权阶层，不愿成为他们的剥削对象。而女商贩在歌声里说："利益的诱惑征服了我们的灵魂，把我们变成了食人族"②，为了利益她们可以尔虞我诈，可以相互伤害，但她们为自己分辩的理由却是强盗的骚扰、高额的税收、学费、家庭责任以及向官员、士兵行贿的支出。剧中每个人都认为自己是受害者，都将责任推给他人，却从不反思自己在社会塑形中的负面作用。

如果说对剧中人物的道德批判尚属私人领域，那么本剧对公共领域的批评也非常激烈。除了讨论公开处决强盗是否应当、是否正当外，本剧探讨的另一问题是滋生普遍罪恶的社会环境。奥索菲桑通过本剧努力引导观众思考这些问题的结构性根源，他通过哈桑之口将问题的源头指向三股力量——学校、教堂和家庭：

---

① Femi Osofisan, *Once upon Four Robbers*, Ibadan: Heinemann Educational Books Nigeria PLC, 1991, p. 52.
② Ibid., p. 46.

老师在书桌旁用鞭子抽打我们……牧师在讲坛上用神圣的诅咒抽打我们……可怜的妈妈,她每天都在紧锁的门后将这些灌输给我们……但这些都是为了什么?难道是为了孩子长大后……乞求一处可以躲避警察抓捕的避难所吗? ①

奥索菲桑意欲告诉人们,在这三股力量压迫下,人们将不再去追求知识与真理,永远处于"被殖民"状态,最终必会放弃一切反抗。他同时暗示,只处决武装强盗而不惩治腐败官员、政客以及唯利是图的奸商,绝不可能塑造风清气正的社会环境,只有改变社会才能找到国家自立与民族振兴的出路。

那么,谁是可能改变社会现实的力量? 奥索菲桑认为是知识分子。他说:"尼日利亚和其他非洲国家的失败,正是因为知识阶层可悲的衰落。"② 他"试图揭露这个阶层的失败……谴责其中的腐败分子,讽刺这个阶层的愚蠢","揭露军方的部分成员混入这一阶层,利用世故的机会主义操纵这一阶层,而社会的其他部分或接受招安或畏缩不前,以至于腐败横行,成为国民精神"。③ 奥索菲桑一针见血地指出了尼日利亚知识分子阶层的失败、愚蠢、懦弱与冷漠。为将他们从"惯有的冷漠中唤醒,召唤他们去战斗,激发他们的愤怒和积极抵抗",奥索菲桑创作了这部"魔法恩典"剧,以期"唤醒他们头脑中的历史知识和神话诗学,挖掘其隐蔽的倾向性",让他们"从底层通过社会受害者的角度观看历史"。④

奥索菲桑认为,知识分子阶层中最具希望的是大学生。他指出:"大学生的意识形态尚未固化,……还没有凝固为任何具体的阵营或派别","如果有机会趁在校生尚未完全成熟、立场还在变动时就对之施加影响,自然会对社会复兴产生决定性的作用"。⑤ 奥索菲桑有意识地将本剧舞台布景简化,让演出者根据实际任意选择场地、调整情节,使其更加适合学生剧团演出,受到大学生们热烈欢迎。

---

① Femi Osofisan, *Once upon Four Robbers*, Ibadan: Heinemann Educational Books Nigeria PLC, 1991, pp. 90—91.

② 费米·奥索菲桑:《"秘密起义":军人统治下的后殖民国家戏剧》,《国际社会科学杂志(中文版)》,黄觉译,2016年第4期,第124页。

③ 同上。

④ 同上。

⑤ 同上,第125页。

奥索菲桑显然觉得，要想彻底改变社会面貌，必须从大学生、从青年人中间培育新生力量。

结　语

《从前有四个强盗》在获得广泛热议的同时，也受到一些批评与质疑。詹姆斯·吉布斯（James Gibbs）认为部分细节略显突兀：如"花哨（gimmicky）的开头与结尾"；"强盗的请求不真诚，难以让人信服"；中士（Sergeant）所言"如果被压迫者团结在一起，就能重建生活"，这一论断过于武断等。① 他还认为本剧对超自然魔力与"从前……"范式的运用，"分散了社会分析力，削弱了本剧的影响力"。② 还有人质疑，这部用英语创作、由大学生出演的戏剧不可能触及实施私刑的暴民，也不可能触及那些草率判决强盗的法官。这些质疑虽不无道理，但可能有所忽视，即文艺作品肯定会有其时代性与地域性。

在艺术方面，奥索菲桑以运用传统表演形式和超自然元素而著称；在主题方面，他以毫不留情的社会批判而为人称道。他化用传统文化于戏剧表演，正是借助观众对地域文化的亲切感，营造历史与现实之间、熟悉与陌生之间的张力，符合从已知到未知的人类认知规律。他直面社会、因陋就简，正是为了破除观众与演员、舞台与社会间的壁垒，最大限度地发挥文艺的干预功能，进而达到批判社会、改造社会的目的。本剧的情节人物、主题内容、艺术手段都离不开当时当地的社会语境，体现了奥索菲桑为国为民的探索精神和担当精神，这也是他被称为马克思主义戏剧家的原因。

（文/山东青年政治学院 冯德河）

---

① James Gibbs, "Review of *Once upon Four Robbers* by F. Osofisan", *World Literature Today*, 1981, 55(1), p. 166.
② Ibid.

第七篇

奥克瑞小说《饥饿的路》中的后殖民文化身份认同

本·奥克瑞

Ben Okri, 1959—

作家简介

本·奥克瑞（Ben Okri，1959— ）堪称尼日利亚第二代作家中的旗手。他于1959年出生在三角洲地区的小镇明纳（Minna），不到两岁时，随父母迁居英伦生活，1968年回到拉各斯。1978年，他再次前往英国，在埃塞克斯大学（University of Essex）研修比较文学，之后便长期居留英国进行文学创作。

奥克瑞主要创作小说和诗歌，作品数量十分可观。1980年，21岁的奥克瑞出版《花与影》（*Flowers and Shadows*），开始在国际文坛崭露头角。从1988年开始，他着手创作长篇小说《饥饿的路》（*The Famished Road*）和短篇小说集《新宵禁之星》（*Stars of the New Curfew*）。1991年，《饥饿的路》在英国出版，奥克瑞凭此作摘得布克奖（Booker Prize）桂冠，成为当时最年轻的布克奖得主。这部小说与后来的《迷魂之歌》（*Songs of Enchantment*，1993）和《无限财富》（*Infinite Riches*，1998）组成"三部曲"，讲述了鬼孩阿扎罗（Azaro）在一个社会动荡的非洲国家的曲折经历。除这"三部曲"外，奥克瑞还创作了《诸神震惊》（*Astonishing the Gods*，1995）、《在阿卡迪亚》（*In Arcadia*，2002）、《星书》（*Starbook*，2007）、《魔法时代》（*The Age of Magic*，2014）、《自由艺术家》（*The Freedom Artist*，2019）等长篇小说，《自由的故事》（*Tales of Freedom*，2009）、《魔法灯：我们时代的梦想》（*The Magic Lamp: Dreams of Our Age*，2017）、《为活着祈祷》（*Prayer for the Living*，2019）等短篇故事集，《非洲挽歌》（*An African Elegy*，1992）、《精神战争》（*Mental Fight*，1999）、《野性》（*Wild*，2012）、《像狮子一样雄起》（*Rise Like Lions: Poetry for the Many*，2018）、《脑海之火》（*A Fire in My Head: Poems for the Dawn*，2021）等诗歌集，以及《天鸟》（*Birds of Heaven*，1996）、《自由的方式》（*A Way of Being Free*，1997）、《神秘盛宴》（*The Mystery Feast: Thoughts on Storytelling*，2015）、《新梦想时代》（*A Time for New Dreams*，2019）等散文集。

奥克瑞著作等身，获誉无数。除1991年获布克奖外，他还先后斩获英联邦作家奖（1987）、阿加汗小说奖（1987）、基安蒂·鲁菲诺—安蒂科·法特托国际文学奖（1993）、意大利格林赞·卡沃奖（1994）、世界经济论坛水晶奖（1995）、意大利棕榈奖（2000）、诺维·萨德国际文学奖（2008）等诸多奖项。2001 年，奥克瑞被授予大英帝国勋章。这些奖项或荣誉，一方面证明了奥克瑞的文学成就之大，另一方面也证明了他对非洲文学艺术的创新之功。有评论家把他归为魔幻现实主义一派，将其与加西亚·马尔克斯（Gabriel García Márquez）相提并论，但奥克瑞对此却持反对态度。应该说，奥克瑞继承了阿契贝、图图奥拉等前辈作家的遗产，将约鲁巴传统民间故事、神话传说与后殖民时代的社会现实相结合，创造了一个亦真亦幻、虚实融合的文学世界，作品呈现出精神现实主义、魔幻现实主义、存在主义等不同流派的特征，绝非一个简单标签所能涵盖的。

作品节选

《饥饿的路》
(*The Famished Road*，1991)

With our spirit companions, the ones with whom we had a special affinity, we were happy most of the time because we floated on the aquamarine air of love. We played with the fauns, the fairies, and the beautiful beings. Tender sibyls, benign sprites, and the serene presences of our ancestors were always with us, bathing us in the radiance of their diverse rainbows. There are many reasons why babies cry when they are born, and one of them is the sudden separation from the world of pure dreams, where all things are made of enchantment, and where there is no suffering.

The happier we were, the closer was our birth. As we approached another incarnation we made pacts that we would return to the spirit world at the first opportunity. We made these vows in fields of intense flowers and in the sweet-tasting moonlight of that world. Those of us who made such vows were known among the Living as abiku, spirit-children. Not all people recognised us. We were the ones who kept coming and going, unwilling to come to terms with life. We had the ability to will our deaths. Our pacts were binding.

Those who broke their pacts were assailed by hallucinations and haunted by their companions. They would only find consolation when they returned to the world of the Unborn, the place of fountains, where their loved ones would be waiting for them silently.

Those of us who lingered in the world, seduced by the annunciation of wonderful events, went through life with beautiful and fated eyes, carrying within us the music of a lovely and tragic mythology. Our mouths utter obscure prophecies. Our minds are invaded by images of the future. We are the strange ones, with half of our beings always in the spirit world.①

　　和与我们类似的幽灵伙伴们相处，我们倍感亲切。我们的大部分时间都过得快快乐乐，因为我们飘荡在水蓝色的、弥漫着爱的空气里。我们和农牧神、仙女、美丽的神灵一起游戏。和蔼的女巫、善良的小精灵和先祖们安详的幽影始终与我们同在，让我们享受绚丽彩虹的沐浴。婴儿落地时的哭是有多种理由的。理由之一是：他们突然间被推出了纯净的梦的世界，可那是一个多么令人心醉而又没有痛苦的世界啊！

　　我们越是快乐，离投生的日子也就越近。每当到了这个时候，我们都会约定——有机会我们就重返幽灵世界。我们在那个世界灿烂的花丛中和皎洁的月光下立下这一誓愿。凡立此誓言者，在人类世界皆被称为"阿比库"，意思是"鬼孩"。并不是所有的人都能认出我们。我们不时地出没在各个地方，不肯向生命表示屈从。我们有能力根据自身意愿实现死亡。我们的誓约不可违背。

　　那些背弃誓约的鬼孩将饱受各种幻象的困扰，同类们也会来找他们的麻烦。只有回到幽灵世界，回到那个万物之始的地方，与默默等待他们归来的伙伴们重新团聚，他们才能找回自己的安慰。

　　至于我们这些在人世间滞留的鬼孩，多是为人类即将到来的各种奇妙之事所诱才迟迟没有回归。我们用美丽的、命定的双眼走过生命，心中萦绕着那段美妙、悲怆的神话音乐。我们的唇齿间发出含糊不清的预言。我们的脑海中总会闯进各种属于未来的幻象。我们是局外者，另一半生命永远驻留在幽灵之乡。②

（王维东／译）

---

① Ben Okri, *The Famished Road*, New York: Bantam Doubleday Dell Publishing Group, Inc., 1992, p. 4.
② 本·奥克瑞：《饥饿的路》，王维东译，南京：译林出版社，2003 年，第 4 页。

作品评析

《饥饿的路》中的后殖民文化身份认同

引　言

　　本·奥克瑞（Ben Okri，1959—　）的作品始终关注尼日利亚与非洲其他国家和民族的社会、政治、经济、文化、历史，以及国家与民族发展等问题，并对殖民关系进行批评性思考。1991 年，奥克瑞最负盛名的作品《饥饿的路》获得英国最具权威的文学奖布克奖。《饥饿的路》以魔幻现实主义手法将幽灵世界、梦的世界与现实世界交织在一起，以非洲约鲁巴文化中"幽灵儿童"阿扎罗的叙述视角，反映出后殖民时期尼日利亚人民如何在原宗主国文化的影响下进行自我文化身份的认同与建构。在后殖民时期，直接的殖民统治已然画上句号，然而殖民文化带来的影响依然根深蒂固。对于曾经沦为殖民地的国家和民族来说，本土文化与原宗主国文化的冲突与融合在人们文化身份建构方面无疑具有重要影响。诚如我国学者张京媛所言，"身份不是由血统所决定的，而是社会和文化的结果"，"种族、阶级、性别、地理位置影响'身份'的形成，具体的历史过程、特定的社会、文化、政治语境也对'身份'和'认同'起着决定性的作用"。[①]本文从后殖民主义批评视角分析小说《饥饿的路》中具有代表意义的三位人物，即寇朵大婶、摄影师和阿扎罗的爸爸，向读者展示后殖民时期人们在双重文化的冲击下面临的文化身份困惑与文化身份定位等问题，并借此揭示殖民主义与殖民霸权对具有殖民历史的国家和民族带来的影响以及对人民造成的伤害。

[①] 张京媛（主编）：《后殖民理论与文化批评》，北京：北京大学出版社，1999 年，第 6 页。

一、寇朵大婶——新殖民主义的追随者

小说中的寇朵大婶是当地一家酒铺的老板娘，她的言行举止值得研究和深思。起初的时候，她对贫民窟居民常常施以援手，帮助他们渡过难关。后来，为了追求政治权力与金钱，她在政治选举中支持"富人党"，开始对贫民窟居民麻木不仁，变得唯利是图。奥克瑞通过描写寇朵大婶的变化，反映了后殖民时期部分尼日利亚人对于新殖民主义的迎合。国内相关学者对于新殖民主义已有研究，他们指出：

新殖民主义是殖民主义在新的历史条件下的延续。……殖民主义者为了保护已有的利益，在殖民撤退过程中，千方百计地把老殖民主义向新殖民主义转化，企图对获得政治独立的国家继续进行控制、干涉与掠夺，继续保持新生国家对原宗主国的依附性，继续维持旧的国际不平等关系和国际经济旧秩序。[①]

新近独立的尼日利亚国家无法摆脱原宗主国的影响，新兴的政治力量仅仅是西方民主制度的复制品，无法改变社会现状。寇朵大婶的变化折射出后殖民时期部分尼日利亚人在两种文化中的游离状态，他们逐渐认同原宗主国文化，背离本民族传统文化。

第一，寇朵大婶的装扮变化反映出她接受新殖民主义思想的过程。她在看望大病初愈的阿扎罗时，穿着非常考究的便衫和厚重的外套，显得气度不凡。在摄影师躲避"富人党"打手们的追打时，她没有伸出援手，反而穿着镶有金边的上衣，手执一把鳄鱼皮制作的大扇子，热情地招呼酒铺的客人。公开支持"富人党"后，她常常穿着束腰的新罩衫和高级袍子，脖子上挂着一串珊瑚珠，两个手腕上各戴一只铜镯，还学会画眼影和擦粉。显然，从她的装扮可以看出，这是在模仿英国

---

① 张顺洪等：《英美新殖民主义》，北京：社会科学文献出版社，1999 年，第 30—31 页。

上流社会女性的装扮，说明她从心理上开始认同原宗主国文化。

第二，寇朵大婶的精神世界开始堕落，道德不断腐化，逐渐沦为新殖民主义的追随者。小说中的"富人党"隐喻新殖民主义势力，是旧殖民势力的悄然变身。旧殖民主义的目的不仅仅是控制殖民地政治、经济等方面，而且要侵占殖民地人民的精神领域，"清除被殖民者脑中的一切形式和内容"[①]。新殖民主义继续在精神上奴役人们。小说中的"富人党"隐喻新殖民主义势力。寇朵大婶在加入"富人党"之后，开始拥有政治权力，俨然富贵、权力和威望的化身。小说通过阿扎罗的视角反映出她的巨大变化。她在人们心中似乎充满了邪恶，从人们口中的"传奇"变成"妖魔"。她在拥有财富与权力之后，越来越疏远贫民区的居民，常常以高傲的新姿态出现在大家面前。人们发现她说话的口气愈加狂妄，总是板着面孔、目光骄横，一副今朝大权在握的架势。由此可见，她在精神上已经被金钱和权力彻底腐化，逐渐沦为新殖民主义的奴隶。奥克瑞通过寇朵大婶的变化巧妙揭示出"尼日利亚金钱与政治密切相关的社会环境"[②]。

寇朵大婶的一系列变化暗示旧的殖民势力通过隐形的新殖民主义继续对尼日利亚的政治、经济等方面实行间接统治。正如有学者所言：

> 新殖民主义与老殖民主义本质上是一样的，只是新殖民主义采取了不同的形式。它们的根本不同点是老殖民主义进行直接的殖民统治，新殖民主义不进行直接的殖民统治，而是承认政治独立。……新殖民主义无法进行直接的武力征服和殖民统治，而是采取各种方式尤其是掩蔽的方式进行间接支配，达到控制、干涉与掠夺落后国家和地区的目的。[③]

因为投靠新殖民主义势力，寇朵大婶获得了大量的财富与政治权力，但是她告诉阿扎罗，她活得不快乐，钱、政治和顾客都让她很不舒服。显然，奥克瑞想要表达金钱与权力并不会给人带来真正的幸福与快乐，依靠旧殖民势力扶植的政治力

① 弗朗兹·法农：《全世界受苦的人》，万冰译，南京：译林出版社，2005 年，第 142 页。

② Felicia Alu Moh, *Ben Okri: An Introduction to His Early Fiction*, Enugu: Fourth Dimension Publishers, 2001, p. 81.

③ 张顺洪等：《英美新殖民主义》，北京：社会科学文献出版社，1999 年，第 31 页。

量只会让人的精神世界更加空虚。寇朵大婶代表着尼日利亚国家的新兴资产阶级和政治势力，她的变化反映出这一群体在新殖民主义的影响下对文化身份的错误定位，致使整个国家处于混乱状态。奥克瑞由此表达了对于殖民主义的强烈批判。殖民主义的入侵改变了整个国家，颠覆了尼日利亚美好的往昔，即使在独立之后，处于转型时期的尼日利亚仍然深受隐形的新殖民主义的影响，传统文明被破坏殆尽，整个国家呈现出一种病态的发展趋势。

二、摄影师——殖民主义的反抗者

摄影师是《饥饿的路》中的一个重要的角色，是清醒的现实主义者和不屈的殖民主义反抗者。奥克瑞在小说中给摄影师取名为"Jeremiah"，意在将他与《圣经》中的同名人物耶利米（Jeremiah）联系起来。"耶利米是公元前七世纪的先知，他告诫他的犹太门徒切勿道德沦丧。"[①]在小说中，摄影师用照相机记录社会现实，拍下人们欢乐、暴乱、受苦等景象。后来，他因曝光政客们的丑恶嘴脸而遭受政治迫害，被迫东躲西藏，但是仍然顽强地与腐朽的政治势力作斗争，始终怀揣忧国忧民之心。因此，可以看出，奥克瑞意在将他刻画为《圣经》中的耶利米。摄影师不仅看清尼日利亚的社会现实状态、坚定地反抗殖民主义的影响，而且以世界性的眼光看待尼日利亚的现实问题。摄影师对殖民主义的反抗具体表现在以下两个方面：

第一，用相机记录苦难现实。

在小说中，摄影师拍摄的第一组照片是人们在庆祝阿扎罗"复活"宴会上的合影。人们在热闹欢庆的宴会上本应呈现出快乐幸福的状态，但是在照片里：

---

① Brenda Cooper, *Magical Realism in West African Fiction*, London: Routledge, 1998, p. 96.

爸爸好像往一只眼睛上贴了一块膏药，妈妈的一双眼睛模糊难辨。小孩们像松鼠，而我则像一只兔子。我们都像一群正在举行庆祝的难民。我们挤成一团，面容枯瘦，笑得十分刻板。①

摄影师拍出了人们饱经风霜、历经磨难的真实面容。透过他的镜头，我们可以看出他在混乱的社会现实中始终保持清醒的心态。后来，在"富人党"发放免费奶粉时，摄影师拍下了人们哄抢奶粉的混乱场面。当人们因奶粉而中毒时，他不顾自己因毒奶粉导致的剧烈胃痛，勇敢无畏地把成堆的奶粉和人们的呕吐场景摄入镜头，还"拍下了孩子的病容、男人痛苦的抽搐、女人饥饿的愤怒"②。之后，他又拍下了人们与政客、打手发生冲突的场面。然而，他的勇敢和无畏却招致牢狱之灾。奥克瑞以阿扎罗的视角传递出摄影师出狱后的变化——

他比过去更加无畏。监狱似乎改变了他。他无论出现在哪里，脸上都带着一种以前没有过的神秘表情，仿佛就在这被监禁的短短3天里，他已自行承担起某类英雄的角色。③

奥克瑞在小说中通过这一系列的事件成功塑造了摄影师的英雄形象。摄影师在危急场合中始终保持清醒，他手中的照相机似乎变成了他的"第三只眼睛"，可以记录历史，捕捉社会现实，揭露政客、打手们的真实面目。对此，有学者指出，"摄影师代表整个国家的良知，用镜头记录人们在现实生活中的艰难处境，绝不掩盖事实真相"④。摄影师手中的照相机从谋生的工具逐步升华为照妖镜，使得政治的腐败、政客的残忍和贪婪无所遁形。摄影师是知识分子和艺术阶层的代表，是人们对抗腐朽政治的精神向导和行动指挥。

---

① 本·奥克瑞：《饥饿的路》，王维东译，南京：译林出版社，2003年，第96页。
② 同上，第143页。
③ 同上，第168—169页。
④ Ernest N. Emenyonu, *Teaching African Literature Today: A Review*, Suffolk: James Currey, 2011, p. 16.

第二，用行动反抗政治腐朽势力。

摄影师在声名鹊起之后成了"富人党"的眼中钉，不时地受到政客们的追打与迫害。即便如此，他依然公开抵制道德沦丧，用自己的方式顽强地反抗腐朽政治势力。"富人党"政客们变本加厉的伤害并没有使摄影师屈服，他仍然为人们伸张正义，继续拍摄政客们欺压普通民众的情景。正如他自己所说的："不管用什么方式，我们都要继续为真理和正义而战斗。我们一定能赢。"①

在小说中，摄影师将政客、帝国主义分子等人比作老鼠，通过他对待老鼠的态度反映出其看待政治腐朽势力的态度。有一次，当他夜宿阿扎罗家发现老鼠时，他告诉阿扎罗下次将会带些灭鼠的毒药将它们消灭，

因为它们贪得无厌。它们跟流氓政客、帝国主义分子和富人都是一路货。……它们吞噬财物，见了什么都不肯放过。哪天饿昏了头，它们会把我们也吞噬殆尽的。②

显然，通过摄影师的话语，我们可以看出，"奥克瑞将讽刺的矛头指向那些给普通民众制造生活垃圾的政客们"③。这些政客们在隐形的新殖民主义的庇护下肆无忌惮地吞噬人们的财产，威胁人们的生命，践踏人们的尊严。最终，摄影师使用威力强大的毒药和魔术把象征着腐朽政治势力的老鼠消灭干净。阿扎罗发现：

整个房间成了老鼠的战场和坟场。它们死去时的姿势千奇百怪，不胜枚举。我的枕边就有老鼠，它们用龇咧着的黄牙咬住草席。我的被子上全是老鼠。它们有的死在我的身边、被子底下或者桌子上，长长的尾巴从桌沿儿耷拉下来。有的从下往上抓挠窗帘，后来死在了墙角，窗帘上却留下了一道道撕裂的口子。它们

---

① 本·奥克瑞：《饥饿的路》，王维东译，南京：译林出版社，2003年，第203页。
② 同上，第251—252页。
③ Felicia Alu Moh, *Ben Okri: An Introduction to His Early Fiction*, Enugu: Fourth Dimension Publishers, 2001, p. 89.

死在爸爸的靴子里，尾巴看上去真像鞋带。它们死时睁圆了黄眼，此刻正茫然地瞧着我们，似乎是在威胁说：此仇不报，决不甘休。[1]

在与邪恶势力的斗争过程中，摄影师的脸上焕发着健康，眼睛明亮，情绪饱满，好像在黑夜里的某个地方发现了希望的田野。[2]摄影师毫不畏惧前进道路上的障碍和凶险，对待人们世代相传的残忍的"路之王"也不以为意。在阿扎罗的爸爸讲述的"路之王"的故事中，被称为"路之王"的巨人肚子大得出奇，无论吃什么都难以吃饱。于是，他吃掉自己所看到的任何东西，甚至吃自己的腿、手、肩膀、后背和脖子，进而吃掉了自己的脑袋。最后，只剩下他的胃。然而，一场大雨溶化了"路之王"的胃，他成了世上所有路的一部分，现在仍受饥饿之苦，因而会将路上的行人吃掉。从摄影师与阿扎罗的对话可以看出他对"路之王"态度。

"我明天一早就走。"他说。

"准备去哪里？"

"走遍世上所有的路。"

"为了什么事？"

"见到有趣的东西我就拍下来。"

"小心那个王。"

"王总会死去。"

"那个王永远不会死。"

"你怎么知道？"

"爸爸这么说的。"

"我不怕什么王。"[3]

---

[1] 本·奥克瑞：《饥饿的路》，王维东译，南京：译林出版社，2003年，第252—253页。

[2] 同上，第247页。

[3] 同上，第281页。

此处，"路之王"象征的是自私贪婪的政客们以及深受殖民主义影响的邪恶力量，而摄影师对其漠视的态度折射出他大无畏的英雄姿态。奥克瑞以细腻的文笔不仅刻画出一位民族英雄的风采，而且塑造了一位世界英雄形象。诚如有学者所言，"摄影师变成了世界主义者，变成了救世主弥赛亚，他是作家们笔下解决政治问题的精英人士。他们与腐朽的统治集团进行不屈的抗争"[1]。奥克瑞笔下的救世主摄影师并非旧世界上帝的化身，也非新生的狭隘的民族主义者。他试图通过自己的理想和信念对抗贪得无厌的"路之王"，并以世界性的眼光审视殖民主义造成的影响。

摄影师走遍世界后拍摄的照片更能启发人们深刻地理解殖民主义带来的世界性影响，看清殖民者的丑恶嘴脸与凶残的本性。阿扎罗在翻看他拍摄的照片时曾看到不一样的照片内容：

白人们坐在一大片高级优雅的长条椅上，头顶上有大伞遮挡着阳光，黑人在为他们上饮料。有个婴儿趴在哭泣的母亲背上；一座房子燃起了熊熊大火；葬礼的场面肃穆感人；舞会上女人的裙子悠然飘起，露出了她们浑圆的臀部。接着，我看到了一张不可思议的照片，摄影师说它来自另一个星球。照片上的男人被人勒紧脖子从一棵树上吊了下来。[2]

当阿扎罗追问是谁吊死了照片中的男人时，他说是一群白人。当阿扎罗继续追问原因时，他说"因为他们不喜欢钢琴音乐"[3]。显然，"此处的钢琴音乐具有隐含意义，钢琴是由黑白键组成，隐喻种族关系"[4]。虽然摄影师鉴于阿扎罗的年龄欲言又止，但是，通过这些照片，我们可以清楚地"看到"殖民主义者如何冷酷无情地奴役殖民地的人民。这并非只是尼日利亚国家和人民所经历的苦痛历史，也是全世界所有殖民地共同经历的苦难与屈辱。

---

[1] Brenda Cooper, *Magical Realism in West African Fiction*, London: Routledge, 1998, p. 98.

[2] 本·奥克瑞：《饥饿的路》，王维东译，南京：译林出版社，2003年，第282—283页。

[3] 同上，第284页。

[4] Brenda Cooper, *Magical Realism in West African Fiction*, London: Routledge, 1998, p. 109.

小说中的摄影师渴望改变社会现状。他游历世界各地，对饥饿的"路之王"毫不畏惧，与腐朽政权进行顽强的抗争，用手中的照相机将本国人民的苦难以及全世界各地殖民地人民的困境记录下来。他的照相机在拍照时发出的"光"既启发了人们认清社会现实，又给予人们希望，引领人们勇敢迈向未来。摄影师所代表的尼日利亚知识分子与艺术阶层，坚决反对由原殖民势力所扶植的腐朽政治势力。在反抗的过程中，他们将自己的生死置之度外，以世界性的眼光审视后殖民时期各个国家和民族面临的困境，成为反抗殖民主义影响的中坚力量。

三、阿扎罗的爸爸——双重文化中的智者

弗朗兹·法农曾指出，"殖民主义不是个人之间关系的一种模式，而是对一个民族的领土的占领和对其人民的压迫，仅此而已"[①]。尼日利亚的本土文明曾经饱受殖民主义的摧残。在后殖民时期，人们依然摆脱不了原宗主国文化的影响。阿扎罗的爸爸是社会底层人物的代表，他遭受的苦难生活具有普遍代表意义。奥克瑞通过描写阿扎罗的爸爸历经苦难、改变、重生、反思的曲折历程，反映出尼日利亚的普通民众在原宗主国文化的冲击下对本土文化与西方文化，对如何构建自己的文化身份，以及对本民族前途和命运的思考与探索。

一方面，他是顽强不屈的斗士，坚守本土文化。新独立的尼日利亚当权者模仿西方的民主选举制度，在国内掀起了"富人党"与"穷人党"竞选的斗争。然而，盲目的模仿给人们带来的并非希望和光明，而是无尽的混乱，人们依旧生活在水深火热之中。奥克瑞在小说中通过阿扎罗的叙述反映出"爸爸"的艰难与困苦——

他头发是白的，沾满水泥粒儿的脸像戴了一副面具。他几乎完全赤裸，下身只穿了条我从未见过的、破烂不堪的短裤。他们把两袋盐压到他的头上，他喊了声"上帝啊，救救我吧"，身子站立不稳，顶上的那袋盐便掉回到卡车上。……

[①] 巴特·穆尔－吉尔伯特等编《后殖民批评》，杨乃乔等译，北京：北京大学出版社，2001 年，第 66 页。

盐袋巨大、坚实，像一块块又鼓又圆的岩石，盐粒从其中一个袋子里掉出来，洒落到爸爸的肩上。[①]

人们生活的艰难与困苦跃然纸上，他们在充满压迫的世界里饱受折磨，遭受侮辱。当阿扎罗的爸爸发现儿子看到自己时，他的表情更是让人感到无比心酸——

> 他的脸不住地抽搐着，脖子的肌肉颤个不停，好像突然得了痉挛症。……盐粒撒落在他肩上的同时，泪水从他眼里潸然流下。他带着一脸羞惭，从我面前步履踉跄地走过，一双大脚趾翘着几乎要把我踩碎。他装作没有看见我，扛着袋子低头向前，尽力表现出重负之下的尊严，根据重量的偏向调整着自己的承重支点。……就在拐弯的当口，他绊了一下，又重新站稳，接着又打了一个趔趄，在路面的泥土和垃圾上滑了一下，然后摔倒。……爸爸没有从地上爬起来，他满身是泥，像死去的人一样僵卧着，血从后背滴下来，同地上的垃圾掺和到了一起。[②]

此处，奥克瑞对于阿扎罗爸爸摔倒的细节描写具有特别含义，"他摔倒并非仅仅因为承受不了水泥袋的重量，更多的是承受不了世界的不公平和羞辱的重压"[③]。尽管阿扎罗的爸爸承受着身体与精神的双重打压，但是他并没有因此退却，反而对生活充满希望，努力寻求解决办法。

　　奥克瑞在小说中通过描写几次拳击比赛表达了阿扎罗的爸爸试图通过暴力与各种邪恶力量进行斗争、摆脱苦难的决心。起初，他与"美洲黄虎"进行较量。小说中的"美洲黄虎"是鬼魂，赢得比赛象征着阿扎罗的爸爸从精神上重获新生。后来，他遇到劲敌"绿豹"。"绿豹"代表的是由西方势力扶植起来的"富人党"，是殖民主义文化的代表，其言语与行为反映出"富人党"的丑恶嘴脸。他们狂妄、贪婪，漠视普通民众，为了获得政治利益，不惜一切代价。阿扎罗的爸爸最终打败了"绿豹"，意味着他坚决拥护本土文化，顽强抵抗原宗主国文化。后来，他

---

① 本·奥克瑞：《饥饿的路》，王维东译，南京：译林出版社，2003 年，第 160—161 页。
② 同上，第 161 页。
③ Ernest N. Emenyonu, *Teaching African Literature Today: A Review*, Suffolk: James Currey, 2011, p. 13.

与穿着白外套的高个子男人相抗衡。"白外套"象征着旧的殖民势力通过悄然伪装，以新的形式对前殖民地继续进行政治、经济、文化等方面的控制与影响。最终，阿扎罗的爸爸赢得比赛，扯下了高个子男人的白外套，使其本来面目暴露无遗——"他的体毛真多，就像某个丛林动物身上的毛"，"他的腿又长又细，像蜘蛛类动物的腿"。[1] 穿白外套的男人被描绘成伪装的动物，意味着"人已经变得像动物一样，失去了人类的基本情感"[2]。尽管阿扎罗的爸爸每次都能取得胜利，但他逐渐意识到仅凭一己之力，无法改变整个国家的社会现状，即使消除了现在的统治者，还是会出现更加凶残的新的统治者。

试图通过暴力改变社会现状无果之后，阿扎罗的爸爸决心做一名政治家，把自由和繁荣推向整个世界。他逐渐认识到"穷人党"和"富人党"是一丘之貉，只是为了博取穷人的支持，根本不关心穷人的切实利益。于是，他想建立一个真正代表穷人的政党，参加政治选举。他试图劝说邻居们支持他，得到的却是嘲笑与不屑。但他并不气馁，开始付出努力与行动。他尝试扫除街头的垃圾，因为他认为只有扫除了地上的垃圾，才能清除人们心头的垃圾。然而，人们丝毫不理会他的劝解与付出，继续将垃圾倒在街上。民众的麻木使他意识到个人的能力是十分有限的，他不可能只凭一己之力担当国家元首。于是，他开始寻找政治伙伴，将目光转向乞丐们。获得了乞丐们的支持之后，他四处奔走、干劲十足，试图组织他们清扫垃圾、扫净路面、为摊位刷漆、在水沟旁种树，挨家挨户动员人们给他投票。然而，人们却认为他在给大家的生活增添麻烦。在新殖民主义和本国剥削势力的双重压迫下，穷人们逆来顺受，早已分不清谁是他们利益的真正代表，因而对阿扎罗爸爸的所有努力置若罔闻。最后，阿扎罗的爸爸试图通过组建自己的政党对抗殖民主义文化影响的努力失败了。

由此可见，尼日利亚虽然取得了政治上的独立，可是人们在心理上遭受了殖民主义的重创，无法在短时间内从原宗主国文化的影响中挣脱出来。阿扎罗的爸爸意识到"富人党"和"穷人党"是殖民主义文化的拥护者与模仿者，支持他们则意味着认同殖民主义文化。他试图自己建立本土政党，为普通民众争取权利和

---

[1] 本·奥克瑞：《饥饿的路》，王维东译，南京：译林出版社，2003 年，第 501 页。

[2] Felicia Alu Moh, *Ben Okri: An Introduction to His Early Fiction*, Enugu: Fourth Dimension Publishers, 2001, p. 97.

地位，坚决守护本土文化。尽管他的努力并没有取得实质性的成果，但是面对原宗主国文化与本土文化的冲突，阿扎罗的爸爸是清醒的，他在两种文化的取舍与斗争中逐步建构自己的文化身份。

另一方面，他是理性的探索者，理智地面对西方文化。阿扎罗的爸爸常常对社会现状表现出深层的理性思考。在与穿白外套的高个子男人比赛之后，他处于昏睡状态，在睡梦中重新审视着这个世界。小说通过他的梦境反映出尼日利亚的社会现实：贫穷、饥饿，在血腥的战乱中挣扎，被外部势力掠夺，被西方世界操纵，人心涣散。他从睡梦中醒来之后告诉家人：

> 我们的祖先教会我许多哲学。我的父亲"道路祭司"在我面前出现，告诫我务必把门开着。我的心必须打开。我的生活必须打开。我们的路必须打开。一条打开的路永远不会饥饿。奇异的时光就要到来。①

经过多种尝试和努力，他进一步认清尼日利亚的社会现状。他意识到，必须用新的目光打量世界，必须用不同以往的方式审视自己，让本民族的文化以开放的姿态迎接不可避免的变化。阿扎罗的爸爸是双重文化冲突中的智者，他站在本民族文化的立场，采取兼容并蓄、宽容、开放的态度对待西方文化。他代表的是处于尼日利亚社会底层的劳苦大众。他们虽然在后殖民时期深受原宗主国文化的影响，但仍然以顽强的斗志，寻找属于自己的文化身份建构之路，并对尼日利亚的未来充满希望。

---

① 本·奥克瑞：《饥饿的路》，王维东译，南京：译林出版社，2003年，第528页。

结　语

　　后殖民时期的尼日利亚仍然无法摆脱殖民主义的阴影，本土文化与原宗主国文化的冲突以及遗留的殖民主义思想，给尼日利亚国家和人民带来了无尽的苦难。奥克瑞通过再现殖民历史提醒人们进行反思：殖民主义的影响并没有随着殖民统治的结束而销声匿迹，而是悄然渗透于尼日利亚的社会、政治、经济、文化等方面。奥克瑞借助小说中的人物表达了自己对于尼日利亚现实出路的思考。苦难是尼日利亚迈向未来的必经之路，只有坚持本民族文化并顺应时代的要求，尼日利亚才能找到属于自己的光明未来。在全球化的 21 世纪，西方文化的冲击使得越来越多的中国人感到迷茫，甚至对本土文化价值观产生怀疑。虽然《饥饿的路》是以尼日利亚作为创作背景，但其中折射的民族精神和对待西方文化的理性态度对于中国及其他国家同样具有一定的借鉴意义。

（文 / 安徽农业大学 吴晓梅）

第八篇

阿迪契小说《紫木槿》中的空间与身体

奇玛曼达·恩戈兹·阿迪契

Chimamanda Ngozi Adichie, 1977—

作家简介

奇玛曼达·恩戈兹·阿迪契（Chimamanda Ngozi Adichie，1977— ）是尼日利亚新生代女性作家的杰出代表。她于 1977 年出生于尼日利亚埃努古州（Enugu State）恩苏卡（Nsukka）的一个知识分子家庭，父母均在尼日利亚大学（University of Nigeria）任职。阿迪契读完中学后，进入尼日利亚大学学习医药学，一年半后转赴美国德雷塞尔大学（Drexel University）学习传播学与政治学，不久再次转至东康涅狄格州立大学（Eastern Connecticut University），2001 年获得学士学位。大学毕业后，她继续留美深造，2003 年获约翰·霍普金斯大学（Johns Hopkins University）创意写作硕士学位，2008 年获耶鲁大学（Yale University）非洲研究硕士学位。2016—2017 年，她先后被约翰·霍普金斯大学、哈弗福德学院（Haverford College）、爱丁堡大学（University of Edinburgh）授予荣誉博士学位。

年轻的阿迪契很早就展示出过人的文学天赋。她在 20 岁时就出版了诗集《决定》（*Decisions*，1997），一年后，又出版了剧本《为了比亚夫拉之爱》（*For Love of Biafra*，1998）。2002 年，她的短篇小说《你在美国》（"You in America"）入选凯恩非洲文学奖（Caine Prize for African Writing）短名单，《哈马丹之晨》（"That Harmattan Morning"）获英国广播公司世界短篇小说奖，2003 年《美国大使》（"The American Embassy"）获欧·亨利奖。

确立阿迪契文坛的地位的是《紫木槿》（*Purple Hibiscus*，2003）和《半轮黄日》（*Half of a Yellow Sun*，2006）两部长篇小说。《紫木槿》将一个尼日利亚家庭的内部冲突与政治斗争相结合，展现出阿迪契深邃的社会洞察力和对女性生存境遇的强烈关注。这部小说于 2004 年入围橘子小说奖（Orange Prize for Fiction）短名单，2005 年获得英联邦作家奖（Commonwealth Writers' Prize）最佳处女作奖。第二部长篇小说《半轮黄日》以存世仅三年之久的比亚夫拉（Biafra）共和国国旗为题目，从多个不同主体的视角审视那场惨绝人寰的内战，体现了阿迪契强烈的历史意识、反思意识以及对未来出路的探索精神。该小说于 2007 年获得橘子小说奖和安尼斯菲尔德－沃尔夫图书奖（Anisfield-Wolf Book Award）。《美国佬》（*Americanah*，2013）是她的第三部长篇小说，围绕一名尼日利亚女孩在美国的遭遇展开叙事，深度探讨了种族歧视、文化归属与身份建构等问题，被《纽约时报》（*The New York Times*）评为 2013 年"十佳作品"。

除上述作品外，阿迪契的短篇小说集《绕颈之物》（*The Thing Around Your Neck*，2009），散文《女性的权利》（*We Should All Be Feminists*，2014）与《亲爱的安吉维拉：或一份包含 15 条建议的女权主义宣言》（*Dear Ijeawele, or A Feminist Manifesto in Fifteen Suggestions*，2017），回忆录《悲伤笔记》（*Notes on Grief*，2021），以及公开发表的一系列演讲，如《单一故事的危险》（"The Danger of a Single Story"，2009）、《联结文化》（"Connecting Cultures"，2012）等，均受到读者及媒体广泛关注。

阿迪契深受同胞作家阿契贝的影响，《紫木槿》开篇即呼应《瓦解》一书。像前辈作家一样，阿迪契亦广泛触及非洲的种族、性别、战争、流散和文化冲突等主题，而身为女性，她对非洲女性的遭遇和困境尤为关注。作为非洲新生代作家的佼佼者，阿迪契获奖、获誉无数。阿契贝曾盛赞她是"一位具有古代说书人天赋的青年作家"，还有评论称她是"最接近诺贝尔文学奖的 70 后作家之一"，甚至有媒体将她与俄国文豪托尔斯泰相提并论。这些表扬之辞虽然不无过誉之嫌，但在非洲的同代作家中，她的创作才华无疑是出类拔萃的。

作品节选

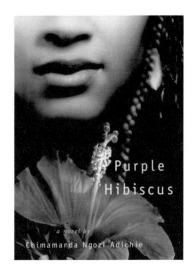

《紫木槿》
(*Purple Hibiscus*, 2003)

Papa always sat in the front pew for Mass, at the end beside the middle aisle, with Mama, Jaja, and me sitting next to him. He was first to receive communion. Most people did not kneel to receive communion at the marble altar, with the blond lifesize Virgin Mary mounted nearby, but Papa did. He would hold his eyes shut so hard that his face tightened into a grimace, and then he would stick his tongue out as far as it could go. Afterward, he sat back on his seat and watched the rest of the congregation troop to the altar, palms pressed together and extended, like a saucer held sideways, just as Father Benedict had taught them to do. Even though Father Benedict had been at St. Agnes for seven years, people still referred to him as "our new priest." Perhaps they would not have if he had not been white. He still looked new. The colors of his face, the colors of condensed milk and a cut-open soursop, had not tanned at all in the fierce heat of seven Nigerian harmattans. And his British nose was still as pinched and as narrow as it always was, the same nose that had had me worried that he did not get enough air when he first came to Enugu. Father Benedict had changed things in the parish, such as insisting that the Credo and kyrie be recited only in Latin; Igbo was not acceptable. Also, hand clapping was to be kept at a minimum, lest the solemnity of Mass be compromised. But he allowed offertory songs in Igbo; he called them native songs, and when he said "native" his straight-line lips turned down at the corners to form an inverted U. During his sermons, Father Benedict usually referred to the pope, Papa, and Jesus — in that order. He used Papa to illustrate the gospels. "When we let our light shine before men, we are reflecting Christ's

Triumphant Entry," he said that Palm Sunday. "Look at Brother Eugene. He could have chosen to be like other Big Men in this country, he could have decided to sit at home and do nothing after the coup, to make sure the government did not threaten his businesses. But no, he used the *Standard* to speak the truth even though it meant the paper lost advertising. Brother Eugene spoke out for freedom. How many of us have stood up for the truth? How many of us have reflected the Triumphant Entry?"[1]

做弥撒的时候，爸爸总是坐在第一排紧挨中央过道的第一个位子，妈妈、扎扎和我则坐在他身边。他总是第一个领圣餐。大理石圣餐台边上有一尊真人大小的金发圣母像，大多数人在领圣餐的时候都不会跪在大理石圣餐台前，可是爸爸会跪下。他眼睛闭得紧紧的，整个脸都因此绷成了一副怪相，接着他把舌头伸长到不能再伸为止。随后他回到座位，看着会众一一走到圣餐台前，双手合十，向前伸出，像一只侧拿的碟子——一切正如本尼迪克特神父教的那样。尽管神父来圣阿格尼斯已经有七年之久，人们说起他时还是总说"我们的新牧师"。如果他不是白人，或许大家也不会这样。人们看见他还是觉得很新鲜。他的脸仍旧是浓缩牛奶和新鲜荔枝的颜色，七年间全然未受尼日利亚燥热风的影响。他那英国式的鼻子还是一如既往的窄，好像被夹起来了一样，在他初来埃努古的日子里，我曾一度担心他会缺氧。本尼迪克特神父对我们教区做了一些改变，例如他坚持信经和垂怜经一定要用拉丁文背诵，而不可以用伊博语；鼓掌要尽量少，以免妨害弥撒的庄严气氛。不过他允许我们用伊博语唱奉献曲。他称之为土著歌曲。说"土著"这个词的时候，他本来笔直的嘴唇两端向下撇，好像一个倒过来的"U"。布道时，本尼迪克特神父通常会先后说到教皇、我爸爸和耶稣——正是按这个顺序。他用爸爸的例子解说福音书。"当我们让我们的光照在人前时，是在回想耶稣进入耶路撒冷的荣耀。"他在刚刚过去的圣枝主日那天说："看看尤金修士吧。

---

[1] Chimamanda Ngozi Adichie, Purple Hibiscus, New York: Workman Publishing, 2003, pp. 4—5..

126

他完全可以成为这个国家里另一个有权有势的人物，政变之后他也满可以选择待在家里什么事都不做，以免政府再找他生意上的麻烦。但是他没有。尽管人心不古，他依然坚持用《标准报》传播真理，即使这意味着报纸将丧失广告。尤金修士为自由大声疾呼。我们当中有多少人曾为真理挺身而出？有多少人想过进入耶路撒冷的荣耀？"①

（文静/译）

---

① 奇玛曼达·恩戈兹·阿迪契：《紫木槿》，文静译，北京：人民文学出版社，2017 年，第3—4 页。

作品评析

《紫木槿》中的空间与身体

引　言

如果说图图奥拉、阿契贝等人是尼日利亚第一代作家的代表人物，那么阿迪契无疑是尼日利亚新生代作家中的佼佼者。有位书评者说他是带着"敬畏和妒忌"来看待这位来自非洲的年轻女作家；《华盛顿邮报》称其为"钦努阿·阿契贝在 21 世纪的传人"[1]；有学者甚至将其誉为"西非的托尔斯泰"[2]。《紫木槿》（*Purple Hibiscus*，2003）是阿迪契的长篇处女作，该书出版之后即得到评论界的高度认可。阿契贝读后是这样评价阿迪契的："我们通常不会把智慧与新手联系起来，但这儿有一位拥有说故事这一古老天赋的新作家。"[3]美国作家杰维·特瓦伦（Jervey Tervalon）称《紫木槿》"呈现了一种悲剧之美"，是"一部不朽的杰作"。《泰晤士报》夸赞《紫木槿》是"一部惊人的处女作，令人欲罢不能……是自阿兰达蒂·洛伊的《微物之神》后我读到的最好的处女作……一部别有魔力、非同寻常的小说"。[4]2004 年，该小说获得"赫斯顿 / 赖特遗产奖"

---

① 石平萍：《"小女子，大手笔"——尼日利亚作家奇玛曼达·恩戈齐·阿迪奇埃》，《世界文化》，2010 年第 6 期，第 10 页。

② 同上，第 11 页。

③ 参见 https://www.chimamanda.com/half-of-a-yellow-sun/。

④ 奇玛曼达·恩戈兹·阿迪契：《紫木槿》，文静译，北京：人民文学出版社，2017 年，封底。

（Hurston/Wright Legacy Award）最佳新作奖、"英联邦作家"之最佳新作奖、非洲最佳小说奖及最佳新作奖，它同时也入选 2004 年"百利女性小说奖"①的短名单、2004 年"布克奖"长名单以及 2004、2005 年的"约翰·勒维林·瑞斯奖"（John Llewellyn Rhys Prize）长名单。

《紫木槿》是一部主题思想丰富的作品，国内已有学者对它的主题进行研究，②国外学界对它的研究已颇为深入。有些评论者如辛西娅·华莱斯（Cynthia R. Wallace）、黛雅拉·唐卡（Daria Tunca）、莉莉·玛布拉（Lily G. N. Mabura）关注该小说中的宗教主题；③有些评论者如切瑞尔·斯多比（Cheryl Stobie）和安东尼·奥哈（Anthony Oha）则将该小说中的宗教、男权主义以及后殖民政治三者联系起来进行探讨，并指出它们在尼日利亚的共生关系；④有些评论者如罗杰·克兹（J. Roger Kurtz）聚焦《紫木槿》与其他尼日利亚文学经典文本之间的互文关系，认为阿迪契参与了尼日利亚文学经典的建构；⑤有些评论者如纳奥米·奥佛瑞（Naomi Ofori）把《紫木槿》与阿迪契的第二部长篇小说《半轮黄日》（*Half of a Yellow Sun*，2007）进行比较研究；⑥有些评论者如考林·桑维斯（Corinne

---

① "百利女性小说奖"（Baileys Women's Prize for Fiction）的前身为"橘子文学奖"（Orange Prize for Fiction），1996 年由英国作家凯特·莫斯创立，从 2014 年开始该奖项由百利甜酒赞助，所以更名为"百利女性小说奖"。从 2018 年开始，这一奖项由多个商家赞助，所以又改名为"女性小说奖"（Women's Prize for Fiction）。

② 张勇：《瓦解与重构——阿迪契小说〈紫木槿〉家庭叙事下的民族隐喻》，《当代外国文学》，2017 年第 3 期，第 104—111 页。

③ Cynthia R. Wallace, "Chimamanda Ngozi Adichie's *Purple Hibiscus* and the Paradoxes of Postcolonial Redemption", *Christianity and Literature*, 2012, 61(3), pp. 465—483; Daria Tunca, "The Confessions of a 'Buddhist Catholic': Religion in the Works of Chimamanda Ngozi Adichie", *Research in African Literatures*, 2013, 44(3), pp. 50—71; Lily G. N. Mabura, "Breaking Gods: An African Postcolonial Gothic Reading of Chimamanda Ngozi Adichie's *Purple Hibiscus* and *Half of a Yellow Sun*", *Research in African Literatures*, 2008, 39(1), pp. 203—222.

④ Cheryl Stobie, "Dethroning the Infallible Father: Religion, Patriarchy and Politics in Chimamanda Ngozi Adichie's *Purple Hibiscus*", *Literature and Theology*, 2010, 24(4), pp. 421—435; Anthony Oha, "Beyond the Odds of the Red Hibiscus: A Critical Reading of Chimamanda Adichie's *Purple Hibiscus*", *The Journal of Pan African Studies*, 2007, 1(9), pp. 199—211.

⑤ J. Roger Kurtz, "The Intertextual Imagination in *Purple Hibiscus*", *A Review of International English Literature*, 2012, 42(2), pp. 23—42.

⑥ Naomi Ofori, *Challenges of Post-Independence Africa: A Study of Chimamanda Ngozi Adichie's Purple Hibiscus and Half of a Yellow Sun*, Kwame Nkrumah University, 2015.

Sandwith）、夏洛特·拉森（Charlotte Larsson）分析了《紫木槿》中的身体书写。①
由于《紫木槿》涉及尼日利亚独立后的独裁政府、性别不平等、审查制度以及人才流失等社会问题,有些评论者如克里斯·乌坎德(Chris K. Ukande）、埃金旺尼·亚当（Ezinwanyi E. Adam）和迪帕里·巴汉达里（Dipali S. Bhandari）等人都是从后殖民批评的视角来解读该小说的主题。②

　　空间是阿迪契文学书写的重要对象，它对于阿迪契的小说创作意义非凡——它是作家审视跨文化语境下非洲民族身份建构的重要维度。在其近作《美国佬》（Americanah，2013）中，随着故事的叙述者伊菲麦露（Ifemelu）辗转于美国的各个城市，读者也感受到空间的变化之于其身份建构的重要性。其实，这种丰富的空间体验在阿迪契的长篇处女作《紫木槿》中已有不少体现。该小说故事背景设置在恩努古（Enugu）、阿巴（Abba）和恩苏卡（Nsukka）三个不同的空间里。这三个空间均对女主人公康比丽（Kambili）的成长产生了不同的影响。克里斯托弗·欧马（Christopher Ouma）在其题为“思想的国度：阿迪契《紫木槿》中的时空体”（"Country of the Mind: Space-Time Chronotophies in Adichie's *Purple Hibiscus*"）一文中论及了《紫木槿》中的空间意象。不过，他对《紫木槿》的空间研究主要与时间的维度相结合，而且仅聚焦于恩苏卡一个空间。本文深入探讨小说中具有不同表征意义的恩苏卡、恩努古以及阿巴三个空间里人物的生活或身体体验，聚焦那些空间和身体意象所蕴含的不同心理、文化及政治内涵，并以此透视作家对基督教、殖民主义、非洲传统文化、个体成长等问题的思索。

---

① Corinne Sandwith, "Frailties of the Flesh: Observing the Body in Chimamanda Ngozi Adichie's *Purple Hibiscus*", *Research in African Literatures*, 2016, 47(1), pp. 95—108; Charlotte Larsson, *Surveillance and Rebellion: A Foucauldian Reading of Chimamanda Ngozi Adichie's Purple Hibiscus*, Halmstad University, 2013.

② Chris K. Ukande, "Post-Colonial Practice in Chimamanda Ngozi Adichie's *Purple Hibiscus*", *International Journal of Language, Literature and Gender Studies*, 2016, 5(1), pp. 51—66; Ezinwanyi E. Adam & Michael Adam, "Literary Art as a Vehicle for the Diffusion of Cultural Imperialism in the Nigerian Society: The Example of Chimamanda Adichie's *Purple Hibiscus*", *Journal of Literature and Art Studies*, 2015, 5(6), pp. 419—425; Dipali Sharma Bhandari, "The 'unheimlich' in Chimamanda Ngozi Adichie's *Purple Hibiscus*: A Reading Along the Lines of Homi K. Bhabha's Idea of 'Uncanny'", *American International Journal of Research in Humanities, Arts and Social Sciences*, 2013, 4(2), pp. 135—137.

一、恩努古：殖民主义规训空间

《紫木槿》（以下简称《紫》）的故事叙述者兼女主人公康比丽住在恩努古。因其父尤金（Eugene）是一位虔诚的基督教徒，她和哥哥扎扎（Jaja）均就读于教会学校，每逢周末或者重要宗教节日，他们一家都会去教堂参加宗教仪式，其余时间则待在家里。可以说，康比丽兄妹在恩努古的生活空间仅限于家、学校和教堂这三个空间。尤金是个富商，他家富丽堂皇，无比宽敞，院子"足够100个人跳阿提洛哥舞"，且还有足够的空间让他们"做各种空翻"（8），①就连他的卧室也奇大无比，奶油色的装潢使它看起来更大，"似乎没有尽头"（33）。然而，在这个宽敞的空间里，一切都是冷冰冰的——"皮沙发的问候是冷冰冰的，波斯地毯太奢华了……没有一点感情"（152）。更为重要的是，康比丽时常"觉得窒息"（7）。在她眼里，家中的一切都具有压迫感："挂着外祖父的许多镶框照片的那面灰白色的墙似乎正在逼近，向她压来，就连那张玻璃餐桌也在向她移动"（7）；尤金那宽大无比的卧室更让她产生"无法逃脱""无处可逃"（33）的囚禁感；那堵筑在巨大无比的院子四周"顶上缠着电线圈"（8），高得让她完全看不到外面路况的院墙仿佛要把"成熟的腰果、杧果、鳄梨的香气全都锁起来了似的"（199）。这一空间意象很容易让人联想起监狱。拉森曾指出，康比丽的家颇似福柯意义上的"环形监狱"②。的确，在这个环形监狱般的家中，尤金是监视者——家里所有房间的钥匙全掌管在他手里，他绝不允许孩子们锁房间门。福柯指出，规训社会对普通公民所实施的全景式监视是"无声的，神秘的，不易察

---

① 文中所有作品引文均按《紫木槿》中译本（文静译，人民文学出版社，2017年）的页码标示。有些译文略有改动，后文不再另注。

② Charlotte Larsson, *Surveillance and Rebellion: A Foucaultian Reading of Chimamanda Ngozi Adichie's Purple Hibiscus*, Halmstad University, 2013, p. 3.

觉的"，它时刻"睁着眼睛""不分轩轻地盯着所有公民"。①在家里，尤金以一种无声、不易察觉的方式监视着其家人；他常常冷不丁地出现在孩子们面前，看他们是否在做他禁止他们做的事。尤金的这种监视方式甚至让私藏努库爷爷（Papa Nnukwu）遗像的康比丽深信他甚至可以"在这栋房子里嗅出这幅画的味道"（155）。

按照福柯的观点，在规训社会中，规训总是从时间和空间这两个维度展开的。学校、工厂以及军营等空间总会制作严格的时间表，旨在禁止懒惰并最大化地使用时间。②尤金在家里也为孩子们制订了极其严苛的作息时间——"学习、午休、家庭休闲、吃饭、祈祷、睡觉的时间各有配额"（20），连他们洗校服以及放学回家所用的时间也是有配额的。康比丽告诉读者，尤金为他们制订严格的作息时间是因为他喜欢秩序，但笔者认为，尤金制作时刻表的真正意图是想把他们隔绝在各自孤立的空间里。福柯认为，在规训空间里，把人群切分成细小的单位是一种"制止开小差、制止流浪、消除冗集"的策略，其目的是"确定在场者和缺席者"，"建立有利的联系，打断其他的联系，以便每时每刻监督每个人的表现，给予评估和裁决，统计其性质和功过"。③在尤金家里，作息表把康比丽和扎扎牢牢地限制在他们各自的卧室里，除了吃饭、祈祷和家庭休闲时间，其余时间他们很少见面，因此也就没有交流的机会。

尽管尤金全家一起在餐厅吃饭，但"长久的沉默"（10）是他家餐桌上的主旋律，家人之间的对话都是出于某个目的的不得不言，根本没有任何真正意义上的交流；餐厅甚至成了尤金对其家人实施规训惩罚的地方。尤金就在餐厅里因康比丽在圣餐斋破戒一事鞭打他所有的家人。福柯指出，在规训机构里，某些职能场所起着过滤器的作用，它们能够"消除非法活动和罪恶"，是控制"乌合之众的据点"。④毫无疑问，尤金家的餐厅就是这样一个职能场所。无怪乎，康比丽每次走进餐厅时都紧张得"两腿好像没有关节，像两根木头"（32）。尤金在餐厅里的规训和

---

① 米歇尔·福柯：《规训与惩罚》（第2版），刘北成、杨远婴译，北京：生活·读书·新知三联书店，2003年，第316页。

② 同上，第171—174页。

③ 同上，第162页。

④ 同上，第163页。

惩罚使康比丽感觉自己在那里萎缩成无声以及客体化的存在。^①尽管家庭休闲时间是尤金一家相聚的时间，但在起居室这一空间里，家人之间同样没有任何实质性的交流。因为，这一空间同样处于尤金的监视之下。兄妹俩可以在那里"读报、下象棋、玩大富翁和听广播"（21），但那些报纸和广播已预先经过他的审查。虽然那儿有卫星电视和上好的音响设备，但它们永远被束之高阁。

康比丽就读的"圣母无玷圣心女校"（Daughters of the Immaculate Heart）也是一个严厉的规训空间：和她家院墙一样，那里的"围墙很高"，上面插满了"绿色的碎玻璃喳"（36）。尤金正是出于规训的考虑才为女儿选择了这所学校——"纪律是很重要的。不能让年轻人翻过围墙，到镇上去撒欢"（36）。同样，尤金全家每周末去做礼拜的圣阿格尼斯教堂也是一个充满规训意味的空间——每当本尼迪克特（Benedict）神父讲话时，"连婴儿都不哭了，好像他们也在听似的"（5）。甚至神父所居住的房子也让康比丽产生同样的印象：

> 莫非建筑师以为他设计的是教堂而非住宅？通向餐厅的拱廊很像是通往圣体的教堂前廊；摆着乳白色电话的壁龛，仿佛随时准备领受圣体；起居室边上的小书房完全可以充当圣器室，塞满圣书、圣衣和多余的圣餐杯。（25）

在泰丽·格劳斯（Terry Gross）的访谈中，阿迪契指出"尼日利亚是一个非常宗教化的国家"^②。她坚信，"如果不借助宗教就无法融入尼日利亚"^③。宗教一直是她小说创作的重要题材。她的所有小说，从《紫》到《半轮黄日》，从短篇小说集《绕颈之物》到其近作《美国佬》无不涉及宗教话题。在《紫》中，尤金对其家人的规训基本上都是在宗教层面上展开的。福柯指出，在规训社会中，规范和准则是最重要的规训手段。^④在恩努古，尤金的规训准则就是基督教教义。

---

① Ernest Emenyonu ed., *A Companion to Chimamanda Ngozi Adichie*, New York: Boydell & Brewer Inc., 2017, p. 94.

② Terry Gross,"'Americanah' Author Explains 'Learning' to Be Black in the U.S.", Fresh Air (NPR), June 27, 2013. https://www.npr.org/2013/06/27/195598496/americanah-author-explains-learning-to-be-black-in-the-u-s.

③ Ibid.

④ 米歇尔·福柯：《规训与惩罚》（第2版），刘北成、杨远婴译，北京：生活·读书·新知三联书店，2003年，第202页。

在与格劳斯的访谈中，阿迪契指出，大多数尼日利亚人所信奉的基督教都带有浓重的殖民主义色彩，因为它不仅拒绝非洲本土宗教，还将其妖魔化，[①] 致使尼日利亚人对本民族产生了索因卡所说的"文化敌意"[②]。阿契贝曾在一篇文章中谈到，在他小时候，基督教徒拒绝与本土宗教的信仰者交谈，并称他们为"异教徒"，甚至"无名鼠辈"[③]；他们不喜欢本土的东西，比如拒绝使用祖祖辈辈使用的陶罐去小溪打水；[④] 也拒吃那些"异教徒"的饭菜，认为他们有"偶像崇拜的味道"[⑤]。这一基督教殖民主义思想在本尼迪克特神父身上有十分清晰的体现。此人鄙视尼日利亚的本土文化，坚持"信经和垂怜经一定要用拉丁文背诵，而不可以用伊博语"（4），还满脸鄙夷地称用伊博语唱的奉献曲为"土著歌曲"（4）。尽管他任职圣阿格尼斯已七年之久，但"他的脸仍旧是浓缩牛奶和新鲜荔枝的颜色，七年间全然未受尼日利亚燥热风的影响"（4）。其身体特征暗示其对本土宗教和文化的拒绝。

尤金所信奉的正是这样的基督教教义。他不仅完全接受本尼迪克特所宣扬的殖民主义基督教的规训教义，还自觉用它来规训其他的教民和自己的家人：在教堂每年的圣灰星期三宗教仪式中，他"总是要用蘸着灰的大拇指使劲地在每人额头上都画出一个标准的十字"（3）；他甚至不允许家人讲伊博语，与白人宗教人士交谈时，他也刻意使用带有英国口音的英语；他家虽然吃的是米饭，但用的却是西式餐具；他将本土宗教妖魔化，不允许任何与之有关的物件出现在其家中。他因康比丽私藏他"异教徒"父亲的遗像而将她严重踢伤。奥鲁沃尔·考科尔（Oluwole Coker）一针见血地指出，尤金代表着老派殖民主义教育的残余以及一贯以来贬低传统伊博文化的西方思想。[⑥] 考科尔的说法不无道理。尤金可谓是法依

---

① Terry Gross,"'Americanah' Author Explains 'Learning' to Be Black in the U.S.", Fresh Air (NPR), June 27, 2013. https://www.npr.org/2013/06/27/195598496/americanah-author-explains-learning-to-be-black-in-the-u-s.

② Sophia Ogwude, "History and Ideology in Chimamanda Adichie's Fiction", *Tydskrif Vir Letterkunde*, 2011, 48(1), p. 114.

③ Chinua Achebe, *Hopes and Impediments: Selected Essays*, New York: Anchor Books, 1990, p. 31.

④ Ibid., p. 44.

⑤ Ibid., p. 35.

⑥ Ernest Emenyonu ed., *A Companion to Chimamanda Ngozi Adichie*, New York: Boydell & Brewer Inc., 2017, p. 109.

笔下戴着"白面具"的黑人。在尤金的规训下，康比丽也成了"椰子人"——她想象中的上帝完全是英国化的，不仅"有着白白的大手"（105），还"带着英国口音"（142）。

阿契利·姆班姆比（Achille Mbembe）指出，在传统基督教中，身体通常被看作累赘和陷阱，而黑人身体因被认为是特别堕落的人类形式（动物性的、非理性的、性欲过度的）而"被否决了超越之途"。[1]这种带有强烈殖民主义思想的基督教不仅将黑人文化妖魔化，同时也竭力贬低黑人的身体。它要求黑人教徒在对自身肉体保持警觉的同时，也要对它实施仪式化的羞辱和折磨：当扎扎要求保管自己房间的钥匙时，尤金就警觉地认为他"想对自己的身体犯罪"（即手淫，152）；在接受来自圣主的一切时，尤金身体也总是保持痛苦、自虐的姿势。

需要指出的是，除了对家人的身体保持警觉和仪式化羞辱之外，尤金也经常对他们实施惩罚：康比丽和扎扎因在考试中没得第一名而分别被他鞭打和扭断小指；因康比丽痛经破了圣餐斋的戒而导致全家被他鞭打；兄妹俩因与爷爷同处一室而被他用滚水烫伤手脚；康比丽因在家里私藏"异教徒"爷爷的遗像被他踢伤；兄妹俩甚至会因为放学晚几分钟到家、校服洗得不够干净等小事而被他体罚；比特丽丝（Beatrice）因孕吐无法拜访神父被他施以在所有非洲小说中最为"野蛮和傲慢的婚姻暴力"[2]而数度流产。福柯指出，当今的社会惩罚中，"最终涉及的总是身体，即身体及其力量、它们的可利用性和可驯服性、对它们的安排和征服"，身体总是卷入政治领域中，"权力关系直接控制它，干预它，给它打上标记、训练它、折磨它，强迫它完成某些任务、表现某些仪式和发出某些信号"[3]。笔者认为，作为一家之长的尤金对其家人的身体惩罚也是一种权力关系对身体的干预和折磨，其目的是身体的规范和驯服。在尤金家里，身体必须保持安静和静止，同时它必须被遮盖起来，更不能用鲜艳的颜色装扮它。康比丽从不敢裸露身体，只

---

① Corinne Sandwith, "Frailties of the Flesh: Observing the Body in Chimamanda Ngozi Adichie's *Purple Hibiscus*", *Research in African Literatures*, 2016, 47(1), p. 99

② Sophia Ogwude, "History and Ideology in Chimamanda Adichie's Fiction", *Tydskrif Vir Letterkunde*, 2011, 48(1), p. 117.

③ 米歇尔·福柯：《规训与惩罚》（第2版），刘北成、杨远婴译，北京：生活·读书·新知三联书店，2003年，第27页。

穿裙子不穿裤子，更不用说穿色彩鲜艳的衣服与化妆了。她的身体也总是保持静止和安静的状态，从不做跳、跑等移动的动作，也从不大笑或者大声说话。说话时，她的嗓子里发"出来的至多不过是一声咕哝"（116）。简而言之，在尤金的规范中，身体应该是"悲观、被动和呆滞的"①。有论者提出，康比丽在经期挨打与比特丽丝在孕期挨打都源于尤金的男权主义思想。康比丽来月经标志着其从少女向女人的转变，是对尤金权威的威胁，因为这意味着她终有一天会脱离他的控制。②同样，莉莉·马布拉（Lily Mabura）也将尤金对妻子的身体惩罚理解为他想要让她的身体臣服于其男权铁腕统治的意图。③这两位论者的解读有一定的道理，但笔者以为，尤金对其妻女的身体惩罚更多是因为痛经和孕吐这两个女性生理期的特殊身体反应是对尤金信守的身体规范的偏离，因而需要被驯服。

值得注意的是，在尤金家和教堂之外的公共空间中，身体惩罚也在频频发生：三个男人因贩运药品而被公开处决；《标准报》的编辑阿迪·考克（Ade Coker）被邮件炸弹炸死；民主斗士万基蒂·欧格齐（Nwankiti Ogechi）被军政府枪杀并用硫酸毁尸灭迹。家庭、教堂以及公共空间中身体暴力的并存让有些论者认定，在《紫》中，殖民传教士的暴力、男权暴力和独立后政权的暴力是密切相连的。桑德维斯认为，小说通过燃烧的身体意象加强了这三种暴力之间的联系：在家中用开水浇手脚与在公共场合中将硫酸泼在持不同政见者的身体之上毁尸灭迹的意象构成了回应。④苏珊·安德雷德（Susan Andrade）也指出，《紫》在国家政治和家庭政治之间建立了联系。⑤这些论者的读解不无道理。但笔者以为，在《紫》中，家庭层面的身体惩罚与国家层面的身体惩罚有本质的不同。国家暴力具有公开展示权力的性质，其主要目的是从肉体上消灭反抗者，而公开处决则暴露了国

---

① 汪民安：《身体、空间和后现代性》，南京：江苏人民出版社，2006年，第20页。

② Ernest Emenyonu ed., *A Companion to Chimamanda Ngozi Adichie*, New York: Boydell & Brewer Inc., 2017, p. 78.

③ Lily G. N. Mabura, "Breaking Gods: An African Postcolonial Gothic Reading of Chimamanda Ngozi Adichie's *Purple Hibiscus* and *Half of a Yellow Sun*", *Research in African Literatures*, 2008, 39(1), p. 219.

④ Corinne Sandwith, "Frailties of the Flesh: Observing the Body in Chimamanda Ngozi Adichie's *Purple Hibiscus*", *Research in African Literatures*, 2016, 47(1), p. 103.

⑤ Ibid., p. 102.

家权力"用惩罚取乐的残忍"①。相反，家庭暴力体现的则是身体规训，其目的不在于对权力的公开展示，因为尤金的身体惩罚通常是在私密的卧室里进行的，事后也不允许家人谈及。值得注意的是，他所实施的身体惩罚是克制和可调节的，与国家暴力的任意性和不克制性形成了鲜明的对比。这一点在尤金用滚水浇烫康比丽双脚场景中得到了充分的体现——"他把烫水缓缓地倒在她的脚上，好像他在做一个实验，正观察会产生什么反应"（154）。可以说，尤金在家庭空间内的身体惩罚展示了福柯所说的规训性身体惩罚的三个要素：它必须产生疼痛；这种疼痛必须是受调节的；这种痛苦必须在受害者的身上留下烙印，②它绝不是"怒不可遏、忘乎所以、失去控制"③的。

笔者认为，阿迪契之所以描述这样一个充满身体暴力的规训空间，并把这种暴力与国家暴力区分开来，其主要目的是想以此暗示：尽管20世纪90年代距英国结束其在尼日利亚的殖民统治已有30余年，但殖民主义思想依然阴魂不散；它以一种规训方式渗入尼日利亚社会的各个角落，以一种不易察觉的方式左右着尼日利亚社会的发展变化。康比丽在尤金死后还依然每周日为他做弥撒，并且希望在梦中见到他，甚至有时候"在似梦非醒之际自己造梦"（239），梦见自己伸手去拥抱他。这一细节就是一个非常好的佐证。

二、阿巴：前殖民传统空间

阿巴是尤金的老家，也是他全家每年过圣诞节的地方。总体而言，阿巴是个传统的前殖民空间，其代表性的空间意象就是尤金父亲住的房子。与尤金家高大、宽敞、秩序井然、装备有现代化设施的楼房不同，他父亲的房子狭小、简陋、杂乱、老旧：

① 米歇尔·福柯：《规训与惩罚》（第2版），刘北成、杨远婴译，北京：生活·读书·新知三联书店，2003年，第81页。
② 同上，第37页。
③ 同上，第38页。

院子的门太窄了……院子只有尤金在恩努古房子后院的四分之一那么大……院子中央的房子很小，简直像个骰子……阳台的金属围栏已经生锈。厕所是院子里一个衣柜大小、没有粉刷过的水泥砖房，洞开的入口处横七竖八地放了一堆棕榈叶权充脚垫。（51）

　　阿巴空间保留着不少前殖民时期的传统风俗：那里的方言很古老，族中女人们在尤金家院子里为族民烧饭的习俗，以及孩子们围着长辈听故事的情形，无不让人想起尼日利亚那些经典小说，如阿契贝的《瓦解》（*Things Fall Apart*）、恩瓦帕的《艾弗茹》（*Efuru*）以及阿马迪的《妃子》（*The Concubine*）中所描绘的前殖民社会。尤金姐姐伊菲欧玛（Ifeoma）向阿巴首领行传统妇女礼仪，用"努耶姆"（nwunyem）①称呼自己的弟媳。她门牙间的牙缝让人联想起《妃子》中那个有着同样外貌特征的女性人物伊秀欧玛（Ihuoma）。②康比丽时常将其姑妈想象成用"自制的陶罐从几里地外打水回家"，"在被太阳晒烫的石头上把弯刀磨快，又挥舞着刀奔赴战场的""骄傲的远古时代的祖先"（64）。实际上，阿巴也保留着人与自然和谐相处的前殖民时期生活方式：族民们用泥和茅草建房子，他们生活在由各种树叶的窸窣声以及各种动物的叫声交织而成的自然之声中。

　　另外，尤金父亲所讲的民间故事也是阿巴作为前殖民传统空间的重要表征。他给孩子们讲的"乌龟壳为何有裂纹的"的故事是流行于前殖民时期伊博地区的民间故事。③尤金父亲信奉的是本土宗教。在他家院子角落的神龛里供奉着他的个人保护神——"气"（*Chi*）。与他家的院子一样，他的神龛也展现了低矮、狭小和简陋的前殖民特征——"神龛是一个很矮小的棚子，没有门，泥浆糊的顶和墙都用干棕榈叶遮盖着"（53）。他进食时会把一小块木薯泥扔向花园，邀请土地神阿尼和他一起分享。每日清晨他还会举行敬拜至上神朱格乌（Chukwu）的本土

---

① 在伊博语中，"nwunyem"的意思是我的妻子。在伊博传统社会中，女人不只嫁给了一个男人，而是嫁给了整个家庭。见《紫木槿》中译本，第58页。

② 《妃子》中提到女性门牙中间有一道缝是伊秀欧玛所生活的前殖民时期伊博地区的一种女性时尚。
Elechi Amadi, *The Concubine*, Hallow: Heinemann, 1966, p. 11.

③ 乌龟故事是尼日利亚民间非常重要的民间故事。阿契贝的《瓦解》中也讲过一个"乌龟壳为何有裂纹"的故事，不过故事的内容不太一样。

宗教仪式。① 阿巴每年还举行传统面具舞会的仪式，仪式中的"姆偶"（mmuo）也有明显的前殖民特征——"它的面具是一个真正的人类头骨，眼窝深陷，像是扮着鬼脸。额头上系着一只扭来扭去的乌龟。披着草的身上挂着一条蛇和三只死鸡，边走边晃"（70）。

同样，阿巴依然保留着前殖民时期人们对待身体的态度。在恩努古，黑人的身体总是被羞辱、被否定、被干预、被折磨或被驯服的。但在阿巴，身体却是自由和开放的。尤金父亲常常是半裸的，只用一块裙布裹在腰间，也从不穿鞋子，在每日清晨的宗教仪式中，他甚至是全裸的。伊菲欧玛和康比丽第一次见面时，前者"没有用常见的简单的侧抱，而是紧紧地把[她]扣在双臂中"（57），她甚至还故意伸手碰后者的乳房，调侃后者已经长成大姑娘了。在阿巴，女性可以自由地装扮自己，伊菲欧玛穿高跟鞋和红裙子，她和大女儿阿玛卡（Amaka）都涂着鲜艳的口红；阿巴首领的妻子脖子戴金吊坠、珠子和珊瑚的首饰，头戴夸张的头巾。孩子们可以自由地玩耍奔跑，人们可以大声地交谈。

阿巴是阿迪契父亲的老家，她曾痴迷于那里的传统习俗。她在 2012 年的 TED 演讲《女性的权利》中提到，她是整个家族中对祖先的土地和传统最感兴趣的晚辈。② 在与格劳斯的访谈中，她曾满怀深情地说，"我希望有人能教我更多有关伊博传统宗教的东西。我所了解的一点皮毛就让我觉得它是一种开放和别有魅力的看待世界的方式"。③ 不过，在《紫》中，她并未简单地美化阿巴及其传统文化。在她笔下，阿巴是个男权思想根深蒂固的前殖民空间：伊菲欧玛的婆家人非但不同情守寡的伊菲欧玛，反而无端指责后者谋杀亲夫并私吞他的钱财；当尤金父亲感叹当初不该让尤金跟着传教士走，而伊菲欧玛反驳说，她也上过教会学校，但她没有像尤金那样数典忘祖时，他的回答是"你是女人，你不算数"（67）；在观看假面舞会的仪式时，他不允许女性看男性"姆偶"，他还因为扎扎较为幼

① 尽管康比丽对努库爷爷所信奉的本土宗教仪式的描述是以恩苏卡为背景，但严格地来说，这个仪式是属于阿巴的，因为努库爷爷只是去恩苏卡看病而小住在那儿。

② 奇玛曼达·恩戈兹·阿迪契：《女性的权利》，张芸、文敏译，北京：人民文学出版社，2017 年，第 38 页。

③ Terry Gross,"'Americanah' Author Explains 'Learning' to Be Black in the U.S.", Fresh Air (NPR), June 27, 2013. https://www.npr.org/2013/06/27/195549496/americanah-author-explains-learning-to-be-black-in-the-u-s.

稚的问题而呵斥他讲话像个女人；尤金父亲认定"丈夫是一个女人生命中最重要的 [依靠]"（61）的传统观念，告诉丧偶的女儿自己死后会求朱格乌神送个好男人来照顾她。阿巴传统文化中的性别歧视在他讲的乌龟故事中也有明显的体现。①那个故事表明，有困难时，做出牺牲的通常是母亲，而且她们总被认为"不介意做出牺牲"（126）。

在阿巴长大的比特丽丝可谓阿巴传统文化中乐意做出牺牲的母亲的典型代表。这位"顺从、依赖、被动"②的典型非洲妇女执迷于阿巴那种"丈夫是一个女人生命中最重要的 [依靠]"的传统观念，默默忍受丈夫对她和孩子们无休止的身体暴力。每次丈夫施暴之后，她默默地擦拭家里的人像小雕塑。布兰达·库珀（Brenda Cooper）指出，比特丽丝擦拭小雕塑的行为是她应对家暴的方式，但同时也可以将其理解为一种无法保护家庭的失败感，因为她将那些微型的人像雕塑照顾得比孩子还好。③可以说，比特丽丝对阿巴传统文化中男权思想的认同，使她不自觉地成了丈夫的帮凶；这样一位认同男权思想的传统母亲，自然无法为主人公康比丽的成长提供任何精神支持。

应该说，最令人感到痛心的是，作为前殖民传统空间，阿巴已无法坚守它传统的底色，在殖民主义思想的规训和同化之下，它的本土文化已丧失其原有的尊严。尤金在阿巴建的三层小楼意象意味深长，因为它几乎是其在恩努古的房子的复制品。和在恩努古的房子一样，尤金在阿巴的房子也很高大、宽敞。这座前面建有喷泉的欧式建筑里有不少是"无人居住的房间"，里边有常年锁门的从不使用的浴室、厨房和厕所，它与尤金在恩努古的家一样散发着"冷漠的气息"（47）。

---

① 故事的内容是这样的：动物王国发生了一场很大的饥荒，许多动物都饿死了。有一天，雄性动物们召开大会，商讨解决方案。兔子提议大家吃掉自己的母亲，其他的动物虽然起初不同意，但最终选择接受这个办法。轮到狗杀其母亲时，他却谎称自己的母亲死于疾病，因此大家无法食用其尸体。但是乌龟却发现狗的母亲并没有死，而是到天上去找她的有钱朋友去了。他也发现，只要狗朝着天空大喊，"妈妈，把绳子放下来"，狗妈妈就会从天上垂下绳子来让狗爬上天空享受美食。贪得无厌的乌龟欲独占美食。有一天，他瞒着狗，朝天空叫，"妈妈，把绳子放下来"。当绳子如愿垂下来，乌龟抓着绳子爬到半空时，被狗发现，狗便朝天空大叫，"妈妈，上去的不是你的儿子，而是狡猾的乌龟"，这时，绳子被狗的母亲剪断，于是乌龟从高空跌落，摔碎了它的壳。见《紫木槿》中译本，第 125—128 页。

② Ernest Emenyonu ed., *A Companion to Chimamanda Ngozi Adichie*, New York: Boydell & Brewer Inc., 2017, p. 34.

③ Ibid., pp. 80—81.

同样，它的四周也围着高高的"白得发亮的"（50）围墙，康比丽在阿巴的房子里也一样感到窒息。这座三层小楼俯视着紧挨着它的由泥和茅草造的低矮棚屋，呈现出一副统摄一切的监视姿态。从某种程度上讲，尤金在将恩努古的房子复制到阿巴的同时，也将其殖民主义规训的思维模式复制到阿巴这个传统的前殖民空间里。

尽管阿巴是尤金的故乡，但可以看出，他对这个前殖民空间没多少情感。他与自己"异教徒"父亲已恩断义绝，既不允许父亲踏足其在阿巴的家，也从不登门去看望年迈独居的父亲。然而，他却坚持年年圣诞节回阿巴，而且他总会随身带上大量的食品并把它们分发给当地的村民，给孩子们发红包，同时还将大笔的钱捐赠给当地的教堂。显然，尤金试图用钱和食物收买其族民，进而达到规训他们的目的。如果说，在恩努古，尤金的主要规训手段是身体惩罚的话，那么在阿巴，他的主要规训手段是物质和金钱。他也曾试图用钱规训其父：如果父亲愿意皈依基督教，"并把院子里那个供奉'气'的茅草神龛扔掉"（49），他就给他的父亲建房买车。虽然其父并未屈服，但尤金却成功地规训了很多村民，在处理尤金父子之间因宗教信仰不同而引起的矛盾时，族民都选择站在尤金一边。他们甚至将他神化。他们不仅跪谢尤金的施舍，许多族民甚至试图伸手抓他的白外衣，"好像碰到他就可以治病一样"（73）。其实，阿巴这个前殖民传统空间早就受到殖民规训的影响。早在尤金之前，他的岳父就已经被那种殖民主义基督教文化规训了。他是阿巴圣保罗教堂的首位传道士。虽身为黑人，且他的英语带着浓重的伊博口音，他却坚持说英语。他还坚持让康比丽兄妹用英文喊他外公，而不许用"努库"（伊博语，意为"外公"）称呼他。和尤金相似，他也言必称"罪人"（54，55）。

必须指出的是，尽管殖民主义思想一直在规训着阿巴这个前殖民空间，但阿巴人并非一直是顺从的，族中一位叫阿尼克温瓦（Anikwenwa）的老者就跑到尤金家指责后者数典忘祖。比特丽丝甚至选择毒杀尤金进行暴力反抗。尽管婚后生活在恩努古，但本质上，这位步履蹒跚、低声说话、言必称丈夫的女性是属于阿巴空间的。她毒杀尤金的药来自其女佣西西（Sisi）在阿巴的叔叔，"一个很厉害的巫医"（227），她把它放在尤金每天喝的英国茶里。这种暴力反抗行为很容易让人联想起阿巴历史上的"妇女战争"①。不过，不同于"妇女战争"，比特丽丝的反抗行为并未带来多少积极的改变，相反，它导致整个家庭的崩溃：尤金被毒死，扎扎为她顶罪入狱，她本人则精神崩溃。更为糟糕的是，为了救扎扎出狱，康比丽甚至采用了尤金平生最鄙夷的手段——行贿。当康比丽读到其移民美国的姑妈的来信时，她无法理解后者为何与她讨论有关尼日利亚未来的话题。可见，比特丽丝毒杀尤金的行为并没有让康比丽获得实质性的解放。

菲利克斯·艾克契（Felix K. Ekechi）指出，福音传教势力与欧洲殖民力量的结合对本土巫医的社会地位和威望形成严重的威胁，所以，巫医总是"对基督教表现出持续的敌意"②。我们知道，巫医以及巫药是尼日利亚传统文化中最重要的一部分，而英国茶则隐喻着英国的殖民主义文化。从某种意义上来讲，比特丽丝用巫药毒杀尤金的行为可以视为前殖民空间阿巴对殖民主义规训空间恩努古的一次对抗和反击。阿迪契也许是想通过这一情节隐喻非洲传统空间对殖民主义规训权力的拒绝，但从这一身体暴力反抗所造成的结果看，她显然也并不赞同传统空间对殖民主义空间的暴力反抗。可以说，作为阿契贝的文学后代，阿迪契在《紫》中表达了与《瓦解》相似的主题观点，即暴力对抗绝不是解决文化冲突与矛盾的最佳选择。

三、恩苏卡：后殖民"第三空间"

阿迪契在恩苏卡大学阿契贝曾居住过的房子里度过了17年的时光。对她而言，恩苏卡大学无疑是意义非凡的空间。所以，在阿迪契几乎所有的作品中，都可以

---

① 有些论者如伊尼奥邦·乌考（Iniobong I. Uko）将比特丽丝毒杀尤金的行为视作类似于阿巴"妇女战争"的女性主义行动，认为她通过毒杀尤金维护了母亲的尊严，并按需修正了母亲的养育角色。参见 Ernest Emenyonu ed., *A Companion to Chimamanda Ngozi Adichie*, New York: Boydell & Brewer Inc., 2017, p.70。

② Lily G. N. Mabura, "Breaking Gods: An African Postcolonial Gothic Reading of Chimamanda Ngozi Adichie's *Purple Hibiscus* and *Half of a Yellow Sun*", *Research in African Literatures*, 2008, 39(1), p. 210.

看到对这一空间意象的书写，《紫》这部颇具自传性的小说自然也不例外。马布拉曾指出，与伊博地区的大部分地方不同，恩苏卡始终是一个文化大本营。[①]与由英国殖民政府创办的伊巴丹大学不同，恩苏卡大学是尼日利亚人自己创办的第一所大学，创建于尼日利亚独立的 1960 年。在比亚夫拉内战期间，具有反抗精神的知识分子曾使恩苏卡大学成为知识分子"行动主义"的策源地，它不仅激发了比亚夫拉抵抗活动，同时也以哲学深度及外交魅力吸引了全球对尼日利亚内战的关注。或许出于这个原因，阿迪契在《半轮黄日》中借叙述者乌古的视角揭示了内战期间恩苏卡知识分子的险境：他听说"尼日利亚士兵发誓要杀掉百分之五的恩苏卡大学教师"[②]。与恩苏卡空间意象的反叛内涵并存的还有其坚守传统的底色。阿迪艾利·阿非格博（Adiele E.Afigbo）在其《沙绳：伊博历史和文化研究》（*Ropes of Sand: Studies in Igbo History and Culture*）一书中指出，时至今日，在恩苏卡地区还有为有头衔的男性制作奥朵（Odo）和奥玛比（Omabe）面具的同工会。有头衔的男性经常戴着那些面具去集市和教堂，或参加村民集会、年轻人的婚礼及孩子的成人仪式。不过，这一传统习俗在随着殖民入侵而面临文化身份危机的伊博人的现代生活中是极为少见的。[③]

不过，在《紫》中，恩苏卡既不是以纯粹的反叛空间意象也不是以坚守传统的空间意象出现。相反，它是一个杂糅的后殖民空间。在《〈文化与帝国主义〉导言》里，萨义德指出，"一切文化都是你中有我，我中有你，没有任何一种文化是孤立单纯的，所有的文化都是杂交性的"[④]。后殖民主义理论家霍米·巴巴似乎认同萨义德的观点。他极力提倡一种杂交的文化策略并提出了"第三空间"的概念。他认为，"这个空间既不是单单属于自我，也不单单属于他者的，而是居于两者

---

① Lily G. N. Mabura, "Breaking Gods: An African Postcolonial Gothic Reading of Chimamanda Ngozi Adichie's *Purple Hibiscus* and *Half of a Yellow Sun*", Research in African Literatures, 2008, 39(1), p. 214.

② 奇玛曼达·恩戈兹·阿迪契：《半轮黄日》，石平萍译，北京：人民文学出版社，2017 年，第 460 页。

③ Lily G. N. Mabura, "Breaking Gods: An African Postcolonial Gothic Reading of Chimamanda Ngozi Adichie's *Purple Hibiscus* and *Half of a Yellow Sun*", Research in African Literatures, 2008, 39(1), p. 214.

④ 爱德华·萨义德：《赛义德自选集》，谢少波等译，北京：中国社会科学出版社，1999 年，第 179 页。

之外的中间位置，混合两种文化的特征"①。当然，巴巴"第三空间"仅是一种"精神建构"，而非指具体物理空间。不过，有理由认为恩苏卡空间是巴巴"第三空间"的具象。在《紫》中，伊菲欧玛姑姑在恩苏卡的家可以看作这一"非此非彼，亦此亦彼"的杂糅的"第三空间"的缩影。从物理层面看，伊菲欧玛一家栖身于大楼中的一套公寓，既不同于尤金家的欧式建筑，也不同于其父由泥和茅草筑成的土房。虽然和尤金家的房子一样是现代建筑，但它外墙"蓝色的漆剥落了"（90），屋顶低到康比丽"感觉伸手就可以碰到"（91），呈现出如阿巴传统建筑低矮的特征。同样，那里虽然有着与尤金家一样的现代用品，但它们也和其父院子内的物什一样呈现出破旧和杂乱的特征。更为重要的是，伊菲欧玛家种满各种植物的花园、夜虫的鸣叫、公鸡的啼叫与猫头鹰的叫声以及孩子们抓白蚁吃的习俗也令人想起阿巴人与自然和谐相处的生活方式。

从精神层面看，与尤金家连空气都是凝固的、走路时"橡胶拖鞋一点声音都不出"（9）的令人窒息的寂静形成强烈的反差，伊菲欧玛家呈现出阿巴前殖民空间中的嘈杂——她家"总是充满笑声……它回荡在所有的墙壁之间，所有的屋子里。争吵来得快，去得也快。晨昏的祷告总是点缀着歌声，伊博语的赞歌常常有大家击掌相伴"（112）。巴赫金在《拉伯雷和他的世界》（*Rabelais and His World*）一书中指出，笑声具有反教条主义，反"恐惧和威胁"与"反说教主义"的特质。②可以说，伊菲欧玛家的笑声和各种嘈杂声具有"打断和驳斥尤金的独白"的功能，③显示出一种如乔安娜·艾萨克（Joanna Isaak）所言的将"中心化话语"复数化以及去稳定化的颠覆潜能④。由于没有西方基督教规训教义的束缚，伊菲欧玛家的孩子们在思想上是自由的，他们从小饱读诗书，小小年纪便能对很多社会

---

① 谢雁冰：《〈落地〉构筑的"第三空间"：华裔离散身份认同新取向》，《福州大学学报（哲学社会科学版）》，2017 年第 1 期，第 75 页。

② Christopher Ouma, "Countries of the Mind: Space-Time Chronotopes in Adichie's *Purple Hibiscus*", *Tradition and Change in Contemporary West and East African Fiction*, Ogaga Okuyade, ed., New York: Rodopi, 2014, p. 181.

③ Ibid.

④ Ibid.

和文化问题发表独立见解。与尤金在家里所扮演独断的规训者角色不同，伊菲欧玛在家里是一个教导有方的教育者，哪怕她对孩子们采取和尤金一样的身体惩罚，她一定会向他们解释他们挨打的原因。她家里也没有尤金的那套作息时间表，孩子们可以自由地支配时间。伊菲欧玛家也一样不同于其父在阿巴的家，它是反对性别歧视的。伊菲欧玛中年丧夫，独自一人抚养四个孩子。在这个家中，女性从来不是顺从的：她的亡夫生前非常尊重她；她的大女儿阿玛卡（Amaka）凡事都有自己的独立见解，她双眼"充满质疑，似乎总是在提问，而且对很多答案并不赞同"（63）；当阿玛卡对康比丽进行语言攻击时，伊菲欧玛鼓励后者进行回击；尽管阿巴传统文化不允许女性参与或观看本土宗教仪式，但伊菲欧玛鼓励康比丽观看其父祭拜朱格乌神的仪式；阿玛卡虽为外孙女，她却能作为孙辈代表在其外祖父的葬礼上跳舞。

　　伊菲欧玛家作为糅合恩努古的规训空间和阿巴的前殖民空间的"第三空间"表征意象通过她家所信奉的宗教得到了更为明显的体现。与尤金家一样，伊菲欧玛全家都是虔诚的基督教徒。不过，如辛西娅·华莱斯（Cynthia Wallace）指出的那样，伊菲欧玛家所信奉的是充满批判性思维、幽默以及欢乐的伊博天主教。[1]笔者同意华莱斯的看法，伊菲欧玛并没有如尤金那样将本土宗教妖魔化，她所信仰的宗教是"亦此亦彼"的。被尤金视为"异教"的伊博传统宗教在她家是受到欢迎和尊重的。她用传统的方式称呼自己的子女，也鼓励他们参加各种传统仪式。在她的影响下，其长女十分热衷于有本土文化意识的非洲音乐。伊菲欧玛认为，其父每天清晨所举行的崇拜仪式无异于天主教徒每天念的玫瑰经。因此，他们一家人在诵读玫瑰经时会唱伊博赞美歌。她甚至在祷告中祈求上帝保佑异教的父亲，因为她坚信"不同的事物和熟悉的事物是一样好的"（132）。伊菲欧玛家所信奉的那种"亦此亦彼"的伊博天主教思想表明，在伊菲欧玛家，黑人基督徒的身体同时也是前殖民本土宗教徒的身体。同样，与恩努古规训空间中的基督教否定、贬抑肉体、认为不符合规范的身体是需要被干预、被折磨和被驯服的态度不同，

---

[1] Cynthia R. Wallace, "Chimamanda Ngozi Adichie's *Purple Hibiscus* and the Paradoxes of Postcolonial Redemption", *Christianity and Literature*, 2012, 61(3), p. 473.

伊菲欧玛家所信仰的基督教接受阿巴空间中本土宗教对黑人身体的肯定和张扬。伊菲欧玛经常口涂鲜艳的口红，身穿红裙子或红裤子，脚蹬高跟鞋。阿玛卡涂闪亮的唇彩，穿紧身裤。她对自己的身体十分自信，敢"在镜子里检查自己的形象"（112），甚至还敢身着内衣内裤站在康比丽面前。同样，伊菲欧玛的身体也总是自主的、动态的："她健步如飞，似乎总是很清楚自己要去什么地方，要去那里做什么。她说话也是这样，好像要争取在最短的时间内说出尽量多的话"（57）。其实，从康比丽对在她姑妈家做传统崇拜仪式的爷爷的身体描述中，我们可以更清楚地看到伊菲欧玛家所信仰的基督教能接纳自然的身体：

[阳光在]努库爷爷胸口的短毛上和他腿部泥土色的肌肤上投下黄宝石般的光彩……他的肚脐曾经一定是鼓鼓的，现在却耷拉着，像一只皱皮的茄子……所剩无几的牙在那种光线下似乎更黄了，像新鲜的玉米粒……他的身体像我家院子里那棵多瘤的石梓树的树皮，……他的两腿间挂着一只松软的茧，看上去光滑些，并没有遍及全身其他各处的蚊帐一样细密的皱纹。……他的乳头藏在所剩无几的灰色胸毛中，像是两颗深色的葡萄。（132—134）

此处，这一裸露的身体尽管衰老却极富尊严，它不是恩努古规训空间中遭西方基督教文化羞辱、规训和惩罚的身体，相反，它是一种糅入阿巴前殖民空间本土信仰的仪式化的身体。苏珊·斯特雷尔（Susan Strehle）指出，伊菲欧玛"将她的家、非洲身体、思想以及灵魂实施了去殖民化"①。笔者也认为，在伊菲欧玛家所信奉的伊博天主教中，身体与精神的二元对立原则被颠覆了，"被否决了超越之途的"黑人身体被赋予了一种伟大的精神性，身体与精神是相结合而不是对立的。②可以说，在伊菲欧玛家，原本在伊博宗教文化中充满巫魅的黑人身体在经历殖民

---

① Cynthia R. Wallace, "Chimamanda Ngozi Adichie's *Purple Hibiscus* and the Paradoxes of Postcolonial Redemption", *Christianity and Literature*, 2012, 61(3), p. 473.

② Corinne Sandwith, "Frailties of the Flesh: Observing the Body in Chimamanda Ngozi Adichie's *Purple Hibiscus*", *Research in African Literatures*, 2016, 47(1), p. 100.

主义基督教的"去魅"之后又被"复魅"了。换言之,在伊菲欧玛家,黑人身体"被重新赋予了生命"(reanimated),以一种重回前殖民过去的方式被重新偶像化了。[①]正因如此,康比丽珍藏爷爷的画像,哪怕被尤金踢成重伤也要保护它。

伊菲欧玛家对本土宗教以及黑人身体的肯定和接受也在恩苏卡的圣彼得教堂里得到了回应:它容纳本土文化,人们在做弥撒时可以唱伊博歌曲;那里对身体尤其是女性身体也没有那么多的束缚——女人们"只用了一块透明的黑纱遮住了头发,有些人穿着裤子,甚至是牛仔裤"(189);它肯定肉体,并认为肉体具有精神性。就职于该教堂的阿马迪(Amadi)神父告诉康比丽,他在当地男孩们的脸上看到了耶稣。与尤金和本尼迪克特神父不同,阿马迪神父对身体持欣赏而非羞辱的态度;他鼓励康比丽跑步、说话和大笑。其实,在恩努古的家里,尤金尽管竭力贬低和压抑身体,但康比丽无时无刻不在注视着他的身体,它在她眼里甚至是欲望化的:康比丽因私藏爷爷的遗像而遭受尤金的惩罚时,在她的想象中,他"会看一眼画,接着眼睛会眯起来,脸会涨得像没成熟的金星果,他的嘴会喷射出伊博语的咒骂……爸爸的身体轻轻晃了晃,……就像在摇一瓶可乐一样"(165)。康比丽在对尤金的身体描写中通过"涨""喷射""晃"等带有性暗示的字眼,将其力图营造的精神性存在还原成普通的欲望化的身体性存在。不过,康比丽的身体意识只有在伊菲欧玛以及阿马迪神父的帮助下才得到真正的解放。只有在恩苏卡这个杂糅的"第三空间"里,康比丽才完成了从口吃、噎住、安静到说话、争论及提问的变化,其在恩努古规训空间中安静、封闭的身体在被否定与规训之后终于能够如阿巴空间中的人们那样工作、流汗、奔跑、大笑、舞蹈以及歌唱。与此同时,对在传统崇拜仪式中的爷爷的身体描述,康比丽打破了女性不能参与宗教仪式的禁忌,解构了阿巴前殖民传统空间中的男权思想。一言以蔽之,康比丽的身体意识的改变毫无疑问得益于恩苏卡"非此非彼""亦此亦彼"的"第三空间"文化环境。

[①] Corinne Sandwith, "Frailties of the Flesh: Observing the Body in Chimamanda Ngozi Adichie's *Purple Hibiscus*", *Research in African Literatures*, 2016, 47(1), p. 102.

结 语

阿迪契是一位有着丰富空间体验的作家。她出生于恩努古，2岁起就开始居住在恩苏卡直至19岁赴美留学。童年时代，阿迪契经常去阿巴以及乌姆纳奇（Umunnachi）拜访其祖父母以及外祖父母。在美国，阿迪契先后在费城的德雷塞尔大学与东康涅狄格州立大学攻读学士学位。2003年，阿迪契在约翰·霍普金斯大学获取了创意写作硕士学位，并于2008年获得耶鲁大学的非洲研究硕士学位。如今，她旅居美国，但每年都回尼日利亚。克里斯托弗·欧玛（Christopher Ouma）指出，在阿迪契创作诸如《写作生涯》（"The Writing Life"）、《日记》（"Diary"）、《真正的食物》（"Real Food"）以及《家在哪儿，心就在哪儿》（"Heart Is Where the Home Was"）等散文时，她经常回到她小时候生活过的地方。① 笔者认为，在其小说创作中，她也精心表现她所熟悉的各种空间意象。

在《紫》中，阿迪契描写了她在尼日利亚生活和成长过程中三个重要的空间，即她的出生地恩努古，其父亲老家阿巴以及她度过17年时光的恩苏卡大学。在《紫》中，恩努古被塑造成一个殖民规训空间：尤金在其家里、圣阿格尼斯教堂以及其子女就读的教会学校，以带有强烈殖民主义思想的基督教价值观规训着其家人，以致康比丽和扎扎的自我成长几乎陷入绝境。通过恩努古这一殖民主义规训空间意象，阿迪契似乎告诉读者，在20世纪90年代，尽管距离英国在尼日利亚的殖民主义统治结束已30余年，但殖民主义思想并没有在尼日利亚消失，相反，它以更隐蔽的方式控制着尼日利亚民众的思想。在小说中，阿巴被描写成一个前殖民的传统空间，但由于殖民主义的规训和传统男权思想的盛行，这一传统空间也无

---

① Christopher Ouma, "Countries of the Mind: Space-Time Chronotopes in Adichie's *Purple Hibiscus*", *Tradition and Change in Contemporary West and East African Fiction*, Ogaga Okuyade ed., New York: Rodopi, 2014, p. 171.

法为康比丽和扎扎的健康成长提供保障。小说中的恩苏卡可以视为一个包容、杂糅的后殖民空间，类似于霍米·巴巴的"第三空间"具象。它糅合以恩努古空间为代表的基督教文化以及以阿巴为代表的传统宗教文化，彰显了"非此非彼"而又"亦此亦彼"的杂糅的伊博天主教文化。在故事的结尾，康比丽和扎扎把伊菲欧玛花园里的紫木槿树移栽到恩努古和阿巴，这意味着作为包容、杂糅的"第三空间"表征的恩苏卡将继续为康比丽和扎扎的自我发展提供营养和支持。

（文 / 华侨大学 张燕）

第九篇

阿迪契小说《紫木槿》中的"流散患者"

作品评析

《紫木槿》中的"流散患者"

引 言

奇玛曼达·恩戈兹·阿迪契（Chimamanda Ngozi Adichie，1977— ）是尼日利亚第三代具有代表性的作家。钦努阿·阿契贝曾给予盛赞："我们通常不会把智慧与初出茅庐者联系在一起，但这里有一位具有古代说书人天赋的新作家。"[①]阿契贝的赞誉并非客套。仅从阿迪契的作品及其所获奖项便能窥豹一斑。比如，《美国大使馆》（*The American Embassy*）于 2003 年获得欧·亨利奖（O. Henry Prize），《绕颈之物》（*The Thing Around Your Neck*，2009）在 2009 年获得弗兰克·奥康纳国际短篇小说奖（Frank O'Connor International Short Story Award）提名，《美国佬》（*Americanah*，2013）于 2013 年则斩获美国国家书评人协会奖小说类奖（National Book Critics Circle Award: Fiction Category），等等。她的知名作品还包括《半轮黄日》（*Half of a Yellow Sun*，2006）、《女性的权利》（*We Should All Be Feminists*，2014）和《亲爱的安吉维拉：或一份包含 15 条建议的女权主义宣言》（*Dear Ijeawele, or A Feminist Manifesto in Fifteen Suggestions*，2017）等。她的作品主要涉及性别、战争、流散和文化冲突等问题，具有较广的国际影响力。《紫木槿》（*Purple Hibiscus*，2003）是她的第一部小说，且在 2005 年获得英联邦作家奖（Commonwealth Writers' Prize）。小说主要描述了主人公康比丽

---

① 参见 https://www.chimamanda.com/half-of-a-yellow-sun/。

在前往阿巴和恩苏卡的旅途中，分别与祖父努库、姑妈伊菲欧玛及其家人接触，性格逐渐发生变化并慢慢成长的故事。库切称这部作品为"一个敏感而动人的故事"（sensitive and touching）①。布克奖前评委杰森·考利（Jason Cowley）认为它富有魅力，温柔又真实，是其所读过的继阿兰达蒂·洛伊（Arundhati Roy，1961—）的《微物之神》（*The God of Small Things*，1997）之后最好的处女作。②《紫木槿》描写了一个被宗教裹挟的尼日利亚传统家庭。尤金在这个家庭中拥有绝对的权威，是一位集教权、夫权与父权于一身的家庭"独裁者"。但是，尤金看似专制、暴力、无情，内心深处却饱受宗教教规和血肉亲情的夹击之痛，承受着本土习俗与外来文化的撕裂之苦，品尝着因西式价值观与本国现实的张力造成的恶果。他是这部作品中最复杂的人物，是受到西方文化与本土文化的双重塑造而心灵扭曲的典型代表。尤金言行举止中体现出的矛盾性特征及其对妻子、儿女的压迫与伤害表明殖民统治给尼日利亚人民造成了永远无法弥补的创伤。

一、宗教教规与血肉亲情

尤金是一位虔诚的天主教徒，在他控制的家庭生活中，家人的一切活动必须严格按照宗教教义进行，稍有差池，便暴力相向。他对天主教的尊崇超过了父子亲情，但是他又无法完全摆脱血肉亲情的约束。这里的父子之情包括尤金与其父亲努库和尤金与其子女之间的关系。尤金早已下令，异教徒不准踏入他家的院子，他的父亲努库也不例外。康比丽和扎扎不能触碰祖父的任何食物，也不许喝一滴水，在努库家中停留的时间不得超过15分钟。尤金称他的父亲为异教徒，声称只要努库皈依天主教，就会给他盖房子、买车、雇司机，否则，弃之如敝屣。

小说主人公康比丽与哥哥扎扎因为在姑姑家跟他们的爷爷住在同一间屋子里而犯了天主教的大忌。尤金以非常残忍的方式惩罚他的亲生女儿康比丽，让她付出因触犯禁忌而应得的代价。

---

① 参见 https://www.chimamanda.com/half-of-a-yellow-sun/。

② Ike Anya, "In the Footsteps of Achebe: Enter Chimamanda Ngozi Adichie", *African Writer*, 15 October, 2005. https://www.africanwriter.com/in-the-footsteps-of-achebe-enter-chimamanda-ngozi-adichie/ [2019-6-20].

他把烫水缓缓地倒在我的脚上，好像他在做一个实验，正观察会产生什么反应。他哭了起来，眼泪沿着他的脸淌了下来。我先看见蒸汽，然后才看到水。我看着水从水壶流出来，几乎是以慢动作沿着一道弧形的轨迹落在我的脚上。一触之下的疼痛那么纯粹，那么尖利，以至于我有那么一下什么感觉都没有了。接着我大叫起来。[1]

明知天主教徒不能与异教徒共处一室而故犯，所以必须受到重罚。尤金用滚烫的热水缓缓地倾倒在康比丽的脚上，试图冲洗掉康比丽因跟异教徒接触而沾染的罪恶。但是，康比丽毕竟是尤金的亲生女儿，用如此残忍的手段惩罚她，尤金内心是异常痛苦的。但是，在尤金眼中，宗教教规神圣不可侵犯，与之相比，骨肉亲情处了下风。所以，尤金是哭着用热水浇烫他女儿的脚的。努库去世之后，康比丽私藏了一幅他的画像，以作纪念。扎扎与康比丽在偷偷地查看努库的画像之时碰巧被尤金发现。尤金怒不可遏，扯过努库的画像撕得粉碎。康比丽尖叫着冲向撒在地上的画像碎片，仿佛这样可以用自己的身体保护着努库爷爷。她躺在地上，蜷缩着，仿佛子宫里的婴儿。尤金变得歇斯底里，大喊大叫起来。

"起来！离那张画远点！"

……

"起来！"……他开始踢我。亵渎。异教崇拜。地狱之火。他越踢越快……他踢啊，踢啊，踢啊。……一股咸咸的热乎乎的东西流进我嘴里。我闭上眼睛，滑向了无声之境。[2]

康比丽和扎扎的行为再次触犯了尤金那神圣不可侵犯的宗教教规。为了维护其所谓的宗教信仰，捍卫信仰的崇高性和纯洁性，尤金再次暴力相向。依靠暴力可以把宗教信条深深地嵌入他人的意识中，从而内化为他人的自觉认同。频繁的

---

[1] 奇玛曼达·阿迪契：《紫木槿》，文静译，北京：人民文学出版社，2016年，第154页。

[2] 同上，第166—167页。

暴力行为可以使人形成一种自觉机制，即一有亵渎宗教的念头或行为就立刻想到有可能遭受严重的肉体惩罚，从而使其打消冒犯行为或不再产生不敬的想法。尤金就是这样对待妻儿的"越轨"行为的。康比丽私藏异教徒画像的行为让她付出了内脏出血、断了一条肋骨的代价，差点命丧黄泉。但是，当康比丽在医院的床上苏醒过来之后，尤金又表现出温情的一面。"爸爸的脸离我很近，我们的鼻尖简直碰在了一起，不过我还是可以看出他目光柔和。他哭着说：'我心爱的女儿。你不会有事的。我心爱的女儿。'"①尤金流的不是"鳄鱼"的眼泪，而是其内心的真情流露，只不过在宗教面前，亲情居于其次。

在一次晨祷之前，康比丽因月经而肚子绞痛，就像一个长着獠牙的人正在有节奏地噬啮她的胃壁。但是"圣餐斋规定，信徒在弥撒前一个小时之内是不可以吃固体食物的"②。比阿特丽斯让康比丽吃些流体食物，然后再吃镇痛片。当康比丽吃着那碗麦片时，尤金悄无声息地走了进来，看到了眼前的一切。尤金暴怒，认为这种行为亵渎了宗教原则。魔鬼已经来到了家里，迷惑了家人，他不能让魔鬼取胜。尤金取出一条厚厚的棕色腰带，挨个抽打扎扎、康比丽和他的妻子比阿特丽斯。

它首先落在扎扎肩膀上。妈妈举起双手，它又落在她裹着亮片泡泡袖的手臂上。我刚把碗放下，皮带又落在我的背上。我见过弗拉尼人，他们白色的风衣随风飘舞，打在腿上啪啪作响。他们手持鞭子赶着牛穿过埃努古的街道，每一鞭都抽得又快又准。爸爸就像一个弗拉尼牧民——尽管他并没有他们又高又苗条的身材。他一边挥舞着皮带抽打妈妈、扎扎和我，一边咕哝着"魔鬼赢不了"，我们跑不了两步就又被抽到。③

在尤金的"皮鞭"下，康比丽、扎扎和比阿特丽斯与牲畜无异。他们遭到尤金绝对强势的碾压，毫无还手之力。有意思的是，尤金打完之后把扎扎和康比丽

---

①奇玛曼达·阿迪契：《紫木槿》，文静译，北京：人民文学出版社，2016年，第167页。

②同上，第81页。

③同上，第82页。

搂入怀中，心疼至极。"'皮带伤到你们了吗？'他问，检查着我们的脸。……爸爸说到罪恶的时候摇着头，那样子仿佛他身上有什么沉重的东西，甩也甩不掉。"①尤金用宗教教义规训自己的儿女，稍有不从便施加暴力，但是尤金身上的亲情之爱又无法完全消除。尤金对他的父亲努库也是同样的状况。他家财万贯，对朋友、村民甚至是乞丐乐善好施，但是对他的父亲努库却不闻不问，只是因为努库不是天主教徒，而是一位传统主义者。努库死后他也没有参加葬礼。他念念不忘的是努库死后有没有找神父给他做临终涂油礼，甚至试图要让他的父亲举行天主教葬礼。尤金的言行遭到伊菲欧玛的强烈反对。但是最后，尤金还是给了伊菲欧玛钱以操办他们父亲的丧事。"我给伊菲欧玛送了钱办葬礼，我给了她所需要的一切。……为了我们的父亲葬礼。"②尤金最终也没有挣脱父子亲情的联系。在《紫木槿》中，尤金表面上暴力成性，冷酷无情，但内心深处却是苦海滔滔。

二、一夫一妻与多妻多子

尤金对天主教的尊崇超过了对伊博族传统习俗的服从，但又无法完全摆脱伊博族传统而彻底贯彻天主教教义。这一点主要体现在他对妻子比阿特丽斯的态度上。如果说，尤金经常殴打康比丽和扎扎是因为他们时常触犯尤金眼中神圣不可侵犯的宗教信条的话，那么，尤金同样殴打妻子比阿特丽斯就显得莫名其妙，在《紫木槿》中很难找到明显的理由与借口。但是，我们通过分析比阿特丽斯这个人物可以窥知其中的缘由。在家中，比阿特丽斯是一位完全"消声"的女性。她只有附和、顺从，从不发表自己的意见，说话从来都是低言低语。

阿迪契借助康比丽之口委婉地表露出尤金与比阿特丽斯一直在努力"造人"。

① 奇玛曼达·阿迪契：《紫木槿》，文静译，北京：人民文学出版社，2016 年，第 82 页。
② 同上，第 156 页。

几年前，在我还不怎么懂事的时候，我就总是纳闷，为什么每次他们的房间里传出像有什么东西撞到门上的声响之后，妈妈都会去擦拭这些小雕像。……每个芭蕾舞演员雕像她都会擦上至少一刻钟。……最近一次这样是在大约两周前，她把小雕像擦好以后又调整了它们彼此的位置。当时她的眼睛很肿，又黑又紫，像熟过了头的鳄梨。①

擦拭玻璃架上的小雕像是比阿特丽斯经常却不易被察觉的动作，这里面有多层含义。每次房事之后，比阿特丽斯都会默默地擦拭这些小雕塑，原因之一就是她视这些小雕塑为尚未出生的孩子的象征，此时，比阿特丽斯会有一种祈祷、祈求上帝赐子的心理；但是比阿特丽斯在多次流产以后常常被暴打得"眼睛很肿，又黑又紫，像熟过了头的鳄梨"，此时又去擦拭这些雕塑，其中除了祈求上帝之意以外，还有一种痛苦、哀伤、担忧的心理内涵。比如在意外流产后的第二天，她从医院回到家里，让仆人准备水和毛巾，"柜子有三层精致的玻璃搁架，每一层上都放着米色的芭蕾舞者雕塑。妈妈从最下面那层开始，把架子和雕塑都擦了又擦"②。再比如，扎扎与康比丽从恩苏卡的姑妈家回来以后，发现了一些异常。

"你擦了小架子。"

"对。"

"什么时候？"

"昨天。"

我看着她的右眼，现在它可以张开一点了。昨天一定肿得一点睁不开。③

康比丽对母亲擦拭小架子特别敏感，她知道这往往伴随着暴力。在《紫木槿》中，多次出现比阿特丽斯擦小桌子和雕塑的描写。比阿特丽斯每次和尤金同房和遭受家暴以后都会默不作声地擦洗小桌子及其上面的雕塑。《紫木槿》以康比丽

---

① 奇玛曼达·阿迪契：《紫木槿》，文静译，北京：人民文学出版社，2016年，第9页。

② 同上，第29页。

③ 同上，第152页。

的视角讲述她眼中的一切，无法确切地了解父亲尤金和母亲比阿特丽斯之间的故事的真正原因。但是读者可以从文中零星的对话中推测出来。

> 自从我生了你，再加上接连几次流产，村里的人们都在议论了。族里的人甚至已经在劝你父亲和别人生孩子了。许多人家的女儿都乐意做这件事，其中很多还是大学生呢。她们可以生下很多男孩，占领我们的家，把我们赶出去。埃真杜先生的第二位妻子正是这么做的。可是你父亲坚持和我，和我们站在一边。①

这段话是比阿特丽斯在《紫木槿》中一口气说得最长的一次，她平时大都沉默寡言，欲言又止。比阿特丽斯最担心的原来是无法为尤金生下更多的男孩，因为按照伊博族的传统，像尤金这样富有的人是不能仅有一位妻子以及一个儿子的。多妻多子是伊博族的传统。如果生不出更多的儿子，其他女孩子甚至女大学生会"虎视眈眈"，急欲上位，比阿特丽斯有被取而代之的危险。比阿特丽斯对自己的处境心知肚明，但又无可奈何。她的担忧不无道理：

> "如果我离开尤金的房子，我能到哪儿去呢？告诉我，我该到哪儿去？"她没等姑妈回答就接着说，"你知道有多少母亲都在把女儿推向他吗？你知道有多少女人在向他献殷勤，只要能让她们怀上他的孩子，她们连聘礼都不要的？"②

如果比阿特丽斯离开尤金，不仅无处可去，还有生存之虞。这才是比阿特丽斯最为担心的问题。她要守住这个家，守住她的儿女，守住这一方"庇护"之地，尽管里面满是压抑与暴力。如果离开尤金，比阿特丽斯的处境可能更艰险。但是，尤金并没有另娶他人。按照伊博族传统，像尤金这种家财万贯的人，是完全可以有多位妻子的，一夫多妻在当地仍普遍存在。尼日利亚人依然秉信多子多福的传统，对于"生儿子"孜孜以求。拖因·法罗拉（Toyin Falola）在《尼日利亚的风俗与文化》中指出："孩子和妻子越多，那么他的社会地位也就越高。因此，许

---

① 奇玛曼达·阿迪契：《紫木槿》，文静译，北京：人民文学出版社，2016年，第17—18页。
② 同上，第197页。

多首领、国王和富裕的商人增大家庭规模，彰显自己的名望。"①那尤金"坚持和我，和我们站在一边"的原因何在？因为尤金是一个虔诚的天主教徒，实心实意地践行一夫一妻的准则。正如拖因·法罗拉所述："基督教婚姻的合法性是以一夫一妻制为前提的……教堂和法院婚姻不允许一夫多妻，而且他们还用'犯重婚罪'来反对这类情形。"②但是尤金骨子里仍旧无法摆脱伊博族传统对他的束缚，他内心深处仍希望妻子能给他多生些儿子，以符合伊博族的传统。尤金所践行的一夫一妻制更多是表面现象，他骨子里仍旧无法摆脱传统习俗的影响。所以，在天主教的教义与伊博族传统的双重挤压下，尤金对比阿特丽斯频频暴力相向的原因就明显了。

比阿特丽斯在夫妻关系中处于绝对弱势的地位，毫无还手之力，只能唯命是从。《半轮黄日》中的埃伯莱奇和阿玛拉，《赝品》中的恩科姆，都是如此。她们都是一只只沉默的"羔羊"，无法"发声"。"男性话语成为女性形象和感受的代言人，自身的特征是由男性所规定和塑造，即男性成为女性经验的言说主体，女性失去了能正确表达自身经验的主体。"③比阿特丽斯的沉默是灵魂遭到碾压的结果，尽管她最后毒杀了她的丈夫，但她的出路在哪里呢？她的处境具有象征意义。一个"尤金"消失了，还有千千万万个"尤金"活着，那千千万万个"比阿特丽斯"的生存境况便可想而知。小说结尾，比阿特丽斯、康比丽和扎扎计划前往美国拜访伊菲欧玛，似乎"美国"是她们的希望之地，以至于她们谈到"美国"时，脑海中闪现着金色的光芒。但是，此时此刻，"美国"对她们来说尚显虚妄，顶多算是一个希望的投射之地。《紫木槿》中未完成的故事在《美国佬》中得到了很好的接续。《美国佬》中的主人公伊菲麦露费尽千辛万苦才在美国定居下来，但在经过了种种磨难之后，④最终返回了尼日利亚。

---

① 拖因·法罗拉：《尼日利亚风俗与文化》，方之等译，北京：民主与建设出版社，2018 年，第 170 页。

② 同上，第 168—169 页。

③ 乔蕤琳：《女性主义的后现代转向与新型女性文化的建构》，黑龙江大学博士学位论文，2014 年，第 62 页。

④ 伊菲麦露初抵美国，便急于认识、发现美国，但好景不长，很快便出现了一系列问题。比如，要想在美国生活下来，首先就要解决身份问题。她不得不冒用他人的身份，而他人的身份与自我认同之间产生了冲突。在美国，她"是"其所"不是"；为了缓解拮据的经济状况，不得不给他人提供肉体抚慰；日常生活中，时常遇到种族歧视；在美国时日益久，思乡之情便常常萦绕心头，挥之不去，等等。《紫木槿》中比阿特丽斯一家对"美国"的憧憬之情在《美国佬》中消失得无影无踪。

三、西式"梦想"与本土现实

尤金对天主教的认同只是他被殖民化的一个方面，他还完全认同西方的价值观、生活方式、政治模式和所谓的西式的自由与民主。但是在当时尼日利亚当局的专制独裁之下，尤金的西方梦是难以实现的。在生活方面，尤金的住宅是典型的西式洋楼，雕花的金属大门，四层的白房子，前方有一座喷泉，两旁种着椰子树；尤金跟神父尤其是白人神父讲话时改用英语，十分和气，一副讨好的样子；尤金认为在公共场合只有说英文才显得有教养，伊菲欧玛——尤金的妹妹——把尤金视为典型的殖民产品。尤金在政治方面的作为是《紫木槿》着重突出的内容。

奇怪的是，在家庭之中，尤金是一位名副其实的暴君、独裁者，但在家庭之外，也就是在国家、社会层面，他又是一位反抗独裁统治，追求西式民主和自由的斗士。他对国家、社会问题有着深刻的洞察。尤金认为，一场政变会引发更多的政变，尼日利亚 20 世纪 60 年代的内战就是一系列政变的结果。

> 一个军阀总是要推翻另一个军阀，因为他们有这个能力，也因为他们个个权欲熏心。……政治家们都很腐败。他的《标准报》就报道过很多这方面的故事：内阁大臣把本应用于给教师发工资和修路的钱，藏到自己在外国银行的账户里。但是尼日利亚需要的并不是统治我们的军人，而是新的民主。新的民主。他说这个词的方式使它听上去很重要。[①]

政变与反政变，腐败与反腐败，独裁与反独裁是独立后尼日利亚所遭遇的种种"劫难"。尤金所提到的内战就是尼日利亚内战（Nigerian Civil War），也称为比亚夫拉战争（Biafran War）或尼日利亚 – 比亚夫拉战争（Nigerian-Biafran

---

① 奇玛曼达·阿迪契：《紫木槿》，文静译，北京：人民文学出版社，2016 年，第 21 页。

War）。它于 1967 年 7 月 6 日起至 1970 年 1 月 15 日止。东区军事长官奥朱古（Chukwuemeka Odumegwu Ojukwu）于 1967 年 5 月 30 日宣布独立，成立比亚夫拉共和国（Republic of Biafra，又译作比亚法拉共和国）。有着比亚夫拉诗人（Biafran poet）之称的艾费尼·门基蒂（Ifeanyi Menkiti）指出，"比亚夫拉的独立标志着'非洲土著人民第一次掌握了自己的命运'，至少在非洲人无视欧洲殖民者留下的边界，试图划定自己的国家边界的时候是这样"①。非洲原住民掌握自己的命运以及划定自己的国家界限这个说法是站在伊博族的立场来说的，但从尼日利亚这个现代国家的角度来看，比亚夫拉共和国就是分离主义，就是反叛，必须进行镇压，以维护国家统一和领土完整。在联邦军政府的镇压下，比亚夫拉共和国以失败告终。阿迪契的另一部小说《半轮黄日》就专门描绘了比亚夫拉战争的问题。实际上，尼日利亚的战争和政变等问题不是凭空产生的，而是有着深刻的历史因由。尼日利亚这个国家的形成"不是社会经济发展、民族一体化进程的结果，它是在还没形成统一的经济生活、没有形成统一的民族与文化的时候，就因为非殖民地化的完成就组成新的国家了"②。这一点在《半轮黄日》中也得到了印证：1960 年宣布独立时，尼日利亚是用易碎的钩环串在一起的碎片。③这样就产生了很多问题。"昔日属于同一的民族，现在被分割在不同的国家和地区；昔日在同一国家的不同民族，现在被分割在不同的国家和地区，相互变成外国人。"④于是就出现了众多的民族矛盾和因边界争端而引起的动乱与战争。种族冲突、边界战争和政权更迭等问题与英国的殖民统治密切相关。

在《紫木槿》中，尤金是《标准报》幕后的支持者。《标准报》发表的社论不畏强权，为民请命，"他写到他的自由观，说他的笔无论如何不会停止书写真理"⑤。这份报纸曾在头版头条披露首脑及其夫人走私海洛因的丑闻，对滥杀无辜提出疑问，追问贩毒的幕后黑手。《标准报》是唯一敢说真话的报纸。关于尼日

① Merdith Coffey, "'She Is Waiting': Political Allegory and the Specter of Secession in Chimamanda Ngozi Adichie's *Half of a Yellow Sun*", *Research in African Literatures*, 2014, 45(2), p. 64.

② 刘鸿武等：《尼日利亚建国百年史（1914—2014）》，杭州：浙江人民出版社，2014 年，第 130 页。

③ 奇玛曼达·阿迪契：《半轮黄日》，石平萍译，北京：人民文学出版社，2017 年，第 171 页。

④ 陆庭恩、彭坤元（主编）：《非洲通史·现代卷》，上海：华东师范大学出版社，1995 年，第 581 页。

⑤ 奇玛曼达·阿迪契：《紫木槿》，文静译，北京：人民文学出版社，2016 年，第 34 页。

利亚国家层面的统治阶级和政治体制的选择等问题是另一个维度的问题，不在本文的探讨之内。问题是，尤金身上体现出的复杂性和矛盾性。尤金反对政变，厌恶政治腐败，追求西方民主，正如以上引文所说的那样，他说出"新的民主"这个四个字的方式都显得很特别。联邦政府的官员曾经开着装满美元的小卡车试图贿赂尤金，而尤金都把他们撵了出去。

矛盾之处在于，尤金在家庭之内家暴成性而在家庭之外又坚决反对专制统治。家庭之内的暴力因由前两个部分已经做了分析，这里不再赘述。在国家、社会层面，追求西式民主自由，反对专制独裁而不得，是尤金受到西式价值观和本土政局现实挤压的又一个例证。《标准报》的主笔阿迪·考克与尤金有着相同的政治诉求，因为阿迪多次在报纸上揭露、批判政府当局而身陷囹圄，但是都被尤金重金赎回。阿迪曾在《标准报》上为离奇失踪的民主派领袖万基蒂·欧格齐而大声疾呼。万基蒂·欧格齐被政府军在树丛中枪杀，并被以硫酸毁尸灭迹，一块骨头都不剩。政府当局在阻止《标准报》刊载与万基蒂·欧格齐相关的文章未果之后，用邮寄的包裹炸弹炸死了阿迪·考克。万基蒂·欧格齐被杀这件事公之于众后对政府当局产生了极坏的影响，"由于这起谋杀，尼日利亚被从英联邦除名了，加拿大和荷兰已经召回他们的大使，作为对谋杀的抗议"[1]。阿迪之死给尤金带来了沉重的打击。"爸爸窝在客厅的沙发里啜泣着。他看上去那么小。爸爸平时是那么高大的一个人……可现在他那么小，看上去像一卷揉皱了的布。"[2]尤金为阿迪的妻儿办了一份信托，买了一座新房子，花钱为阿迪的女儿从尼日利亚和美国请来最好的心理医生治疗因失去父亲造成的精神创伤。阿迪之死标志着尤金在政治上反抗专制独裁，实行西式民主的心愿破灭。后来尤金的工厂也被政府当局以各种理由关闭。

尤金及其掌控的家庭具有象征意义。在家庭之中，尤金尚且不能实现家庭成员间的民主与自由，遑论让一个家庭独裁者去反对独裁。如果让尤金掌权，他很可能也会背离他所谓的新的民主的初衷，而变成一位十足的暴君。对于阿迪契来说，关涉重大的历史事件，回顾并反思尼日利亚的历史进程同样意义非凡。这不

---

① 奇玛曼达·阿迪契：《紫木槿》，文静译，北京：人民文学出版社，2016年，第159页。
② 同上，第163页。

仅意味着铭记，还意味着从本民族立场出发抵抗整齐划一的官方话语，为本民族与其他民族间的关系以及国家的未来寻求更广阔的发展空间。正如阿迪契所言，"如果我们把历史藏在地毯下，我们不仅有重复历史的风险，我们也有短视的风险"①。以史为镜，可以知兴替，大抵如此。

结 语

尤金一生主要的活动范围都在尼日利亚国内的埃努古与恩苏卡等地，但是他从小读的是教会学校，然后去英国留学，后来返回尼日利亚。在本土文化和西方文化的双重塑造之下，他面临着个体精神世界的冲突与抉择以及对自我身份的纠结困惑等问题。流散是指"个人或群体选择离开母体文化而在异域文化环境中生存，由此而引起的个体精神世界的文化冲突与抉择、文化身份认同与追寻等一系列问题的文化现象"②。只不过尤金的精神冲突、抉择以及自我身份的认同困境等问题是在一种"威严""静默"的氛围中体现出来的，小说并没有正面描写尤金的内心世界，但是从康比丽的视角中和作品细节处，可以看出尤金内心中看似沉默实则剧烈的挣扎。尤金生活在一种文化错位的环境中。"文化错位是殖民制度下殖民地人民的生存状态。"③《紫木槿》中虽然主要表现的是尤金作为殖民产品的言行举止，但是在他的心灵深处，尤其是在一些关键事件之后流露出的与西式价值理念不符的举止，恰好证明了尤金身处的矛盾境地。他无法彻底做一个西化的人，也不可能完全做一个地地道道的非洲人，内心深处满是纠结、分裂和痛苦。尤金之所以如此，正是因为"受到西方文化和非洲文化这两种并非势均力敌的异质文化的双重塑造，从而处在一种分裂、纠葛的状态中"④。正是在这种状态下，尤金看似是一位虔诚的天主教信徒，一位西式价值观的忠实执行者，但他

① Ike Anya, "In the Footsteps of Achebe: Enter Chimamanda Ngozi Adichie", *African Writer*, 15 October, 2005. https://www.africanwriter.com/in-the-footsteps-of-achebe-enter-chimamanda-ngozi-adichie/ [2019-6-20]

② 张平功（主编）：《全球化与文化身份认同》，广州：暨南大学出版社，2013 年，第 88 页。

③ 任一鸣：《后殖民：批评理论与文学》，北京：外语教学与研究出版社，2008 年，第 42 页。

④ 朱振武、袁俊卿：《流散文学的时代表征及其世界意义——以非洲英语文学为例》，《中国社会科学》，2019 年第 7 期，第 145 页。

内心深处无法摆脱传统文化习俗的浸染，始终处于一种无所归依的状态。他表面上是一位家庭独裁者，一位追寻新的民主的斗士，一位虔诚的天主教信徒，但他在深层心理上却呈现为一种挣扎、分裂、矛盾和痛苦的状态，从而与他表面上的言行形成偏差。实际上，他在精神的暗深处始终纠结、徘徊、游移不定，是一位名副其实的流散者。在非洲英语文学中的人物群像中，与尤金类似的流散者还有很多，比如，阿迪契《美国佬》中的伊菲麦露，恩古吉·瓦·提安哥（Ngugi wa Thiong'O，1938— ）《孩子，你别哭》（*Weep Not，Child*，1964）中的恩约罗格、《大河两岸》（*The River Between*，1965）中的瓦伊亚吉和《暗中相会》（*A Meeting in the Dark*，1974）中的约翰，伊各尼·巴雷特（Igoni Barrett，1979— ）《黑腚》（*Blackass*，2015）中的弗洛，库切《夏日》（*Summertime*，2009）中的马丁与约翰·库切，等等，他们都是非洲文化与西方文化这两种并非势均力敌的异质文化碰撞与交融之下的"流散症患者"。

（文 / 上海师范大学 袁俊卿）

第十篇

阿迪契小说《半轮黄日》中的人性、性别与战争创伤

作品节选

《半轮黄日》

（*Half of a Yellow Sun*，2006）

The harmattan winds were calmer today, they did not make the cashew trees swirl, but they blew sand everywhere and the air was thick with grit and with rumors that His Excellency had not gone in search of peace but had run away. Olanna knew it could not be. She believed, as firmly and as quietly as she believed that Kainene would come home soon, that His Excellency's journey would be a success. He would come back with a signed document that would declare the war over, that would proclaim a free Biafra. He would come back with justice and with salt. ①

今天的哈麦丹风力较小，腰果树没有被刮得打漩，但到处都是沙子，空气中沙砾横飞，还有同样满天飞的谣言：元首阁下并非出去寻求和平，而是逃跑。奥兰娜认为这不可能是真的。她相信元首阁下的和平之旅将取得成功，恰如她相信凯内内很快会回家，同样地坚定而平静。元首阁下回国时，会带着一份签署过的文件，宣告战争结束，比亚法拉是一个自由的国家。他回国时，正义与食盐将伴随左右。②

（石平萍 / 译）

① Chimamanda Ngozi Adichie, *Half of a Yellow Sun*, Toronto: Random House of Canada, 2007, p. 511.

② 奇玛曼达·恩戈兹·阿迪契：《半轮黄日》，石平萍译，北京：人民文学出版社，2017 年，第 446 页。

作品评析

《半轮黄日》中的人性、性别与战争创伤

引 言

发生于 1967 年至 1970 年的尼日利亚内战，被称作第二次世界大战后非洲最大的人道灾难之一。它爆发的原因十分复杂，却有着历史的必然性。这场战争充分暴露了尼日利亚乃至整个非洲大陆在后殖民时期存在的尖锐的历史遗留问题：殖民地国家获得独立后，巨量财富往往使得民族解放者野心暴露，利益争夺让国家陷入旷日持久的内战。这令人悲痛扼腕的惨剧使得阿迪契的民族自信心遭受到令人绝望的打击。正是出于对这段历史的反省，阿迪契创作了长篇小说《半轮黄日》（ *Half of a Yellow Sun*，2006），"半轮黄日"就是比亚夫拉宣告独立时所采用的国旗。《半轮黄日》在一个反战主题的框架内，通过奥兰娜、乌古、理查德三个不同阶层人物的视角，揭露了比亚夫拉战争的残酷。在对战争创伤体验细致深入的揭示下解构了战争的正义性，融会了对人性本真的彰扬和对性别歧视的反省，使文本具有了书写人性、性别、战争创伤的三重主题，体现出作者对非洲历史与现实问题的深刻思考。

一、多重叙事视角下人性本真的书写

阿迪契并未亲身经历过尼日利亚内战，但其作品张弛有度的叙述和细腻真挚的情感，让人觉得她似乎就是战争亲历者。《半轮黄日》的整体结构分为四个部分，即"六十年代初、六十年代末、六十年代初、六十年代末"。这种章节安排对时间的择取别有深意：当读者顺次阅读这四个标题时，这些文字似乎有了声音，由口至脑的回响使得读者深深铭记了"六十年代"之于尼日利亚的特殊含义，对这场血腥风暴的恐惧似乎感同身受。正如暴风雨前的平静中蕴藏着暴虐的因子，战时冲突的惨烈与否也往往取决于和平时期的社会矛盾。两个"六十年代初"的部分叙述战前故事，虽然可以称作"和平章节"，却暗流涌动，呈现出了一个广泛而真实的尼日利亚"战前社会"。

在战前与战时故事交替的展开中，阿迪契塑造了一系列饱满而真实的人物形象：出身卑微却有幸得遇良主的男孩乌古；抛弃尊贵身份，用知识与人性温热抚慰人间疾苦的富家千金奥兰娜；旅居尼日利亚，痛恨后殖民主义的罪恶，决心冷静公正地向世人呈现内战中罪与恶的英国记者理查德。这三位主要人物的叙事角度轮替，在完全不同的生活经历与情感世界中，各自所代表的尼日利亚社会阶层对战争与和平、种族与政治、爱情与欲望的态度被清晰完整地展现出来，阿迪契由此探索了不同阶层人性本真的呈现可能。换言之，阿迪契打破了阶层、种姓、政治等的客观局限，以人性的聚焦为旨归，记录了后殖民时代非洲大陆的现实与成长。

奥兰娜身上体现着年轻一代知识女性的人文关怀。她超越民族的敌我界限，将人性作为是非判断的第一标准，而其丈夫奥登尼博的政治狂热则与之构成对比。奥兰娜与旧情人默罕默德所代表的伊博族与豪萨族，在战争中是两个完全对立的族群。当奥兰娜向奥登尼博转述默罕默德的慰问时，奥登尼博语出惊人："你在说一个双手沾满鲜血的穆斯林豪萨族男人感到不安！他是同谋，绝对的同谋，害得我们的人民遭受这一切，你怎么还说他深感不安？"①奥登尼博在形容对立群体中一位和平人士时，连续使用了"穆斯林""豪萨族""同谋"三个词语，分别代表着在宗教、民族、政治立场上与对方彻底的势不两立。毫无疑问，这种非此即彼、二元对立的思想也在无形中助长了战争的硝烟。作家"原汁原味"地呈现极端言论，是对战争双方所谓"义正辞严"的无声质疑和理性解构，进而树立起人性的标杆。

真正令奥兰娜无法忍受的，是奥登尼博用遭受轮奸惨死的阿里泽为例，意图证明豪萨族人的残暴无情，更为了使奥兰娜信服她应当与自己站在一起，一起诅咒所有豪萨族人。而奥兰娜接下来的心理活动十分活跃："她不能相信，奥登尼博竟以这种方式提及阿里泽，他如此廉价地利用对阿里泽的记忆，只为了在一场不合逻辑的辩论中表达一个蹩脚的观点。"（209）在她看来，任何生灵的死亡都不该被拿来做特殊的"文章"，否则便是对亡灵的二次屠杀。阿迪契将崇高的反战思想融会于奥兰娜细腻深刻又兼具逻辑与人性的心理活动和语言表达中，奥兰娜由此成为全书最为饱满的人物形象。阿迪契在"鸣谢"中谈到，《半轮黄日》的部分人物确有其人，而对于他们艺术性的塑造则完全靠自己的虚构。因而，正向人物的道德境界被施以重墨，但这也让文本叙事能够脱离历史环境的桎梏，用人物来传达作者自己的声音。

随着章节主人公的变化，人物间差别甚大的价值观念和生活哲学也在"你方唱罢我登场"中一一呈现，给读者一种"过山车"式的审美体验。这主要体现在男仆乌古的叙事角度上。乌古出身贫寒，在乱世间努力生存、逆来顺受。他既有着底层人民面对战争的无助，也有贫民敦厚老实、勤劳勇敢的特点。乌古初到奥登尼博家时年龄尚小，姑姑那句"不管什么时候他叫你，你都要回答'是，先生'"（4）也就成了他始终恪守的规则。然而乌古是幸运的，主人奥登尼博作为具有高度民族热情与政治激情的知识分子，毫无一般雇主的戾气与刁蛮。他同情所有苦难中的本族人民，在乌古母亲病重之时表现得比乌古更为急切，一手操办了乌古母亲的救治。

---

① 奇玛曼达·恩戈兹·阿迪契：《半轮黄日》，石平萍译，北京：人民文学出版社，2017年，第209页。以下引文随文标注页码。

他称乌古为"我的好伙计"（7），当乌古一次次说"是，先生"时，他要求乌古直呼其名，并说："奥登尼博是我一辈子的名字。'先生'这个叫法变幻无常，明天'先生'可能就是你。"（14）作为主人，奥登尼博自降身份，其兼具政治激情与人性善良的形象显得格外饱满生动。但乌古出于本能的尊敬与服从意识，继续对奥登尼博以主人相称。这也体现出在阶级壁垒之下，示弱与无意识的服从思想已深入下层人民的骨髓，所谓阶级的、民族的觉醒，便是弱者自我打破"弱者的义务是服从""弱小即原罪"的观念，最终走向人性与自我觉醒的过程。

乌古的成长轨迹也颇有意趣。当年少的乌古告诉奥登尼博自己只上到小学二年级便因为家里收成不佳而退学时，奥登尼博厉声质问道："你父亲为什么不借钱供你读书？教育是第一位的！如果我们没有知识，不了解剥削，我们如何能够对抗剥削！"（11）抛开因阶级差异过大而带来的人生观的差别不谈，奥登尼博看似与现实完全脱离的论调，实则蕴含着一位高级知识分子对社会最为理性的洞彻。无疑，乌古所代表的"未接受良好教育的伊博族的未来"让他备感痛心。可以想象，在主人家服务的岁月里，乌古接受了潜移默化的知识教育和观念引领，他的灵魂便在这润物细雨之中悄然成长。

阿迪契并未在文本中明确表明自己的政治态度，甚至没有白纸黑字地宣告最为根本的反战思想，而唯独对教育的重视有着明确的宣言。在战争时期，奥兰娜自豪地将自己和丈夫还有乌古的教育事业看成比亚夫拉繁荣的一部分，这自然是人性启蒙的美好结果。乌古有关情爱的意识也随着心智的成长而逐渐明朗。他与埃伯莱奇寻欢作乐，小说对两个情窦初开的少年嬉闹的场面描写不可谓不露骨，但对比乌古曾经对女孩的臆想，此时的乌古俨然成熟，在"性"的问题上褪下了最后一丝稚气。随后，乌古因为与女伴花前月下被军队发现从而被强征入伍。这既有着浓浓的悲剧色彩，也隐现了男性成长的必经之路：爱上一个人，为其负责，也为自己的行为担当。虽然可以说乌古被强征的遭遇是对虚伪正义的控诉，但当战争与罪恶被广义地解读为"命运的劫数"时，乌古萌发爱情并为爱吞食苦果也就有了"命运主题"中无可逃遁的必然性。这种命运主题渗透着浓厚的悲剧色彩，也因这种"悲剧"是乌古成长的必然结果，而使人看到悲剧中蕴含的希望。乌古最终安然回归，卸甲从文，用饱含人性的文字记录内战三载中的风风雨雨，就是这种希望的果实。乌古在知识与教育中雕琢灵魂，在爱情与抉择中学会担当，在劫数与反抗中丰盈羽翼，此间人性的凯歌余音绕梁。

作为一名英国白人记者，奥兰娜的姐夫理查德的叙事则更具国际视野。他是将比亚夫拉战事向世界传播的重要人员，寄托着阿迪契呼吁人们抛弃种族偏见、停止外部政治操控第三世界国家战争的强烈意愿。学者李有成认为，种族歧视的观念在国家机器长年累月的论证与经营后，成为强势族群所信仰的、作为合理化其迫害弱势族群的心理依据。[①]"种族"一词最早指不同种类的事物，但差异并非来自生理上。但就如同赵莉华在《空间政治与"空间三一论"》所说，到了殖民时期，殖民者为了自身物质利益，解决劳动力短缺的问题，将"种族"一词赋予生物含义，构建了种族差异、白人至上的种族主义，为奴役黑人辩护。[②]然而，"优越种族"的身份并未使得理查德拥有传统意义上的优越感。他为人谦逊，对不同肤色种族一视同仁。作为一个现代英国人，理查德真正折服于非洲的文化财富，他来到非洲就是源于对伊博—乌库艺术的痴迷。这种文化认同跨越时空，和历史上那些觊觎财富、征服非洲的英国人形成强烈对比。而理查德自述幼时欠缺温暖而落下童年的阴影，也呼应着书中所有非洲儿童在战乱和贫穷中度过童年的不幸遭遇。结果就是白人亦有弱点，不再高高在上。因而，理查德的形象有着明显的"解构种族优越论"的色彩。

理查德始终处于一种"流散"的情感体验中。这种"流散"的症候表现在其渴望融入尼日利亚的文化环境，却始终游离其外，因而在情绪上敏感脆弱，极力寻找那些能够说明自己融入当地环境的"证据"。朱振武、袁俊卿在《流散文学的时代表征及其世界意义——以非洲英语文学为例》一文中的观点可以为理查德的心理状态提供解释：一种后殖民时期，生活在非洲的白人后代反思、批判殖民历史，自身也遭遇到无根漂泊、边缘化体验的流散症候。[③]理查德前后三部著作清晰地呈现出他寻求身份认同的情感脉络：《盛手的篮子》以一个劳工的视角讲述

---

① 李有成：《逾越：非裔美国文学与文化批评》，杭州：浙江大学出版社，2015年，第20页。

② 赵莉华：《空间政治与"空间三一论"》，《社会科学家》，2011年第5期，第139页。

③ 朱振武、袁俊卿：《流散文学的时代表征及其世界意义——以非洲英语文学为例》，《中国社会科学》，2019年第7期，第151页。

尼日利亚的殖民历史，隐现着对自己白人种群的批判；《套青铜绳的时代》寄托着理查德对伊博—乌库艺术的憧憬，是他向非洲文明的致敬；到了《我们去世时世界沉默不语》，"我们"已成为理查德与伊博人的情感纽带。当这位"半个伊博人"看到外界出于政治目的对战争"沉默不语"时，他有着感同身受的绝望。作品的变化，体现着他对伊博族文化的情感从好奇到钟爱再到皈依的心路历程。历史与地缘政治所带来的"群体优劣"尤其是"种族优劣"，往往意味着弱势一方天然的心理自卑，而理查德转而寻求非洲大陆的身份认同的做法，既有阿迪契为宣扬民族自信而有意为之的因素，也代表着处于"流散环境"中的人的普遍心理体验，既说明了流散群体内心世界的复杂多样，也证明了《半轮黄日》所述说的历史与主题，可以也必将超越偏见，为全世界所有人所体味。种族平等的思想便通过一个性格上不温不火、心理上稍有脆弱的白人形象传达出来，闪烁着最为耀眼的人性光辉。

奥兰娜、乌古、理查德三位主要人物代表了尼日利亚内战中最有代表性的阶层。译者石平萍认为，他们轮番更替的个人叙事视角，使得作品"由此得以避免将小说写成宏大的战争叙事，转而呈现的个人叙事深入人性本真，在充分展现战争创伤的同时，烘托了情与爱作为人性根本的强大力量"①。

二、女性主义论阈下性别问题的独特反省

作为一名女性作家新锐，阿迪契的创作不可避免地融入了独具特色的女性主义色彩。她始终致力于构建女性主义的世界观，坚持用敏锐伶俐的笔法揭露和批驳日常生活中所隐匿的性别歧视，传递出女性独立自主的生存哲学。阿迪契在美国韦尔斯利大学演讲中提到，她的母亲曾作为尼日利亚大学的校董主持过一次董事会，会场的工作人员有意把她母亲桌上的名牌"chairman"改换为"chairperson"。母亲拒绝了，并表示"chairman"只是一种职业名称，这个职业不因有"man"

---

① 奇玛曼达·恩戈慈·阿迪契：《半轮黄日》，石平萍译，北京：人民文学出版社，2017年，第480页。

而专属于某一个群体，也不因"man"变成了"person"而转让给另外一个群体。因性别产生的职业差异、因生理属性导致从业领域的限制是阿迪契始终最为关注的话题。在写给友人的建议《亲爱的安吉维拉》（*Dear Ijeawele*，2017）中，她认为"'性别角色'是彻底的胡扯。绝对不要让她'因为你是女孩'所以该做什么或不该做什么"[①]。阿道比·奥利维亚·赫茨（Adaobi Olivia Ihueze）认为，和很多同类型的女性作家一样，阿迪契拒绝在写作中正面书写那些已经刻板固化的女性形象——她们虚弱、娇小、愚昧并完全依附于男性而过活。阿迪契尤为强调打破旧有的女性规约，《半轮黄日》在反思战争的本质与民族的未来时，就融入了这种打破旧有"规范"的思想。

作为家务的象征，"扫地"早已被深深打上了"女性专属"的烙印。乌古的妹妹在家扫地时，因为扫地姿势不对而被母亲训斥道："你吃蘑菇了？扫地要像个女人！"（101）无独有偶，在《亲爱的安吉维拉》中，阿迪契也提到自己小时候被教育扫地的时候要弯下腰，但并不是因为这样扫地更干净，而是弯腰扫地更像个女人。彼得·丹尼尔斯主持编写的《人文地理学导论：21世纪的议题》有言：女性不仅仅为这个集体生儿育女，而且在文化上复制它……女性也常被选为两代人之间的文化传统、习俗、歌曲、烹饪和母语的传输者。[②]她们也就在无意识中成为"女性专属"的坚定维护者。奥登尼博的母亲是一位极具传统思维的女性，首次出场便带着一股传统女性独有的"霸道"与"戾气"。她带着阿玛拉来看望儿子，乌古请妈妈坐下休息，并告诉她自己正在做饭。随后妈妈与乌古进行的一番关于烹饪的对话，将这种女性无意识地维护歧视的现象呈现得淋漓尽致：

"休息？"她微笑着走进厨房。乌古注视着她从袋子里取出各种食品：干鱼、芋头、调味品和苦叶。"我不是从地里过来的吗？"她反问，"这就是休息。我带来了原料，给我儿子做像样的汤。我知道你很努力，但你毕竟是个男孩。男孩

[①] 奇玛曼达·恩戈慈·阿迪契：《亲爱的安吉维拉》，陶立夏译，北京：人民文学出版社，2019年，第17页。
[②] 彼得·丹尼尔斯（主编）：《人文地理学导论：21世纪的议题》，邹劲风等译，南京：南京大学出版社，2014年，第437页。

知道什么是真正的做饭手艺？"她得意地笑着，又转身对着年轻女子说："难道不是这码事吗，阿玛拉？厨房是男孩的领地吗？"年轻女子仍旧站在门边，双手交叠，眼神依然低垂，似乎在等待命令。

"Kpa（不是），妈妈，不是"，阿玛拉的嗓子很尖。（104）

妈妈那种自信与得意的神情跃然纸上。男权社会将女性限制在了厨房，而女性将厨房看作自己理所当然的"领地"，更是自觉地维护了男女边界。妈妈将这种女性被强加的义务看作自己神圣而荣耀的"特权"，并剥夺了乌古在内的所有男性下厨的权利。试想将妈妈换成一位男性，将厨房换作课堂，将乌古换成一个女孩，这场对话将是一幕极具代表性的男尊女卑的场景。因此，这段"厨房之论"有着浓浓的反讽意味：当一幕"女尊男卑"的场景骤然出现，极大的心理反差便引发了读者的省察，不由得对"得意自信"的妈妈产生深深的同情。而妈妈与阿玛拉的对话也基本固定在"……对吗？阿玛拉"和"是的，妈妈"和"等待命令"的模式，再次印证了女性作为文化传承的重要纽带，会不自觉地成为"自我歧视"的存在。随后，妈妈对未来儿媳奥兰娜的一番评论，更是将这种"自我歧视"演绎到露骨：

"告诉你的女巫同伙，你没找到他！"……

"怪不得我儿子还没有结婚，而他的伙伴都在数生了多少个孩子。"……

"她的母亲也好不到哪里去。她自己活得好好的，却要别人给她的孩子喂奶，这是什么女人？这正常吗，gbo（正常吗），阿玛拉？"……

"我听说她从小长到大，拉完屎以后都是佣人给她擦 ike（肛门）。而且她父母送她上大学。为什么？读书太多会毁掉一个女人，谁都明白这个道理。读书太多的女人自高自大，会欺负丈夫。那是哪一种老婆？"（107—108）

妈妈与奥兰娜各自所体现的女性观念根本对立。妈妈高度认可传统的女性角色，任何脱离这一角色本位的女性都是不可容忍的；奥兰娜接受过良好教育，她渊博的学识与独立的个性在妈妈眼中是"蛊惑"儿子的迷药。与其说"女巫"是对打破规俗的女性的否定，不如说是男权社会对受过良好教育的女性萌发自我意识并深入参与社会构建的恐惧。这与"读书太多会毁掉一个女人"如出一辙。所谓读书的女人"自高自大""欺负丈夫"，也只不过是一种家庭话语权的再平衡；而"他的伙伴都在数生了多少个孩子"则道出了小农意识中繁衍后代与基因延续的核心价值观念。"子孙满堂"的观念为男性和女性分别确立了一套严整有序的行止规范，大家庭模式下的分工合作理念与小家庭之下"各求所需，各追所梦"是一对无可调和的矛盾。妈妈与奥兰娜的冲突，对乌古的不认可，实质上是两种生活模式、两种人生哲学的对立。

除了利用生活化的描写直观呈现性别不平等外，《半轮黄日》中诸多令人脸颊泛红的性爱描写，又从另一角度宣扬了女性解放的思想。长久以来，被世俗规训的女性被剥夺了阐发自己性爱体验的权力，在两性生活中属于被动接受的一方，无法像男性一样表达自己的生理需求，否则将会被冠以"淫荡"的污名。阿迪契全然不顾这种世俗偏见，大胆地将最为基本的人权诉求以文本的形式归还给女性：

> 理查德一进入她的体内，一切都变了。奥兰娜抬起臀部，配合理查德的抽送，上下腾挪，仿佛她正在甩掉手腕上的手铐，拔除皮肤里的钉子，用那脱口而出的声声大喊，获得身心的自由。之后，她感到内心充满了幸福感，仿若感受到了天恩。（255）

这是奥兰娜在奥登尼博出轨阿玛拉后，在心灰意冷之下与理查德的一次"擦枪走火"，以此回击爱人的不忠，宣告了女性对自己身体与性爱选择的完全自主，这无疑是对长期以来男性主导的两性关系的凌厉冲击。凯内内在得知理查德的背叛后，虽然没有像奥兰娜一样对等还击，但用焚烧理查德的《盛手的篮子》手稿的方式以示尊严，无声地宣告了自己的怨恨和对伴侣的主权。奥兰娜与凯内内都没有向世俗观念妥协，而是选择对传统约束的"离经叛道"。

《半轮黄日》塑造了奥兰娜和凯内内等独立自主、浑身散发人性光辉的女性形象，也打造出妈妈等因循守旧的传统女性形象，用反讽的方式揭露了生活中无处不在的性别歧视，体现出女性自主与性解放的立场，扩大了小说的主题。

三、创伤体验下对战争的"反向解构"

阿迪契善于捕捉人物在特定环境下的情感体验，并以此为基础逐渐构建出族群的集体经验。商轶认为，阿迪契在最新长篇小说《美国佬》中"剖析了主人公对身份问题的从焦虑到追寻的心路历程，以亲身经历者的身份展现了当代非洲移民的真实现状和艰难困境，为当代非洲移民的心灵回归和身份构建提供了新的出路"①。同样，《半轮黄日》也通过单个人物视角描写社会群体，呈现出各阶层人物的战争创伤体验，最终构建出整个比亚夫拉社会的战争创伤，从而激起读者对战争正义性的质疑与解构。

理查德的战争创伤主要来自他在卡诺机场所目睹的豪萨族士兵屠杀伊博族平民的经历。当时，理查德与年轻的海关工作人员恩纳埃梅卡正在畅聊，他说到自己的未婚妻是一名非洲黑人时后者"似乎不赞成"，而理查德说出流利的伊博语时，他"眼里流露出些许的尊敬"（167），等到理查德说出"Nwanne di na mba（兄弟可能来自异国他乡）"（167）时，他"伸出一只潮润的手，热情地握住理查德的手，开始谈论他自己"（167），畅谈自己的家族轶事，并邀请理查德将自己的医生母亲写进他的著作。身处异域中的人总是在新环境中寻求身份认同。理查德最初寻求对话正是出于渴望获取身份认同的心理，而恩纳埃梅卡从拘束到开放间微妙的态度变化，也反映着接纳并承认异质文化群体的心理变迁。正当理查德沉浸在这段新友谊中时，豪萨族士兵攻入机场，恩纳埃梅卡被枪杀，"胸膛破裂，血肉横飞"（168），其他的伊博族人也被列队屠杀，"他们的尸体倒在地上，鲜亮的服装如斑驳的色彩，泼溅在积满灰尘的黑色停机坪上"，这段亲身经历对理查德的心灵冲击尤为显著。

---

① 商轶：《"非美国黑人"的身份之旅——论〈美国佬〉中的移民身份认同》，《海外英语》，2019 年第 6 期，第 211 页。

奥兰娜的战争创伤与理查德如出一辙。战争尚未完全爆发之时，她去了北部豪萨族人控制的卡诺，在那里目睹了豪萨族士兵残杀自己伊博族亲人的滔天罪行：

姆巴埃齐舅舅脸朝下，双腿张开，身体扭曲成难看的形状，躺在地上。某种乳白色的东西从他的后脑勺的大伤口中渗了出来。伊费卡舅妈躺在凉台上。她全身赤裸，刀伤略小，如微微张开的红唇，点缀着她的四肢。（161）

这种令人不寒而栗的死伤描写，作为战争残酷性的直接证据，将那段悲痛而残酷的历史诉说给不曾了解战争的人们。

理查德与奥兰娜的战争创伤可以作为战争残酷性、罪恶性以及"伊博族人被屠杀的血泪史"创伤体验的代表，也是对行暴者的无声控诉和对战争发起人的审判，因而可以将其看作站在民族立场上对战争的"正向解构"。黄修己在《对"战争文学"的反思》一文中提到，所谓的支持正义的战争，反对、批判非正义的战争，是仅仅对战争在政治意义上的批判。①而《半轮黄日》思想内涵的丰富性，就在于它最大程度上避免了民族主义的裹挟，挖掘了那些被政治宣传所隐蔽的自我局限，真正做到了脱离政治立场、以人性为旨归对战争进行"反向解构"。

作为一位真正参与战争行动的主人公，乌古的创伤体验及其视角下的战争环境描写尤其能够代表这种"反向解构"。其一，乌古是战争的受害者，他被强征入伍，在战争中严重受伤，看到奥哈埃托上尉变成了残缺不全的一团。那些男人的哭喊声、死尸的气味、把肠子堵在里面的男子，都给予年轻的乌古极大的心理冲击。其二，乌古也是战争的参与者，某种程度上扮演了为战争推波助澜的角色。当他回忆起自己与战友们对酒吧女招待的兽行时，他憎恨梦中的形象，憎恨他自己，感到自己身上有污点，是个卑鄙小人。这些都构成了乌古战争创伤的一部分，直接导致了他最终对战争的怀疑和否定。

乌古视角的重要性还在于它较为全面地呈现了比亚夫拉军队的面貌，将解构的锋芒深入战争的主体力量——军队，增加了《半轮黄日》对战争的解构视角，

① 黄修己：《对"战争文学"的反思》，《河北学刊》，2005 年第 5 期，第 170 页。

表达出对战争正义性的怀疑。被强制征兵的老人平静地对年轻战士说："如果事情发展到了这一步，也就是你们把我这把年纪的人抓去当兵，那就说明比亚法拉亡国了。"（390）市民苦苦哀求士兵不要强征他们的车辆，士兵愤怒地敲打着车窗，怒斥道："出来！该死的老百姓！我们为你们出生入死，你们却在这里开游览车？"（397）细细品味这些粗陋之语，我们才骤然发现，此时阿迪契用一幕幕士兵与平民的冲突，振聋发聩地向战争的始作俑者以及读者提出了一连串问题：当支撑起士兵战斗意志的已经不是"职责所在"四个神圣的大字，甚至认为不值得以自己的战斗换得民众的安全时，这场战争为何而打？当我们自己参与掠夺和侵犯那些本为战争受害者的家园时，这场战争又为谁而打？当人民与敌人都成了"该死的"，我们——士兵，究竟是恶魔的审判者还是恶魔本身呢？正与邪颠倒，是与非错乱，正如乌古最后为这场战争下的断语——没有什么是伟大的。

　　同样作为"反向解构"的一部分的，还有穿插人物叙事中的群体性描写。阿丹娜妈妈每日向奥兰娜乞讨粮食，而奥吉妈妈认为阿丹娜妈妈是本地人，自己与奥兰娜一样是外来的难民，本地居民向外来难民讨吃的，这是不合理也是不公平的。但阿丹娜妈妈反问道："可难道不是你们难民把我们的食物都吃光了吗？"战争的残酷性就在于所有人都在自我生存与集体荣耀之间徘徊，而集体的荣耀往往是易碎的，因为自我生存是集体荣耀的基础。当一份赈灾的食粮就足以使人与人之间反目，集体的"荣耀"因何而荣？因何而耀？所谓"勠力同心""众志成城"等宏大叙事在渺小单薄的个体生存前，是否已显得苍白无力？出生入死的士兵因过度饥饿在农田里偷了玉米而被群众围攻，他的长裤上布满了大洞小洞，衣领几乎被扯掉了，但"半轮黄日"仍然挂在被撕破的袖子上。民众把为自己而战的人视为盗贼，可以想象此番过后，士兵更不知自己为守护什么而战。一根玉米棒便轻易敲碎了这场"正义"战争全部的伦理基础，此刻士兵袖子上的"半轮黄日"便显得格外讽刺，它究竟是冉冉升起的旭日，还是即将迟暮的夕阳？这场战争中的内奸被称为"破坏分子"，而这个字眼似乎成了人与人之间相互猜忌、互相打压、彼此污蔑的天然借口，正如奥吉妈妈出于妒忌称艾丽斯为"破坏分子"，难民之间基于种族偏见而互相猜疑，当局不经调查便随意为"破坏分子"定罪，激进的民族主义使不明真相的群众群起而攻之。这些群体"众生相"多数聚焦于生存与利欲驱使下人际关系的异化，暴露出伊博族内部各类群体并未对这场战争的意义达成一种思想上的共识，那么作为一个整体的"比亚夫拉"赖以存在的根基又是什么呢？将战争解构的触角伸向比亚夫拉阵营，从内部对战争的必要性与正义性进行消解，这正是《半轮黄日》反战主题的深邃之处。

三位战争亲历者的叙述分别呈现着各自对于战争的思索，对于战争的解构也便在不同身份层次人物的故事发展中呈现出不同的维度，从而避免了单一视角下不充分的战争解读，使得文本的战争解构超越了个人视阈，达到一种"社会内省"的程度。

结　语

沈磊在《人性的呼喊——评奇玛曼达·恩戈齐·阿迪奇埃的〈半轮黄日〉》中提到：《半轮黄日》刻画了战争对于人的行为选择以及人的命运、生存状态、精神走向等方面的深刻影响，让我们清晰地看到了战争中人灵魂的历险性和人性的升华。[①]各色人物被一场时代的洪流所裹挟，共同演绎了这部"复调式"的战争史诗。阿迪契将战争与和平、民族与政治、歧视与偏见等众多社会主题融为一体，在一个反战主题的框架内回归对人性的思索。拉希姆·奥卢瓦凡米内伊认为："《半轮黄日》对尼日利亚的现实困境的解决，以及历史遗留的民族问题的缓解进行了试探性的讨论"[②]，其下笔之力道、思想之深度无不体现着这位年轻女性作家的智慧。正如钦努阿·阿契贝的评价那样："我们一般不用'智慧'这样的词语形容新人，但这位年轻的作家具有古老的讲故事的人身上的那种智慧……阿迪契拥有天纵之才。"

（文 / 复旦大学 郑梦怀）

---

① 沈磊：《人性的呼喊——评奇玛曼达·恩戈齐·阿迪奇埃的〈半轮黄日〉》，《重庆理工大学学报（社会科学）》，2014 年第 8 期，第 151 页。

② Raheem Oluwafunminiyi, "Beyond Censorship: Contestation in *Half of a Yellow Sun*'s Cinematic Adaptation", *Netsol*, 2019, 4(1), p.17.

第十一篇

阿迪契短篇小说《绕颈之物》中的成长书写

作品节选

《绕颈之物》
(*The Thing Around Your Neck*, 2009)

Your father was dead; he had slumped over the steering wheel of his company car. Five months now, she wrote. They had used some of the money you sent to give him a good funeral: they killed a goat for the guests and buried him in a good coffin. You curled up in bed, pressed your knees to your chest, and tried to remember what you had been doing when your father died, what you had been doing for all the months when he was already dead. Perhaps your father died on the day your whole body had been covered in goosebumps, hard as uncooked rice, that you could not explain, Juan teasing you about taking over from the chef so that the heat in the kitchen would warm you up. Perhaps your father died on one of the days you took a drive to Mystic or watched a play in Manchester or had dinner at Chang's.

He held you while you cried, smoothed your hair, and offered to buy your ticket, to go with you to see your family. You said no, you needed to go alone. He asked if you would come back and you reminded him that you had a green card and you would lose it if you did not come back in one year. He said you knew what he meant, would you come back, come back?

You turned away and said nothing, and when he drove you to the airport, you hugged him tight for a long, long moment, and then you let go.[1]

---

① Chimamanda Ngozi Adichie, *The Thing Around Your Neck*, Leicester: W. F. Howes Ltd., 2009, p. 152.

你父亲走了，他是倒在公司那辆车的方向盘上去世的。如今已有五个月了，母亲写道。他们用你寄去的一部分钱给他办了一个体面的葬礼：为宾客宰了一头羊，为他买了一口好棺材。你在床上蜷缩着身子，膝盖抵在胸口上，试图回忆你父亲去世的时候，自己正在做什么，你父亲过世的这五个月里你都做了些什么。也许你父亲去世的那一天，你整个身体都起了一阵鸡皮疙瘩，就像未煮过的大米一样坚硬，可是当时你却不知道是什么原因，胡安挪揄你该去替代厨师干活，以便厨房里的热气能让你暖和过来。也许你父亲去世时，你正驾车去米斯蒂克①，或是正在曼彻斯特②看演出，或是正在张氏餐厅用餐。

你哭泣时，他拥抱着你，抚摸着你的头发，说要为你买好机票，和你一起去看望你的家人。你说不，你要一个人回去。他问你是否会回来，你提醒他说你有美国绿卡，如果一年不回美国，绿卡就会作废。他说你明白他是什么意思，你会回来吗，会回来吗？

你转身走开，什么都没说，后来他驾车送你去机场，分手时你紧紧拥抱了他，拥抱了很长时间，然后，你走了。③

（文敏/译）

---

① 米斯蒂克，康涅狄格州的一个城镇。
② 曼彻斯特，这里指位于康涅狄格州中部的一个城镇。
③ 奇玛曼达·恩戈兹·阿迪契：《绕颈之物》，文敏译，上海：上海文艺出版社，2013年，第132页。

作品评析

《绕颈之物》中的成长书写

引　言

　　在传统的非洲文学中，儿童常是被忽略的对象。即便在现代非洲文学刚起步的 20 世纪 50 年代，像阿契贝等非洲文学巨匠早期的文学创作也倾向于关注成人世界，尽管他们作品中所描绘的文学场景为青少年所熟悉。20 世纪 60 年代，西方在非洲的殖民统治寿终正寝，独立后许多教育界人士认为有必要重新检视原本旨在同化非洲年轻人以适应宗主国文化的教育模式，在大多数非洲国家里，文学作品里儿童缺场或失语的情况并没有发生根本性的变化。当时只有少数的作家，如几内亚的雷叶（Laye）、喀麦隆的奥约诺（Oyono）、肯尼亚的恩古吉等人，把少年儿童的命运纳入他们的非洲书写之中。与此不同，尼日利亚文坛出现了一股儿童文学创作的热潮。20 世纪 70 年代之后，成长叙事在尼日利亚英语文学创作中占据越来越重要的位置，很多重要作家都开始用浓重的笔触书写青少年成长故事。即便是原先忽视青少年题材的尼日利亚文坛宿将阿契贝也开始重视儿童文学创作，继《契克过河》（1966）之后，他又出版了《豹子的爪子是怎么来的》（1972），《笛子》（1978）以及《鼓》（1978）等儿童文学作品。

　　1973 年，在尼日利亚伊费大学召开的有关图书出版的学术研讨会上，许多教育学家和作家纷纷阐述青少年成长文学的重要性。阿契贝曾呼吁说，"我们应不断地回到童年"①。青少年成长题材受到尼日利亚文学界的重视与尼日利亚的国情不无关系。一方面,与青少年一样,尼日利亚也面临着成长问题。尼日利亚从1914年建国到1960年摆脱英国的殖民统治,不过短短50年的历史,同时由于建国前领土分属于不同的文化族群,其民族文化认同感仍处于幼稚阶段,所以,说它是一个非常年轻,仍有待成长的国家一点都不为过。此外,由于成千上万的尼日利亚成年人死于20世纪60年代后期爆发的内战,国家人口中18岁以下的青少年人口的比例一直很高(约50%)。因此,满足这一大群人的阅读需要不单是基于经济利益上的考量,更重要的是他们的命运与国家的未来密切相关——如果那一半的尼日利亚人无法健康成长,那么这个国家的成长也就无从谈起。另一方面,尼日利亚作家自己创作的青少年文学作品数量少,本国的青少年读者往往依赖于欧美作家所写的书籍,其内容和插图与非洲的文化背景无关。阿契贝就是因为发现他女儿所阅读的书本中存在许多偏见,才萌生自己动手创作成长故事之意。而恩瓦帕(F. Nwapa)创作儿童故事的根本动因,也是当她去书店给她的孩子买书时,"根本找不到有益于孩子的书"②。

　　成长不是一件个人的事,因为它把个人的命运纳入社会的空间、融入历史的进程;成长书写"富含多重文本寓意和精神内涵"③,它实际上"讲述着民族国家的命运"④。近年来,已有学者注意到,尼日利亚新一代作家的成长叙事与独立后尼日利亚民族身份的建构密切相关,他们的作品对于尼日利亚在全球化语境下重新界定自己有重要意义。⑤尼日利亚第三代作家的杰出代表奇玛曼达·阿迪契(Chimamanda N. Adichie,1977—)对青少年成长题材可谓情有独钟。她

---

① Madelaine Hron, "'Ora Na-Azu Nwa': The Figure of the Child in Third-Generation Nigerian Novels", *Research in African Literatures*, 2008, 39(2), p. 29.

② M. Umeh & F. Nwapa, "The Poetics of Economic Independence for Female Empowerment: An Interview with Flora Nwapa", *Research in African Literatures*, 1995, 26(2), p. 25.

③ 王妍:《薄悲世界中的生命寓言——论阿来的成长叙事》,《文艺争鸣》,2015年第11期,第159页。

④ 李学武:《蝶与蛹——中国当代小说成长主题的文化考察》,北京:中国社会科学出版社,2003年,第98页。

⑤ Madelaine Hron, "'Ora Na-Azu Nwa': The Figure of the Child in Third-Generation Nigerian Novels", *Research in African Literatures*, 2008, 39(2), p. 30。

或许也意识到成长叙事之于国民文化身份构建的重要性。她的第一部小说《紫木槿》（2003）讲述的是部族宗教与西方基督教文化冲突背景下伊博族少女康比丽（Kambili）的成长故事；她的第二部作品《半轮黄日》（2006）中的主线之一就是讲述乌古（Ugwu）在尼日利亚内战岁月里如何从一个目不识丁的乡下小男孩成长为一位有独立思想和判断力的历史见证人；她的新作《美国佬》（2013）讲述的是跨文化语境下一位尼日利亚学生伊菲麦露（Ifemelu）的成长故事。笔者发现，阿迪契的短篇小说集《绕颈之物》（*The Thing Around Your Neck*，2009）①中也有多篇故事涉及成长主题：有的故事，如《一号监舍》（"Cell One"）和《明天太遥远》（"Tomorrow is Too Far"），以深受传统文化思想影响的家庭和社区为背景展开叙述；有的故事，如《一次私人的经历》（"A Private Experience"），以当代尼日利亚族群之间的冲突和骚乱为背景展开叙述；有的故事，如《顽固的历史学家》（"The Headstrong Historian"）与《紫木槿》里的成长故事相呼应，以西非文化冲突为背景展开叙述。这些短篇故事中的成长叙事内容丰富，折射出作家对独立后动荡不安的尼日利亚社会里青少年成长问题的多方位思考。

一、男尊女卑思想桎梏与成长之苦

卡尔森（R. G. Carlsen）曾指出，青少年成长过程中常面临的问题包括：发现性别角色、建立与同龄人的关系、发展与异性轻松的关系、接受自己的身体、改变与父母的关系、为薪酬而工作、找到一份职业、意识到自己的价值等。不过，尼日利亚青少年在成长过程中所面临的问题似乎要更复杂一些。与欧美国家不同，尼日利亚是在很短的时间内从部族社会走向现代社会的。比起欧美的青少年，尼日利亚的青少年更易受到外来文化的干扰和本土传统思想的羁绊。而作为一名女

---

① 该短篇小说集共有 12 个短篇故事，其中 11 个（包括获欧·亨利短篇小说奖的《美国大使馆》和《顽固的历史学家》）曾发表在《弗吉尼亚评论季刊》《前景》《纽约客》等英美知名杂志上。该书中文译本 2013 年 10 月由上海文艺出版社出版，作品题名译为"绕颈之物"。

性，阿迪契敏锐地意识到，尼日利亚传统文化中男尊女卑的观念严重地影响了尼日利亚青少年尤其青少年女性的成长。

《绕颈之物》的第 11 个故事《明天太遥远》以独特的第二人称视角讲述了一位无名氏少女试图但又无力反抗父权文化重压的心灵体验，可以说是一篇颇为典型的"女性成长小说"。该作品以生理与精神都尚未成熟的女性为主人公，表现其"在服从或抵制父权制强塑的性别气质与性别角色的过程中"[①]作为"他者"艰难的成长境遇。小说女主人公 10 岁左右，正值自我意识和性别意识开始形成之际。天真无邪的她和表哥多齐尔（Dozie）模仿大人玩性游戏，摸索着两性相处的美好。但遗憾的是，她的自我以及性别意识在即将形成之际就遭到棒杀：由于男尊女卑思想观念的作祟，她祖母不仅对她不闻不问，反而还要求她放弃自我，去好好伺候家族香火的唯一继承人，即她哥哥诺恩索（Nonso）。祖母教训她说，"总有一天你得这样伺候你的老公"[②]。崇尚男尊女卑的传统父权文化常利用"母性神话"（即母亲形象神圣的原型意义）来驯服女性的自我，使她们成为"空洞的能指"[③]。女主人公的亲生母亲虽然不是一位被"母性神话"驯服的传统女性，但她骨子里的男尊女卑观念还是时刻影响着她的行为，这深深地伤害了女主人公的幼小心灵：女主人公哥哥活着的时候，母亲每次到他卧室道晚安时总会发出由衷的笑声，女主人公却从未有此待遇；当听到哥哥意外摔死的消息时，母亲恐惧万分的原因竟然是害怕儿子死了而女儿却安然无恙。女主人公的祖母及母亲都无法成为其精神成长的领路人，她们男尊女卑的思想观念严重扭曲了女主人公。一方面，由于内心无法接受哥哥在绘画和摄影上比自己优秀，她一直认为他"仅仅通过存在"[④]就挤压了她的生存空间，让她无路可走。另一方面，尽管她心里恨透了祖母和母亲，却不敢直接反抗她们的"母性权威"，还去迎合她们的做法，极力维护男权至上思想的祖母也频频夸她把哥哥伺候得不错。

① 高小弘：《成长如蜕——二十世纪九十年代女性成长小说研究》，北京：人民出版社，2011 年，第 15 页。
② Chimamanda Ngozi Adichie, *The Thing Around Your Neck*, Leicester: W. F. Howes Ltd., 2009, p. 233.
③ 高小弘：《成长如蜕——二十世纪九十年代女性成长小说研究》，北京：人民出版社，2011 年，第 48 页。
④ Chimamanda Ngozi Adichie, *The Thing Around Your Neck*, Leicester: W. F. Howes Ltd., 2009, p. 233.

如果父母对孩子过于保护或者过于疏远，孩子就容易出现心理变态。在男尊女卑环境中被长辈疏远的青少年女性尤为如此。潘延指出，"由于不断地受挫与遭伤害，女性从童年起就开始压抑自己的天性以适应社会的要求，这种压抑使她不能放松自如地表达内心情感，而只能用破坏、用伤害的方式表达自己对温暖、对爱的渴望"[1]。由于祖母以及母亲对她的长期忽视与冷落，女主人公的心理变态是不言而喻的。如同《紫木槿》中由于不堪忍受丈夫的基督教男权思想而将其慢慢毒死的妻子碧切丝（Beatrice）一样，她也选择了伤害和暴力。尽管她未曾想置哥哥于死地，其目的只是想"让诺恩索受伤——或把他弄残，或让他断腿"[2]，让他变得没那么完美，但从某种意义上来说，她的行为比她母亲更为恶劣：她并未将暴力针对男尊女卑思想的践行者，而是针对她无辜的哥哥。可怜之人往往有可恨之处，《明天太遥远》中女主人公身上体现了男尊女卑思想的女性受害者最恶劣的性格特点：她先是对这种思想敢怒不敢言，继而盲目而疯狂地报复，最后不仅不敢承担责任反而变本加厉地继续加害别人。女主人公的成长之旅以失败告终，虽然她最后没有像碧切丝那样因受不了良心的折磨而发疯，但也常年处在恐惧和内疚的痛楚中无法释怀。她的性格悲剧让读者清楚地看到，男尊女卑的思想观念是怎样摧毁一个青春少女纯洁的心灵的。

探讨男尊女卑思想对女性成长的负面影响，阿迪契并非第一人，埃梅切塔（B. Emecheta）在其小说《新娘彩礼》（1976）中早有探讨，不过，埃梅切塔从未书写男尊女卑观念对青少年男性的影响。在这点上，阿迪契显然有突破。她在《绕颈之物》的首篇故事《一号监舍》里就触及了这一主题。与《明天太遥远》一样，《一号监舍》中的主人公恩那马比亚（Nnamabia）也是来自知识分子家庭，也有一个妹妹。与《明天太遥远》中的诺恩索相比，恩那马比亚在家里似乎受到更多的宠爱，他不仅要什么有什么，而且即便做错了事，母亲也会包庇纵容他，而作为教育工作者的父亲除了让儿子写检讨书之外，也没有任何实质性的惩罚或纠正措施。父母溺爱导致恩那马比亚不学无术，终日游手好闲，每天忙着参加各种各

---

① 潘延：《对"成长"的倾注——近年来女性写作的一种描述》，《江苏社会科学》，1997年第5期，第137—138页。
② Chimamanda Ngozi Adichie, *The Thing Around Your Neck*, Leicester: W. F. Howes Ltd., 2009, p. 233.

样的派对和帮会活动，混迹于酒吧、舞厅等娱乐场所，沾染了包括偷盗等各种各样的恶习，丝毫没有年轻人应有的担当。事实上，在《一号监舍》里，因男尊女卑思想影响而无法健康成长的男性少年恩那马比亚并非孤例。在他父亲供职的恩苏卡（Nsukka）大学里，其他教授的儿子也常常干偷鸡摸狗的事，比如邻居家的孩子奥斯塔（Osita）就曾潜入他家偷走了他们家的电视机、VCR以及一些录像带。奥斯塔的父母明知实情却从没有因此而责罚或者教育自己的孩子，相反，他们宣称这些东西是镇里那些混混偷走的。由于男尊女卑思想根深蒂固，男孩作恶更能轻易被原谅。恩那马比亚的父母尽管对真相心知肚明，但他们从未戳穿奥斯塔父母的谎言。这一情节的"情境反讽"意味深长：男尊女卑的思想观念腐蚀尼日利亚的学校教育，那些深受这种思想影响的人却能毫无羞愧地站在神圣的讲台上承担教育下一代的职责，难怪恩苏卡大学男生们敢于加入各种黑帮，干着抢劫杀人的勾当，女生们只能躲在宿舍里不敢出门以避免街上的暴力。

尼日利亚是一个性别歧视甚为严重的非洲国家。女性向来被视为男性的财产，她们嫁鸡随鸡嫁狗随狗，在家庭和社会中毫无话语权可言。尼日利亚著名作家阿马迪指出，即使到了20世纪80年代初，在政府部门和商界仍很难寻见身居要职的女性。《一号监舍》的故事背景在20世纪80年代之后。我们认为，阿迪契通过恩那马比亚和奥斯塔的成长故事暗示：在西方女性主义思潮已风起云涌的年代里，尼日利亚社会的男尊女卑思想仍肆虐如旧，连密切接触过西方文化的知识分子或教育工作者家庭也难逃它的侵蚀。

二、暴力创伤与成长之痛

生命始于创伤，生命的历程都有创伤的印记，"没有创伤就没有成长"[1]。阿迪契应该不会反对这样的观点。《绕颈之物》中多个故事的主人公都是在创伤中成长的，残酷的现实成了他们成长过程中不可或缺的营养。《一号监舍》中的主人公恩那马比亚因涉嫌帮派之间的暴力活动被捕入狱。牢房里的腐败让他"大

---

[1] 施琪嘉（主编）：《创伤心理学》，北京：中国医药科技出版社，2006年，序言二，第3页。

开眼界"：狱警们贪得无厌、索贿无度，囚犯们甚至连洗澡也得拿钱贿赂狱警。恩那马比亚的父母去探视他的时候，他亲眼看见母亲用钱和美食贿赂狱警。牢狱里的暴力更是令他触目惊心。恩那马比亚时常看到老犯随意欺负新犯，一个刚入狱的身体强壮的黑帮头子也被牢里的老犯打得只敢缩在角落里抽泣。狱警们殴打囚犯也是司空见惯：有两个狱警在院子里把一号监舍里的一名囚犯打死后故意抬着那伤痕累累的、肿胀的尸体慢慢经过其他监舍，以确保所有的人都看到那具尸体。让恩那马比亚最难以接受的是，狱警竟肆意虐待一个70多岁头发花白的老头。目睹牢里那些腐败与暴力之后，恩那马比亚寝食难安，他无法享用父母探监时给他带来的美食，并开始做有关一号监舍的噩梦。"圆滑世故、应时趋变是庸常之辈成熟的归宿，择善固执、宁折不弯则是特立独行者成长的最终选择。"①恩那马比亚算是一位特立独行的成长主人公，正义与良知的崇高力量最终让他的自我人格走向成熟，并奋起反抗病态的社会规训权力。面对那个无辜老头遭受的暴力和羞辱，他毅然挺身而出对抗那些丧心病狂的狱警，即使他们威胁要将他送往令他噩梦连连、随时可能送命的一号监舍，他也毫不屈服。监狱是成长主人公身体挣扎与精神超越的特殊表征空间。②恩那马比亚没有直接遭受暴力创伤，但他无疑获得了"创伤后的成长"，从一个吊儿郎当、不学无术、毫无责任感的孩子变成一个有正义感，敢于为弱小者发声而忤逆规训权威的男子汉。也可以说，恩那马比亚的"内在自我"并没有屈从于"社会自我"③：在内心自我与社会规训这两种相斥力量的博弈中，他没有选择同流合污，而是选择维护人间正道而有所担当。

成长意味着个体能获取关于其自身、关于罪恶的本性或关于世界的一些有价值的知识，但其体验是痛苦的，因为成长往往要以童真的丧失为代价。④《绕颈之物》第三个故事《一次私人的经历》中的女主人公契卡（Chika）也是在经历了一场集体性的暴力事件之后思想才走向成熟的。在那场骚乱之前，她像孩童一样生

---

① 徐秀明：《遮蔽与显现——中国成长小说类型学研究》，北京：中国社会科学出版社，2013年，第21页。

② 顾广梅：《中国现代成长小说研究》，北京：人民出版社，2011年，第141页。

③ 徐秀明：《遮蔽与显现——中国成长小说类型学研究》，北京：中国社会科学出版社，2013年，第37—38页。

④ 李学武：《蝶与蛹——中国当代小说成长主题的文化考察》，北京：中国社会科学出版社，2003年，第152页。

活在幼稚的状态中，对于尼日利亚频频发生的集体暴力和冲突知之甚少。她只从报纸上读到过有关骚乱的报道，只知道在那些暴力冲突中，"豪萨族穆斯林狂热分子袭击伊博族基督徒，有时是伊博族基督徒报复性的谋杀"①；她一直相信，骚乱只会发生在别人身上。她甚至将骚乱和她曾经参加的民主集会混淆起来。当她意外亲历这样的暴力场面时，她不知所措，只知道在大街上没头没脑地跑，"不知道跑过她身边的那个男的是敌是友，不知道她是否应该停下来带走其中某个在慌乱中与母亲走散而面带困惑的孩子，她甚至不知道谁是谁，或者谁在杀谁"②。在逃跑中，她不知道哪里安全，要不是那个豪萨族的穆斯林妇女提醒她躲到小店铺里，恐怕她也会和她的姐姐一样永远从这个世界上消失。契卡对尼日利亚社会动荡不安、人命如蚁的残酷现实的认识相当肤浅，她天真地认为，她和姐姐不应该受这次骚乱的影响；她以为骚乱中社会还能保持它原有的秩序，她甚至还想着能在这个时候打到出租车，或者姐姐坐出租车来接她。

成长意味着经历了某种切肤之痛的事件之后，年轻主人公或改变了原有的世界观，或改变了自己的性格，或兼而有之；这种改变使其摆脱了童年的天真，并走向真实而复杂的成人世界，③它是年轻人"认识自我身份与价值，并调整自我与社会关系的过程"④。契卡正是在亲历了那场集体暴力事件之后获得了对人生和世界的"顿悟"。在故事的结尾处，契卡已经学会了如何去直面尼日利亚的现实。更为重要的是，她在精神上摆脱了西方政治文化思想对她的操控：当听到BBC有关那次骚乱的报道时，她一改以前的态度，愤慨于那些尸体"如何被包装，如何被美化，以适用于寥寥几语的报道"⑤。

---

① Chimamanda Ngozi Adichie, *The Thing Around Your Neck*, Leicester: W. F. Howes Ltd., 2009, p. 55.

② Ibid., p. 51.

③ 芮渝萍：《美国成长小说研究》，北京：中国社会科学出版社，2004年，第5—6页。

④ 孟夏韵：《幻灭中持希望，迷茫里苦求索——斯卡尔梅达小说中成长主题探析》，《外语教学》，2015年第6期，第89页。

⑤ Chimamanda Ngozi Adichie, *The Thing Around Your Neck*, Leicester: W. F. Howes Ltd., 2009, p. 61.

三、文化创伤与成长之惑

尼日利亚曾受英国殖民统治长达半个多世纪，在那期间，英国人在尼日利亚大兴殖民教育。阿契贝在《家园与逃亡》一书中指出，他曾就读的伊巴丹大学的教学大纲上基本上照搬伦敦大学，他的所有英语老师都是来自英国或欧洲的大学。除了个别例外，他们在伊巴丹大学所研讨的作家与他们在母国所研讨的作家别无二致：莎士比亚、弥尔顿、笛福、斯威夫特、华兹华斯、柯勒律治、济慈、丁尼生、豪斯曼、艾略特、弗罗斯特、乔伊斯、海明威、康拉德等。①欧化的教育造就了一批思想被欧化的尼日利亚人，他们虽长着黑色的脸庞却鄙视本国的文化，脑子已被彻底洗白，变成了所谓的"椰子人"（即内心认同白人价值观的黑人）。也可以说，他们遭受了亚拉山大（J. C. Alexander）等人所说的那种"文化创伤"（cultural trauma）却不自知。

1960 年，尼日利亚脱离了英国的殖民统治，但这并不意味着新的尼日利亚人能走出殖民主义和种族主义造成的"文化创伤"。在《作为传道者的小说家》一文中，阿契贝提到，20 世纪 70 年代，他妻子的一个学生曾拒绝在他的作文中提及西非干燥季节出现的哈马丹尘土风，因为他担心被人称为乡下人。②作为一名出生于 20 世纪 70 年代的"后殖民孩子"③，阿迪契本人也曾是受过"文化创伤"的"椰子人"。她能深切地体味到外来文化对尼日利亚青少年成长的负面影响。她在一次采访中提到，她开始创作的时候所写的都是以英国为背景的作品。

《绕颈之物》的最后一个故事《顽固的历史学家》所塑造的格博野加（Gboyega）先生和格雷斯（Grace）的丈夫奇卡迪比亚（G. Chikadibia）显然

---

① Chinua Achebe, *Home and Exile*, New York: Oxford University Press, Inc., 2000, p. 22.

② Chinua Achebe, *Hopes and Impediments*, New York: Anchor Books, 1990, p. 44.

③ Madelaine Hron, "'Ora Na-Azu Nwa': The Figure of the Child in Third-generation Nigerian Novels", *Research in African Literatures*, 2008, 39(2), p. 28.

就是思想被西方文化彻底漂白的"椰子人"，其"文化创伤"表征明显。格博野加在伦敦受教育，是一位杰出的历史学家。但当西非考试委员会谈论在学生课程中添加《非洲史》这门课时，他便带着满脸的厌恶辞职了。他身为非洲人，却惊恐于《非洲史》居然能被当作一门课。奇卡迪比亚毕业于剑桥大学，永远身穿三件套西服，整日把他在剑桥的经历挂在嘴边，对妻子试图撰写尼日利亚历史的念头嗤之以鼻。《一次私人的经历》中的女主人公契卡也曾是一位主动选择做"椰子人"的年轻女孩。契卡是拉格斯大学一名医学专业的学生，虽然她在本土接受大学教育，但一直向往西方的文化和生活。她有亲戚在纽约，和姐姐常去那里度假；她们的母亲常去伦敦旅游；就连她家的家庭医生也在英国接受过专业训练。她自己则是身穿印有美国自由女神像的T恤衫和牛仔裙，脚蹬高跟凉鞋，手挎购于伦敦的巴宝莉手提包。更具讽刺意味的是，身为尼日利亚人，她获取本国新闻的渠道竟然是英国的BBC电台以及《卫报》。尽管她姐姐恩尼迪（Nnedi）作为政治科学系的学生，整日在她面前进行着诸如"一大帮人迷恋金发如何是英国殖民统治一个直接的后果"[1]之类的政治辩论，她却没意识到自己恰恰是"那一大帮人"中的一员。

尼日利亚的学校教育是在英国殖民教育传统的影响下发展起来的，它一向以西方文化教育理念为圭臬，其"外源特性"（exogenous）十分明显，这种以外源为主导的教育体制必然造成国家的精英分子盲目崇拜西方文化而疏远本土的文化[2]。契卡的思想在接受教育的过程中已被西方文化及意识形态操控，所以她对尼日利亚的社会现实缺乏一种清醒的认识。作家以隐喻的手法揭示主人公的幼稚和无知。契卡是一名医科学生，在小儿科实习时，老师要求她去感受一下小孩第四期的心脏杂音。尽管那个孩子对她非常友好，但是契卡"汗流满面，脑子一片空白，连心脏在哪儿都搞不清楚了"[3]。《一次私人的经历》的故事背景是20世纪90年代阿巴查军政府独裁统治的岁月（1993—1998）。那是尼日利亚人民最为绝

---

[1] Chimamanda Ngozi Adichie, *The Thing Around Your Neck*, Leicester: W. F. Howes Ltd., 2009, p. 53.

[2] Francis B. Nyamnjoh, "A Relevant Education for African Development-Some Epistemological Considerations", *Africa Development*, 2004, 29(1), p. 168.

[3] Chimamanda Ngozi Adichie, *The Thing Around Your Neck*, Leicester: W. F. Howes Ltd., 2009, p. 56.

望的时期，民众对所有的社会公共机构都失去了信心①。肉体是现实世界的一种隐喻：如果说，那个心脏病患儿是独立后被各种社会问题所困的新国家的隐喻，那么，契卡在面对这个患儿时表现出的慌乱紧张则象征了尼日利亚年轻知识分子在面对后殖民社会各种问题时的迷茫和困惑。

卡鲁斯（Cathy Caruh）指出，心理创伤是突发性事件或灾难性事件给人造成的极具破坏性的心理体验，其反应常为延后的、无法控制的、重复性的幻觉或其他意识侵入性现象。②如果说，《明天太遥远》中的无名少女经历更多的是一种心理意义上的创伤，那么，《顽固的历史学家》中的格雷斯所经历的则是一种"文化创伤"给她带来的成长困惑。格雷斯生活的年代尼日利亚尚未独立，她父亲是一名已被基督教彻底洗脑的、数典忘祖的尼日利亚人，而她祖母竭力要将尼日利亚的文化传承给自己的孙女。在格雷斯成长过程中一直交织着这两种文化力量的对抗。由于她被父亲送去白人开办的学校，学校里的老师要她丢弃落后的土族文化而融入宗主国的文化。格雷斯从小就对祖母的诗歌和故事感兴趣，但学校的老师却告诉她"她祖母教她的那种召唤和应答式的东西不能被称为诗歌，因为原始部落是没有诗歌的"③。由于不能接受老师的这种说法，她被父亲当着老师的面掌掴。格雷斯读到，学校里的课本称她的族人为野蛮人，称他们的习俗令人好奇却毫无意义，其中有一章题名为"尼日利亚南部原始部落的平定"内容充满了白人的文化帝国主义思想。更令她难以接受的是，她被迫像英国的孩子一样在帝国日高声唱着，"上帝保佑我们的国王殿下，保佑他胜利、快乐和荣光，永远统治我们"④。她的课堂里充斥着英国才有但与她的生活毫无关系的"壁纸""水仙花""咖啡"以及"菊苣"这些名词。格雷斯后来去欧洲求学，但与她丈夫不同，她并没有在外来文化的包围下迷失自我并变成一个"椰子人"。相反，她开始反思自己

① 托因·法洛拉：《尼日利亚史》，沐涛译，上海：东方出版中心，2010年，第187页。

② Cathy Caruth, *Unclaimed Experience: Trauma, Narrative and History*, Baltimore: Johns Hopkins University Press, 1996, p. 11.

③ Chimamanda Ngozi Adichie, *The Thing Around Your Neck*, Leicester: W. F. Howes Ltd., 2009, p. 258.

④ Ibid., p. 259.

的成长经历，反思自己所受的教育，最终成了一名真正的尼日利亚历史学家。她最后改用非洲的名字阿法麦福娜（Afamefuna），这说明她已彻底走出文化心理创伤的阴影，成长为一位思想独立、文化自觉的尼日利亚人。

结　语

20世纪的非洲社会动荡不安，民族生存危机重重。或许是深受教育为国理念的影响，许多早期非洲作家所写的成长故事都有一个共同的特点，即说教味较浓，更多地凸显成长主人公人生际遇的"教育维度"。尼日利亚的成长小说也不例外，第一代、第二代作家的作品"说教的内容尤为明显"①，它们都可以归入巴赫金所说的那种"现实主义成长小说"——"在这类小说中，人的成长与历史的形成不可分割地联系在一起"②。这种局面直到尼日利亚第三代作家才有较明显的改观，他们开始赋予成长叙事以新的内涵与思考。

阿迪契被誉为"阿契贝的传人"，属于尼日利亚第三代作家，其创作深受阿契贝的影响，后者是一位坚守文学审美和政治敏锐性相结合之原则的作家。阿迪契秉承阿契贝的批判现实主义精神，以细腻和大胆的手法切入尼日利亚的社会现实生活，并不避讳国家独立后存在的种种问题以及这些问题对民众生活的影响。作为新生代的女作家，她并没有像阿契贝等前辈男作家那样过于强调作品的政治色调，而是把笔墨更多地用于展示世界和生活的复杂性，尤其是女性精神世界的丰富性。由于她长期旅居美国，熟稔西非文化差异，她的观察视野与前辈女作家（如恩瓦帕）相比也要宽阔一些。仅从《绕颈之物》的成长书写中我们就不难感受到她那种融会贯通的跨文化视野：不同故事的主人公所受的创伤并不相同，其生存际遇让读者更清晰地看到了尼日利亚青少年成长道路

---

① Nancy J. Schmidt, "Children's Books by Well-Known African Authors", *World Literature Written in English*, 1979, 18(1), p. 117.

② 巴赫金：《小说理论》，白春仁、晓河译，石家庄：河北教育出版社，1998年，第232页。

的艰辛和曲折。不仅如此，在《绕颈之物》中，阿迪契以一种较为乐观的笔调铺叙了小说人物的成长故事。她或许也相信创伤和苦难是个体成长不可或缺的营养，相信"创伤后的成长"，相信那些创伤和苦难能成为尼日利亚青少年成长的精神动力，相信它们有助于培养尼日利亚青少年的社会责任感和历史使命感，使他们真正成为国家和民族的主人。

（文 / 华侨大学 张燕 杜志卿）

第十二篇

阿迪契小说《美国佬》中的身份找寻与文化重构

作品节选

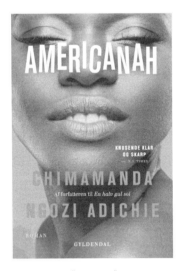

《美国佬》
（*Americanah*，2013）

Curt scoffed, reaching across to take her hand, his palm warm. At the cocktail reception, he kept his fingers meshed with hers. Young females in tiny dresses, their breaths and bellies sucked in, trooped across to say hello to him and to flirt, asking if he remembered them, Ashleigh's friend from high school, Ashleigh's roommate in college. When Curt said, "This is my girlfriend, Ifemelu," they looked at her with surprise, a surprise that some of them shielded and some of them did not, and in their expressions was the question "Why her?" It amused Ifemelu. She had seen that look before, on the faces of white women, strangers on the street, who would see her hand clasped in Curt's and instantly cloud their faces with that look. The look of people confronting a great tribal loss. It was not merely because Curt was white, it was the kind of white he was, the untamed golden hair and handsome face, the athlete's body, the sunny charm and the smell, around him, of money. If he were fat, older, poor, plain, eccentric, or dreadlocked, then it would be less remarkable, and the guardians of the tribe would be mollified. And it did not help that although she might be a pretty black girl, she was not the kind of black that they could, with an effort, imagine him with: she was not light-skinned, she was not biracial. At that party, as Curt held on to her hand, kissed her often, introduced her to everyone, her amusement curdled into exhaustion. The looks had begun to pierce her skin. She was tired even of Curt's protection, tired of needing protection.[①]

---

① Chimamanda Ngozi Adichie, *Americanah*, New York: Anchor Books, 2014, pp. 361—362.

柯特讥笑了一声，把手伸过来，握住她的，他的手掌暖暖的。在鸡尾酒招待会上，他与她保持十指交扣。穿着超短连衣裙的年轻姑娘，她们吸气收腹，成群结队地走过来和他打招呼，搔首弄姿，问他是否记得她们，阿什莉高中时的朋友，阿什莉大学的室友。当柯特说"这是我的女朋友伊菲麦露"时，她们惊讶地看着她，一种有些人掩饰、有些人不掩饰的惊讶，她们的表情里写着问号："怎么是她？"那令伊菲麦露感到发笑。她以前见过那种神态，在白种女人的脸上，在街头陌生人的脸上，他们看见她的手被紧握在柯特的手里，脸上即刻浮起那种神态。人们在面对一项重大的部族损失时所表现出的神态。那不仅因为柯特是白人，而且因为他属于那种白人，野性的金发，俊俏的脸蛋，运动员的身材，阳光的魅力，和他周身散发的钱的味道。假如他又肥、又老、又穷、相貌平平、性格怪僻，或编着骇人长发绺，那就不会如此引人瞩目，守护部族的人会有所宽慰。于事无补的是，虽然她可能算得上一个漂亮的黑人女孩，但她不是那种，他们能够勉强想象与他交往的黑人：她不是浅色皮肤，她不是混血儿。在那次宴会上，随着柯特握住她的手不放，动不动亲吻她，把她介绍给每一个人，她发笑的心情凝固成疲惫。那些神情开始刺穿她的皮肤。她甚至厌倦了柯特的保护，厌倦了需要保护。①

（张芸 / 译）

① 奇玛曼达·恩戈兹·阿迪契：《美国佬》，张芸译，北京：人民文学出版社，2018 年，第 296—297 页。

作品评析

《美国佬》中的身份找寻与文化重构

引 言

　　奇玛曼达·恩戈兹·阿迪契（Chimamanda Ngozi Adichie，1977—　）是尼日利亚新生代作家中备受瞩目的一位。她的作品大多以尼日利亚的现实生活为背景，对后殖民时代非洲国家的社会文化困境进行审视。这位尼日利亚伊博族女作家出生于 1977 年，父母皆是大学教师，在这种成长环境中，她自小便喜爱阅读与创作。2003 年她的首部长篇小说《紫木槿》(*Purple Hibiscus*) 便入围了英国布克奖和美国最适合青少年读者图书奖等一系列奖项的提名，并最终获得英联邦作家最佳处女作奖。2007 年她凭借第二部长篇小说《半轮黄日》(*Half of a Yellow Sun*) 摘得橘子小说奖，成为该奖项历史上最年轻的得主。2009 年，短篇小说集《绕颈之物》(*The Thing Around Your Neck*) 获得联邦作家奖。2013 年的新作《美国佬》(*Americanah*) 被《纽约时报》评为年度十佳书籍。这位女性作家正以自己的方式，成为非洲文化新的发声者，引得各方关注。

　　与前两部作品不同，在第三部长篇作品《美国佬》中，阿迪契将目光转向非洲大陆以外。当全球化时代到来，移民热潮来袭，非洲人民纷纷远离故土家乡，追寻心中的"美国梦"，但在新的大陆，他们却面临边缘化处境以及种族歧视等一系列生存困境。阿迪契以女性作家细腻的笔触，结合自己的实际经历，刻画了主人公伊菲麦露的形象，叙述了她向往西方—移民美国—返回家乡的人生历程，以及她在这段经历中迷失自我、认清自我、重拾自我的心路历程，象征着本土文化的失语、妥协与回归。小说运用插叙、倒叙相结合的手法，巧妙地控制叙述节奏，张弛有度，在视角的转换中将伊菲麦露多年的生活历程叙述清晰，其间的细节描写与心理描写展现出当代非洲女性寻找自我身份旅程的坎坷与复杂。如果将伊菲麦露看作一个非洲本土文化的象征符号，那么这段人生旅程不仅是一个非洲女性的身份寻找之行，更隐喻着后殖民时期非洲本土文化的重构之路。

一、圣化西方：社会乱象下的文化自卑

在多次采访中，阿迪契承认《美国佬》中的主人公伊菲麦露带有自己的身影。阿迪契19岁时中断了在尼日利亚的学业去美国留学，伊菲麦露也是在大学时期前往美国，因此伊菲麦露从国内到美国再回到尼日利亚的心路历程可以说是阿迪契自己的真实写照。在她的成长阶段，尼日利亚处在易卜拉欣·巴班吉达政权（1985—1993）与阿巴查将军政权（1993—1998）统治时期。在军事独裁者的专政下，这一时期"军队、警察和行政部门降为维护专制主义和镇压的工具。警察不再保护人民，而是屠杀和伤害那些反抗阿巴查政权的尼日利亚人"[1]。面对统治专制独裁，经济衰败混乱，军队专政腐败等问题，尼日利亚人民对于国家的发展和未来失去信心，他们走到绝望的境地，"媒体和公众开始谈论国家即将毁灭，若要重建则需数十年时间"[2]。

目睹了如此乱象的阿迪契，在带有自传色彩的《美国佬》中，将主人公伊菲麦露的青少年时代也置于这一时期。在小说中，面对日益混乱的祖国，越来越多的人选择逃离，而自由民主发达的西方，成了众人向往的远方。受社会环境的影响，身处学生时代的伊菲麦露、她的男友奥宾仔以及身边的同学们对于美国、英国等西方国家都怀有强烈的向往与钦慕之情。他们学校中的"大人物"大都是持有英国或美国护照的，可以在众人羡慕的眼光中谈论起自己的西方之行。"卡约德

---

① 托因·法洛拉：《尼日利亚史》，沐涛译，上海：东方出版中心，2015年，第185页。
② 同上，第187页。

和父母从瑞士旅行回来时，艾米尼克弯下腰抚摸他的鞋子"，只是因为那碰过雪；吉妮卡要搬去美国时，学校里的同学"全都想约她去糖果店，想在放学后看见她"①。在他们的眼中，西方世界是完全不同于尼日利亚的神圣国度。而出生于普通家庭的伊菲麦露身处在这样的环境中"隐约觉得有一种差异的透明的薄雾笼罩着她"，即使她人缘很好，但她知道如果不是成绩优异，"她不可能在这儿"②，她和这所学校里的其他同学的差异，是她的家中没有电话，是她不懂得关于护照的事情，而这些，归根结底是他们属于不同的社会阶层，她所在的阶层接触不到与西方相关的事物，所以她没有与其他人共语的资本。那层"雾"很"薄"很"透明"，然而始终存在，将她隔离在人群之外，使其找不到身份认同。

殖民统治虽然在非洲大陆已经结束，文化与语言殖民却以更深刻的方式延续。政权可以随着战争而更迭，但文化与语言早已在多年的殖民统治中渗入非洲的生活。西方文化以一种"优等文明"的姿态进入非洲，在非洲人民心中打上深深的烙印。而本土文化只能作为"劣等文明"浸微浸消。如果将伊菲麦露看作非洲传统文化的象征符号，她在面对西方文化时的态度便具有深刻的隐喻意味。当奥宾仔推荐她阅读用不同的美国方言写的小说《哈克贝利·费恩历险记》时，"她坚决有力地一摔"并且告诉他"我还是看不懂"。这种坚决的态度表达出本土文化对于外来文化的一种抵触之态。然而过激的抗拒姿态反映的其实是内心的不自信与恐惧。当她看到即将前往美国的吉妮卡时，突然意识到"吉妮卡和奥宾仔有多少共同之处"③。吉妮卡作为一个即将移民至美国的人物，可以视为一个在本土文化向西方文化妥协中被改造的形象，那么伊菲麦露面对她时心里突如其来的对爱情的怀疑与动摇，就更可以解读为本土文化面对西方文化的自卑心理。

作者通过展现主人公伊菲麦露的心理活动，对后殖民时期非洲国家的社会民族心理进行了隐喻描写。面对那些了解西方甚至可以随时随地进入西方国家的同学们，她的自卑与抵抗折射出非洲国家应对曾是殖民者的西方国家的整体民族心理。前殖民地的人民一方面以过激的反应抵抗他们来势汹汹的文化输出，另一方

---

① 奇玛曼达·恩戈兹·阿迪契：《美国佬》，张芸译，北京：人民文学出版社，2018 年，第 66 页。
② 同上，第 67 页。
③ 同上，第 68 页。

面，在多年文化侵袭下却又怀有对本民族文化的深深自卑与质疑。这样的自我拉扯与分裂不是单个人的痛苦，而是整个民族的文化之殇。"文化包含了那些道德、伦理和审美价值，就像一副副精神滤镜，他们通过这些滤镜来观察自己以及自己在宇宙中所处的位置。"①如果本土文化日渐衰微，那么前殖民地的人们就无法逃脱身份迷失的命运。这样的症候使得伊菲麦露以及尼日利亚整个国家走上自我找寻、文化重构的漫漫征途。

二、幻象破碎：情感挫折中的文化冲突

伴随着21世纪全球化进程的加速，越来越多的前殖民地人民进入前殖民国家，移民浪潮带来的流散现象也愈发引人注目，异质文化环境下的民族身份问题成了新生代作家诉诸笔端的重心。阿迪契的《美国佬》便是其中翘楚。这部小说"打破了关于黑人叙述的书写传统，不再是欧洲人或者美国人前往非洲去找寻自己，而是一个非洲主人公来到西方世界的中心，找寻自己的身份定位的故事"②。小说的主人公来到美国后作为一名社会评论家在网络上发表评论文章。这样的设置不仅有助于展现非洲移民者背井离乡的生活苦楚，更便于读者直面异质文化冲突的现实困境。

在《美国佬》中，阿迪契通过伊菲麦露在美国的两段爱情来展现非洲移民在美国的身份构建之路的重重困难，借以隐喻非洲文化重建的千难万阻。在自我厌弃与逃离非裔身份的心理驱使下，她和英俊富有的白人青年柯特坠入爱河。和柯特在一起时，"她第一次对着镜子，在一股突涌的成就感中，看见另外一个人"③，这个人是她曾经想要成为却成不了的人，这位富有的白人男友带给她的是"一种满足、安乐感"。然而她很快便意识到，这样的"满足、安乐"可以带给她表面的

---

① Ngugi wa Thiong'O, *Decolonising the Mind: The Politics of Language in African Literature*, London: James Currey, 1986, pp. 14—15.

② Yogita Goyal, "Introduction: Africa and the Black Atlantic", *Research in African Literatures*, 2014, 45(3), p. 12.

③ 奇玛曼达·恩戈兹·阿迪契：《美国佬》，张芸译，北京：人民文学出版社，2018年，第194页。

快乐，却无法给她的内心带来真正的归属感。当她独自一人时，美容中心的技师冷淡地告诉她"我们不做卷的眉毛"，而当柯特出现时，美容师"转成一副满脸堆笑、热切殷勤的轻佻样"①，给伊菲麦露做了卷的眉毛。当类似的事情越来越多，伊菲终于明白她在美国受到的尊重、平等的对待都是因为她的白人男友。这时她突然感到厌倦了柯特的保护，厌倦了需要被保护。种族问题依然根深蒂固，一个白人男友可以让她得到表面的平等对待，然而实质却从未改变。意识到这点的伊菲麦露开始以一种极端的方法打破她与柯特的宁静生活——随便与一个男性发生关系，将自己与柯特这位代表西方上层阶级男性的关系无可挽回地打破。从民族文化的角度来说，这隐喻着曾经殖民地的民族想要彻底打破依附西方国家的决心，即使依附西方可能意味着安逸，然而民族自立、本土文化重建才是尼日利亚人民最恳切的心声。

如果说伊菲麦露和柯特恋爱的失败象征着作者想要表达对西方依附的抵抗，那么和美国黑人布莱恩的恋情则代表了对文化建构的一种尝试。布莱恩是一个土生土长的美国黑人，他的祖先在几百年前来到美洲。他是普林斯顿大学的教授，有着体面的工作，优渥的生活条件。他是一个彻底的美国人，只有外表的黑色皮肤彰显着他与白人的不同，也让他时刻铭记争取种族权利的责任。他和伊菲麦露的情感破裂开始于伊菲麦露没有参加布莱恩组织的关于种族问题的抗议。在他看来，伊菲麦露"缺乏热忱和信念，也因为她的非洲人身份；她的怒火不够强烈，因为她是非洲人，不是非裔美国人"②。意识到布莱恩这种想法后，伊菲麦露终于明白种族、阶级的差异在美国并不仅仅表现在黑人与白人之间，非裔美国人与非洲人之间也有着高低贵贱之分，她作为非美国黑人在同是黑人的美国人面前依旧没有平等对话的权利。

在尼日利亚"种族"从不是问题，"黑人"也不是"黑人"，只有当一个非洲人来到美国才变成了"黑人"。当说出"种族问题""黑人"这些词汇时，实际上已经进入西方的话语体系之中。布莱恩的形象象征着被西方文化完全侵蚀的非洲

---

① 奇玛曼达·恩戈兹·阿迪契：《美国佬》，张芸译，北京：人民文学出版社，2018 年，第 296 页。
② 同上，第 350 页。

民族文化，伊菲麦露——尼日利亚当代文化的象征符号——与他的恋情无疾而终，从文化层面便具有了内在的隐喻含义：全盘接受西方的文化必定不会让民族文化得到出路。

作为一位非洲女性作家，阿迪契的小说中总会出现有思想、具有反抗精神的女性形象。无论是《紫木槿》中的伊菲欧玛，抑或是《半轮黄日》中的奥兰娜，这些女性都在"父权、传统、殖民主义、新殖民主义、种族主义和性别专制"①的压迫下，凭借自己的努力，以实际行为对现实进行反抗，她们的身上都寄托着作者对现实社会的深刻思考和对本土文化的殷切希望。在《美国佬》中，作者书写爱情却并不囿于爱情，通过主人公波折的情感经历，展现步履维艰的非洲本土文化构建之路。

三、回归本土：重拾自我后的文化呼吁

当无论依附西方还是全盘西化都无法使非洲本土文化走向正轨时，回归传统便成了文化重构的必由之路。伊菲麦露发现，在美国找不到自己的身份定位，无论如何努力也改变不了边缘化处境，她便踏上回乡之旅。从文化角度而言，这隐喻着民族文化走向回归。

然而，即使主观意愿想要回归本土，西方文化已经在非洲打上不可磨灭的印记，影响与改变已经切实发生。对于伊菲麦露来说，回到故乡后的她终于不再面对"黑人""白人"与"美国黑人"这样的种族划分造成的困境，但移民生活却已经使她改变很多。"无论是在美国抑或是返回尼日利亚，她都经历着身份的不停变化，在不同文化之间徘徊"②。她去参加"尼日利亚都会人"的聚会，里面充斥的都是从西方留学或生活过的人。当看着参与聚会的人以带着卷舌的外国腔谈论着美国的食物和服务，高高在上地评论瑙莱坞电影一无是处时，伊菲麦露惊恐地

---

① Mary E. Modupe Kolawole, *Womanism and African Consciousness*, Trenton: Africa World Press Inc., 1997, p. 25.

② Maximilian Feldner, *Narrating the New African Diaspora 21st Century Nigerian Literature in Context*, Cham: Springer Nature Switzerland AG, 2019, p. 190.

发现自己"想当异见者的冲动强烈难耐",不愿意成为"那个她害怕自己已变成的人"①。但是她非常清楚,那样的变化已经发生。她的确渴望那些她在美国吃惯的东西,也的确认为瑙莱坞的片子更像戏剧而不是电影。即使她努力想与他人划清界限,但是被西方文化观念改变的事实已然发生。

这种现实与情感上的悖论正是后殖民时期以尼日利亚为代表的前殖民地始终面对却无法解决的问题。殖民时期已经结束,但是文化语言的影响却持之以恒地在非洲各地绵延,成为西方殖民的新形式。从文化隐喻的角度来说,主人公伊菲麦露对自己以及身边海归们的厌恶与惊惧,便具有更深层的思考与探索意义。当前殖民地的国家民族结束被殖民的命运,却无法摆脱殖民国家的文化语言的影响与改造,那么这些失去"自我"的国家要如何找回民族本身的传统文化与传统思想?这正是作者在书中提出并尝试解决的现实问题。

"对于前殖民地国家的人民来说,殖民话语留给他们的最大文化伤害就是自我的被贬损、被压抑、被剥夺。自我的被迫丧失导致前殖民地人不停地追问'我是谁'的问题"。②除了伊菲麦露,《美国佬》中还有不少的移民在找不到身份定位的困境中苦苦挣扎。伊菲麦露的表弟戴克便是不停追问"我是谁"的代表。不同于伊菲麦露这类在尼日利亚长大后再前往西方的移民者,他是自小便生活在美国的移民者。戴克是乌茱姑姑的儿子,出生时他的父亲已死于空难,乌茱姑姑便带他来到美国。他自小生活在美国,讲一口流利的美式英语。然而,伴随着成长,他也面临同样的问题:自己的身份是什么?他不同于布莱恩那样的美国黑人,他们的家庭祖辈都在美国;他也不同于伊菲麦露在自己的国家长大并接受教育。他和美国的孩子一起学习美国的历史,经历美国的文化,但外表的不同、父爱的缺失以及不安定的生活让他知道自己与同学并不相同。正如伊菲麦露和乌茱姑姑说的:"你告诉他,他不是什么人,却没有告诉他,他是什么人。"③于是,在找寻自己身份未果的困惑中,这个少年选择了自杀。深知这种痛苦的伊菲麦露回到尼日

---

① 奇玛曼达·恩戈兹·阿迪契:《美国佬》,张芸译,北京:人民文学出版社,2018年,第415页。

② 高文惠:《依附与剥离:后殖民文化语境中的黑非洲英语写作》,北京:中国社会科学出版社,2015年,第188页。

③ 奇玛曼达·恩戈兹·阿迪契:《美国佬》,张芸译,北京:人民文学出版社,2018年,第386页。

利亚后，邀请戴克回到尼日利亚生活了一段时间。当这个非洲少年终于踏上故土，当他适应了拉各斯的生活，当他爱上了尼日利亚不完美的一切时，他终于找到了自己的身份。

作者在小说中为主人公设置了三段爱情经历，借以探讨非洲本土文化的未来出路何在。爱情是主人公寻找个人身份的摸索与尝试，小说的最后伊菲麦露与初恋男友重逢，再度相爱。终于感到"一种沉稳"，她终于完成了对自我身份的找寻。以奥宾仔——一个试图移民西方国家却失败，最终在尼日利亚取得成功的人物——作为伊菲麦露这一文化象征符号的情感归宿和自我身份寻求的终点，小说结局的设定具有深刻的社会文化隐喻含义，传递出作者对于本土文化重构的殷切呼吁：只有回归本土文化，重拾传统文明，才能找到个人的身份定位，才能完成民族文化的重构。

自索因卡等第一代非洲作家开始创作起，每一代非洲作家都以寻找本土表达、探求本土发展为目标。尼日利亚文学泰斗阿契贝在《瓦解》《人民公仆》等作品中不断对现实进行观照，思索民族的未来之路。肯尼亚作家恩古吉意识到英语作为一种压迫者的语言，尤其是在文学之中，不可避免地携带着种族主义和对被征服国家的否定性想象，[①]因此他选择用本土语言进行创作，为更多本土人民读到作品提供了可能，从而更好地干预社会文化的发展。强调文学的现实功用和政治责任是非洲作家沿袭的传承，被誉为"阿契贝21世纪的传人"的阿迪契也不例外，她很好地继承了非洲文学对于现实干预的创作传统。前两部长篇小说《紫木槿》与《半轮黄日》都将目光投注在尼日利亚国内，无论是战火纷乱的20世纪60年代，还是压抑窒息的90年代，这位新生代作家以文字重构历史，书写民族之殇，探寻前行之路。在《美国佬》中，阿迪契以隐喻手法塑造了伊菲麦露这一具有非洲本土文化象征意义的人物形象，以她的自我身份寻找之路隐喻民族文化重构之路。这样的书写是非洲文学传统的延续与传承，展现出一代代非洲作家不懈的文学创作尝试，体现出深切的社会责任感与文化使命感。

---

① Ngugi wa Thiong'O, *Moving the Centre: The Straggle for Cultural Freedoms*, London: James Currey, 1993, pp. 40—41.

结　语

　　相较于西方学界对于非洲文学的广泛讨论与多角度解读，非洲英语文学在中国得到的关注并不算多。随着第七届中非合作论坛北京峰会于 2018 年 9 月 3 日至 4 日在北京举行，我们与非洲的合作将更加丰富、更加紧密。"作为带动第三世界发展的一支重要力量，中国……和后殖民体系日益频繁地打起交道来了，因此，对这个体系的了解也就变得非常重要"。[①] 在这样的背景下，对非洲的文化发展与社会现实进行观照便显得尤为重要。作为目前最具影响力的非洲新生代作家，阿迪契的作品反映出尼日利亚最真实的样貌：《半轮黄日》重述历史，直面内战伤痛；《紫木槿》反思现实，批判专制权力；《美国佬》则充满了对民族文化构建的希望。这位年轻女性作家的社会责任感和爱国情怀使她一直关注社会现象，借助殖民语言向世界呈现崭新而真实的非洲形象。[②] 因此，阿迪契的作品不仅具有文学鉴赏的价值，更充满深刻的现实意义。

（文 / 上海市田林第二中学 路玮）

[①] 蒋晖：《欧洲语言霸权是后殖民理论的灵魂——浅评〈逆写帝国：后殖民文学的理论与实践〉》，《文艺理论与批评》，2016 年第 1 期，第 76 页。

[②] 朱振武、韩文婷：《文学路的探索与非洲梦的构建——尼日利亚英语文学源流考论》，《外语教学》，2017 年第 4 期，第 102 页。

第十三篇

奥耶耶美小说《遗失翅膀的天使》中的三重世界

海伦·奥耶耶美

Helen Oyeyemi, 1984—

作家简介

    海伦·奥耶耶美（Helen Oyeyemi，1984— ）是一位尼日利亚裔英国籍女作家，1984 年在尼日利亚出生，4 岁时随父母徙居英国，后来在剑桥大学接受了高等教育。奥耶耶美 18 岁即创作出了长篇小说《遗失翅膀的天使》（*The Icarus Girl*，2005），讲述了一位非裔女孩洁思米在英国的成长经历，展示了文化冲突下非裔个体身份建构过程中所面临的痛苦抉择。作品一经出版即好评如潮，获得英联邦作家奖（Commonwealth Writers' Prize）提名。奥耶耶美从 12 岁起，几乎每年都回尼日利亚度假，熟稔当地的民间故事和神话传说，《遗失翅膀的天使》就是基于约鲁巴的"双生子"传说创作而成。

    奥耶耶美的另五部长篇小说《对面的房屋》（*The Opposite House*，2007）、《白色施巫》（*White Is for Witching*，2009）、《福克斯先生》（*Mr. Fox*，2011）、《博伊、斯诺、博德》（*Boy, Snow, Bird*，2014）和《姜饼人》（*Gingerbread*，2019）等出版之后也是赞誉不绝。其中，后三部小说分别荣获 2010 年毛姆文学奖（Somerset Maugham Award）、2012 年美国"赫斯顿与赖特小说奖"（The Hurston-Wright Fiction Prize）和《洛杉矶时报》图书奖（Los Angeles Times Book Prize）最终提名。此外，2016 年，她的短篇小说集《不是你的就不是你的》（*What Is Not Yours Is Not Yours*，2016）赢得美国笔会开放图书奖（PEN Open Book Award）。

    在深厚的约鲁巴文化滋养下，奥耶耶美继承图图奥拉、阿契贝、奥克瑞等人开创的文学传统，创造了一个奇幻与现实并置的小说世界，展示了非洲文学、文化的强大生命力。奥耶耶美可谓少年成名。由于成就突出，2013 年，29 岁的她入选了《格兰塔》（*Granta*）杂志每十年评选一次的 20 位"英国最佳青年小说家"名单。

作品节选

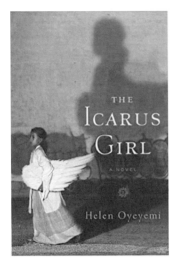

《遗失翅膀的天使》
（*The Icarus Girl*，2005）

"JESSY," Tilly said again, her voice full of impatience.

Jess hesitated; the voice sounded different with her eyes closed; it sounded... older, somehow.

"Did you think I would leave you? We're twins!"

Jess heard Tilly's words, but didn't respond. She didn't want to. She was glad that Tilly had come back, but... the woman with the long arms was smiling and telling her a story about a boy and a magic bird that spread its wings over the land and made everything green and good... The words were making her feel fresher, coating her in dew. Tilly Tilly was speaking insistently, and her words were layering over and under the storyteller's.

"...Jessy, you guessed without me explaining that I'm... that I'm not really here. I mean, of course I'm really here, just not really really here, if you see what I mean... Most of the time I'm somewhere else, but I can appear, and you haven't imagined me! Remember Colleen's house? And the amusement park? You know you couldn't have imagined those!"[1]

"洁西，"蒂丽又喊了起来，声音很不耐烦。

洁思犹豫了一下；这声音闭着眼听有些不一样；听起来……似乎有些老。

---

[1] Helen Oyeyemi, *The Icarus Girl*, London: Bloomsburg Publishing, 2006, pp. 165—166.

"你以为我会离开你吗？我们可是双胞胎！"

洁思听到了蒂丽的话，但没回应。她不想回应。她很高兴蒂丽回来了，但是……那个长臂女人正微笑着给她讲故事，一个关于男孩和神奇鸟的故事。这只鸟在大地上展翅翱翔，催绿万物、泽被世间。这故事听得她神清气爽，像是裹在露珠里。蒂丽蒂丽说个不停，起起伏伏地穿插在故事中。

"……杰西，你觉得如果我不解释清楚我……我其实不在这里。我的意思是，当然了，我其实在这里，但其实不是真的在这里，如果你明白我的意思……大部分时候，我是在别的地方，不过可以出现，不是你把我想象出来的！记得科琳家吗？还有游乐园吗？你清楚你可想象不出那些事儿！"

（李丹/译）

作品评析

《遗失翅膀的天使》中的三重世界

引　言

　　《遗失翅膀的天使》(*The Icarus Girl*, 2005)是尼日利亚裔英国女作家海伦·奥耶耶美（Helen Oyeyemi，1984—　）18岁备考大学入学考试时所完成的处女作。这部小说不仅为奥耶耶美赢得了接下来两部作品合同的40万英镑预付款，还获得了《卫报》（ *The Guardian* ）、《每日电讯报》（ *The Daily Telegraph* ）、《泰晤士文学增刊》（ *The Times Literary Supplement* ）和《纽约时报》（ *The New York Times*)等媒体的广泛赞誉。"这部令人惊艳的作品"[1]讲述了8岁混血女孩洁思米·哈里森（ Jessamy Harrison ）遇见灵异女孩蒂丽蒂丽（ TillyTilly ）之后一年的成长经历，"探索了文化融合和童年梦幻时光，以及古老传说的力量"[2]。奥耶耶美因此被赞"有资格进入到阿莫斯·图图奥拉、钦努阿·阿契贝和本·奥克瑞这些尼日利亚出生的英语作家行列之中"[3]。

　　这部围绕孩童日常生活及灵异事件的作品，描绘了主人公8岁至9岁近一年的奇幻成长经历及梦呓式的内心世界，被许多读者和学者视为一部典型的成长小

---

① David Robson, "The Young Visitor: David Robson Reviews *The Icarus Girl* by Helen Oyeyemi*", The Daily Telegraph*, January 30, 2005.

② Lesley Downer, "*The Icarus Girl*: The Play Date from Hell", *The New York Times*, July 17, 2005.

③ Felicia R. Lee, "Conjuring an Imaginary Friend in the Search for an Authentic Self", *The New York Times*, June 21, 2005.

说（Bildungsroman）；同时又因作者的移民身份和主人公的混血特质被看作是流散文学的典范，是尼日利亚第三代作家个人身份探寻和主体构建的现代书写。然而，如果跳脱这些以西方视野或是西方理论为基础的范式解读，细致观察《遗失翅膀的天使》无处不在的约鲁巴文化隐喻，就可以发现，这位年轻作家的首部作品不仅饱含对祖国现状的深切关注，同时还折射出一种当今社会文化的边缘状态。

一、双生子的"丛林世界"

初次接触《遗失翅膀的天使》的读者，如果对非洲文学稍有涉猎，必会有一种似曾相识的阅读体验。尼日利亚小说家喜欢借用传统神话元素来描绘现代世界，如 1986 年诺贝尔文学奖获得者沃莱·索因卡（Wole Soyinka，1934— ）戏剧中的铁神和路神奥贡（Ogun）、1991 年布克文学奖得主本·奥克瑞（Ben Okri，1959— ）《饥饿的路》（ *The Famished Road* ，1991）三部曲①中的鬼孩阿比库（Abiku）。在这部小说中，奥耶耶美也借用了约鲁巴神话体系中的一个特殊形象，即双生子伊贝吉（Ibeji）。

约鲁巴族是尼日利亚第二大民族，主要分布在尼日利亚西南地区，在国家的政治、经济和文化活动中有着举足轻重的作用。约鲁巴人信仰多种神灵，其"宗教体系和古希腊宗教类似"②，被视作"非洲的希腊人"（Hellenes of Africa）。约鲁巴人信奉轮回转世，认为逝去的人大约每隔两代可以有机会重新投胎，且大都投身于同一家族中，因此约鲁巴人家中常常设有神龛以供奉祖先。这种对轮回转世的信仰衍生出了一系列的相关传说和人物形象，对非洲文学乃至非裔文学的创作都产生了重大影响。其中，最著名的人物形象就是鬼孩阿比库。在约鲁巴神话体系中，阿比库指的是"死后又在同一个家庭中多次重生的孩子……阿比库从不承诺在人间安定，这也是他们为什么会对母亲的困苦和无子生活的悲恸漠然无

---

① 三部曲为《饥饿的路》《迷魂之歌》（ *Songs of Enchantment* ，1993）和《无限的财富》（ *Infinite Riches* ，1998）。

② 宋志明：《约鲁巴神话与索因卡的"仪式戏剧"》，《文艺研究》，2019 年第 6 期，第 106 页。

视的原因"①。许多非洲和非裔作家都曾借用阿比库进行文学创作，如索因卡的诗歌《阿比库》（*Abiku*）、钦努阿·阿契贝（Chinua Achebe，1930—2013）《瓦解》（*Things Fall Apart*，1958）中的"奥格班吉"（Ogbanje）②，以及托妮·莫里森（Toni Morrison，1931—2019）《宠儿》（*Beloved*，1987）中的宠儿等。

《遗失翅膀的天使》中的双生子伊贝吉也是一个与约鲁巴生死轮回信仰相关的重要形象。在小说中，当洁思米得知自己曾有一个双胞胎姐妹芬恩（Fern）时，其母亲就对约鲁巴双生子文化进行了一番描述：

> 三个世界！洁思活在三个世界。她活在这个世界，活在灵魂世界，活在丛林世界。她是一个阿比库，她始终都知道！那个幽灵告诉她所有的事情。芬恩告诉她所有的事情。我们应该为她制作一尊 ibeji 孪生像！③

在约鲁巴文化中，双生子被视作一种超自然存在，"人们相信双胞胎能够给他们的家庭带来幸福、健康和繁荣。但是由于他们也会带来灾难、疾病和死亡，因而会被格外重视、爱护和照顾"④。双胞胎中先出生的孩子被称为塔伊沃（Taiwo），意思是"初尝世界的味道"；第二个出生的孩子则被称为科因德（Kehinde），意思是"紧随而来"。约鲁巴人认为先出生的孩子是双胞胎中的老二，因为塔伊沃是受老大科因德指派去观察外面世界的状况。当塔伊沃认为外面无恙时，就会发出啼哭，而科因德听到信号就会出来。科因德通常比较聪明谨慎、善于思考，而塔伊沃则更富有好奇心和冒险精神。⑤约鲁巴人认为双胞胎共享同一个灵魂，如果双胞胎新生儿中的一位死去，那另一位就会有生命危险，因为他的灵魂受到了严重破坏，无法维持平衡。这时，为了保证生者的平安，约鲁巴人通常会制作伊贝吉雕像，让逝去孩童的灵魂安息于此，并对雕像给予如生者般的照顾。

---

① Timothy Mobolade, "The Concept of Abiku", *African Arts*, 1973, 7(1), p. 62.

② 奥格班吉，Ogbanje 也拼做 Obanje，是伊博语中的阿比库。详见钦努阿·阿契贝：《瓦解》，高宗禹译，重庆：重庆出版社，2008 年，第 69 页。

③ 海伦·奥耶耶美：《遗失翅膀的天使》，马渔译，上海：上海人民出版社，2009 年，第 137 页。

④ Fernand Leroy, et al., "Yoruba Customs and Beliefs Pertaining to Twins", *Twin Research*, 2002, 5(2), p. 134.

⑤ Ibid.

在小说中，这种双生子一方逝去导致另一方灵魂不安、频繁生病的状态，通过洁思米这一人物形象得到了充分展现。故事开篇第一句即母亲莎拉对洁思米的一声呼唤："洁思？"①洁思（Jess）是洁思米（Jessamy）的昵称，也是对主人公灵魂缺失的暗喻，是蒂丽蒂丽口中的"一半一半小孩"②。在小说其他人物眼中，洁思米虽然聪颖早慧，却极易生病，时常莫名尖叫，也因此被父母送去心理学家麦肯奇医师那里进行诊疗。洁思米的精神状态和灵异人物蒂丽蒂丽的出现，在不少读者和学者看来，是一种"分离性身份障碍"（dissociative identity disorder）③的病状表征，蒂丽蒂丽是一个他我（alter ego），是为抵御负面情绪而产生的幻想同伴。这种以麦肯奇医师为代表的人物解读，其实是西方思维下基于心理分析的常见阅读模式。但若从约鲁巴文化视角考察，就会发现，洁思米的表现其实是源于她特殊的伊贝吉身份，而那些看似宛若梦境的奇异事件实则是她在三个世界游走的结果。

在小说中，这三个世界分别是"真实世界、灵魂世界和丛林世界"④。这三个世界不仅是约鲁巴宇宙观的基本概念，也是大部分非洲哲学共有的普遍观念，即世界具有三个维度：祖先的世界（the world of the ancestor）、生者的世界（the world of the living）和尚未诞生的世界（the world of the unborn）⑤。这里，祖先的世界即约鲁巴文化中的灵魂世界，生者的世界即真实世界，而尚未诞生的世界则是丛林世界。所谓的"丛林世界"（the bush）实则是一种心灵的荒野状态（a sort of wilderness of the mind）⑥，"丛林"是对心灵杂草般荒野状态的比喻。小说第一章就曾提到洁思米喜欢家中庭院里"那些弯曲蔓延至篱笆内的神秘植物（根据爸爸的说法，那叫杂草）"⑦。这种丛林世界正是洁思米精神世界的写照，她聪

---

① 海伦·奥耶耶美：《遗失翅膀的天使》，马渔译，上海：上海人民出版社，2009年，第3页。

② 同上，第196页。

③ Christopher Ouma, "Reading the Diasporic Abiku in Helen Oyeyemi's *The Icarus Girl*", *Research in African Literatures*, 2014, 45(3), p. 188.

④ 海伦·奥耶耶美：《遗失翅膀的天使》，马渔译，上海：上海人民出版社，2009年，第150页。

⑤ Wole Soyinka, *Myth, Literature and the African World*, Cambridge: Cambridge University Press, 1976, p. 26.

⑥ Helen Oyeyemi, *The Icarus Girl*, London: Bloomsbury Publishing, 2006, p. 191.

⑦ 海伦·奥耶耶美：《遗失翅膀的天使》，马渔译，上海：上海人民出版社，2009年，第3页。

慧过人，思绪犹如杂草一样不断蔓延生长，但这又常常给她带来痛苦，造成精神困扰。洁思米原本在伦敦家中的现实世界生活，因去尼日利亚度假时遇见了灵魂世界的蒂丽蒂丽，从而陷入存在于真实与非真实之间的"丛林世界"。

正是双生子伊贝吉的特殊身份让洁思米进入了三重世界的游走状态，而其中的"丛林世界"则象征着洁思米的心灵困境。丛林是一种于夹缝中生成的第三世界。这一夹缝由前两个世界相互碰撞、相互交叠引发，是现实世界与灵魂世界之间的未知地带，是生者世界和祖先世界相交的漩涡空间，是一种悬浮不定、混沌未开、永不止息的此在状态。"丛林世界"也是一种精神塑造的历练场所，正如阿莫斯·图图奥拉（Amos Tutuola）在《我的鬼怪丛林生活》（*My Life in the Bush of Ghosts*，1954）中所传达的那样，"丛林是一个有魔力的争斗之所，通过这里，丛林鬼怪可以完全掌控主角的身体，甚至可以在违背主人公的意愿下重新将其塑造"[1]。蒂丽蒂丽正是这样一种丛林鬼怪，不停袭扰灵魂缺失的洁思米，甚至三番两次入侵她的身体，掌控她的意识。双生子的"丛林世界"实际上是一种基于约鲁巴文化的存在主义文学书写，体现出当前社会后殖民语境中的一种文化杂合状态（cultural hybrid）。

二、混血儿的杂合空间

文化杂合可以说是第三次科技革命和经济全球化推动的结果。技术发展和跨国贸易打破了地理空间的壁垒，促进了携带不同文化基因的族群流动，造就了极具边缘性和混杂性的个体文化空间。

这种文化的混杂性主要是通过主角混血儿的身份表现出来。洁思米进入"丛林空间"，一方面因为她的双生子身份，另一方面也因她的混血儿身份触发了三重文化空间的冲突与交叠。母亲是尼日利亚人、父亲是英国人的洁思米从小就经

---

[1] Laura Murphy, "Into the Bush of Ghosts: Specters of the Slave Trade in West African Fiction", *Research in African Literatures*, 2007, 38(4), p. 148.

受着两种文化的洗礼。母亲认为洁思米应该多出去玩耍，因为"在尼日利亚，小孩通常爱调皮捣蛋恶作剧"[①]，但父亲认为他们如今是在伦敦生活，所以洁思米这样整天在家读书也没什么不好。父母不同的教育理念造成了洁思米自我认知的犹疑与困惑，并由此形成了一个自我保护、自我审思的幽闭空间。

小说初始，洁思米躲藏在衣柜之中，而衣柜就是一个典型的幽闭空间，是文化冲突之下的自我封闭。洁思米在衣柜中默念自己的名字和年龄，想以此明晰自我认知，因为对她而言"明了自己身在何处，似乎一天比一天困难"[②]。她不愿面对外面的世界，因为外面的世界匆忙嘈杂，破坏了她内心的宁静，特别是其金发碧眼的表姐道丝在洁思的脆弱宁静世界砸了一个洞。[③]小说曾多次提到道丝一头秀美的金发以及他人对道丝的喜爱。这种推崇金发碧眼的西式审美无疑对肤色深棕的洁思米造成了潜意识影响。她明白，即使自己走出衣柜，走到外面的世界，也不可能像道丝那样赢得众人的由衷喜爱，更不可能自在玩耍。因为她当前的居住地是伦敦，是一个与自己肤色格格不入的他者世界。

幽闭空间的出现是整部小说三重空间产生的最初原点。小说的三重空间不仅指以约鲁巴文化为根基的三重世界，也指故事三次场景位移所产生的三种文化空间。小说整体分为三个部分：第一部分是洁思米首次拜访尼日利亚，第二部分是从尼日利亚返回后的英国生活，第三部分是一年后再次拜访尼日利亚。这三个部分分别描写了三种文化空间及不同视角下的他者文化空间。第一部分是与以蒂丽蒂丽的出现为象征的尼日利亚文化的初次接触，主要是以洁思米的英国文化视角去观察尼日利亚文化；第二部分是具有尼日利亚文化意识的洁思米对英国文化的重新审视，以及两种文化的碰撞和冲突；第三部分则是两种文化激荡之后的文化杂合。"洁思居住在三个经常重叠和冲突的世界中，从约鲁巴视角来看，指的是过去、现在以及两者间的交互来塑造身份的过程；从实际角度来看，则是指在尼日利亚、英国和尼日利亚—英国杂合的三种文化世界的居住状态。"[④]

---

① 海伦·奥耶耶美：《遗失翅膀的天使》，马渔译，上海：上海人民出版社，2009年，第5页。

② 同上，第3页。

③ 同上，第4页。

④ Jordan Stouck, "Abjecting Hybridity in Helen Oyeyemi's *The Icarus Girl*", *Ariel: A Review of International English Literature*, 2011, 41(2), p. 98.

　　小说的三个部分及其所代表的文化空间恰好与约鲁巴文化的三重世界相呼应。从洁思米的成长经历来看，她出生成长的英国文化空间是她所居住的现实世界/生者世界，尼日利亚的文化空间则是承载着历史记忆的灵魂世界/祖先世界，而两者杂合而成的英国—尼日利亚文化空间则是她当前所面临的丛林世界/尚未诞生的世界。

　　正如洁思米的精神一直在丛林世界徘徊，她所处的文化空间也是一种夹缝中生成的文化杂合空间。洁思米清楚地意识到前两个空间的存在，却无法选择居住在哪一方，只能在夹缝中生存。她虽然有一个典型的英国名字洁思米，但总是被叫作洁思，隐喻了其文化意识的不完整性；在尼日利亚，她被外祖父称为巫萝拉（Wuraola），然而这个约鲁巴名字"听起来像另一个人，不是她"①；当她遇见蒂丽蒂丽，进入精神的丛林世界，又被改称为洁米，一个"去掉中间只取头尾的名字"②。名字的变化暗示着场景位移所带来的文化空间变化，也象征着其身份认同的变化过程，其"富有争议的身份认同感集中体现为有形边界之间的协商、逾越和强化，这种边界既指尼日利亚和英国之间因多次殖民和移民浪潮而相互渗透的国家边界，也指自身的肉体边界，是国家身份斗争战场的隐喻"③。地理边界的超越带来了文化边界的交叠，边界交错而成的文化杂合空间最终成为个体身份认知的斗争场所。

　　这种文化杂合空间不仅左右着主人公的身份构建，同时还在读者身上延伸出不同的阐释空间。由于小说中约鲁巴文化和英国文化的共存杂合，《遗失翅膀的天使》中的哥特式奇幻元素也对读者提出了一个阅读模式的选择问题，即小说是现实主义作品还是幻想类作品？如果从现实的视角去解读，那洁思米可以看作一个试图进行文化定义的混血儿，蒂丽蒂丽是其内心他我的投射；如果从奇幻角度来阅读，那洁思米只是经历了一场恐怖的超自然事件，蒂丽蒂丽是她的分身幽灵（doppelganger）。由于整部小说的叙事策略，读者很难做出抉择，因而始终处

①　海伦·奥耶耶美：《遗失翅膀的天使》，马渔译，上海：上海人民出版社，2009年，第16页。
②　同上，第33页。
③　Sarah Ilott and Chloe Buckley, "'Fragmenting and Becoming Double': Supplementary Twins and Abject Bodies in Helen Oyeyemi's *The Icarus Girl*", *The Journal of Commonwealth Literature*, 2016, 51(3), p. 407.

于一种在现实与奇幻之间来回摇摆的杂合阐释空间中。小说基本上采用第三人称全知视角，同时还通过斜体或斜体加括号的方式插入洁思米的第一人称视角。对于采用第三人称的叙述视角，奥耶耶美也曾说过：

> 如果采用第一人称视角，那这些许多发生的事情就没什么可质疑的了。书中许多的模糊含义和微妙之处就会消失。因为你可以肯定地说，洁思身上发生的一切都只是因为她疯了。我觉得，第三人称就好比是个薄膜，可以让这些事件和读者的感知之间产生出一种距离。①

第三人称的采用无法让读者判断洁思米是否真的患有精神疾病，因而无法在两种阅读模式中做出选择；而另一方面，洁思米的第三人称叙述又强化了这种不确定性，因为从其内心视角可以看到，蒂丽蒂丽并非一个可以受其控制的自我投射物，"完全是一个具有破坏性的、另一个世界的力量"②。

这种文化阐释空间的不确定性最终让读者和主人公一起陷入一种不确定的文化杂合空间，进入一种两者皆是、两者皆不是的夹缝之中。在母亲莎拉看来，洁思米既是英国人，又是尼日利亚人；但在洁思米看来，她既不是英国人，也不是尼日利亚人，③而是"滑入了一个裂缝，一种认知上的差异，在'事实上发生了什么事'与'别人认为发生了什么事'之间的裂缝"④。

三、伊卡洛斯的历史夹缝

这种主人公和读者共有认知上的不确定性，折射出当前社会文化的历史边缘化状态。在《文化的定位》（*The Location of Culture*，1994）一书中，后殖民理

---

① Aminatta Forna, "New Writing and Nigeria: Chimamanda Ngozi Adichie and Helen Oyeyemi Conversation", *Wasafiri*, 2006, 21(1), p. 55.

② Jordan Stouck, "Abjecting Hybridity in Helen Oyeyemi's *The Icarus Girl*", *Ariel: A Review of International English Literature*, 2011, 41(2), p. 99.

③ 海伦·奥耶耶美：《遗失翅膀的天使》，马渔译，上海：上海人民出版社，2009 年，第 202 页。

④ 同上，第 184 页。

论家霍米·巴巴（Homi K. Bhabha，1949— ）曾对 20 世纪末的文化状态进行过一番论述：

> 在这个世纪末，我们发现自己正处于时空交错的过渡时刻。时空交错产生了如差异和身份、过去和现在、内部和外部以及包容和排斥等诸般复杂的影像。因为在"超越"中（in the "beyond"），有一种迷失方向的感觉，一种方向上的干扰，一种由法语词汇"在那边"（au-delà）所演绎出的探索性的、不安定的运动——这里那里、四面八方、来／去游戏（fort/da）、忽此忽彼、来来往往。[①]

由此可见，这种漂浮的不确定性，除了来源于之前所述的地理空间位移所带来的文化杂合，还来源于一种时间性的历史错位，一种过去和现在交错之下的第三空间。毕竟"文化的所有形式都持续不断处在混杂性的过程之中……混杂性之重要并不在于能够追溯两种本原，而让第三种从中而出，……是令其他各种立场得以出现的'第三空间'"[②]。

实际上，小说不仅营造了一种精神上的丛林世界、文化上的杂合空间，还借助微妙的历史性叙事，刻画了一种介于过去和现在之间的时间上的第三空间。这种第三空间的呈现，主要是通过"伊卡洛斯"的形象呈现出来。

小说英文原名直译应为"伊卡洛斯女孩"，虽以希腊神话人物"伊卡洛斯"为名，但没有一处涉及这一神话故事。在希腊神话中，伊卡洛斯是迷宫建造者代达罗斯（Daedalus）的儿子。伊卡洛斯和他父亲想要借助父亲以羽毛和蜡制作而成的翅膀逃离克里特岛（Crete）。飞行之前，父亲警告伊卡洛斯不可飞得太低也不可飞得太高，因为这样海水就不会弄湿他的翅膀，太阳也不会把蜡融化掉。然而，伊卡洛斯没有听从父亲的指令，越飞越高，最终翅膀上的蜡为太阳所融化，他也从天空坠落下来，掉到海里淹死。小说中没有直接讲述这个神话，但在许多细节上都与此呼应，主要是围绕"飞翔"和"坠落"这两个意象展开。

---

① Homi K. Bhabha, *The Location of Culture*, New York: Routledge Classics, 2004, pp. 1—2.

② 索杰：《第三空间——去往洛杉矶和其他真实和想象地方的旅程》，陆杨等译，上海：上海教育出版社，2005 年，第 181—182 页。

"飞翔"是洁思米对自己未来状态的一种期望。当蒂丽蒂丽问洁思米长大后想做什么时，洁思米说："我不知道……我喜欢飞行……像我们昨天的坠落那样，但只像往上飞的部分。"[①] 对于洁思米而言，飞翔是一种逃离困境的自由状态，正如伊卡洛斯逃离克里特岛的囚困。飞翔也是新生的象征，正如小说中的伊贝吉保护神长臂女人所讲述的男孩和鸟的故事那样，"那只神奇鸟在陆地上展翅，把所有东西都变成绿色，变得美好"[②]。这个故事中的男孩和鸟显然是经过约鲁巴文化改造的伊卡洛斯，也是洁思米心中一直怀有的梦想。然而，飞翔也往往意味着坠落。当洁思米在梦中听完男孩与鸟的故事后，当晚便从床上坠落下来。她也因此意识到，"蒂丽蒂丽和长臂女人是同一个人，仿佛一枚薄币的两面"[③]。蒂丽蒂丽是洁思米面临身份认知困境时出现的伙伴，是其在精神世界飞翔的导引者，也是屡次造成洁思米及其英国朋友在现实世界坠落的麻烦制造者。

蒂丽蒂丽带来"飞翔"和"坠落"的双面性不仅是对伊卡洛斯神话故事的一种回应，同时也是一种第三空间的时间性表征，并具有强烈的政治喻意。毋庸置疑的是，在小说中，蒂丽蒂丽是尼日利亚文化的象征，但是这种文化又具有一种时间上的流动性，既包含了现在亦包含了过去。

对于这部具有奇幻元素的小说，许多读者都不太注重文本中着墨甚少的时代背景。其实，当蒂丽蒂丽与洁思米初次接触时，就已暗示了故事的发生时间是1994年8月。作为友谊的象征，蒂丽蒂丽赠送给洁思米一本其母亲的儿时读物《小妇人》。书中扉页明确写着赠予时间："一九九四年，八月二十八日，星期六"[④]。值得留意的是，在洁思米一家初到外祖父家时，有一笔仿佛是不经意间的细节描写，即康勒舅舅和爸爸之间的政治对谈。"不，不，我知道，每个人都知道，他们不要阿比奥拉当总统的原因是，因为他是约鲁巴人！"[⑤] 这两处看似不重要的细节其实暗含尼日利亚历史上的一次重大政治事件，即莫斯胡德·阿比奥拉（Moshood

---

① 海伦·奥耶耶美：《遗失翅膀的天使》，马渔译，上海：上海人民出版社，2009年，第122页。
② 同上，第129页。
③ 同上，第130页。
④ 同上，第46页。
⑤ 同上，第17页。

Abiola，1937—1998）竞选总统。自建国以来，尼日利亚一直处于暴力冲突不断和政府腐败无能的政治动荡中，国家因此羸弱不堪、经济发展停滞不前，与其石油大国的身份极为不符。究其原因，主要与其长期政权更迭的军人政府统治有关，其中，易卜拉欣·巴班吉达政权（1985—1993）更是得到了西方国家的支持。1993 年 6 月 12 日的尼日利亚总统选举是其国家政权转变过程中最为艰难的一个历史阶段。巴班吉达为了确保自己政权的稳固，采取了各种措施阻止其他候选人获胜。富有戏剧性的是，来自南方约鲁巴族的商人阿比奥拉以 58% 的选票赢得了胜利，当选为总统。阿比奥拉获胜主要是因为"公众对军人政权已经厌恶至极，而阿比奥拉为公众提供了改善经济状况的希望"①。不幸的是，巴班吉达否认了此次选举结果，国家再一次陷入混乱之中。奥耶耶美之所以将故事背景选择在这一历史时刻，也是因为她对自己的祖国以及非洲大陆有着深切的现世关怀：

　　与其说非洲是一个大陆，不如说是一个国家的集合体。每个国家都有各自所面临的挑战：南非这个盒子仍然有种族隔离制度所遗留的细细裂缝；儿童兵的阴影依然鲜明地覆盖在塞拉利昂的国家形象上；索马里和埃塞俄比亚的名字总是与饥饿和贫穷缠绕。还有我的祖国尼日利亚。20 世纪 80 年代和 90 年代见证了军政府统治的惨淡；先是巴班吉达，然后是他的继任者阿巴查，让国家处于一种恐惧和内部暴力的状态，直接导致了环境保护主义者、作家肯·萨罗－维瓦（Ken Saro-Wiwa）的处决，以及总统当选者莫斯胡德·阿比奥拉的死亡，而他本可帮助尼日利亚成为一个民主国家。②

　　除了现世关怀，蒂丽蒂丽这一人物身上还承载着尼日利亚的历史苦难。蒂丽蒂丽虽以孩童的形象出现，却有一个苍老的灵魂。她曾对洁思米说，"我比你老很多"③，这种年岁的苍老也体现在蒂丽蒂丽的话语细节中。当蒂丽蒂丽得知来照

---

① 托因·法洛拉：《尼日利亚史》，沐涛译，上海：东方出版中心，2010 年，第 180 页。

② Helen Oyeyemi, "Home, Strange Home", *The Guardian*, February 2, 2005. https://www.theguardian.com/world/2005/feb/02/hearafrica05.development2.

③ 海伦·奥耶耶美：《遗失翅膀的天使》，马渔译，上海：上海人民出版社，2009 年，第 92 页。

顾洁思米和道丝的保姆莉笛雅来自葡属领地马德拉（Madeira）时，便一字一顿愤怒地说："她是葡萄牙人"[1]，并流露出对葡萄牙人的憎恨之情，"我很高兴吓着了她，我应该打她的"[2]。这种看似对葡萄牙人的莫名仇恨其实暗含着非洲历史上深重的殖民苦难。正是15世纪葡萄牙对非洲北部和西海岸的探险拉开了欧洲各国对非洲的殖民序幕。可以说，大航海时代以来，欧洲各国对尼日利亚的殖民和抢夺正是从葡萄牙人踏足西非海岸开始。欧洲各国这种因经济利益而引发的殖民地争夺，不仅破坏劫掠了非洲的自然资源，同时还带来了深重的民族灾难。作为尼日利亚的古老灵魂，蒂丽蒂丽正是这一苦难历史的见证者，也因此成为一个满怀仇恨的幽灵。"去恨啊，洁思，恨每个人，恨任何人……土地被切成一小片一小片……没有祖国了……现在我们的血液……像水一样分离……我是证人……没有祖国……所有地方的人都会欺负你。"[3]也正是因为这种历史仇恨，蒂丽蒂丽才会一次又一次对洁思米身边的白人——同学柯玲、老师贝托小姐、朋友希丝以及洁思米的父亲——实施各种整蛊式报复。

在蒂丽蒂丽的引领下，洁思米也进入这个原本不熟悉的历史空间，并随着蒂丽蒂丽在这一空间化的时间中"飞翔"和"坠落"，形成了一个过去和现在交错的第三空间。一年之后，在洁思米9岁生日时，蒂丽蒂丽抢夺了洁思米的身体，成为"坠落"于尘土的现实世界的"洁思米"，而洁思米则被迫分离出去，成为在丛林世界不停"飞翔"的幽灵。飞翔成为一种在历史夹缝中的生存状态，是尚未诞生世界中的不定状态，是个体认知、文化认同和历史记忆共同构建之下第三空间的具象表征。

---

[1] 海伦·奥耶耶美：《遗失翅膀的天使》，马渔译，上海：上海人民出版社，2009年，第113页。
[2] 同上，第113页。
[3] 同上，第195—196页。

余　论

虽然洁思米最后在外祖父的帮助下从丛林世界回到了自己的身体，但小说结尾最后一句对其苏醒（wake up）一词中"up and up and up"①的反复运用似乎暗示了第三空间存在的永恒性。原本的"苏醒"由于"up"（向上）一词的叠用形成了一种再次飞翔的状态，预示着个体、文化和历史维度上内部和外部、自我与他者以及过去和现在之间永恒不断的冲突、交叠和杂合。

这种由两种本原世界激荡而成的第三空间，虽然具有不确定性，但也预示了一种变革的潜力。能否将其转化为变革的力量，关键在于取舍与平衡，正如伊卡洛斯故事中的飞翔法则，不可以飞得太高，也不可以飞得太低。这种飞翔法则在小说中，主要通过洁思米母亲和外祖父的信仰对比体现出来。洁思米的母亲是第一代移民的典范，为了融入英国生活，她抛弃了约鲁巴的文化信仰，没有为洁思米逝去的双胞胎姐妹芬恩制作伊贝吉雕像；但另一方面，因为她强烈的民族身份认知，又无法接受基督教信仰，因为耶稣的白人形象让她产生了深深的排斥感。面对女儿洁思米问自己"为什么不爱上帝"的质问时，莎拉回答："有时候，你真的无法去爱一个人或一样东西，如果你从里面看不到一点点自己……耶稣的嘴巴不像你的嘴巴那么大，他的肤色浅黄，你的脸上没有一点点他的影子。"②莎拉虽然认为自己和洁思米既是英国人也是尼日利亚人，但其实两者皆不是。反之，初次登场看似是旧式男权主义象征的外祖父却因两者皆不是而成为两者皆是。他不仅信仰基督教，同时也保留了约鲁巴传统信仰；他的书房里不仅摆放着尼日利亚文学的典范之作《瓦解》（*Things Fall Apart*，1958）和《森林之舞》（*A Dance of the Forests*，1960），同时也有象征西方文化的《圣经》和柯勒律治（Samuel

---

① Helen Oyeyemi, *The Icarus Girl*, London: Bloomsbury Publishing, 2006, p. 322.

② 海伦·奥耶耶美：《遗失翅膀的天使》，马渔泽，上海：上海人民出版社，2009 年，第177—178 页。

Taylor Coleridge，1772—1834）的诗集。在外祖父看来，耶稣的脸并不重要，重要的是祷告这一行为。"你知道你做祷告的时候，你被听着，即使不是上帝听着，自己也听得到。你做祷告的时候，告诉自己真正想要的是什么、真正需要的是什么……告诉你，忘了耶稣的脸孔吧。"[1]

外祖父的智慧正是现代约鲁巴文化多神信仰的集中体现。如今，约鲁巴人有超过40%的人信奉伊斯兰教，不到40%的人信奉基督教，另外20%的人则信奉传统的约鲁巴宗教，然而，这些信奉伊斯兰教和基督教的人其实也同时信奉传统的约鲁巴宗教。[2]这种多种宗教的杂合信仰体现出约鲁巴族圆融宽厚的处世哲学，也是一种万物和谐相处的平衡之道。正如外祖父对洁思米所叮嘱的那样："两个饥饿的人不可能成为朋友，如果成了，那他们会吃掉对方。同样地，一个饥饿的人与一个饱食的人也不可能成为真真正正的朋友，因为饿的人会把饱的人吃掉……只有两个吃饱的人才能成为朋友。因为除了友情，他们不想从对方身上得到什么。"[3]这种关于饥饿和饱食之人的比喻，其实象征了不同国家和不同文化之间所应采取的交流姿态，"固守本土文化与抵制西方文明并不会摆脱饥饿，只有保留本土文化的精华，顺应历史潮流才能为未来之路找到出口"[4]。正如伊卡洛斯神话中本应遵循的飞翔法则，在非洲这个因殖民历史而造成的异质文化冲突与融合的第三空间中，只有维持平衡之道，才能脱离当前困境，摆脱"具备现代意义上的'流散症候'，即身份迷失、边缘化处境、家园找寻、种族歧视、性别压迫和文化归属等问题"[5]，在丛林世界、杂合空间和历史夹缝的历练中找到前进的方向，实现国家富强、民族复兴、文化繁荣和个人幸福。

（文／浙江工商大学 李丹）

---

① 海伦·奥耶耶美：《遗失翅膀的天使》，马渔泽，上海：上海人民出版社，2009 年，第 241 页。

② Fernand Leroy, et al., "Yoruba Customs and Beliefs Pertaining to Twins", *Twin Research*, 2002, 5(2), p. 133.

③ Helen Oyeyemi, *The Icarus Girl*, London: Bloomsbury Publishing, 2006, pp. 239—240.

④ 朱振武、韩文婷：《三重空间视阈下的非洲书写——以本·奥克瑞〈饥饿的路〉为中心》，《当代外国文学》，2017 年第 4 期，第 67 页。

⑤ 朱振武、袁俊卿：《流散文学的时代表征及其世界意义——以非洲英语文学为例》，《中国社会科学》，2019 年第 7 期，第 151 页。

第十四篇

奥比奥玛小说《钓鱼的男孩》中的死亡书写

奇戈希·奥比奥玛

Chigozie Obioma, 1986—

作家简介

奇戈希·奥比奥玛（Chigozie Obioma，1986—　）出生于尼日利亚阿库雷市（Akure）的一个伊博族家庭，是非洲文坛的一名新秀。他于 2012 年前往密歇根大学（University of Michigan）攻读创意写作硕士学位，这期间先后获得霍普伍德（Hopwood Awards）小说奖（2013）和诗歌奖（2014），开始在非洲文坛崭露头角。《钓鱼的男孩》（ *The Fishermen* ，2015）和《卑微者之歌》（ *An Orchestra of Minorities* ，2019）在出版当年均入选布克奖短名单，为奥比奥玛赢得了极高的文学声誉。

《钓鱼的男孩》围绕波贾（Boja）弑兄一事展开，具有强烈的现实指向性——小说中的疯子（prophesying madman）隐喻英国殖民者，幻想接受者（recipients of the vision）则隐喻由豪萨、伊博、约鲁巴三个主要部族构成的尼日利亚人民。小说形象地描述了 1993 年尼日利亚总统选举纷争，旨在解构并阐明妨碍国家进步的意识形态坑洞。《卑微者之歌》是奥比奥玛根据他在塞浦路斯的留学经历写成，主人公则是以他的好友杰（Jay）为原型塑造。小说讲述了一位家禽养殖场场主，为了向钟爱的女人证明自身价值，前往塞浦路斯求学，结果遭遇种族歧视并被人欺骗的故事，生动地展示了一位"卑微者"的凄惨命运。

一部映射尼日利亚的历史与现实，一部探讨人类的尊严与命运，这两部小说令奥比奥玛名声大噪。2015 年，美国《对外政策》（ *Foreign Policy* ）杂志将奥比奥玛列入"全球百位思想家"，《纽约时报》（ *The New York Times* ）称他为"阿契贝的接班人"。当然，也有人质疑奥比奥玛作品的价值。2015 年《钓鱼的男孩》入围布克奖后，珀西·兹沃穆亚（Percy Zvomuya）曾指责该小说呈现出强烈的"创作产业化"倾向，认为它的入围主要缘于地缘政治因素。

作品节选

《钓鱼的男孩》
(*The Fishermen*, 2015)

Obembe was not alone in the kitchen. Mr. Bode stood beside him, his hands on his head, gnashing his teeth. Yet, there was a third person, who, however, had become a lesser creature than the fish and tadpoles we caught at Omi-Ala. This person lay facing the refrigerator, his wide-opened eyes still and fixed in one place. It was obvious these eyes could not glimpse a thing. His tongue was stuck out of his mouth from which a pool of white foam had trailed down to the floor, and his hands were splayed wide apart as though nailed to an invisible cross. Half-buried in his belly was the wooden end of Mother's kitchen knife, its sharp blade deep in his flesh. The floor was drenched in his blood: a living, moving blood that slowly journeyed under the refrigerator, and, uncannily—like the rivers Niger and Benue whose confluence at Lokoja birthed a broken and mucky nation—joined with the palm oil, forming an unearthly pool of bleached red, like puddles that form in small cavities on dirt roads. The sight of this pool caused Obembe, as if possessed of a prating demon, to continue to utter with quivering lips the refrain "River of red, river of red, river of red."

It was all he could do, for the hawk had taken flight, soaring on an unapproachable thermal. All that there was to do was scream and wail, scream and wail. I, like Obembe, stung to stillness by the sight, cried out the name, but my tongue became lost to Abulu's so that the name came out corrupted, slashed, wounded, subtracted from within, dead and vanishing: *Ikena*.①

---

① Chigozie Obioma, "8 The Locusts", in *The Fishermen*, New York: Hachette Book Group, Inc., 2015.

厨房里不止奥班比一个人。博德先生站在他旁边，咬着牙，双手抱头。然而，厨房里还有第三个人，只是他比我们在奥米—阿拉河里抓来的鱼和蝌蚪还缺乏生气。这个人脸朝冰箱躺在地上，眼睛睁得很大，定定地看着某个地方。很显然，这双眼睛什么也看不见了。他的舌头耷拉在嘴唇外面，嘴里渗出的白沫已经在地板上积成了一摊。他的双臂像被钉在一个隐形十字架上，张得很开。他的肚子上插着母亲的菜刀，只露出了木柄，锋利的刀刃完全埋进了肉里。地板上满是他的血：一股有活力的、流动的鲜血正缓缓从冰箱下面流过，同棕榈油汇合，颜色变成诡异的淡红，跟泥土路上坑里的泥浆的颜色差不多。令人不寒而栗的是，这一情形就像尼日尔河跟贝努埃河在洛科贾汇合，催生了一个四分五裂、乱七八糟的国家。这摊怪异的混合物弄得奥班比像被唠叨鬼附身似的，抖着嘴唇一遍又一遍地重复："红河，红河，红河……"

他还能做什么呢？老鹰已经借着一股常人无法触及的热气流飞上高空，地上的人只能尖叫，哀号。我跟奥班比一样，被眼前这一幕吓呆了。我喊着那个名字，但我的声音被阿布鲁的声音取代了。那个名字被污染了，砍伤了，抽空了，死去了，消逝了：伊可纳。[1]

（吴晓真 / 译）

---

[1] 奥比奥玛：《钓鱼的男孩》，吴晓真译，长沙：湖南文艺出版社，2016 年，第 145—146 页。

作品评析

《钓鱼的男孩》中的死亡书写

引　言

《钓鱼的男孩》（*The Fishermen*，2015）是尼日利亚文坛新秀奥比奥玛的长篇小说处女作[①]，该书出版后立即赢得了西方评论界的一致好评，入围2015年布克奖短名单。对此，珀西·兹沃穆亚（Percy Zvomuya）在南非《周日时报》（*Sunday Times*）上公开质疑。他指责《钓鱼的男孩》呈现出"愈演愈烈的创作产业情节"，认为该小说之所以能入围布克奖的最后短名单与地缘政治不无关系。他说，"[评委们]不得不网出一个非洲人"[②]。笔者以为，兹沃穆亚的观点有些主观。到目前为止，该书已被译成包括中文在内的25种语言，获得了《纽约时报》（*The New York Times*）周日书评的"编辑推荐奖"（Editor's Choice）、《财经时报》（*Financial Times*）的"非洲及中东奥本海默小说奖"（Oppenheimer Prize for Africa and the Middle East）等10余项国际著名奖项。这些荣誉充分说明《钓鱼的男孩》能入围布克奖短名单绝非简单地缘于地缘政治因素。实际上，凭借着该小说，奥比奥玛获得了有色人种协进会（NAACP）的"形象奖"（Image Award），并入选了由《对外政策》（*Foreign Policy*）杂志评出的2015年"全球最有影响力的100名思想家"。《纽约时报》将其誉为"阿契贝的接班人"[③]。

---

① 奥比奥玛目前出版了两部长篇，第二部是《卑微者之歌》（*An Orchestra of Minorities*）。

② 参见 https://www.newstatesman.com/culture/2015/09/making-myths-chigozie-obioma-s-fishermen。

③ 参见 https://Chigozieobioma.com/。

　　《钓鱼的男孩》的故事围绕波贾（Boja）弑杀其兄伊肯纳（Ikenna）的事件展开，其间充满了各种死亡意象。据笔者粗略统计，小说中具体描写或简略提及的死亡事件不下20起。更值得注意的是，小说中除了伊巴夫（Igbafe）的祖父享受了天年，其余的人不是少年夭亡就是中年早逝，都属于非正常死亡，更确切地说，是暴亡。《高端时报》（*Premium Times*）记者在采访奥比奥玛时就提到了小说中频频出现的死亡意象。① 不过，评论者们似乎只聚焦于波贾的弑兄事件，而忽略其他死亡事件。本文着重分析和探讨该小说中的他杀和意外死亡意象，揭示这些意象的文化与政治内涵，以及奥比奥玛本人对家庭、社会、人生等诸多现实问题的思考。我们相信，对《钓鱼的男孩》中死亡书写的研究将有助于读者更好地把握这部小说的主题思想和艺术特色。

一、《钓鱼的男孩》中的他杀死亡

　　《钓鱼的男孩》中描写最多的是他杀死亡事件：既有虚构人物如伊肯纳、疯子阿布鲁（Abulu）及其哥哥的被杀，也有历史真实人物的被杀，比如尼日利亚独裁者阿巴查（Abacha）将军、1993年赢得尼日利亚大选的约鲁巴族百万富翁阿比奥拉（Abiola）及其妻库迪拉特（Kudirat）。此外，小说还涉及1993年6月20日尼日利亚大选暴动中约鲁巴族与豪萨族之间因冲突而引发的暴力屠杀。在这些暴力性的他杀死亡事件中，波贾弑兄事件无疑最值得我们关注。表面上看，波贾弑兄的故事与《圣经》中该隐弑杀亚伯形成某种互文，因为奥比奥玛在小说中借叙述者本杰明（Benjamin）之口直接告诉读者，波贾和伊肯纳之间的手足相残缘于"该隐与亚伯综合征"。② 奥比奥玛虽然直接告诉读者《钓鱼的男孩》中的弑兄故事与《圣经》中的弑弟故事之间存在关联性，但小说中的弑兄故事绝非该隐弑弟故事的简单重复。

---

① *Premium Times*, "Chigozie Obioma's *The Fishermen*-A Deadly Game Between Leviathans and Egrets", September 25, 2016. https://www.premiumtimesng.com/entertainment/211165-title-chigozie-obiomas-fishermen-deadly-game-leviathans-egrets.html.

② 奥比奥玛：《钓鱼的男孩》，吴晓真译，长沙：湖南文艺出版社，2016年，第171页。本文的作品引文均出自该译本，个别译文略有改动。

奥比奥玛生于尼日利亚，长于尼日利亚。他在塞浦路斯、美国等地的生活和教育经历，造就了他跨国界、跨文化的"飞散"（diaspora）①视野。在《高端时报》记者对其的采访中，奥比奥玛说道："我没有，不会，也不能为尼日利亚写作。我也不会为西方写作。……[我]为所有人写作。"②奥比奥玛的那种"飞散"视野也体现在其对波贾弑兄故事的演绎中。他曾说过，发生在阿格伍兄弟身上的故事也可能发生在任何人身上。③可以看出，奥比奥玛的弑兄故事对该隐的弑弟故事既有所保留，又有创造性的改写。在一次采访中，奥比奥玛提到他小时候常常阅读《圣经》，有段时间他曾如饥似渴地阅读基督教文学。④不过，必须指出的是，这一弑兄故事的创作灵感并非直接源于该隐弑弟的故事，而是源于他与父亲的一次电话闲聊。其间，其父提及了其大哥与二哥的一段童年往事。他在访谈中说：

我着手写这部小说是因为我父亲和我聊起我大哥和二哥的亲密关系，但他们两人儿时曾发生过一起非常严重的相互伤害事件。我开始考虑兄弟之间的爱意味着什么。要是我两个哥哥的亲密关系从来不曾有过，那又是怎样一番情形？这样的一番思索让我萌生了要创作一个亲密无间且这种亲密关系被毁的家庭故事的念头。⑤

《钓鱼的男孩》的自传性特征也印证了故事的素材并非该隐弑弟的故事：奥比奥玛本人来自阿库雷一个有众多孩子的中产阶级大家庭，阿格伍家也是阿库雷一个有着六个孩子的中产阶级大家庭。在哈比拉与奥比奥玛的访谈中，后者也指

---

① 关于"diasporic"一词（名词 diaspora）的中译，有人用"离散"，有人用"飞散"。这里我们采用"飞散"。按照童明的观点，"离散"带有背井离乡的凄凉感，而"飞散"则是主动的，它隐含了一种创新的生命力。（参见童明：《飞散》，《外国文学》，2004 年第 6 期，第 53 页。）

② *Premium Times*, "Chigozie Obioma's *The Fishermen*-A Deadly Game Between Leviathans and Egrets", September 25, 2016. https://www.premiumtimesng.com/entertainment/211165-title-chigozie-obiomas-fishermen-deadly-game-leviathans-egrets.html.

③ Ibid.

④ Amy Frykholm, "From Nigeria to America and Back", November 22, 2016. https://www.christiancentury.org/article/2016-11/nigeria-america-and-back.

⑤ Ibid.

出，故事中父亲这个人物在很多方面是以他自己父亲为原型的。[1]另外，故事的叙述者本杰明出生于1986年，与奥比奥玛同岁，而且在哈比拉对奥比奥玛的访谈中，奥比奥玛也承认，他将自己热爱动物的个性虚构在本杰明身上。[2]

在与加纳女作家特耶·赛拉西（Taiye Selasi）的对话中，奥比奥玛曾提到，小说不应只有一种功能，它至少应从两个层面，即个人层面和概念层面上起作用。在她看来，作家不应为了讲故事而讲故事，如果没有关键或急迫的东西要表达就根本没必要讲故事。[3]她认为，在创作中，"哪怕是一个有关女人去打水的短篇故事也可以把它用到更重要的事情上去，以让它成为探讨深刻思想的缩影"。[4]笔者认为，在《钓鱼的男孩》中，奥比奥玛将该隐弑弟式的家庭故事从个人层面上升到概念层面，赋予其政治内涵。

与《圣经》中的该隐和亚伯不同，在《钓鱼的男孩》中，弑杀事件发生时，波贾14岁而伊肯纳15岁，两人都尚未成年。从某种意义上来讲，这个弑兄故事同时也是伊肯纳和波贾的成长故事。哈比拉在其发表在《卫报》上的书评中指出，"《钓鱼的男孩》是部成长篇小说：父亲离开家乡，调到尼日利亚北部城市约拉工作的那一刻，阿格伍兄弟们就被抛入了一个他们不得不面对的残酷世界……伊肯纳在15岁时就被迫成了一家之主。他的死亡又迫使他的弟弟们过早地成长"[5]。个体的成长与民族的成长总是能构成一种"隐喻"和"实际"的关系。[6]哈比拉将阿格伍兄弟因父亲调往异地工作而不得不面对一个残酷的世界视为一个隐喻，认为它暗示着尼日利亚因缺乏有能力的领导者而导致争斗。[7]在该小说的后记中，奥

[1] Helon Habila, "First Fiction 2015", *Poets & Writers*, 2015, 43(3), p. 47.

[2] Ibid.

[3] Amanda Silverman, "Does the World Really Need Nation-states", August 30, 2018. https://foreignpolicy.com/2016/08/30/does-the-world-really-need-nation-states/.

[4] Ibid.

[5] Helon Habila, "The Fishermen by Chigozie Obioma Review: Four Brothers and a Terrible Prophecy", March 13, 2015. https://www.theguardian.com/books/2015/mar/13/the-fishermen-chigozie-obioma-review.

[6] 黄芝：《从天真到成熟——论〈午夜的孩子〉中的"成长"》，《当代外国文学》，2008年第4期，第95页。

[7] Helon Habila, "The Fishermen by Chigozie Obioma Review: Four Brothers and a Terrible Prophecy", March 13, 2015. https://www.theguardian.com/books/2015/mar/13/the-fishermen-chigozie-obioma-review.

比奥玛也提到，"那有四个儿子的一家人则暗指尼日利亚的主要族群"①。在《钓鱼的男孩》中，伊肯纳和波贾的相继死亡和成长失败与尼日利亚的成长失败是小说隐含的两条叙事平行线。简言之，阿格伍兄弟的个人命运与尼日利亚作为一个年轻国家的命运是紧紧交织在一起的。"M.K.O.（阿比奥拉的名字缩写）挂历"记录了兄弟四人偶遇1993年尼日利亚大选获胜者阿比奥拉并获得阿比奥拉竞选委员会颁发的奖学金的经历。阿格伍兄弟十分珍视它，因为它不仅凝聚着他们的兄弟之情，也蕴含着"对未来的美好期许"②。他们珍视的另一个东西是一份1993年6月15日刊发的《阿库雷先驱报》。它记录了年仅12岁的伊肯纳开车带领三个弟弟在1993年大选暴乱中脱离险境的经历。从个人层面上来讲，伊肯纳毁掉这两样东西的举动，意味着他与波贾之间的兄弟情已经荡然无存。从国家层面来看，1993年民主选举的结果被取消以及由此导致的大选动乱也致使尼日利亚国民从希望走向绝望。这两个过程几乎是同步的。正是基于这些"巧合"，这部小说才更像是一首关于尼日利亚被挥霍的黄金时代的挽歌。

与该隐弑弟故事一样，愤怒和恐惧也是波贾弑杀伊肯纳的导火索。不同的是，该隐因自己心中的恶而怒杀其弟，《钓鱼的男孩》中的愤怒和恐惧则来自被阿布鲁的预言所煽动的被弑者伊肯纳。阿布鲁既不是牧师也不是巫师，他只是一个疯子，但他的经历显然具有政治的隐喻。《钓鱼的男孩》的其中一个题记是马齐兹·库内内（Mazisi Kunene）所写的一首诗："那疯汉闯进了我们的家宅／亵渎我们的圣地／叫嚣他掌握着世间唯一的真理"③。显然，阿布鲁就是库内内诗句中疯汉的写照。艾米·弗莱克霍尔姆（Amy Frykholm）在与奥比奥玛的访谈中指出，库内内的诗歌描述的正是西方殖民者初到西非时的情形："他们宣称的真理——世上只有一个神，女人可以当女王——对那个时期的非洲人来说都是非常奇怪的。非洲人嘲笑他们。但是最后，那个疯汉用他的一神教和女王毁灭了那个文明"④。由

---

① 奥比奥玛：《钓鱼的男孩》，吴晓真译，长沙：湖南文艺出版社，2016年，后记。

② 同上，第74页。

③ 同上，题记。

④ Amy Frykholm, "From Nigeria to America and Back", *Christian Century*, 2016, 133(24), p. 33.

此可见，在奥比奥玛笔下，《圣经》中的该隐弑兄式的惨剧被剔除了宗教内核，变成了"尼日利亚破坏性殖民遗产的政治寓言"①。

尼日利亚是英国殖民统治的产物。1914年，英国殖民政府将语言、文化与习俗各异的众多部族强行放置在一起，建成了尼日利亚这一殖民政体。贝索尔·戴维森（Basil Davidson）指出，在整个非洲，殖民主义之后的"国家"与其说是一份礼物，不如说是"黑人的负担"。②应该说，奥比奥玛也持有相同的看法。他在与哈比拉的访谈中这样说道：

> 尼日利亚是难以维系的。我觉得那是因为国家自身的基础不稳。只有当强大的民族身份形成后国家方能存活下来。你看看西方国家，它们在国家主体身份形成之前就已经形成了民族身份。但在非洲，情况正好相反。③

或许是基于这样的考虑，奥比奥玛才会让《钓鱼的男孩》中象征着尼日利亚主要部族的伊肯纳和波贾兄弟之间的残杀悲剧蒙上一种宿命色彩。正如有评论者指出的那样，这场弑兄悲剧是个命定的、无法挽回的悲剧④。伊肯纳仿佛成了罗素所说的让死亡恐惧缠住了心、被死亡恐惧所奴役的人⑤；他不顾母亲的警告、责备以及弟弟们的温情相劝，无可挽回地一步步走向死亡。同样，浑身散发着"死亡的味道"⑥的阿布鲁也被塑造成一个能预言各种死亡的疯子——"他的舌头底下藏着一本灾难录"⑦，他所有的死亡预言都一一发生。

伊肯纳似乎注定难逃一死。尽管他被杀时年方15岁，但已与死神两次擦肩而过。在这场弑兄悲剧发生之前，他也有多次机会停止对弟弟们的伤害，从而改变

① Amy Frykholm, "From Nigeria to America and Back", *Christian Century,* 2016, 133(24), p. 33.

② John C. Hawley, "Biafra as Heritage and Symbol: Adichie, Mbachu, and Iweala", *Research in African Literatures*, 2008, 39(2), p. 16.

③ Helon Habila, "First Fiction 2015", *Poets & Writers*, 2015, 43(4), p. 47.

④ 参见 https://www.newstatesman.com/culture/2015/09/making-myths-chigozie-obioma-s-fishermen.

⑤ 段德智：《西方死亡哲学》，北京：北京大学出版社，2006年，第264页。

⑥ 奥比奥玛：《钓鱼的男孩》，吴晓真译，长沙：湖南文艺出版社，2016年，第231页。

⑦ 同上，第95页。

事态发展的方向。有一次，他似乎被弟弟们的爱所感动，但他却随即"好像被精灵拍了下，惊醒过来"①，又重返那种摧毁一切的愤怒和恐惧的状态之中，不可避免地走向死亡。更值得注意的是，小说在描写波贾斩杀邻居家公鸡时，也表露出那种命中注定的神秘感——"波贾的动作颇为从容，轻轻一划就割破了公鸡皱巴巴的脖子，好像他已经不是第一次干这事儿，好像他注定要再干一次"②（着重号为笔者所加）。在两人最后的残杀开始时，小说中写道，"好像有某种力量操纵他们的双手，这种力量占据了他们每一块肌肉，甚至每一滴血浆。也许正是这种力量而非他们自身的意识让他们对彼此痛下狠手"③。

对伊肯纳发出死亡预言的阿布鲁是个亵渎母亲和弑杀哥哥的疯子。尽管如戴维·霍艾克马（David A. Hoekema）所言，阿布鲁代表了阿格伍家试图抗拒的一切④——满嘴脏话、举止粗俗、身上散发出"腐烂的食物、未愈合的伤口和流脓、体液和垃圾的味道"⑤，但伊肯纳却莫名地被阿布鲁所吸引，并一步步地靠近他。小说中，在波贾弑兄事件发生之前还出现了不少类似的神秘事件，给这场惨剧增添了一种超自然的魔幻色彩。在波贾弑杀伊肯纳之前发生了一场蝗灾，原本预示着能为遭受干旱肆虐的大地带来丰沛雨水的蝗虫，却带来了一场暴风雨，它"掀翻了屋顶，推倒了房子，淹死了许多人，把好多城市变成了水乡泽国"⑥。波贾斩杀邻居家的公鸡时，伊巴夫的祖父（一位丧失语言能力的老者）在目睹波贾杀鸡的场面时突然恢复了言语能力，看上去像个"现身示警的天使。到底警示些什么，太远了，听不见"⑦。普鲁恩·佩罗麦特（Prune Perromat）认为，这些神秘事件使《钓鱼的男孩》蒙上了一种拉美魔幻现实主义的色彩，有一点莎士比亚或希腊悲剧的味道。⑧

---

① 奥比奥玛：《钓鱼的男孩》，吴晓真译，长沙：湖南文艺出版社，2016年，第117页。

② 同上，第46页。

③ 同上，第141页。

④ David A. Hoekema, "Faith and Family in Nigeria", *Christian Century*, 2016, 133(24), p. 33.

⑤ 奥比奥玛：《钓鱼的男孩》，吴晓真译，长沙：湖南文艺出版社，2016年，第231页。

⑥ 同上，第131页。

⑦ 同上，第46页。

⑧ Prune Perromat, "A Conversation with Chigozie Obioma", June 2, 2016. http://www.Theliteraryshowproject. com/conversations/2016/6/26/a-conversation-with-chigozie-obioma.

非洲民间文化充满迷信和超自然的色彩，波贾弑兄惨剧前后发生的那些带有魔幻色彩的事件充分展示了非洲丰富而神奇的民间文化。不过，伊肯纳的被杀并非受莎士比亚或希腊悲剧意义上的神秘命运所驱使，疯子阿布鲁也不是什么"命运的宣读人"①。但有一点是肯定的，伊肯纳与波贾之间的兄弟相残隐喻了尼日利亚各个部族之间的相残。在《高端时报》对其的访谈中，奥比奥玛把该悲剧称作"伊博悲剧"。他说，"这是一种不同的悲剧。它并非以一种与莎士比亚或希腊悲剧相同的方式起作用。它是我们自己的悲剧类型——我自己的悲剧形式。"②可以说，奥比奥玛的自我评论清楚地道出了《钓鱼的男孩》中手足相残的政治寓言内涵。

二、《钓鱼的男孩》中的意外死亡

在《钓鱼的男孩》中，除了他杀死亡之外，奥比奥玛着笔最多的就是意外死亡。值得注意的是，该小说中的意外死亡者几乎都死于交通事故。兄弟四人的儿时玩伴伊巴夫死于交通事故，他们的邻居博德先生同样死于交通事故。在小说中，还有不少不具名的人物也死于交通事故。例如，被疯子阿布鲁奸尸的年轻妇女也死于交通事故；有一辆载着一家人的汽车在公路上失控而栽进了奥米－阿拉河，全家人都被河水淹死。除了那些死于交通事故中的人，在阿库雷的街上也随处可见被汽车碾死的各种动物尸体。交通事故似乎是小说人物日常生活中无法避开的灾难。阿格伍家所信任的柯林斯（Collins）牧师也曾遭遇车祸。阿布鲁甚至两次遭遇车祸。在第一次车祸中，他虽侥幸存活下来，但此后便精神失常。

显然，奥比奥玛在《钓鱼的男孩》中描写频发的交通事故旨在揭露尼日利亚混乱的交通状况以及交通警察低下的办事效率。正是由于阿库雷的交警出警很慢，那个死于车祸的女性才整个早上都横尸街头，没有得到妥善的安置。可以说，与"尼

① 奥比奥玛：《钓鱼的男孩》，吴晓真译，长沙：湖南文艺出版社，2016年，第96页。

② *Premium Times*, "Chigozie Obioma's *The Fishermen*-A Deadly Game Between Leviathans and Egrets", September 25, 2016. https://www.premiumtimesng.com/entertainment/211165-title-chigozie-obiomas-fishermen-deadly-game-leviathans-egrets.html?tztc=1.

日利亚没有一天 24 小时正常的电力供应"①一样，该小说中频频发生的交通事故也是尼日利亚治国理政失败的象征。在那个充满混乱的国家中，活着的人没有安全感，死去的人得不到基本的尊严。那个死于交通事故的女性就是在众目睽睽之下遭到阿布鲁的亵渎而无人制止。奥比奥玛借小说中父亲写给本杰明的信愤怒抨击尼日利亚政府的不作为：

> 每天都有年轻人被名为道路实为满是车辙、破烂不堪的"死亡陷阱"夺去生命。然而，阿索岩（尼日利亚首都阿布贾郊外的一块巨岩。尼日利亚国会、总统府、最高法院都建在附近）上的人声称这个国家会好起来。问题就在这儿，他们的谎言就是问题所在。②

阿布鲁虽然没有死于车祸，但他也是车祸的受害者。在与哈比拉的访谈中，奥比奥玛谈及他在塑造阿布鲁这个疯子形象时融入了现实关怀的因素，目的是让西非的政治家们注意到其所在国家的精神病人无家可归、频频死于车祸的社会现实：

> 在西非社会，疯女人和疯汉子现象是相当普遍的。像［阿布鲁］那样到处乱跑的人是被遗弃者，大多数来自另一个城市。他们到处乱跑，在大街上捡垃圾，做我在书中所描写的事情。……然后某一天，你一早醒来发现他们中的某一个已经死在马路边，或许被车撞死了。所以，通过将阿布鲁塑造成普通疯汉的角色，我希望能让西非政治家们意识到这一困境。③

从这个意义上讲，奥比奥玛描写那么多的交通事故死亡，尤其是那些无名氏的交通事故死亡，目的显然是有意提醒西非的政治家们要关注他们国家依然混乱的交通状况。

---

① Prune Perromat, "A Conversation with Chigozie Obioma", June 2, 2016. http://www.Theliteraryshowproject. com/conversations/2016/6/26/a-conversation-with-chigozie-obioma.
② 奥比奥玛：《钓鱼的男孩》，吴晓真译，长沙：湖南文艺出版社，2016 年，第 304 页。
③ Helon Habila, "First Fiction 2015", *Poets & Writers*, 2015, 43(3), p. 47.

奥比奥玛所描写的交通事故死亡除了上述的现实观照之外，还有象征层面的内涵，即象征着新殖民主义对尼日利亚人民的碾压和吞噬。"新殖民主义"（neocolonialism）是二战之后殖民主义的表现形式，它是一种"经济殖民主义"①，其基本内涵是：某一前殖民地国家或地区在政治上虽然已经正式独立，摆脱了原宗主国的直接统治，但它并没有获得真正意义上的独立和发展，因为它依然受到原宗主国的经济控制和剥削。②加纳首任总统恩克鲁玛（K. Nkrumah）对新殖民主义有经典的表述："新殖民主义的实质是，在它控制下的国家从理论上说是独立的，而且具有国家主权的一切外表。实际上，它的经济制度，从而它的政治政策都是受外力支配的。"③

汽车是西方的舶来品，与新殖民主义有着千丝万缕的关系。随着汽车的引入，英国殖民者在尼日利亚修建的道路更是被视为新殖民主义的象征。英国最后一任尼日利亚总督的梦想就明示了路与新殖民主义之间的关联：

"一条英雄和美丽的道路"已在他的监督下造好。他梦想着在这条美丽的路上，非洲所有的财富，它的金矿和钻石以及各种矿藏资源、它的食物、它的能源、它的劳工、它的知识就会跨越绿色的海洋被转移到他的国土上，从而让［英国人］的生活更为富足。④

尽管尼日利亚在 1960 年摆脱了英国的殖民统治，获得了独立，但是通过道路的运行，英国以一种更隐蔽的方式，即新殖民主义的方式，控制并损害着独立后尼日利亚的经济。尼日利亚著名作家索因卡和奥克瑞在他们的作品中都曾用"饥饿的路"这个意象来隐喻新殖民主义对尼日利亚的持续侵蚀和吞噬。笔者认为，

---

① 刘颂尧：《略论新殖民主义》，《经济研究》，1984 第 4 期，第 66 页。

② 高岱：《"殖民主义"与"新殖民主义"考释》，《历史研究》，1998 第 2 期，第 158 页。

③ 尼尔斯·哈恩，阎鼓润译：《泛非主义和反对新殖民主义的斗争》，《中国非洲研究评论（2013）》，李安山（主编），北京：社会科学文献出版社，2014 年，第 145 页。

④ Jonathon Highfield, "No Longer Praying on Borrowed Wine: Agroforestry and Food Sovereignty in Ben Okri's *Famished Road* Trilogy", *Environment at the Margins: Literary and Environmental Studies in Africa*, Byron Caminero-Santangelo, Garth Myers, eds., Athens: Ohio University Press, 2011, p. 147.

在《钓鱼的男孩》中，奥比奥玛通过描写众多的交通事故死亡，与索因卡和奥克瑞这两位作家笔下"饥饿的路"意象形成了巧妙的互文，同样赋予道路以新殖民主义的内涵。

从象征的层面上看，《钓鱼的男孩》中的疯子阿布鲁是西方新殖民主义语境下非洲人生活混乱的写照。阿布鲁的疯狂喻指西方新殖民主义的疯狂。阿布鲁原本是一个勤奋好学的学生。与阿格伍兄弟一样，他和哥哥原本也是向往美好未来的青年，但是由于家贫而上不起好学校，被迫铤而走险去抢钱。在抢劫过程中，阿布鲁被一辆飞驰的汽车撞倒，脑部受到重创并因此而神经错乱。阿布鲁显然是"饥饿的路"——西方新殖民主义的直接受害者，但具有讽刺意味的是，大难不死的他在车祸之后却把家安在一辆废旧的卡车上，并且把一具死于交通事故中的女尸"当成了妻子"①，搂住不放。疯癫之后，他完全走向尼日利亚传统道德的对立面，不仅在公共场合手淫、奸尸，还犯下奸母弑兄的罪行，其疯狂的行为已经到了令人发指的程度。耐人寻味的是，作为新殖民主义象征的"路"似乎也赋予阿布鲁强大的力量，因为在遭遇第一次交通事故之后，阿布鲁似乎变得刀枪不入：阿格伍家奥班比（Obembe）和本杰明兄弟俩亲眼看到阿布鲁吃下拌有老鼠药的面包却毫发无损；父亲阿格伍先生试图杀死阿布鲁，非但没有如愿，反而被后者弄瞎了左眼。总之，阿布鲁的疯狂及其百毒不侵的体格是西方新殖民主义肆虐背景下非洲本土民众生活被扭曲、被异化的缩影。

在《钓鱼的男孩》中，除了不少死于交通事故中的人之外，还有随处可见的"各种被车轧死的动物——鸡、山羊、狗、兔子"②。而且，动物的死亡似乎总是对应着某个人物的死亡。波贾在投井自杀前，一只母鹰曾落入那口井中淹死，而且与波贾一样，也是好多天后才被人发现。那只母鹰的死亡与波贾的死亡情景颇为相似。此外，为了报复向他们的母亲告发他们在奥米-阿拉河中钓鱼一事的邻居，波贾用母亲的菜刀斩杀了邻居家的公鸡。这一暴力细节预示了波贾后来用该刀弑兄的悲剧。本杰明也将伊肯纳的死亡同四年前掉落在他们家走廊上的麻雀之死联

---

① 奥比奥玛：《钓鱼的男孩》，吴晓真译，长沙：湖南文艺出版社，2016年，第219页。
② 同上，第215页。

系起来。读者应该不会忽略小说中俯拾皆是的动物意象，书中的每一章节几乎都是用某个动物命名的。关于书中不断出现的动物意象，在哈比拉与奥比奥玛的访谈中，奥比奥玛曾这样解释：

> 自从小时候我父亲带我们去动物园之后，我就喜欢上动物了……我觉得我将我热爱动物的个性虚构到叙述者本杰明的身上，喜欢动物的本杰明通过他喜欢的东西来理解世界。所以，他将死去的哥哥比作麻雀，他以一种自己能掌控的方式理解悲剧，把伊肯纳变形为麻雀，悲剧感就以他所能掌控的方式被降低到不那么重要的位置。[1]

表面上看，由于本杰明在两个哥哥死亡之时年仅 10 岁，他只能借他所喜欢的动物意象来理解整个事件。从本质上讲，小说中到处出现的动物死亡意象也隐喻着西方殖民主义吃人的本质：在新殖民主义的侵袭和碾压下，尼日利亚人命如草芥，与动物无异。他们没有生命的尊严，更无法控制自己的命运。

结　语

尽管《钓鱼的男孩》主要讲述的不是殖民时期或后殖民时期的斗争，但它进行了如恩古吉·瓦·提安哥所言的"思想去殖"行动。[2] 因此，通过对《钓鱼的男孩》中的他杀以及意外死亡等各种死亡意象的分析，我们认为，该小说不仅是一个家庭故事，更是一则政治寓言，是一种简练的后殖民寓言。波贾弑杀伊肯纳以及自杀的悲剧预示着英国殖民者强加在文化、语言和习俗各异的尼日利亚各部族头上的国家难以维系。小说所描写的那些因交通事故而导致的意外死亡事件在揭示尼日利亚混乱的交通状况以及尼日利亚人毫无尊严的生存现状的同时，也暗示

---

① Helon Habila, "First Fiction 2015", *Poets & Writers,* 2015, 43(3), p. 47.
② 这一说法来自恩古吉·瓦·提安哥的著作《思想去殖：非洲文学中的语言去殖》（*Decolonizing the Mind: The Politics of Language in African Literature*，1986）的标题。

了西方新殖民主义对尼日利亚社会的碾压和吞噬。应该指出的是，尽管小说中充斥着各种死亡意象，但奥比奥玛对尼日利亚的未来似乎并未持完全悲观的态度。我们看到，阿格伍家兄弟中仍未成年的奥班比和本杰明通力合作，成功杀死其父亲独自一人无法对付的阿布鲁，最终给他们家带来平静的生活。奥比奥玛曾指出，尼日利亚要朝前走就必须废除英国人最初建立的制度，让尼日利亚人决定尼日利亚该如何存在。[1] 在奥比奥玛看来，只有当尼日利亚各部族学会互相团结、互相合作的时候，尼日利亚才能摆脱殖民主义挥之不去的影响以及新殖民主义的控制，才能创造一个真正属于尼日利亚的美好未来。

（文 / 华侨大学 杜志卿 张燕）

---

[1] Helon Habila, "First Fiction 2015", *Poets & Writers*, 2015, 43(4), p. 47.

第十五篇

奥比奥玛小说《卑微者之歌》中的神话思维与悲剧意识

作品节选

《卑微者之歌》
(*An Orchestra of Minorities*，2019)

"Even when hawks steal their children, what do they do? Nothing, Nonso. Nothing. How do they defend themselves? They have no sharp fingers, no poisonous tongue like snakes, no sharp teeth, no claws!" She stood up then and walked slowly away to a distance. "So when hawks attack them, what do they do? They only cry and wail, Nonso. Cry and wail, finish." She slapped her palms together in a sliding gesture, as if she were dusting one palm with the other.

He raised his head again and saw that her eyes were closed.

"Like even now. You see? Why? Because they are *umu-obere-ihe*, minorities. See what the powerful have done to us in this country. See what they have done to you. And weak things."

She took a deep breath, and he wanted to speak but did not know what to say. He could hear the sound of her breath even though it was a cool day and the air was stifling. And he could tell that what she was saying was coming from deep within her, as if she were drawing water from a dried-up well, bringing up dregs, scrap metal, dead ferns and whatever lay in its bed.①

① Chigozie Obioma, "14 The Empty Shell", *An Orchestra of Minorities*, London: Little, Brown Book Group, 2019.

"就算是老鹰偷走了它们的孩子，它们怎么办？无能为力，侬索！它们无能为力！它们怎么保护自己？没有锋利的指甲，没有蛇的毒舌，没有尖锐的牙齿，也没有爪子！"她站起身，缓缓移步。"老鹰袭击的时候，它们怎么办？它们只能哭泣、悲鸣，侬索，它们只能哭泣、悲鸣。就没了。"她合起双手，互相摩挲，仿佛在拍打上面的灰尘一样。

他又抬起头，看见她闭着眼睛。

"就连现在也一样。你看到了吗？为什么？因为它们是乌慕－奥比雷－伊赫，卑微者。看看这里的强权者对我们做了什么，对你做了什么，还有，对那些无能为力的人做了什么。"

她深吸了一口气，他想说话，但并不知该说什么。虽然那天很冷，空气让人窒息，他还是能听到恩妲莉的呼吸。他明白，她的话来自内心深处的地方，就像她在一个枯井打水，结果只捞上来井底的渣滓、废铜烂铁、死蕨和其他玩意儿。

（王文娴／译）

作品评析

《卑微者之歌》的神话思维与悲剧意识

引 言

尼日利亚被称为"非洲英语文学重镇"[1]，以图图奥拉（Amos Tutuola，1920—1997）、阿契贝（Chinua Achebe，1930—2013）、索因卡（Wole Soyinka，1934—）、本·奥克瑞（Ben Okri，1959—）、阿迪契（Chimamanda Ngozi Adichie，1977—）等为代表的尼日利亚三代作家创作出不少令人耳目一新的作品。在他们笔下，尼日利亚的过往历史与人民面临的现实困境借文学作品实现具有创造性的自述。可以说，尼日利亚三代作家的作品，是蕴含着尼日利亚政治、经济、文化信息的宝库，是折射尼日利亚历史与现实的镜子。

作为具有跨文化背景的新锐作家，奇戈希·奥比奥玛不仅仅以流散者视角书写了尼日利亚经历的殖民与战争的创伤，还深度探索了人的精神世界，表达了对人性的关怀。"现实画面与历史片段相结合，加上那种可触可感的灵魂深度，让奥比奥玛将自己的作品称为'神秘现实主义（mystical realism）'。"[2]在其小说《卑微者之歌》（*An Orchestra of Minorities*，2019）中，奥比奥玛既没有仅从非洲本土流散者视角出发，叙述历史带来的沉重苦难，也没有只站在异邦流散者的立场，

---

① 朱振武、韩文婷:《三重空间视阈下的非洲书写——以本·奥克瑞〈饥饿的路〉为中心》,《当代外国文学》, 2017 年第 4 期, 第 61 页。

② Lousia Uchum Egbunike and Chimalum Nwankwo eds., *Speculative & Science Fiction*, Suffolk: James Currey, 2021, p. 140.

阐述双重文化的冲击与对未来的迷茫，而是跳出民族主义的局限，站在全人类的视角，讲述了一部关于人性与命运的传奇故事。

一、卑微者：双重人格的奇侬索

《卑微者之歌》是一部彻头彻尾的悲剧，其悲剧性集中体现在奇侬索（Chinonso）这一人物上。亚里士多德（Aristotle）认为，悲剧的主角应该是"不具十分的美德，也不是十分的公正"①的人，而这些人的不幸不是因为他"本身的罪恶或邪恶，而是因为犯了某种错误。"②奇侬索就是这样一个因过失而遭遇不幸的人。在他身上，酒神精神（dionysus spirit）与日神精神（apollo spirit）相互交织，生的本能（life instincts）与死的本能（death instincts）交错上演。奇侬索外表英俊，父母恩爱，还有一个妹妹即将出世，但是这种美好生活随着母亲难产死亡被撕碎。父亲整日郁郁寡欢，奇侬索无心读书最后辍学，妹妹跟着一个年长的男人私奔后再无踪影。父亲的去世让奇侬索彻底成了一个被遗忘的人。他身上那种蓬勃旺盛的生命力仿佛消失了。苦难成了奇侬索的亲密伴侣。从儿时起，奇侬索对一切充满怜悯，他热爱家禽，打心底里爱着那只与他偶遇的小鹅（一只失去母亲的野雁幼崽）。成年后，他狂热地爱着与自己偶遇的恩妲莉（Ndali）。他从不掩饰自己的爱，这是他热爱生命的证据，是他对生的本能的向往。同时，他也会暴虐地伤害老鹰、杀害小鹅，甚至后来烧毁了恩妲莉的药店，还差点儿杀死恩妲莉。奇侬索一方面深爱弱小无助的家禽，对它们充满同情和怜悯。从他对小鹅的感情就可以看出他内心的柔情与温暖；另一方面，对小鹅的爱似乎又很畸形。他杀死了自己的小鹅，还残忍地将袭击家禽的老鹰钉在木板上。他对毁灭的向往正是他体内死的本能占据了上风。张狂的爱与极致的暴虐在同一个人身上存在，这种矛盾仿佛是作者有意安排，目的就是让读者在字里行间中感受奇侬索被这种张力撕碎的

---

① 亚里士多德：《诗学》，陈中梅译注，北京：商务印书馆，1996年，第97页。

② 同上。

痛苦。尼采所言："只有狄奥尼索斯狂热信徒的情绪中那种奇妙的混合和双重性才使我们想起了它，才使我们想到那样一种现象，即：痛苦引发快感，欢呼释放胸中悲苦。"[①] 正如《卑微者之歌》的题目一样，因痛苦鸣唱，为苦难歌颂，与卑微者合鸣。

在整部小说中，家禽是一个内涵丰富的意象。家禽那"笨拙、温顺、喜群居且易受惊"的特点与那些卑微者极为相似。父亲去世后，唯一陪伴奇侬索的就是父亲留下的那些家禽。奇侬索因家禽而重生。叙述者"魍"（Chi）讲到奇侬索与这些家禽的关系：

> 我只是令他想起他是一个爱鸟的人，他的生命因他与长着翅膀的生灵之间的关系而改变。在那一刻，我令他的脑海闪现曾经拥有的那只小鹅惹人怜爱的模样。[②]

跟父亲打猎时无意捕获的那只小鹅成为奇侬索珍爱的玩伴，他悉心地照顾小鹅。小鹅的母亲被奇侬索的父亲打死，奇侬索对小鹅的照料来源于他的愧疚——替父亲赎罪，同时也是将自己的不幸——幼年丧母的创伤投射在小鹅身上。有一天，邻家的坏孩子艾吉克（Ejike）强行将小鹅借走，奇侬索几次去艾吉克家索要，都被艾吉克与其霸道的母亲拒绝。奇侬索从树上看到，小鹅试图逃走，却被艾吉克拴在院子里。他不忍小鹅被折磨虐待，用弹弓将小鹅射伤。小鹅回到自己身边，但是不久就死掉了。奇侬索对小鹅的死愧疚不已，这种道德焦虑使他伤心欲绝，故意做出令老师和父亲生气的举动，并因此受到惩罚，仿佛这种肉体上的痛苦可以消弭其内心巨大的悲痛，化解自己犯下的罪孽。这个情节似乎也隐喻着奇侬索长大后与苦难之间的关系——他注定要成为被苦难偏爱的人。这与陀思妥耶夫斯基笔下的主人公相仿。拉斯柯尔尼科夫为了践行内心的"超人"理论，自以为杀掉了危害社会的"虱子"，却陷入了无尽的痛苦与折磨中。奇侬索为了不让小鹅忍受痛苦，不再遭受被人抢夺的命运，结束了小鹅的生命。不同的是，陀思妥耶

---

① 尼采：《悲剧的诞生》，孙周兴译，北京：商务印书馆，2011年，第29页。
② 奇戈希·奥比奥玛：《卑微者之歌》，陈超译，北京：北京联合出版公司，2021年，第11页。

夫斯基潜入人性的海底深处，展现人性中复杂可怖的一面；而奥比奥玛则描绘人与命运的冲突，剖析了人面对艰难抉择时的焦虑与挣扎。后来，父亲察觉到奇侬索的异样，于是带着他去了郊外的一家大农场，这些带羽毛的生灵彻底改变了奇侬索："就是在这里，在成千上万根羽毛的气味和数百个咯咯哒哒的声音中，他的心终于恢复了生机，在他体内跃动。"①

家禽让少年奇侬索重新找到生活的契机，成为他生命的一部分。而恩妲莉让成年后的奇侬索找到重新活下去的勇气。从某种意义上说，奇侬索在小鹅这样的家禽身上看到了自己的影子——卑微者。奇侬索执意救起初遇时试图自杀的恩妲莉，可以看出，他与弱小无助之辈感同身受。他们无力掌握自己的命运，面对侮辱与欺凌，只能哭泣、悲鸣。小鹅的母亲被奇侬索父亲杀死，小鹅又被奇侬索和艾吉克互相争夺，这种任人摆布的遭遇，与奇侬索被自己爱人恩妲莉的家人侮辱、被自己儿时的朋友骗走所有财物、被白人诬陷入狱如出一辙。奇侬索的好友贾米科（Jamike）在儿时受到奇侬索与其他同学的嘲弄，后来他骗走了奇侬索所有的财产，包括被奇侬索视为生命的农场。当奇侬索洗清冤屈后，他跪在奇侬索脚边请求原谅。奇侬索出狱后对贾米科恨到了极点，甚至想杀掉他，后来将他殴打了一顿，还故意在饮料瓶里放入自己的尿液骗他喝下去。在报复贾米科的过程中，奇侬索既对这位间接导致他与恩妲莉分开的仇人怀恨在心，又厌恶自己的卑鄙与下作，为自己丧失良心而痛苦不堪。经历艰难的抉择，奇侬索选择既往不咎，原谅了贾米科。

爱与残忍、怜悯与暴虐、同情与伤害……构成了两个极端世界。在这两个极端中来回往复的奇侬索，被命运戴上了沉甸甸的、无法解开的枷锁。这副枷锁让他在人生的舞台上毫无选择，只能出演悲剧，出演那个一无所有的卑微者。命运夺走了他的所爱——父母、妹妹、恩妲莉、小鹅，夺去了他生的本能。他只能眼睁睁看着自己成为死亡的追随者，成为一副没有灵魂的空壳。

---

① 奇戈希·奥比奥玛：《卑微者之歌》，陈超译，北京：北京联合出版公司，2021年，第67页。

二、卑微者的抗争：奇侬索的劫难与归家之路

一个人莫名遭遇一连串的厄运并不会引起他人的同情与怜悯，而莫名陷入厄运的人以绝不屈服的意志与厄运抗争到最后一刻，才是真正令人落泪的画面。俄狄浦斯是如此，哈姆雷特是如此，奇侬索也是如此。面对命运给出的残忍附加题，奇侬索无法交出满分答卷，唯有以意志与命运的不公默默抗衡。他的抗争体现了一种坚强的意志，一种深刻的悲剧精神和一种崇高的人性。他深爱着恩妲莉，这种爱不是盲目的肉体冲动，而是彼此的生活水乳交融，相互的灵魂同频共振。这份爱是奇侬索后来在监狱中与命运抗争的唯一动力。在奇侬索看来，他与恩妲莉的爱情是纯粹的，是不可掺杂利益的，也不可被世俗玷污的。虽然奇侬索受尽了命运的嘲弄与折磨，但对于这份爱，奇侬索宛如一个儿童一样赤诚。纵使恩妲莉的父亲与哥哥的羞辱令奇侬索狼狈不堪，叔叔也多次劝说他离开恩妲莉，但他还是选择坚持这份爱。

恩妲莉的家人对她说："恩妲莉，你要嫁的是一个文盲"，"恩妲莉，你在令我们蒙羞"，"恩妲莉，我希望你别想着和那个痞子结婚。"[①] 为了不让爱人左右为难，奇侬索决心提升自己的学历，发誓一定拿到大学文凭。当一个人过于执着某件事情时，总是会想方设法地获取自己想要的结果，这种执念往往就会招致不好的灾祸。这就给了贾米科行骗的可乘之机。贾米科欺骗奇侬索可以帮助他直接办理入学。奇侬索卖掉了父亲留给自己的房子和自己视若生命的家禽场，将这笔钱全都给了贾米科。然而这份信任被无情地撕碎。

奇侬索不仅仅在命运面前是一个卑微者，在恩妲莉的家人面前，也是无力的卑微者。他迫切地想要获得他们的认可、承认甚至赞赏，同时希望通过学历证明自己。他以这种方式默默与象征权力的恩妲莉家人进行抗争，以此获得自己爱情

---

① 奇戈希·奥比奥玛：《卑微者之歌》，陈超译，北京：北京联合出版公司，2021 年，第 134 页。

的许可证。在异国他乡，奇侬索遇到了一位好心的白人护士，但护士的丈夫误认为奇侬索与自己妻子有不正当关系，便开始殴打自己的妻子。奇侬索为了将护士从她丈夫魔爪中救出，冲动之下拿起旁边的椅子向她的丈夫砸去。后来，奇侬索被警方拘留，因白人护士与丈夫在法庭上串通一气，指控他强奸护士未遂，奇侬索含冤入狱。厄运偏爱奇侬索，这样的情节让读者读罢都感觉无法喘息。对于奇侬索在狱中的非人遭遇，作者轻描淡写，一笔带过，仅靠几个闪回的片段让读者去推测奇侬索不堪回首的监狱时光。入狱四年不仅带走了奇侬索的青春，让他失去了家产和名誉，也彻底毁灭了他对未来的希望、对生活的激情甚至对生命的热爱。此时的奇侬索已完全沦为了死亡的奴仆，于他而言，在这个世界上活一分钟都是极大的痛苦。这种内心的痛苦烧灼着他，他将其外化为肉体的痛苦："他站在镜子前面，一边挥舞着刀一边说道：'我要宰了自己，我要杀了自己！'他把刀举到自己胸前，他的手在颤抖，他闭上眼睛，比画着刀子，刀锋触到了他的肌肤。"①

奥比奥玛用神灵的视角对人与命运这一亘古久远的命题展开叙述。奇侬索的归家与《奥德赛》中奥德修斯归家形成互文，而作者却没有让奇侬索迎来奥德修斯的结局。奥德修斯在神力的相助下，历尽艰辛，顺利归家，与妻儿团聚，但奇侬索历经重重磨难，却一无所有。奇侬索在异乡流浪正如奥德修斯在茫茫大海上漂泊。他本以为能够在土耳其获得学位，却在他乡彻底成了一个异邦流散者。他的身体与心灵都处于无家可归的状态。如果将恩妲莉视为奇侬索追寻的一个梦，那么白人的国度无疑将这个梦变得更加遥不可及。"与从第三世界移民而来的群体相比，寄居国的人口群体庞大，习俗迥异，占据国家的主流，移民就算有入乡随俗之意愿，也很难在短时间内适应他国文化，获得他人认同，边缘化处境在所难免。"②在异国的奇侬索一直是一个被凝视的他者。在那里，黑色皮肤的人生来似乎就是有罪的。纵然奇侬索什么都没做错，却还是遭到诬陷入狱。这个突转改变了他的一生。出狱后，他的家禽、恩妲莉的爱以及自己对生活的热情也荡然无存。

---

① 奇戈希·奥比奥玛：《卑微者之歌》，陈超译，北京：北京联合出版公司，2021年，第359页。

② 朱振武、袁俊卿：《流散文学的时代表征及其世界意义——以非洲英语文学为例》，《中国社会科学》，2019年第7期，第142页。

奇侬索是一位为爱活着的刚性硬汉。他将恩妲莉与他的爱视为比生命还珍贵的宝物。"有些人生来就是为了活的，有些人生来就是为了爱的。"[1]他厌恶为西方理性代言的强权者——恩妲莉的家人，也不服从命运的安排，更不惧怕厄运的嘲笑。这种高调的反抗在某种意义上赋予了奇侬索这一种荒诞色彩。按照英国哲学家维特根斯坦（Ludwig Josef Johann Wittgenstein，1889—1951）提出的"家族相似性"（Family Resembalance）观点，奇侬索是堕入"厄运怪圈"并与命运进行顽强抗争的"荒诞家族"成员。他与希腊神话中的西绪福斯（Sisyphus）、拜伦（George Gordon Byron，1788—1824）笔下的唐璜（Don Juan）、勃朗特（Emily Bronte，1818—1848）笔下的希斯克利夫（Heathcliff）一样，具有昂扬饱满的生命意志，并以这种意志对抗不可避免的厄运。"家族相似性"本是维特根斯坦提出的一个哲学概念，原指游戏中的各类都存在着这样或那样的相似性，后来借指盘根错节的逻辑概念之间的深层联系。[2]奇侬索与诸如西绪福斯、唐璜、希斯克利夫这种魔鬼式英雄一样，以狂放、激情、意志去对抗命运设下的层层圈套。

除了外表的神性与内心的魔性，当一无所有的奇侬索再次面对已婚的恩妲莉时，那种矛盾、纠结又复杂的情感更能显示出他身上饱满的人性。但是，再次面对爱人的恩妲莉脸上不但没有喜悦，反而充满了惊恐，因为她害怕奇侬索毁掉她现在的生活。奇侬索并非为失恋而哭哭啼啼的青春期男孩，他将内心的阿尼玛（Anima）形象投射在恩妲莉身上，他的爱为恩妲莉镀上了一层金色的光晕。单从这一点说，他与费茨杰拉德（Francis Scott Key Fitzgerald，1896—1940）笔下的那个盖茨比（Gatsby）有些相像。恩妲莉对奇侬索的爱就是奇侬索心中的光。但恩妲莉背叛了这份纯洁的爱，她向家人、向世俗、向自己现在的丈夫妥协。奇侬索一直深爱着恩妲莉，所以，对于恩妲莉的绝情，他满怀憎恶地烧了恩妲莉的药店。一无所有的奇侬索为爱而活，当这份爱也被抽走，无疑是给他判了死刑：

---

① 阿尔贝·加缪：《西绪福斯神话》，郭宏安译，北京：读书·生活·新知三联书店，2014年，第87页。
② 维特根斯坦：《哲学研究》，李步楼译，北京：商务印书馆，2000年，第48页。

一个男人可能曾经爱过一个女人，拥抱她，和她做爱，为她而活，共同促成一个孩子的诞生，到最后，所有的一切化为乌有。化为乌有，伊安格－伊安格！您以什么将其取代呢？是温和的疑惑吗？是轻微的愤怒吗？不是。您播下的是仇恨的子孙，它那狰狞的种子：轻蔑。①

一个在绝地的人，那种"明知不可为而为之"的勇气，那种以一己之力与命运抗衡的毅力，那种不顾一切世俗礼法爱着一个女人的勇气，是连神灵都望而生畏的。历经重重劫难后"归家"的奇侬索，试图收回自己变卖的养殖场，但是曾经的养殖场已被改造成了学校。奇侬索在祖国成了本土流散者。失去了爱情，失去了家禽，这种无根的焦灼让奇侬索陷入巨大的恐惧与绝望：

他又做起了奇怪的梦，比以前更加严重，许多与鸟有关——鸡、鸭、鹞子，甚至老鹰。这些梦触动着他那饱受创伤的心灵上发炎的伤口。他成了一个被遗弃的人——被天与地遗弃的人。②

从《钓鱼的男孩》不难看出，奥比奥玛在努力创造一个伊博族神话体系。这个神话体系既包含作者对尼日利亚过去的审视与反思，也蕴藏了作者对人类普遍性命题的探寻与追问。奥比奥玛借用疯子的神谕与兄弟之间的相残，隐喻英国殖民者对尼日利亚内战的干预以及族群之间不堪回首的内战历史。如果说，《钓鱼的男孩》是本土流散者在试图拨开厚重的历史阴霾，那么，《卑微者之歌》则是作者俯瞰整个人类的生存状态，对人与命运这一古老的命题发出沉重、致命的质问，将那伟大又卑劣的人性借古老神灵之口娓娓道来。

---

① 奇戈希·奥比奥玛：《卑微者之歌》，陈超译，北京：北京联合出版公司，2021 年，第 456 页。
② 同上，第 441 页。

三、卑微者的结局：厄运无法避免

奥比奥玛曾自述，古希腊悲剧与尼日利亚本土作家钦努阿·阿契贝的小说对他的创作影响很大。阿契贝的《瓦解》（*Things Fall Apart*，1958）、《再也不得安宁》（*No Longer at Ease*，1960）与《神箭》（*Arrow of God*，1964）中，都具有浓郁的原始神话色彩与厚重的仪式感。在这几部小说中，阿契贝塑造了典型的反英雄形象，这也是无数无名之辈（卑微者）的缩影。"这些小说重新创造了两个相互冲突的世界：他们在期待新世界，也呈现了旧世界的黄昏。那古老的充满智慧的时代，本土知识的根基是以往经验和对祖先知识的传承与延续。"①这种对原始神话的偏爱，也体现出阿契贝对失落家园——原始非洲大陆的追忆与叹息。"非洲大地就是一个跨文化的试验场，是异质文化碰撞、冲突、交流与融合的具有'国际性'特点的场域。"②无论西方文明如何强烈地撞击这片古老的大陆，古老的神性与民性也不会随风而去。"人类虽然经历了千年的时间，历经千种万种的形态，其内心潜藏在一切意识最深处的前意识，却是大体相同的。"③没有所谓启蒙运动、资产阶级运动、工业革命等"文明"的洗礼，非洲文学中的自然性似乎格外强壮。尽管不断受到异质文化的冲击，人们对自然的敬畏依旧没有减退。其实，小说的标题"卑微者之歌"（"An Orchestra of Minorities"）是英译，这本是伊博族的一句短语（Egwu Umu-Obere-Ihe），却无意间道出了一个悲剧性的事实：面对厄运，人类都是卑微者。奥比奥玛借奇侬索与恩姐莉之口为书名"卑微者之歌"做了解释：面对天敌的突然袭击或灾害的突然暴发，弱小无助的家禽无能为力，

---

① F. Abiola Irele, *The Cambridge Companion to the African Novel*, New York: Cambridge University Press, 2010, p. 35.

② 朱振武、袁俊卿：《流散文学的时代表征及其世界意义——以非洲英语文学为例》，《中国社会科学》，2019 年第 7 期，第 147 页。

③ 朱振武（主编）：《爱伦·坡小说全解》，上海：学林出版社，2008 年，第 3—4 页。

只能发出无人在意的悲鸣。这个题目不仅指那些长着翅膀的小生物发出的哀号，也指伴随奇侬索悲惨生活而来的宇宙挽歌。与这些可怜的家禽一样，奇侬索面对恩妲莉的家人对自己的羞辱，面对发生在自己身上的可怕遭遇，他无力与其抗衡。

"看看那些强权人物对我们做了什么，侬索？"她又说了一遍，往后退开，似乎想要离去，然后又转身对着他，"为什么？因为你不像他们一样有钱。难道那不就是真相吗？"

……

"因为我为它们感到难过，侬索。我也为我们感到难过。和它们一样，我的内心在哭泣，因为我们没有力量去反抗那些压迫我们的人。受压迫最深的人是你。你对他们来说根本算不了什么。"①

奇侬索是万千个卑微者的缩影。在尼日利亚，在非洲，还有万千个奇侬索忍受着轻蔑、压迫和羞辱。他们大多数没有优渥的出身和条件，也没有过人的智慧和勇气。他们是人，是与欧洲人、美洲人、亚洲人生活在同一世界、仰望同一星空的人。他们会同情、会憎恶、会怜悯、会发怒。如果卑微与不幸注定要驻扎在这个世界的某个角落，那为什么偏偏落在他们身上？谁为他们的不幸买单？当欧洲殖民者踏上尼日利亚这片古老的土地，奴役这里的人民，掠夺这里资源，进行罪恶的贸易时，尼日利亚的人民何尝不是依偎在一起悲鸣、哭泣？正如弗洛伊德（Sigmund Freud，1856—1939）在《一种幻想的未来 文明及其不满》（*Die Zukunft einer Illusion. Das Unbehagen in der Kultur*，1927）中所说，现代文明的进程伴随着暴力，人类身上都具有进攻性。"在条件有利于这种进攻性的时候，即当那些平常抑制它的心理力量停止活动时，这种攻击性也会自发表现出来，揭示出人类的兽性，而兽性的人不知道对同类表示关心。"②以文明为借口，释放内心卑鄙贪婪的欲望，任由这种群体肆虐，这就是代表"自由、平等、博爱"的

---

① 奇戈希·奥比奥玛：《卑微者之歌》，陈超译，北京：北京联合出版社，2021年，第256—257页。

② 西格蒙德·弗洛伊德：《一种幻想的未来 文明及其不满》，严志军、张沫译，石家庄：河北教育出版社，2003年，第98页。

理性殖民者。而这也掩盖了那些殖民者们一个难以启齿的事实：古老的非洲大陆不仅是他们掠夺资源的宝地，也触发了他们内心深处的自卑情结（inferiority complex）。在西方人对文明的探索中，他们用科学征服了自然，又"杀"死了上帝，物质的繁盛无法填补人类精神的空虚。这种自卑情结来源于他们信仰的缺失，并外化为对原始大陆的征服欲。他们想依靠这种征服使自己相信，通往理性与文明的道路上，流血必不可少。那些权威统治者和资本持有者尽情地去损害、侮辱那些无能为力的卑微者。在他们面前，卑微者如同家禽一样任人宰割，他们的土地与其他资源成为任意买卖的商品。在遭受了劫难以后，那些施暴者像一阵风一样离开了，仿佛未曾出现过，而这些卑微者可能会留下无法愈合的创伤，更有可能丧失一切：

　　许多人，或许这片土地上的每一个人，阿莱格博的每一个人，甚至在这个国家生活的每一个人，都被蒙上了眼罩，塞住了嘴巴，天天担惊受怕。或许每个人都怀着某种恨意……凤愿就像一头不死的野兽，被锁在他们的心中无法冲破的牢笼里。他们对停电感到愤怒，对缺少便利设施感到愤怒，对腐败感到愤怒。譬如，那些马索布抗议者，他们在奥韦里遭到枪击，上个星期在阿利亚里亚的伤者，在大声疾呼让一个已经死去的国家获得重生——而且他们一定为业已死去再也无法复生的人感到愤怒。①

　　创伤是一个看不见的巨大窟窿，它吞噬社会发展的脚步，吞噬人们心中的爱与光，让人们彼此憎恶。人们生的本能已被腐蚀，对死亡与破坏的向往与日俱增。战争的创伤无法痊愈，尼日利亚人民的集体创伤与个体的创伤也没有随着时间流逝而被治愈。奥比奥玛并非狭隘的民族主义者，他没有将叙述的重心全部放到尼日利亚人民背负的苦难上，而是着眼于和奇依索一样的卑微者。战争、创伤、疾病、流亡、贪婪……都是厄运的伴侣或死亡的助手，它们每分每秒都在寻找那些无辜的灵魂。所以，这部《卑微者之歌》不仅写给像男主角奇依索这样的人，还

---

① 奇戈希·奥比奥玛：《卑微者之歌》，陈超译，北京：北京联合出版公司，2021 年，第 454 页。

是写给全世界卑微者的"卑微者之歌"。三角贸易中的黑奴、被大量屠杀的印第安人……都是无辜而又身负苦难的"卑微者"。所有人都应铭记这些血泪的教训。没有谁比谁高贵，没有谁生来就卑贱，一些永恒而坚固的东西，比如死亡，不会因为谁是富翁谁是穷人就偏袒哪一方。在命运面前，所有人都是卑微者，即便使尽浑身解数也无法凌驾于命运之上。命运是一头桀骜不驯的野马，生者抓不住它。厄运不会放过任何一个他看中的人，有时并不是某人与厄运狭路相逢，而是厄运早早地就在某个地方等待着他。不可否认，单就《卑微者之歌》的结局来看，这部小说带有强烈的悲观宿命论色彩，但也让读者回到了那个更为深刻复杂的命题：厄运无法避免，每个人都有成为祭品的可能，那么，谁来扮演那些苦难的角色呢？谁来自愿充当厄运的猎物呢？

被厄运选中的人唯有死亡得以解脱，而选择死亡是不是意味着与命运的抗争走向失败？作者并未指明奇侬索的结局，但显然，恩姐莉的爱是最后的稻草，或许死亡就在不远处等着奇侬索。命运"就像一条他原本不知道的伤疤，自时间伊始就已经刻下"①。奇侬索的命运是注定的，他注定被厄运缠身，又注定被人遗忘。存在千年的"魖"会带着这段记忆找到新的主人，继续在无尽的时空里来回穿梭。奇侬索的抗争失败了，他失掉了他所有的爱——家禽与恩姐莉，然后堕入死亡的虚无。在那里，命运将无法摆弄他，这又何尝不是另一种胜利？生命意志自他的体内蓬勃而出，超越了生与死。这种不灭的意志可以横穿任何物体，是命运无法掌控与消灭的。正如叔本华（Arthur Schopenhauer，1788—1860）所言："生命意志不是生灭所触及的，正如整个自然不因个体的死亡而有所损失是一样的。"②一个人的意志都无法被命运熄灭，倘若无数人团结起来，群体意志的咆哮还不足以震慑命运的恶作剧吗？

---

① 奇戈希·奥比奥玛：《卑微者之歌》，陈超译，北京：北京联合出版公司，2021年，第460页。
② 亚瑟·叔本华：《作为意志和表象的世界》，石冲白译，北京：商务印书馆，1982年，第318页。

结　语

在经受本土文化与异质文化的双重洗礼后，身为新生代作家的奥比奥玛并没有刻意在小说中去殖民化，也没有过多展现尼日利亚人民如何治愈殖民创伤，而是深入探讨了一个共同的命题——人与命运的关系，着力刻画了人的意志与厄运的抗衡。从《钓鱼的男孩》到《卑微者之歌》，奥比奥玛以非洲本土神话为框架，讲述的主题也由尼日利亚的历史创伤上升为人类面临的永恒困境。从这个角度来说，奥比奥玛创立的伊博族神话体系不单单属于尼日利亚和非洲，也属于全世界。"来自非洲和西方文化重叠地区的文学，称之为新非洲文学。"①《卑微者之歌》从叙事特色、语言风格、主题内涵都堪称当代非洲新文学的代表。不难看出，尼日利亚文学早以强劲的势头汇入世界文学的大河之中。而《卑微者之歌》跳脱了狭隘民族主义的框架，关注整个人类的命运，堪称一部恢宏的现代神话。虽然《卑微者之歌》的结局指向不明确，但奥比奥玛与众多作家一样，相信人类向善必能对抗命运之恶，因为唯有这样，战争、冲突、屠杀等人为暴行才能不再上演。世界上所有人如果能像兄弟般一样团结，人类的爱才能抗衡无限的恐惧，对抗命运谱写的所有悲剧。

（文 / 上海师范大学 王文娴）

---

① Janheinz Jahn, *A History of Neo-African Literature*, Oliver Coburn, Ursula Lehrburger Trans., New York: Faber and Faber and Grove Press, 1968, p. 22.

第十六篇

阿德巴约小说《留下》中的非洲文化解读

阿约巴米·阿德巴约

Ayobami Adebayo，1988—

作家简介

阿约巴米·阿德巴约（Ayobami Adebayo，1988— ）是尼日利亚冉冉升起的一颗文学新星。她于1988年出生在拉各斯（Lagos）的一个约鲁巴家庭，后随父母迁居伊莱－伊费市（Ile-Ife），在奥巴费米·阿沃洛沃大学（Obafemi Awolowo University）读书并获得文学学士和硕士学位。之后，她赴英国的东英吉利亚大学（University of East Anglia）学习创意写作，接受过阿迪契与阿特伍德（Margaret Atwood）的指导。

阿德巴约的第一部长篇小说《留下》（*Stay with Me*）讲述了一个尼日利亚家庭的婚姻和生育故事，展示了阿德巴约对一夫多妻、不孕不育、儿童夭亡、婚姻背叛等问题的思考和态度。小说于2017年在英国首次出版，随后分别在美国、加拿大、尼日利亚等地出版，引发了读者和媒体的广泛关注，迄今已被翻译成10余种语言。《纽约时报》（*The New York Times*）书评人角谷美智子（Michiko Kakutani）认为，这是"一个关于傲慢与背叛的哥特式寓言，是一幅与时代同步、感人至深的婚姻画像，同时也是一部与阿契贝、阿迪契的伟大文学传统一脉相承的小说"。小说先后入围百利女性小说奖（Baileys Women's Prize for Fiction）、维康图书奖（Wellcome Book Prize）短名单、国际都柏林文学奖（International Dublin Literary Award）与狄兰·托马斯奖（Dylan Thomas Prize）长名单，并被多家媒体评为年度最佳图书。阿德巴约亦因此作声名鹊起，2017年荣获非洲文化艺术未来奖（Future Awards Africa Prize for Arts and Culture），2019年荣获第9移动文学奖（9 mobile Prize for Literature），2020年法语版出版后获得非洲文学奖（Prix Les Afriques）。

阿德巴约还发表过多篇短篇小说与非虚构类文章，她的第二部小说《好事咒语》（*A Spell of Good Things*）已于2023年初问世。

作品节选

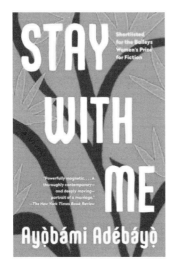

《留下》
（*Stay with Me*，2017）

…I was armed with millions of smiles. Apologetic smiles, pity-me smiles, I-look-unto-God smiles—name all the fake smiles needed to get through an afternoon with a group of people who claim to want the best for you while poking at your open sore with a stick—and I had them ready. I was ready to listen to them tell me I must do something about my situation. I expected to hear about a new pastor I could visit; a new mountain where I could go to pray; or an old herbalist in a remote village or town whom I could consult. I was armed with smiles for my lips, an appropriate sheen of tears for my eyes and sniffles for my nose… What I was not expecting was another smiling woman in the room, a yellow woman with a blood-red mouth who grinned like a new bride.[1]

……我已经用上百万种微笑武装好自己。歉意的、可怜的、拜托上帝的——要给这些假惺惺的笑容都取个名字的话，需要一大帮既声称祝你好运，又同时在戳你创口的人花上一整个下午——而我已经准备就绪。我已经准备好，听他们告诉我要采取措施改变现状。我盼望听到有位牧师可以去拜访；我盼望听到有座新的山峰可以去求子；或者，听到一个遥远的村子里有位老草药医可以去咨询。我

---

[1] Ayobami Adebayo, *Stay with Me*, New York: Vintage Books, 2018, p. 9.

已经为我的嘴唇准备好了微笑，为我的眼睛准备好了泪花，为我的鼻子准备好了抽泣。……我没有准备好的是，房间里多了一位笑意盈盈的女人，一位涂着血红嘴唇的黄肤色的女人，正在像新娘子一样咧嘴而笑。

（冯德河 / 译）

作品评析

《留下》中的非洲文化解读

引　言

当尼日利亚文学还笼罩在阿契贝、索因卡、本·奥克瑞等人的光环之下时，奇玛曼达·阿迪契（Chimamanda Ngozi Adichie，1977—　）已悄然成为非洲文学新生代的代言人。她的横空出世使以"代际"为非洲文学断代标准的说法，变成了一项可以考虑的选择。而在 2017 年，随着阿约巴米·阿德巴约（Ayobami Adebayo，1988—　）的处女作——小说《留下》（*Stay with Me*）[①]出版，尼日利亚第三代作家中又增添了一名年轻新秀，表明尼日利亚文学继续保持着绵延不断的生机与活力。

阿约巴米·阿德巴约，约鲁巴（Yoruba）人，1988 年出生于拉格斯（Lagos）。她的长篇小说《留下》在伦敦出版后立即受到媒体广泛关注，先后入选包括百利女性小说奖（Baileys Women's Prize for Fiction）、国际迪伦·托马斯奖（International Dylan Thomas Prize）等在内的多个文学奖评选名单。[②]对一位初出茅庐的年轻人而言，这是一项了不起的成就。尼日利亚建国不到 70 年，饱经政变、内战、独裁等动乱之苦，其文学事业何以经久不衰？本文通过对《留下》中的非洲文化的解读，探讨尼日利亚文学持久兴盛的根源。

[①] Ayobami Adebayo, *Stay with Me*, New York: Vintage Books, 2018.（以下引文随文标注页码）

[②] 参见 http://www.ayobamiadebayo.com/stay-with-me/。

一、"阿比库"与儿童形象

《留下》围绕女主人公叶吉德（Yejide Mankinde）因丈夫阿金（Akinyele Ajayi）"性无能"不能生育问题渐次展开。夫妻二人婚后无子，叶吉德与小叔子道顿（Dotun）私通生下三个孩子。前两个孩子皆因患遗传性疾病——镰刀型细胞贫血症（sickle-cell disease）——先后夭折，第三个孩子洛蒂米（Rotimi）也罹患同种疾病，时刻面临死亡危险。在医院检查时发现，洛蒂米的遗传信息与父母不相匹配，导致私通之事败露，加之孩子随时有夭折危险，重压之下的叶吉德抛夫弃子，离家出走，小说冲突进入高潮。最后，饱受折磨的叶吉德主动回归，一家三口团聚。故事最终虽然没有成为悲剧，但他们仍然要共同面对不确定的未来。

小说以叶吉德不孕为端起，书写当代尼日利亚女性面临的婚姻与家庭危机。在这场危机中，孩子虽不是主角却是危机的导火索。而这三个孩子的命运，明显是约鲁巴神话中鬼孩"阿比库"（Abiku）的现代翻版。"阿比库"是尼日利亚神话传说中的重要角色，这一词汇在约鲁巴语中的含义是"为死而生"（born to die）[1]。"阿比库"又称"鬼孩"或"幽灵儿童"，可以自由来往于阴阳两界，通过投胎降生于俗世，通过夭亡重返冥界，一来一去之间给家庭，尤其是父母，带来巨大悲痛。小说通过阿金母亲之口，明确指出第二个孩子塞桑（Sesan）就是"阿比库"（167）。他们给第三个孩子取名洛蒂米（Rotimi，意为"留下"，即 stay with me）暗示这个孩子也是"阿比库"（178）。作者将第三个孩子的名字确定为书名，既寄托了叶吉德对生子的期盼之情，又包含父母对孩子性命的挽留之意，还将"阿比库"凸显为小说的重要文化符码。这一书写范式明显受到约鲁巴"阿比库"文化的影响，而这一文化符号在尼日利亚三代作家的作品中都有所呈现。

---

[1] Sunday T. C. Ilechukwu,"Ogbanje/Abiku and Cultural Conceptualizations of Psychopathology in Nigeria", *Mental Health, Religion and Culture*, 2007, 10(3), p. 242.

　　将"阿比库"塑造成小说主角，进而将其凝练为文化标志的是尼日利亚第二代作家旗手本·奥克瑞。他的长篇小说《饥饿的路》（*The Famished Road*，1991）的主人公——也是小说的叙事者——阿扎罗（Azaro）就是一个"阿比库"。阿扎罗可以看到常人不能看到的鬼魅与幽灵，可以洞悉常人无法察觉的秘密与隐情；他既了解幽灵世界的美好，又知晓现世生活的艰辛。为了疼爱自己的父母，为了改变家庭的命运，阿扎罗最终选择"背叛"冥界，成为"幽灵世界的反叛者"[①]——他违背了与其他"阿比库"的誓约："一有机会我们就重返幽灵世界"（4），毅然留在尘世陪同父母。他放弃了幽灵世界的欢乐，坚定地拥抱俗世的苦难，勇敢地踏上人生世界的饥饿之路。奥克瑞打破了人生世界与幽灵世界间的隔阂，创造了一个阴阳连通的宇宙，在他的笔下，鬼孩阿扎罗成了连接阴阳两界的使者。与此同时，奥克瑞还有意将"阿比库"打造成为国家与民族精神的象征，意欲借此为尼日利亚探索一条走出饥饿与贫困的希望之路，显示了这一神话形象对尼日利亚英语文学创作的巨大影响。

　　奥克瑞并非书写"阿比库"的第一人，他的前辈作家钦努阿·阿契贝在其第一部小说《瓦解》（*Things Fall Apart*，1958）中就曾述及。小说中的埃金玛（Ezinma）是主人公奥贡喀沃（Okonkwo）第二位妻子埃喀维菲（Ekwefi）所生的第十个孩子，她前面出生的九个孩子不到三岁就夭折了，因此，埃金玛一出世即被村民与祭司们视为"奥格班儿"（Ogbanje）[②]，即"阿比库"。为了"留下"这个孩子，奥贡喀沃与妻子采取了多种措施——挖"魂包"、看巫医、用草药等。身为人父的奥贡喀沃甚至放下尊严，违反神谕禁令，偷偷尾随将埃金玛带至阿格巴拉（Agbala）神坛的女祭司契埃罗（Chielo），打算万不得已时用武力挽救孩子的生命。除阿契贝外，同属尼日利亚第一代作家的 J. P. 克拉克（John Pepper Clark-Bekederemo，1935— ）和沃莱·索因卡也曾于 1965 年分别以"阿比库"为题，各创作过一首诗歌，分别抒发了"阿比库"降生时人们对他的欢迎之意与离世时他对人生的眷恋之情。

---

① 阎晶明（主编）：《文学世界的激情与梦想（当代外国文学卷）》，合肥：安徽文艺出版社，2014 年，第 488 页。

② 钦努阿·阿契贝：《这个世界土崩瓦解了》，高宗禹译，海口：南海出版公司，2014 年，第 90 页。

奥克瑞以丰富的想象力和汪洋恣肆的夸张手法将现实与神话融合，"呈现了非洲悠久的历史和独特的文化，弘扬了非洲精神，完成了民族精神的书写"①。《饥饿的路》将"阿比库"作为连接阴阳两界的枢纽，既创造了一个亦真亦幻的"非洲魔幻"世界，又展示了非洲人民面临的生存困境以及他们不屈不挠的民族精神，被誉为非洲文学史上具有里程碑意义的经典作品。

与奥克瑞不同，阿契贝重在通过"阿比库"展示传统部族社会"瓦解"时期人民的世界观，并未浓墨重彩地书写这一形象。这是因为阿契贝更侧重于以奥贡喀沃对女儿的感情书写，反衬这一英雄、硬汉身上的绕指柔情，从而使他的形象——作为人的形象——显得更加丰满可信，使传统非洲的土崩瓦解变得更令人扼腕叹息。此外，阿契贝的小说还融会了其他众多传说、神话和传统习俗等人类学元素，巧妙地将这些元素与尼日利亚的历史现实相结合，意在打破西方人心目中非洲野蛮、落后的刻板印象，重塑非洲的人性尊严。就此而言，阿契贝的确奠定了尼日利亚文学发展的基础，指明了非洲现代文学的方向。然而，仅就"阿比库"这一形象的内蕴与价值而言，阿契贝显然不如奥克瑞发掘得更深刻、更透彻。

第三代作家阿德巴约的小说《留下》中，叶吉德所生的三个孩子中有两个先后夭折，第三个孩子也罹患了与前两个孩子同样的不治之症。这三个孩子既没有阿扎罗那样的超自然能力，也不像埃金玛那样一降生就被视为不祥之人，小说还对他们的病因进行了医学解释，但他们的形象明显是"阿比库"的翻版。

从阿契贝到阿德巴约，三代作家中既有约鲁巴人也有伊博人，他们一致将"阿比库"作为创作素材，证明尼日利亚的传统文化已深深嵌入作家的心灵。以"阿比库"为切入点，不仅可以帮助我们更好地欣赏尼日利亚英语文学的特殊之美，还可以帮助我们更精确地把握尼日利亚人民对民族历史与传统的态度，更清晰地梳理这个国家文学与文化传统的承继路径。

---

① 朱振武：《复原非洲形象 探讨非洲道路》，《文艺报》，2018年5月4日，第004版。

二、"山羊之歌"与小说情节

除努力发掘"阿比库"这一文化符号的文学价值外,历代作家亦将尼日利亚丰富的民间故事移植进自己的作品中。先看这样一则故事:部落酋长兹发(Zifa)深爱妻子伊别瑞(Ebiere),但由于自身"性无能"而无法让妻子怀孕。于是,他把妻子送到按摩师那里治疗所谓的"不孕不育"症,按摩师给出的"治疗"建议是"应当由另一个人来耕种这片沃土"[1]。为了怀孕,伊别瑞与丈夫的弟弟汤耶(Tonye)通奸并陷入不伦之恋。真相败露后,兹发杀死了自己的妻子,他的弟弟汤耶也最终自杀身亡。

不难看出,在《留下》中,女主人公叶吉德的求子过程跟这个故事如出一辙。丈夫阿金"性无能",为逃避世俗压力,他放任妻子只身犯险,去一所坐落于山顶的寺院"求子",放任她尝试各种巫医、巫药,并"故意"制造机会让弟弟与妻子发生性行为。事情败露后,他又将弟弟暴打一通,迫使他远遁他乡。从情节来看,《留下》几乎是对上述故事的摹写,而这则故事的来源,正是尼日利亚诗人、剧作家克拉克创作的戏剧《山羊之歌》(*Song of a Goat*,1961)。克拉克将该剧命名为"山羊之歌",毋庸置疑是受到古希腊悲剧起源的影响,他通过题目暗示了这出戏剧的悲剧结局。同样,在《留下》中,叶吉德在涉险求子的过程中,也是牵着一头"山羊"爬到了山顶。

如此的相似度几乎都不能称为"借鉴"了!我们虽不能妄下"抄袭"断语,因为《山羊之歌》本身也是以伊卓族(Ijaw)民间故事为蓝本创作的。然而,正是从这两部作品高度雷同的情节中,我们看到民族传统文化在尼日利亚英语文学中的影响力。

---

[1] 伦纳德·S.克莱因(主编):《20世纪非洲文学》,李永彩译,北京:北京语言学院出版社,1991年,第170页。

除借鉴《山羊之歌》的故事外，《留下》还介绍了其他尼日利亚传统习俗，如孩子夭折后要对母亲隐瞒埋葬地点，父亲死后要由长子开挖墓地第一锹土、填埋最后一锹土，由女婿挖掘整个墓穴，睡觉前母亲要给孩子们讲故事，等等。其中"讲故事"是非洲部族文化传承的重要方式，也是口传文学的重要形式，这一文学与文化传统在《留下》中亦有传承。

尼日利亚境内部族众多，大部分部族有语言、没文字。随着殖民入侵，英语成为尼日利亚的通用语，将口传文学书面化成为第一代作家们关注的首要问题，阿莫斯·图图奥拉（Amos Tutuola，1920—1997）创作的《棕榈酒鬼历险记》（*The Palm-Wine Drinkard and His Dead Palm-Wine Tapster in the Deads' Town*，1952）就是一个典型例证。随着创作内容和手段的日益丰富，将口传文学与书面创作相糅合，成为尼日利亚许多文学作品惯用的艺术手段，其中插叙民间故事就是重要的一种。这一手法在阿契贝、索因卡等人创作的文学作品中俯拾即是，在《留下》中也被作者采用——叶吉德和阿金分别跟孩子讲过一个民间故事。

叶吉德一出生母亲就去世了，从来没有听母亲给她讲过故事。她给第一个孩子——奥拉米德（Olamide）——讲的故事是从其"庶母"处偷听来的。"庶母"讲的故事是这样的：从前有个叫奥鲁罗恩比（Oluronbi）的女人在市场上以摆摊卖货为生。她向森林里的树王埃罗科（Iroko）承诺，如果能让她卖出的货物比别人多，她就把亲生女儿献给树王。树王满足了她的愿望，奥鲁罗恩比也兑现了自己的诺言。

叶吉德把这个故事进行了改编，使故事更像是自己的命运写照。在改编的故事里，奥鲁罗恩比是一个聪明乖巧的女孩，很小就能帮助母亲摆摊卖货。有一天，她的家人下地收获木薯时集体失踪了。几天搜寻无果后，她来到森林恳求树王埃罗科告诉她家人的下落，但树王让她在国王面前发誓：一旦帮她找到家人，她就要把自己的第一个孩子献给树王。万般无奈下，奥鲁罗恩比只好答应树王的要求。找到家人后，奥鲁罗恩比再也不敢进森林打柴、采药。结婚生女后，她更是每日警告女儿阿旁比耶坡（Aponbiepo）永远不要踏入森林半步。然而，随着女儿一天天长大，她的活动范围越来越广，终于有一天，她禁不住伙伴的诱惑与怂恿走进了森林，从此消失了。奥鲁罗恩比再次来到森林恳求树王将女儿还给她，但埃罗科拒绝开口讲话，奥鲁罗恩比永远失去了女儿。

阿金给女儿洛蒂米讲的故事则是从他母亲那里传承而来：乌龟伊贾帕（Ijapa）与妻子伊彦尼博（Iyannibo）虽然相亲相爱，始终没有孩子。夫妻二人不断向伊勒杜玛莱神（Eledumare）祈子，可一直没有应验。人们因其不能生育而不停地嘲笑伊彦尼博。为了让妻子怀孕，伊贾帕翻越七座大山，蹚过七条大河，来到巴巴拉沃神（Babalawo）处寻求帮助。巴巴拉沃神准备了一葫芦可以让人怀孕的食物，但在返程途中，饥渴难耐的伊贾帕不顾警告，将食物吃了个精光，结果一觉醒来发现自己怀孕了。他不得不返回巴巴拉沃神那里再次寻求帮助，巴巴拉沃神再一次帮助了他，伊彦尼博最终得以怀孕生子。

阿德巴约很善于发掘传统民间故事的当代价值。叶吉德之所以改编其"庶母"讲的故事，是因为她不相信哪位母亲会狠心到将自己的孩子当作利益交换的筹码，她的改编让孩子的丢失由"主动送出"变为"被动失踪"。而阿金的故事却是原封不动地照搬他母亲的版本，故事中虽然也有一个不太靠谱的父亲，但最终的结局却是幸福圆满的。阿德巴约通过这两个故事，巧妙地表达了叶吉德与阿金在"生孩子"这一问题上的不同态度，既丰富了小说冲突的表达手段，又呈现了二人看待民族传统的不同立场。

民间故事为尼日利亚文学创作提供了丰富的素材和灵感，是尼日利亚文学蓬勃发展的文化之根。阿德巴约对非洲民间故事的沿袭，不仅体现在对小说整体情节设定和插叙民间故事上，就连插叙故事这一艺术手法本身也有着明显的历史延续性。

三、"艾弗茹"与女性独立

叶吉德对传统故事进行改编，使故事更接近她本人的经历，也使故事更具悲剧色彩，表达了她对传统伦理中女性角色定位的质疑，使书写"女性困境"成为《留下》这一小说的突出主题。与这一主题相适应，阿德巴约塑造的女主人公叶吉德，在很大程度上继承了恩瓦帕（Flora Nwapa，1931—1993）塑造的艾弗茹（Efuru）形象，也继承了尼日利亚女性作家在"女性解放"主题上的一贯立场。

尼日利亚诞生了一大批杰出的女性作家，她们展露出惊人的创作才华，切切实实地顶起了尼日利亚英语文学的"半边天"，如被称为"非洲现代文学之母"和"女阿契贝"的弗洛拉·恩瓦帕、祖鲁·索福拉（Zulu Sofola，1938—1995）、布契·埃梅切塔（Buchi Emecheta，1944—2017），还有新近的阿迪契与阿德巴约等人。与男性作家不同，这些女性作家更多地将尼日利亚女性的生存状态作为关注的焦点。其中，"婚姻"问题是压在尼日利亚女性身上的一座大山，与这一问题相关联的"彩礼"（Bride Price）与"生育"两个话题在尼日利亚英语文学中时有出现，尤其是在女性作家笔下，她们以其切身体验将这座大山带给女性的痛苦表达得淋漓尽致。

1966 年，恩瓦帕出版了她的长篇小说处女作《艾弗茹》（*Efuru*）。小说女主人公艾弗茹出身望族、美丽聪慧，与阿迪瓦（Adizua）相识相恋。因阿迪瓦家庭贫困支付不起"彩礼"，所以二人私奔到镇上做起了生意。虽然生意越做越大，但艾弗茹始终没能生育。一番求医问药后，艾弗茹终于生下一个女儿，取名奥格尼姆（Ogonim），可女儿不幸中途夭折，丈夫阿迪瓦也与另一女人离家出走。艾弗茹的第二次婚姻又同样遭遇不幸。虽然她的生意仍然做得风生水起，可还是一直不能生育，而且她的第二任丈夫吉尔伯特（Gilbert）还怀疑她与别人私通，最终艾弗茹伤心地放弃家庭与事业，转而去侍奉自己的守护神。①

第二代作家中的布契·埃梅切塔深受恩瓦帕的影响，正是《艾弗茹》这部小说让她走上了文学创作之路，就连她创作的《为母之乐》（*The Joys of Motherhood*，1979）这部小说的名字也是取自《艾弗茹》。《为母之乐》的主人公恩努·埃戈（Nnu Ego）是部落首领阿戈巴迪（Agbadi）的女儿。因为她是奴隶投胎转世故而不能生育，所以她的第一任丈夫结婚不久即纳妾并开始冷落她。小妾接连生了几个孩子后，埃戈的家庭地位更加岌岌可危，后来被丈夫休掉。第一次婚姻的失败令埃戈将生孩子、作母亲当成了毕生追求。她的第二任丈夫恩奈

---

① 张毅：《重塑非洲妇女形象——福·恩瓦帕与她的处女作〈艾福茹〉》，《宜宾学院学报》，2011 年第 11 期，第 63 页。

费·奥乌鲁姆（Nnaife Owulum）是拉各斯一个英国家庭的奴仆。他不求进取、仅满足于当一名洗衣仆，特别是他对雇主的奴颜婢膝让埃戈十分不快。尽管如此，他们还是在一起生了九个孩子，其中两个孩子夭折。埃戈虽然生了这么多子女，但她并没有得到作母亲的快乐，因为没人真正关心爱护她，她最终只能孤零零地命丧街头。

恩瓦帕在《艾弗茹》中塑造了三位正面的非洲女性形象——艾弗茹、婆婆及丈夫阿迪瓦的婶娘，其中女主人公艾弗茹的形象几乎寄托了作者关于非洲女性的美好想象——美丽善良、聪明干练。在《留下》中，叶吉德同样善良美丽，同样聪明能干，她在离家出走后先后创办了两家发廊和一家珠宝店，显示出过人的商业才能。这一形象与恩瓦帕笔下的艾弗茹几近相同，命运也几乎相似：同样没能生育，同样直面子女的夭亡，同样面临家庭的破碎。基于此，我们自然可以将阿德巴约的这一创作范式归因于其前辈作家的影响。

阿德巴约对叶吉德形象的塑造既有传承又有创新。恩瓦帕出生于一个中产家庭，有英、尼两国高等教育经历，对事物的认识比同时代的其他女性深刻得多。一是她认识到当前非洲女性所遭受的迫害，既有来自传统伦理的压迫，又有来自现实生活中的丑化，非洲女性的形象亟待重塑；二是她采取了比激进的"女权主义"更温和的话语，构建了极具"非洲女性主义"特色的"妇女主义"话语。这一认识与话语在之后的尼日利亚女性作家中得到传承——与恩瓦帕一样，埃梅切塔也拒绝承认自己是女权主义者。《留下》中的叶吉德没有任何过激行为，也没有任何激进的思想。她默默承受不能生育给她带来的痛苦，无奈地"接受""一夫多妻"制，只身一人翻山越岭去"求子"，目睹自己的两个孩子先后死亡，为了维护丈夫的尊严而替他保守"性无能"的秘密。阿德巴约将宽容当作打开强加在尼日利亚女性身上的传统伦理桎梏的钥匙，这无疑是恩瓦帕所奠基的"妇女主义"思想的一脉传承。

我们也看到，阿德巴约所塑造的叶吉德与艾弗茹、埃戈的形象仍然有所区别。艾弗茹最终无奈地走向了精神的宿命，埃戈的结局是凄惨的死亡，而叶吉德身上则展示出一种掌控自我命运的抗争精神。她通过改编传统故事，通过主动回归家庭，试图以自我力量改变婚姻、家庭与命运的轨迹，试图打破传统伦理对女性角色的规约，体现了新生代尼日利亚女性身上的宝贵品质。

四、"一夫多妻"与家国危机

"一夫多妻"在尼日利亚是合法行为，却不是叶吉德心中的"合法行为"。阿金在家庭大事上数次跟叶吉德撒谎，其中最严重的一次是他违背婚前与叶吉德达成的不接受"一夫多妻"的约定，向她隐瞒了"纳妾"芳米（Funmi，全名Funmilayo）的秘密安排。

婚后无嗣在尼日利亚文化中是不可接受的。叶吉德与阿金婚后整整四年没有怀孕生子，阿金的母亲立即为儿子物色第二位妻子。迫于"无后"压力和母亲无休止的烦扰，阿金背弃了对妻子的婚前承诺，同意母亲为他寻娶第二位妻子。有一天，叶吉德的"庶母"玛萨（Iya Martha，叶吉德父亲的第一个妻子）跟阿金的叔父洛拉（Baba Lola），陪同一位名叫芳米的陌生女子登门造访，并宣布她是阿金的第二位妻子。这一突然变故虽让叶吉德暴跳如雷，可她最终还是无奈地接受了自己变成"大老婆"的事实。

在对待"一夫多妻"制的态度上，以阿金母亲为代表的传统力量与阿金、叶吉德是不同的。阿金母亲虽然对叶吉德疼爱有加，一旦涉及生育与传宗接代问题，她所表现出来的决绝与冷酷却让人顿生寒意。在这一点上，她是传统伦理的坚定守卫者，阿金的叔父、叶吉德的"庶母"甚至"小妾"芳米本人也都是如此。阿金在这一问题上的看法最初与叶吉德是一致的，但他先后在自己"性无能"与母亲为自己"纳妾"两件事上对叶吉德隐瞒真相，表现出对传统习俗的骑墙态度。在尼日利亚传统观念中，男人在家庭中的地位至高无上，性无能对男人来说是奇耻大辱，维护男人的所谓"尊严"可以无所不用其极，而传宗接代又是女人的天然职责，因此阿金通过谎言将自己的耻辱转嫁给妻子，将社会压力转嫁给妻子。叶吉德的反对态度虽然坚决得多，她的抗争行为也比阿金更为激烈，但最终还是无奈地接受了"一夫多妻",而且,她成功生下第一个孩子后的胜利者心态也使她糊里糊涂地接受了芳米与他们同居一个屋檐下的请求,这也为后来芳米被阿金推下楼梯摔死预设了伏笔。

我们再回顾一下叶吉德和阿金给孩子讲的两个故事。阿金在故事的最后有意隐瞒了"大团圆"结局,因为他相信他和叶吉德终将会生育自己的孩子,并最终拥有幸福的生活。虽然他并不相信求助神灵可以让女人怀孕,但无疑他相信孩子是幸福婚姻的源泉,正如他母亲讲故事时所重复的那句谚语一样——"有孩子的男人才拥有整个世界"(Olomo lo l'aye)。阿金没有像叶吉德那样改编故事,在对待传统伦理的态度上他与母亲如出一辙。

阿金基本遵循传统伦理的清规戒律,而叶吉德则在传统伦理的夹缝中求存求变。叶吉德将"庶母"讲的故事进行了大幅度改编,因为她"痛恨这个故事""不相信任何人会用自己的孩子做交易",这说明她尽管也将生子作为人生目标之一,但在母子关系与女性的角色定位的认识上,与上一代人有巨大差异,与阿金也有很大不同。她最后下定决心重返阿金和孩子身边,也展示了她挑战传统的决心。在这一点上,叶吉德的态度与阿扎罗最终放弃冥界、选择与父母共担苦难的决绝十分相似。

从小说自身来看,主人公的意见分歧是推动故事发展的需要,但从宏观历史的角度来看,这种分歧也是有深刻渊源的。纵观整部小说,无论是阿金还是叶吉德,他们对当下的选择都是犹豫的,对未来的走向也都是不确定的。这种心理一方面造成了主人公的分歧,而另一方面——也是更重要的一方面,显示了他们对待传统伦理和历史的不同态度。

尼日利亚第一代作家"处在旧世界与新世界之间的夹缝中游离、挣扎、抵抗、融合、认同,他们在两种或两种以上的文化中依附与剥离"[①]。从他们开始,如何看待历史与传统就始终处于矛盾和斗争之中,并且,从此之后,对历史与传统的纠结与摇摆态度,成了后代作家无法摆脱的魔咒,导致了文学作品中呈现出的现实与未来都充满了极大的不确定性。

[①] 朱振武、袁俊卿:《流散文学的时代表征及其世界意义——以非洲英语文学为例》,《中国社会科学》,2019 年第 7 期,第 139 页。

　　20 世纪初，面对西方来势汹汹的"污名化"大潮，非洲兴起"黑人性"运动。这一运动旨在"倡导黑人的价值，恢复黑人种族的尊严"①，在抵抗西方文化霸权、消解西方中心主义话语、重塑非洲文化的价值等方面产生了重大影响。辩证地看，这场运动一方面增强了非洲人的自信，在非洲民族独立运动中发挥了凝聚人心、团结最大多数非洲人民的作用；另一方面，它过分美化非洲传统的理论与实践，使部分非洲人产生了对落后文化的眷恋和对西方现代文明的民粹主义式的抵制。"黑人性"运动的拥趸创作了许多美化非洲历史与传统的文学作品。为了反击这一思潮，索因卡以《森林之舞》（*A Dance of the Forests*，1960）、《死亡与国王的侍从》（*Death and the King's Horseman*，1975）等戏剧作品，清晰地传递了自己的观点——传统的、历史的东西未必全是精华，也可能是糟粕。反观阿契贝，他虽然不是"黑人性"运动的坚定支持者，但是他在《瓦解》中对非洲传统瓦解的惋惜之情溢于言表，并且这部小说历来被视为尼日利亚现代英语文学的经典之作，影响了一代又一代尼日利亚人。

　　独立后的尼日利亚持续动荡，由殖民者操纵的国家与民族建构不仅面临着现实的宗教冲突、部族冲突、文化冲突和政治冲突，还面临着更深层次的历史冲突。尼日利亚部族社会在殖民入侵下土崩瓦解，未经历渐进式发展或改革的尼日利亚人民对历史巨变无所适从，如何看待历史和传统，他们往往处于矛盾之中。而且，由于历史或传统还时时会成为政治斗争、宗教斗争或文化斗争的工具，再加上尼日利亚独立的时间很短，既有回不去的过去，又有看不清的未来，人们对待历史和传统的态度不断在"全面继承"与"彻底否定"之间游移，这种不确定的社会心理成为文学作品中矛盾和冲突的心理根源。

---

① 高文惠：《依附与剥离：后殖民文化语境中的黑非洲英语写作》，北京：中国社会科学出版社，2015 年，第 22 页。

结　语

　　尼日利亚英语文学与其他国家或地区文学的区别，主要在于非洲文化、思想、哲学等非洲元素在文学创作中的融合运用。无论是民间故事、神话传说，还是传统观念、伦理价值、社会心理，有些成为尼日利亚作家创作的灵感泉源，有些成为表征作家自身思想的炫彩霓裳。纵观三代作家，向民族文化挖掘潜在的文学价值，逐渐演变成这个国家英语文学的一个重要传统。同时，非洲作家普遍具有明确的问题意识和积极的担当精神。他们在各自时代都敏锐地观察到国家、民族、社会存在的问题，如国家民族出路问题、社会民生问题、女性地位问题，等等。对于发现的问题，他们敢于解剖、敢于质疑、敢于批判、敢于斗争，并上下求索解决之道，作品呈现出积极的现实主义风格，这是尼日利亚英语文学的又一重要特征。

　　《留下》对这些传统的继承是明显的，内容和思想上体现了前辈作家的影响。然而，尽管这部小说的思想内容是尼日利亚式的，但其写作的手法与技巧却是国际的。这与作者受过写作技巧教育的经历有密切关系。她在小说中采用的时序穿插与空间转移手法，使小说避免了平铺直叙，让结构更加富于变化；多元叙事主体的交叉叙事方式，有利于读者全面了解故事的前因后果；"日记体"与"书信体"糅合的书写方式，既使小说产生了更加真实、充沛的情感冲击力，又为情节推进制造了足够的冲突与矛盾空间，增强了作品的艺术感染力。另外，阿德巴约善于利用现代信息技术宣传营销作品。她开办了以自己姓名命名的网站，将其信息、作品及相关评论公布在网站上，并与读者积极互动，这是尼日利亚文学在新的环境下出现的新现象。

（文 / 山东青年政治学院　冯德河）

第十七篇

阿德巴约小说《留下》中的传统故事新编

作品评析

《留下》中的传统故事新编

引　言

　　故事，若依文学体裁来分，乃是口头文学的一种。它虽依存于人们的口耳相传，但因其往往承载着一个民族的文化与智慧，所以便保有了跨越代际的绵长生命。非洲的口头文学十分发达，讲故事的传统也十分悠久。较之男性，女性在歌谣、故事等民间口头文学的传承中扮演着重要角色。一位出色的作家必然是一位讲故事的高手，这一点在尼日利亚新生代女作家阿约巴米·阿德巴约身上体现得十分明显。

　　将传统故事纳入小说中，或是借助小说来反映部族文化，是尼日利亚作家们常常采用的手法，钦努阿·阿契贝、弗洛拉·恩瓦帕、本·奥克瑞、奇玛曼达·阿迪契等诸多尼日利亚名家莫不如此。同样，作为新生代作家，阿德巴约也继承了这一书写传统。只不过，不同于阿契贝书写的那种"部族大事"，阿德巴约更热衷于讲述"家庭琐事"。在这一点上，她更接近以恩瓦帕为代表的女性作家的写作风格。与恩瓦帕的代表作《艾弗茹》（*Efuru*，1966）相似，阿德巴约的长篇小说处女作《留下》①（*Stay with Me*，2017）关心的也是婚姻生活中的女性境况问题，尤其是在无子婚姻的状态之下。该小说一经发表便广受好评，获得第9移动

---

① 目前，该作品已有国内译本，国内译本名为《第二个妻子》。

文学奖①、非洲文学奖（Prix Les Afriques）和当年度的非洲文化艺术未来奖（Future Awards Africa Prize for Arts and Culture）。

一、无子婚姻下的爱情与背叛

《留下》的故事并不复杂，也许其中的某些情节你就曾在街头巷尾有所耳闻。但是，阿德巴约却通过娴熟的叙事手法，将一个看似俗套的故事讲出了新意。她在作品中严肃地表达了一个女性作家对于爱情、婚姻、生育以及背叛等重要话题的思考。小说以女主人公叶吉德和男主人公阿金的视角分别展开叙述，以叶吉德的讲述为主、阿金的独白为辅。这种双线并进的叙述方式既可表现男性与女性对同一问题的不同认知，又可呈现出一种更加全面的故事面貌，还能激起读者更强烈的阅读兴趣。

这是一个日常却充满戏剧性的家庭故事，既可能发生在恩瓦帕所生活的时代，也会发生在阿德巴约所生活的当下。当然，这种故事不仅能发生在尼日利亚，也同样有可能发生于世界的其他角落。婚后不孕是摆在夫妻双方面前的一大难题，这一问题常常使得作为妻子的女性陷入艰难的境地。尤其在尼日利亚这种允许一夫多妻制的国家，当女性的夫家与娘家干涉插手时，势必会使生育问题变得更加复杂。在这种情况下，生育已不仅仅是两个人的事情，家族的介入使得两人婚后感情经受考验，背叛也可能会随时发生。

表现无子婚姻下女性悲苦的故事并不少见，单以尼日利亚文学为例，这类书写就十分普遍。恩瓦帕的《艾弗茹》关注的就是这一话题。小说主人公艾弗茹是一个肯吃苦、能干的贤惠妻子，却因迟迟未育而遭到丈夫抛弃。在阿德巴约的《留下》中，叶吉德的形象有着几分艾弗茹的影子，却又有着明显的不同。即便叶吉德与阿金的爱情出现了"背叛"，但那也是为了拯救婚姻而不得已筹划的"阴谋"。叶吉德上大学时与阿金相恋，那时的阿金已是出色的银行职员，他们婚后的生活

---

① 由尼日利亚电信公司设立的文学奖项，用以鼓励年轻作家。

也十分幸福优渥。在阿金的资助下，叶吉德开了一家属于自己的美发沙龙。看似无忧的婚后生活却因叶吉德迟迟不能怀孕而令人烦扰，再加之夫家与娘家的时时"关心"，更让叶吉德和阿金二人愁苦不堪。叶吉德每日跟随婆婆求神拜佛、寻医问药，却始终不得所愿。长久的执念使得叶吉德出现了精神问题，一度患上了"假孕症"。在叶吉德身上看不到生育的希望时，阿金的母亲就擅作主张为阿金找寻了另一个妻子。

国内译本以"第二个妻子"为名，盖因如此。但在这部小说中，阿金的第二个妻子戏份其实极少，很快就以意外死亡而草草收场。因为这第二个妻子芳米的存在，又加之自身出现了精神性问题，叶吉德与丈夫阿金时常话不投机半句多。也正是在此时，叶吉德丈夫的弟弟道顿乘虚而入，与嫂子发生了关系。通过叶吉德的叙述，这段违背伦常的婚外关系本应是妻子对丈夫的背叛。但其实，这一切不过是丈夫阿金谋划已久的婚姻挽救行动，他说服自己的弟弟同意了这一借精生子的阴谋。在这一层面上，叶吉德不过是被蒙在鼓里的受害者，阿金才是那个真正的"背叛者"。之所以会出现这种家庭丑闻，无非是因为阿金想隐瞒自己性无能的真相。由于叶吉德嫁给阿金时仍为处女，没有性经验，于是阿金便编造谎言一直对其欺瞒，让她误以为无法生育是自身的问题。迫于家庭的压力，阿金才迫使自己的弟弟道顿勾引他的嫂子并使其受孕。很快，叶吉德也如阿金所谋划的那般，顺利诞下一女。但阿金能骗过第一个妻子叶吉德，却无法哄瞒第二个妻子芳米。在新生儿的命名仪式上，芳米由于酒精的作用，外加对叶吉德的嫉妒，她质问了阿金关于叶吉德生育的真相。芳米并非处女，她早就看穿了阿金的谎言，当她说出阿金性无能的真相时，恼羞成怒的阿金一把将其推下楼梯摔死。当夜众人都喝多了酒，各自回房休息了，芳米的死亡第二日才被发现，人们都以为是其自身喝醉了酒失足跌落所致。芳米这第二个妻子在小说还未过半处便香消玉殒，国内的译本仍将这一部小说命名为"第二个妻子"，想必是有更多的商业推广因素在内。毕竟，这个噱头十分吸引人，但其实这一名称却极易误导读者。这部故事的真正主角始终是叶吉德与阿金，芳米死后，叶吉德的烦忧还远未停止，真正的悲剧才刚刚拉开帷幕。

二、"阿比库"与遗传病

阿德巴约是尼日利亚约鲁巴人，因而她的小说呈现出一定的约鲁巴文化特征。作为一个初出茅庐的作家，她的可贵之处在于能将约鲁巴传统的部族故事、传说置于现代语境，并用生命科学予以阐释。熟悉本·奥克瑞的读者一定知道《饥饿的路》中的鬼孩"阿比库"，这一形象就源自约鲁巴族的传说。"阿比库"的故事在《留下》中也有所涉及，只不过作家用遗传病的理论进行了创造性的改写。

当叶吉德终于有了自己的孩子后，生育问题看似已得到解决，但另一个问题却也接踵而至。叶吉德的第一个女儿奥拉米德在出生后不久便不幸夭折。这一突然打击差点令这个家庭绝望，不过令人欣慰的是，叶吉德此时又有了身孕。当然，这个孩子依然是丈夫阿金算计的结果。奥拉米德的突然死亡不仅让叶吉德难以接受，也同样会使读者感到生命过于无常，因为作者并未交代这个婴儿的真正死因，所以死亡稍显"突兀"。其实，奥拉米德的死是一个伏笔，悲剧还远未停止。叶吉德很快又生了第二个孩子塞桑，在夫妇二人的精心呵护下，这个备受宠爱的男孩一直健康成长，直到一次体检。在叶吉德前往医院取报告时，医生告诉她塞桑患有镰状细胞病[①]。不幸再一次降临到这个家庭，塞桑很快便因病离开了人间。塞桑的病亡在一定程度上解释了奥拉米德的突然死亡，遗传病接连让这对夫妇失去了两个孩子。但在叶吉德的婆婆看来，塞桑就是传说中的"阿比库"，专为折磨这个家庭而来。

阿比库是在尼日利亚和西非约鲁巴文化区较为流行的一种关于生命轮回的传说。如果一位妇女的孩子夭折后，其后生的孩子又相继离世，那么这些孩子便被看作阿比库转世。阿比库也因此被视为专门来人间折磨父母的鬼怪。在阿契贝著

---

① 一种遗传性疾病，因红细胞呈镰刀状而得名，初见于非洲恶性疟疾流行区的黑人中。

名的小说《瓦解》中也有相似的故事情节，只不过由于部族文化不同，关于"阿比库"的称谓也有所不同。[①]按照传统做法，这类孩子死后会由巫师用刀子划伤或用鞭子抽打，目的是观察产妇的下一个孩子出生时身上是否有印记，并以此来判断新生儿是否仍为阿比库转世。叶吉德自己不知道她的第二个孩子在死后是否受到了这种对待，她在第三个孩子出生时并未在其身上看到有什么印记。这第三个女孩被取名为"洛蒂米"，在约鲁巴语言中意味着"留在身边，不要离开"。经历了两个孩子的夭亡后，作为母亲的叶吉德经历了由希望到绝望，再从绝望之中看到希望，复又更加绝望的过程。自从洛蒂米出生后，叶吉德便刻意地躲开女儿，因为她知道终有一日这个孩子也将会病发而去，而她已无法再次承受这样的痛苦。加之道顿已经将阿金的生子阴谋告诉了她，叶吉德更是备受打击，终日浑浑噩噩。

丈夫阿金得知，孩子之所以会患上镰状细胞病，是因为叶吉德是一个隐性基因携带者，无疑孩子真正的父亲道顿同样也是一个隐性基因携带者。当医生从基因的角度暗示阿金并不是孩子真正的父亲时，阿金还假模假样地表达了一个丈夫在遭遇背叛时的愤怒。为了阻止这样的悲剧继续发生，阿金赶紧终止那项隐秘的生子计划，哪知道顿并没有听从哥哥的指挥。终于，有一次两人偷情时被阿金撞了个正着，积压了许久怒火的阿金对弟弟一顿拳打脚踢，差点将其打死。小说至此，人物之间的矛盾已经彻底爆发。冲突之后，道顿离开了尼日利亚，前往了澳洲，而叶吉德也在女儿病危时误以为女儿已死，逃离了曾经生活的城市。幸运的是，洛蒂米的病症得到了及时救治，在父亲阿金的悉心照顾下，长成了亭亭玉立的大姑娘。在作家的巧妙设计下，一家人并未因此错过，阿金父亲的葬礼为离散的家人重聚提供了契机。总体来说，小说以一个大团圆的结局收束。

---

① 在阿契贝的《瓦解》中，这一鬼怪被称为"琵琶鬼"。

三、故事之价值与新编之意义

小说英文名为"Stay with Me",这一祈使句式有着多重深意,一旦随意翻译定会因名废实。请求与我常伴,第一是父母对患病子女的祈愿。第二是夫妻双方的相守誓言,当然,同样也是小说结尾处女儿希望母亲就此留下的内心呼喊。阿德巴约的这部处女作有着明显的故事新编意图。"旧事"是否值得重提,"旧事"为何要重提,"旧事"如何重提,这是作者的匠心所系,也是我们的探讨所倚。

传统故事自然有其独特魅力,但落后愚昧的部族传说却会阻碍民族的发展。同样是关于生育问题的小说,较之20世纪60年代恩瓦帕的作品,阿德巴约的作品体现出了更多的现代性意味。这种现代性差异并不只是体现在低矮的茅屋与高大的楼房之间,真正的差异实则体现在观念之中。首先,两部作品的一大区别就是关于男女之间关系的阐释。虽然恩瓦帕笔下的艾弗茹已是当时女性中的翘楚,但她对男女关系的认识还处于氏族部落社会阶段,依附意识在她身上还十分明显,被两任丈夫抛弃后,她便将自己完全交予了部族神灵。叶吉德也像艾弗茹那般独立自强,只不过她的独立并不只是体现在经济层面,还体现在精神层面上。她与阿金的婚后关系是平等的,而不是依附的。其次,以阿契贝、恩瓦帕为代表的第一代尼日利亚作家并不会真正地书写爱情,爱情意识更是少见于他们的作品中。在他们笔下,婚姻的结成往往是基于现实物质层面的,因而婚后的女性也只能在情感上与自己的子女相依。有别于第一代作家,阿德巴约等新生代作家们在家庭故事讲述中越来越注重爱情描写。在小说中,叶吉德与阿金便是因爱情而结合,即便阿金有所欺瞒与背叛,但其出发点却是为了稳固他们的婚姻关系。因此,即便爆发激烈的冲突,但还存有回旋的余地,两人的爱情使得这一故事并未走向悲剧。

故事在代与代之间传承,为了让传统故事适应新的时代,势必要对其加以改编。若要探讨阿德巴约故事新编的意图,从小说中叶吉德改编的一则故事便能够管窥一二。叶吉德小时候,曾听过一个关于埃罗科树神的故事。市集上的一位妇女许愿称，如果埃罗科树神能够让她卖出更多货物，她就愿意将自己的女儿献给树神。最终她的愿望得以实现，她也兑现了承诺。但是叶吉德并不喜欢这个故事，她认为这个故事太过残忍，她给自己的女儿讲这个故事时用的是精心改编的版本，概而言之就是：

> 　　一个女孩为了寻找走散的父母去寻求埃罗科神树的帮助，但是神树却要她用自己将来的第一个孩子作为报答，女孩无奈答应了神树。神树告知了女孩她父母的下落，但许久之后，等女孩有了第一个孩子后，她却禁止这个孩子靠近森林，并时时看护着他。可最终，孩子还是进入了森林，神树带走了这个孩子，当女孩前去询问时，神树便不再回答。从此，人与树再也无法交流。①

两个故事相比，叶吉德的版本无疑更加温暖，并已然成了一则童话，改编之利与改编之必要性在比对阅读中读者自然不言自明。同样，诸如阿比库等故事在重提时也迫切需要加入一些新的时代元素，以便更好地在现代社会流传。

　　阿德巴约在进行故事新编时游刃有余，倒叙手法，双线并进等叙述方式使用得也是得心应手。稍显不足的是，部分内容还是存有较为明显的学院派痕迹，但这并不影响整部作品的艺术水准，阿德巴约凭借这部作品俨然成为尼日利亚文坛一颗璀璨夺目的新星。曾经一度有批评家指责非洲女性作家的作品太过日常化，琐碎化，但其实，深入阅读阿德巴约的这部家庭小说便不难发现，在日常生活的描写中，作家已不着痕迹地反映了尼日利亚的政局变化。收音机、电视机中传递出的重大新闻，似乎在告诉读者们，尼日利亚人民追求民主政治的进程就像叶吉德孕育子女一样多灾多难、一波三折。好在付出了巨大的代价后愿望最终都得以达成，所盼也唯有这美好能够永相伴、常相随，这也是该小说更为隐晦的一层意义。

（文／海南师范大学 陈平）

---

① 故事参见小说第 17 节。

安哥拉文学

　　安哥拉（Angola）位于非洲西南部，官方语言为葡萄牙语。除葡语外，境内还有42种民族语言，其中温本杜语（Umbundo）、金邦杜语（Kimbundo）、基孔戈语（Congo/Quicongo）和乔库语（Chócue）最为常用。

　　安哥拉文学可追溯至葡萄牙人安东尼奥·德·奥利维拉·卡杜勒内加（António de Oliveira de Cadornega，1623—1690）撰写的《安哥拉战争通史》（*História Geral das Guerras Angolanas*，1680），这部著作成为佩佩特拉（Pepetela，1941—　）的长篇小说《荣耀家族》（*A Glória Família*，1997）的灵感来源。安哥拉文学的兴盛和繁荣始于20世纪中叶。在争取民族独立的浪潮中，一些知识精英的民族意识开始觉醒，他们创办文学刊物《寄语》（*Mensagem*）和《文化》（*Cultura*），主张安哥拉文学应由土生土长的安哥拉人书写，体现出强烈的反殖民主义立场和爱国主义情怀。1975年安哥拉独立，同年内战爆发。局势的动荡、政府的腐败令知识分子的乌托邦愿景幻灭。

　　近年来，安哥拉文学作品不再囿于历史、文化、战争、反殖民等题材。作家们不仅关注当下的社会现实和人类面临的普遍问题，也在不断探索人类的内心世界、存在的意义等哲学问题，作品的后现代风格日益明显。越来越多的安哥拉作家，如佩佩特拉、若泽·爱德华多·阿瓜卢萨（José Eduardo Agualusa，1960—　）、翁贾基（Ondjaki，1977—　）等，开始获得国际认可。

第十八篇

阿瓜卢萨小说《贩卖过去的人》中的梦境与现实

若泽·爱德华多·阿瓜卢萨

José Eduardo Agualusa，1960—

作家简介

　　若泽·爱德华多·阿瓜卢萨（José Eduardo Agualusa，1960— ）是安哥拉（Angola）最具影响力的作家之一，也是非洲葡萄牙语文学的重要代表人物。他于 1960 年出生于安哥拉中部城市万博（Huambo），在安哥拉民族独立运动中成长。1975 年安哥拉独立后，他前往里斯本学习农林学，在那里创办文学刊物并开始发表作品。

　　阿瓜卢萨于 1989 年出版了第一部长篇小说《阴谋》（*A Conjura*）。这部小说描写了 1880 年至 1911 年间，罗安达殖民地的非洲权贵、流亡的共和党人、奴隶主、奴隶以及工人阶级的生活。小说《雨季》（*Estação de Chuvas*，1996）记录了安哥拉从 20 世纪 40 年代反殖民运动到 90 年代建立民主国家的历史。这部作品既缅怀了早期的自由斗士，也记录了旷日持久的内战痛苦。回望内战创伤成为后来阿瓜卢萨许多作品的主题。1998 年，阿瓜卢萨出版长篇小说《克里奥尔民族》（*Nação Crioula*），讲述了主人公卡洛斯·弗拉迪克·门德斯（Carlos Fradique Mendes）和安娜·奥林匹亚·瓦斯·德·卡米尼亚（Ana Olímpia Vaz de Caminha）的爱情故事，以及他们在奴隶贸易结束之际所进行的一场横跨大西洋的旅行。流亡和旅行是阿瓜卢萨作品的另一重要主题，如《在果阿的异乡人》（*Um Estranho em Goa*，2000）即如此。阿瓜卢萨借鉴过去报纸和书籍中的信息，并以小说的形式重新想象历史。长篇小说《贩卖过去的人》（*O Vendedor de Passados*，2004）是阿瓜卢萨的代表作之一。从这部作品开始，他的艺术手法逐渐圆融成熟。他利用魔幻现实主义手法，在小说中穿插具有象征和隐喻意义的奇幻情节，其中，现实和梦境、真实和虚构的界限难以区分。

　　阿瓜卢萨的小说还有《我父亲的女人们》（*As Mulheres do Meu Pai*，2007）、《遗忘通论》（*Teoria Geral do Esquecimento*，2012）、《恩辛加女王》（*A Rainha Ginga*，2014）、《生者与余众》（*Os Vivos e os Outros*，2020）等。2016 年，他的《遗忘通论》获布克奖提名；2021 年，他凭借《生者与余众》获得葡萄牙笔会小说奖。

作品节选

《贩卖过去的人》

(*O Vendedor de Passados*,2004)

« A mentira », explicou, « está por toda a parte. A própria natureza mente. O que é a camuflagem, por exemplo, senão uma mentira? O camaleão disfarça-se de folha para iludir a pobre borboleta. Mente-lhe dizendo, *fica tranquila, minha querida, não vês que sou apenas uma folha muito verde ondulando ao vento?* – e depois atira-lhe a língua, a uma velocidade de seiscentos e vinte e cinco centímetros por segundo, e come-a. »[①]

"谎言啊,"费利什解释道,"它无处不在。就连大自然自己也会说谎的。你说什么是伪装,难道不也是一种谎言吗?那变色龙把自己变成树叶的模样,让可怜的小蝴蝶产生幻觉。一边又安抚它说,别紧张呀我的小可爱,你看看我啊,我只是随风飘摇的一片绿油油的树叶呀!"话音刚落,便以每秒625厘米的速度向它伸出舌头,一口将它吞噬。

(褚一格/译)

---

① José Eduardo Agualusa. *O Vendedor de Passados*, Lisboa: Dom Quixote, 2004, p. 156.

作品评析

《贩卖过去的人》中的梦境与现实

引 言

"梦让我们有机会将我们偶然的眼神投向我们本性的最深处"。[①]阅读《贩卖过去的人》(*O Vendedor de Passados*,2004)会让人想起电影《春光乍泄》中关于光影的片段。看到黎耀辉说:"我终于来到瀑布,我突然想起何宝荣,我觉得好难过,我始终认为站在这儿的应该是两个人"[②],就好像看到费利什·文图拉(Félix Ventura)坐在摇晃的大藤椅上,一动不动地凝视着安热拉·露西亚(Ângela Lúcia)从"帕拉州帕拉西达斯阿瓜斯"[③]邮寄来的拍立得照片,眼眶莹润地说:"我知道。你希望我原谅她。很抱歉哪,我的朋友,我没办法。我想我办不到。"[④]这一刻,悲伤是跨越时间和空间的。如果要给这部小说加上滤镜,它只能是一张宝利来相片。克洛德·列维–斯特劳斯(Claude Lévi-Strauss,1908—2009)在《忧郁的热带》(*Tristes Tropiques*,1955)中曾提到:"这个世界开始的时候,人类并不存在,这个世界结束的时候,人类也不会存在。"[⑤]正因为如此,人类总是带着生存焦虑执着地思考存在的意义。或许,存在本身并无意义,有意义的是过去

---

① 西格蒙德·弗洛伊德:《梦的解析》,郭亦译,北京:台海出版社,2018年,第54页。

② 此处的瀑布是指伊瓜苏大瀑布(Cataratas do Iguaçu),位于巴西的巴拉纳州(Paraná)和阿根廷边界。

③ 帕拉 Pará,巴西北部一州。

④ 若泽·爱德华多·阿瓜卢萨:《贩卖过去的人》,陈逸轩译,长沙:湖南文艺出版社,2015年,第211页。

⑤ 克洛德·列维–斯特劳斯:《忧郁的热带》,王志明译,北京:中国人民大学出版社,2009年,第520页。

时光的记忆，它们承载了人类厚重的梦想和生活，让存在变得有意义。那么，"过去"何以成为消费品？谁有能力贩卖"过去"？在阿瓜卢萨构筑的弥漫着热带水汽和葱郁草木气息的梦境花园里，这些问题都会得到解答。

一、梦之起始：非洲"变形记"

在这屋子里，我像是夜间的小神祇。白天里，我则睡去。[①]

如果卡夫卡（Franz Kafka，1883—1924）的《变形记》（*Die Verwandlung*，1915）揭示的是人作为生命主体在社会关系中的异化，麦克尤恩（Ian Russell McEwan，1948— ）的《蟑螂》（*The Cockroach*，2019）是通过蟑螂变身引发的政治闹剧讽喻现实中的英国脱欧，那么阿瓜卢萨的《贩卖过去的人》则是对民族文化身份认同及创伤后本我回归与重塑的观照。

小说中壁虎欧拉利奥（Eulálio）寄居在白化人费利什家的墙缝中，以内聚焦的方式讲述主人的日常生活、费利什"贩卖"过去的生意，以及在交易中他无意间见证的一场"复仇"故事。作者在叙事进程中掺杂了 6 个以数字编号的梦，梦的主人是小说的叙述者壁虎，而这种非自然叙事的方式"大致都是为了模糊现实与虚构之间的界限，强调建构多重故事世界的可能性"[②]。直到读者抵达小说的最后一章"费利什·文图拉开始写日记"（"Félix Ventura começa a escrever um diário"）时才会发现，由于壁虎之死，叙述者转为白化人自己。

费利什将欧拉利奥埋在鄂梨树的背光处，因为他"和我一样，向来不喜欢太阳……或许那一切都是我梦到的：他、若泽·布赫曼、埃德蒙多·巴拉塔·多斯·雷斯"[③]。此处提及的其他几位重要人物若泽·布赫曼（José Buchmann；原名佩德罗·戈韦亚，Pedro Gouveia）、埃德蒙多·巴拉塔·多斯·雷斯（Edmundo

---

① 若泽·爱德华多·阿瓜卢萨：《贩卖过去的人》，陈逸轩译，长沙：湖南文艺出版社，2015 年，第 9 页。
② 尚必武：《后殖民语境下的非自然叙事学》，《天津社会科学》，2018 年第 5 期，第 122 页。
③ 若泽·爱德华多·阿瓜卢萨：《贩卖过去的人》，陈逸轩译，长沙：湖南文艺出版社，2015 年，第 231 页。

Barata dos Reis）和安热拉·露西亚之间的关系看似平静如水，实则暗流涌动。他们真实的过去都有对彼此的记忆，却互不捅破这层关系。布赫曼处心积虑地想要白化人为他制造过去，甚至不惜一切代价在现实中伪造各种"假证"，试图将虚构的故事变成真实的记忆；埃德蒙多生活在城市肮脏的下水道内，装疯卖傻混淆视听，只为在动荡与迷茫的年代苟且偷生；安热拉用柔软的嘴唇作为铠甲，在她旖旎的皮囊下隐匿了无声的呜咽与复仇的欲火。

纷繁复杂的人际关系是安哥拉内战结束后社会现实的真实写照：混乱的社会分工与难辨真伪的个人经历。人们不愿面对被殖民的历史，因而刻意掩埋战争造成的心理创伤，无视城市景观的破坏。他们戴上名为"麻木不仁"的面具，假装看到的是欣欣向荣。殊不知，这样的伪装不仅阻碍国家的进步和繁荣，还会令民族传统和文化身份在日趋同质化的世界中消失殆尽。

作者之所以选择"壁虎"作为叙述者，首先是因为壁虎是一种夜行性动物，擅长攀爬，喜欢潜伏在屋檐下、墙壁上，是最灵活敏感的"观察者"，同时因为壁虎喜夜生活的习性，暗示整个故事都是一个"梦"。其次，壁虎有再生功能，小说中的这只壁虎拥有不死的灵魂，是"人类"的转世。最后，壁虎的皮肤底色和白化人的粉色皮肤相似且都喜深居简出，我们可以从文中许多隐晦的描述中得出，壁虎和白化人费利什其实是同一灵魂的不同躯壳。但与费利什不同的是，壁虎对自己"前世"的记忆是确信的。他在梦境中以人的形象出现，且多次回忆前世作为人的经历。他说："我唯一没变的是我的过去——我过去身为人类的记忆。过去通常是稳定的，不管可爱或可怕，它一直在那里，而且会永远存在。"[①]尽管壁虎的梦境中有许多模糊和缺失的部分，不如费利什的童年经历那般完美无缺，但正因为这样的不确定性才让壁虎的记忆更具可信度。因为，一个正常人是不可能把过去日常的每一处细节都记得一清二楚的，除非是刻意为之。

"有些镜子能显现灵魂的秘密。其他有些镜子反射的并非照镜子的人的脸，而是他们的后颈，他们的背部。有极美的镜子，也有糟透的镜子。"[②]壁虎就像是

---

① 若泽·爱德华多·阿瓜卢萨：《贩卖过去的人》，陈逸轩译，长沙：湖南文艺出版社，2015年，第71页。
② 同上，第55页。

镜子中的白化人，是他还没能接受自己、认同自己时的一个分身。直到最后一章壁虎死去，白化人接替壁虎成为故事的叙述者，这意味着灵魂回到了费利什身体内，他开始有了自己的话语权，不再需要"他人"的记录。

虽然同属非自然叙事，费利什的"变形"与《蟑螂》中的主人公吉姆·萨姆斯及《变形记》中的格雷戈尔不尽相同。相似之处在于，他们皆为同一灵魂的不同外壳；不同之处在于，灵魂的不断穿梭发生在主人公费利什的梦境中。在梦里，费利什身心分离。具体而言，他的本体变成了一只壁虎，以这只壁虎内聚焦的方式讲述自己的故事。梦中寄居费利什家的壁虎亦存在于现实中，而壁虎在费利什梦中又总是回忆自己"前世"为人之事，观察本我、回忆过往、重塑自我。

阿瓜卢萨的小说就像一面历史的放大镜，每位人物身上都烙有强烈的时代印记。白化人的家是安哥拉社会的缩影，白化人和企图"以假乱真"的布赫曼象征的是当代安哥拉人民，他们在殖民宗主国强行灌注的价值观中迷失，在被葡萄牙"覆盖"的历史中沉浮，在"黑"与"白"的融合碰撞中摇摆，在全球化的洪流中跌跌撞撞，无法辨认真实和幻觉的界限，沉浸于"他人的记忆"，与传统和民族之根渐行渐远。

二、梦之依恋：身份探寻

"我觉得自己在做的事情，其实是更进阶的文学，"他偷偷地告诉我，"我创造出情节，虚构出人物来，只不过我没把他们困在书本里，而是赋予他们生命，让他们进入真实世界里"。[1]

小说涉及的主要人物并不多。在故事的开头，主人公费利什听着巴西民谣出现。作为一名极具异质性的非洲人——一位患"白化病"的黑人，他的职业是和人们的"回忆"打交道。所谓"贩卖过去"，具体而言，就是给安哥拉独立后的

---

① 若泽·爱德华多·阿瓜卢萨：《贩卖过去的人》，陈逸轩译，长沙：湖南文艺出版社，2015 年，第 87—88 页。

暴发户和新贵们编造合适、体面的过去，制造与其身份匹配的文凭。费利什"制作"的过去并非凭空捏造，而是将真实的历史和传统作为素材进行加工。在为若泽·布赫曼勾勒族谱时，费利什首次打破职业操守，为其伪造身份证明文件。慕名寻来的客户虽然大多"拥有稳定未来"，但缺乏能让他们安身立命的"过去"。

一个人的过去是其个人身份和民族身份的组合体，否认自己的过往是身份认同缺失的体现，即便通过制造过去获得新的身份和记忆，也不过是自欺欺人。不论是个体身份还是民族身份，如若没有得到社会的广泛认可，那便只是一具空壳罢了。

"人们通常正是在社会之中才获得了他们的记忆的。也正是在社会中，他们才能进行回忆、识别和对记忆加以定位"①。尽管阿瓜卢萨没有明示，但读者依然可以从故事中寻找到安哥拉历史的蛛丝马迹。小说中的安哥拉正处于新旧社会转型的适应阶段。在长达 27 年的内战中，安哥拉三派革命运动组织及其背后的美苏阵营割据称雄，官方意识形态的频繁更迭使民众的民族身份和政治认同始终无法统一。正是因为缺乏"安哥拉性"②，人们才会急迫地需要一个拥有体面过往的新"身份"，在伪造的"光环"中证明自己的存在，而无视本民族悠久的传统文化和先祖们遗留下的珍贵的集体记忆。出于这个原因，英文版小说的题目"The Book of Chameleons"并没有与中文版一样采取直译的方式，因为变色龙影射的正是那些用伪造的"身份"掩饰过往并企图在社会中安身的人。

费利什为他人杜撰过去、出售"记忆"，这一形象本身也是极为矛盾。一方面作为土生土长的黑人，他却意外拥有了白种人"干燥、粗糙而泛红的皮肤"③。他厌恶阳光，缺乏归属感，对自己的过去和记忆摇摆不定，这让他成为祖国大地上的"异类"。另一方面，他无法定义自己的身份，不论是外表还是内心，都如同他的皮肤一样苍白。

---

① 莫里斯·哈布瓦赫：《论集体记忆》，毕然、郭金华译，上海：上海人民出版社，2002 年，第 68—69 页。
② "安哥拉性"（Angolanidade）是与"黑人性"（Négritude）相似的概念，由安哥拉知识分子于 20 世纪四五十年代提出，旨在通过恢复传统非洲传统文化将自己从葡萄牙殖民者的历史和文化中抽离，强调安哥拉民族文化的独特性。这一概念在独立战争期间成为安哥拉人反抗殖民压迫的有力武器。
③ 若泽·爱德华多·阿瓜卢萨：《贩卖过去的人》，陈逸轩译，长沙：湖南文艺出版社，2015 年，第 9 页。

在题为"雨落童年"（"A Chuva Sobre a Infância"）的一章中，费利什曾向欧拉利奥诉说过他童年的经历。他能清晰地记得每一个瞬间，不论是快乐幸福的长假还是蝗虫过境的恐怖经历，在他优美的描述中都如此生动完美。然而，当小壁虎表示，"我喜欢听他说话。费利什说起他的童年时，仿佛自己真的经历过那一切"[1]时，费利什长期以来努力经营的过去瞬间土崩瓦解。由于职业原因，费利什必须通晓历史文化，对他人而言，是一个全知全能的人。他是一个对"他人"无所不知的人，也是一个对"自己"一无所知的人，他缺少的不是"黑色素"，而是"黑人性"。

阿瓜卢萨出生于安哥拉民族独立运动高涨的20世纪60年代，父母分别是来自巴西和葡萄牙的后裔，他在万博度过了童年和大部分青年时光。1975年安哥拉独立后内战一触即发，三大民族解放阵营[2]连年交战、争权夺地。阿瓜卢萨于动荡初期前往里斯本求学，后长期旅居巴西和葡萄牙。任何作品都由时代塑造，并在历史的浪潮中成长。由于阿瓜卢萨的多元文化背景，其作品用多重转换的视角观察国家内部的情况和安哥拉人民的创伤，用"世界的胸怀"观照处于弱势的第三世界国家和前殖民地国家面临的共同问题。

通过对"记忆"的书写，小说在影射集体记忆缺失的安哥拉人民的同时，具有了更高层次的普遍价值。20世纪末，个体和群体身份的关系发生了根本性改变。人们对文化符号的选择开始变得多样化，人与人之间的关系既亲密又疏远。阿瓜卢萨通过对安哥拉社会现状的书写，承担起在本土文化、葡萄牙文化和世界文化之间进行对话的责任，追求的是一种基于"安哥拉性"的异质身份认同。

---

[1] 若泽·爱德华多·阿瓜卢萨：《贩卖过去的人》，陈逸轩译，长沙：湖南文艺出版社，2015年，第112—113页。

[2] 三大阵营分别为安哥拉人民解放运动（简称"安人运"或"MPLA"）、安哥拉民族解放阵线（简称"安解阵"或"FNLA"）和争取安哥拉彻底独立全国联盟（简称"安盟"或"UNITA"）。

三、梦之真实：本我回归

"我以前会将这房子想象成一艘船。一艘吃力地穿越河底淤泥航行的老汽船，周遭是一大片森林与黑夜。"费利什静静说着，手指沿着他那些书本的边缘漫无目的地滑动，"我这艘船，充满了各式各样的声音。"[1]

小说中的所有情节都在白化人费利什的家中展开。他的家就像一个图书馆，或者说博物馆，是他杜撰故事的素材库和创作基地。处于"外部世界"正常生活的主人公费利什与壁虎，他们都对走出"家"这一密闭空间感到不适和恐惧。小说中有这样一段描写："也是同样的原因——恐惧——让我不敢进庭院里探索……花园与外面的道路被一座高墙隔开来，墙顶用水泥嵌着各种不同颜色的碎玻璃……"[2]壁虎对花园景观的描述始终是透过窗户展开，它以居高临下的姿态注视着外部世界和"入侵者"的动态。因此，这个满载历史记忆的空间是独立于外部现实世界的完美"异托邦"（heterotopia），存在于现实与虚幻的连接点上。在这个被扭曲挤压的时空中，充斥着谎言、梦想与真实的混合物，"时间的暂时性和永久性混杂在一起"[3]。异托邦是福柯（Michel Foucault，1926—1984）基于"乌托邦"概念创造的新的"空间"术语。这虽是一个被创造出来的空间，却在虚幻中揭示真实，"可以像我们周围原来就有的空间一样完美、精细、有序，像原有空间的增补"[4]。费利什的家既是与外部世界隔绝的"东方花园"，又是"现实"与"梦境"的交界地带，真实、虚构同时存在，彼此交织。他的"客户们"在这里扮演着理想角色，他最终也在此完成身份重构和自我救赎。

---

[1] 若泽·爱德华多·阿瓜卢萨：《贩卖过去的人》，陈逸轩译，长沙：湖南文艺出版社，2015年，第33页。

[2] 同上，第14页。

[3] 尚杰：《空间的哲学：福柯的"异托邦"概念》，《同济大学学报（社会科学版）》，2005年第3期，第23页。

[4] 同上，第24页。

小说的第四章题为"满载声音的船"（"Um Barco Cheio de Vozes"）。费利什将他的家比喻为一艘满载声音艰难行驶的船。按照常理，生活在远离尘嚣的世外桃源，每日与书籍、古董、收藏品为伴，足不出户却拥有世界的白化人应该是幸福且满足的，但在他的独白中却丝毫没有喜悦与安详，反而有些悲凉与无奈。他的居家空间因为承载了太多的谎言已不堪重负，他本人因制作了太多过去即将被过去吞噬。无数真实的声音在这里被隐藏与压制，但终有一天将冲破束缚、重获自由。

"家"和费利什都是记忆的容器："家"是安哥拉社会的象征，费利什则代表安哥拉人民。如果说"异托邦"是一个抽象的概念，那"船"便是"家"的具体形象。一方面，这艘"船"可以用来摆渡想要逃避真实、伪造过去的流浪者，为他们提供一处与外部世界隔绝的安全空间，让他们沉醉于虚假的伪装与幻想中；另一方面，这个与世隔绝的世界也是小说中众多人物的"重生空间"。布赫曼完成复仇后，不再执着于费利什为其制作的"新身份"，放下戒备、敞开心扉。他表示"我终于感到了平静。我一无所惧，也别无所求"[1]，此时的他已经完全接纳了自己，不再需要伪装来赢得尊重和认可。他也通过这重空间找到了离散的家人——女儿安热拉，拥有了精神支柱。而安热拉则踏上前往巴西的旅途，在亚马孙河上巡游，搜集世界各地的光影，追逐自由的灵魂。通过几位人物的结局，作者暗示，即便身处黑暗，也应该找寻闪烁的光影，这束光哪怕微弱，也足以喂养失落的灵魂。

这便是作者想要揭露的安哥拉社会现状：人们都是家园中的流浪者，需要在与殖民者有关的过往中才能证明自己的存在和身份。福柯曾将殖民者前往美洲大陆乘坐的海船定义为"异托邦"的一种形态。殖民者乘坐这种漂浮的"房子"，把自己托付给无限的大海中，直到登上殖民地建立起新的"异托邦"。[2]而殖民地人民的角色也随着家园空间被占领而从"中心"走向"边缘"。作者试图唤醒摇摆不定的安哥拉人民，告诫他们不要把人种差异和被殖民的历史当作缺陷和伤口，

---

① 若泽·爱德华多·阿瓜卢萨：《贩卖过去的人》，陈逸轩译，长沙：湖南文艺出版社，2015年，第227页。

② 尚杰：《空间的哲学：福柯的"异托邦"概念》，《同济大学学报（社会科学版）》，2005年第3期，第24页。

而是要接受曾经作为"殖民地"的历史，关照本民族丰富的历史文化传统，用爱用心守护至亲和家园，用连接着安哥拉过去、现在和未来的葡萄牙语，构建独立自主的安哥拉话语体系。

四、梦之初醒：民族的未来

我想起了那张马丁·路德·金的黑白照，他面对群众演讲："我有一个梦……"他实在应该说"我做了一个梦"才对。仔细想想，拥有一个梦跟做了一个梦是有差异的。

是的，我做了一个梦。[①]

与人们所在的真实物质世界相比，梦是真实存在的投影。梦可以折叠、可以并行、可以压缩、可以瞬移，但无法被触及。在梦中，过去和现在、空间和时间的二元对立得以消解，费利什对过去时空中包含的一切回忆的解构和记忆的重构才能成立。当费利什从梦中醒来，发现壁虎欧拉利奥死去了，并且不敢挖掘庭院三角梅旁的地方，以免到时发现里头空无一物。三角梅盛开的墙面是欧拉利奥目睹费利什埋葬国家安全部前干员埃德蒙多·巴拉塔·多斯·雷斯之处。读者其实难以辨别壁虎的实体是否真实存在，但可以肯定的是，费利什相信梦中的美好事物。梦中的一切也并非虚妄的假想，否则他客厅的墙壁软木板上不会钉有梦中情人安热拉·露西亚在巴西旅行的照片，他亦不会买下那张飞往里约热内卢的机票，坚信自己一定会找到这个"喜爱拍摄云朵的女人"。这也是费利什最后下定决心出发去寻找真正自我的灵魂之旅的原因。正是因为费利什的这种信念，他才会说"我做了一个梦"，而不是"我有一个梦"。

阿瓜卢萨无疑是一位同时拥有"世界性"和"非洲梦"的作家，他在小说的献词中致敬博尔赫斯，而壁虎的转世轮回则蕴含佛教因果循环的定律。此外，阿

---

① 若泽·爱德华多·阿瓜卢萨：《贩卖过去的人》，陈逸轩译，长沙：湖南文艺出版社，2015年，第233页。

瓜卢萨在小说叙述中还借鉴了巴西具象主义诗歌（Poesia Concretista），将安热拉对仇人埃德蒙多开枪的画面描绘成了一支舞蹈（见下文），让人不得不叹服作家深厚的文学文化素养，以及将其他民族特色的文学艺术方式融入自己创作中的能力。除此之外，各国小说家、诗人、探险家、政治家、舞蹈家、歌手、画家、摄影家都在阅读间隙跃然纸上，让《贩卖过去的人》充满异域风情。

> 然后，
> 　仿佛
> 　　跳着
> 　　　一支
> 　　　　缓慢
> 　　　　　的舞：
> 安热拉穿过厨房，
> 来到桌子旁，
> 她右手抬起手枪，
> 左手将费利什推开，
> 朝着埃德蒙多的胸膛——
> 开枪。①

读者仿佛看到安热拉舒展着纤细的腰肢，耳边响起节奏舒缓的圆舞曲。她光滑的肌肤熠熠发亮，眼神依旧清澈、天真、忧伤而坚定，就像那只以每秒625厘米的速度吞噬蝴蝶的变色龙，将子弹射入仇人的心脏。

---

① 若泽·爱德华多·阿瓜卢萨：《贩卖过去的人》，陈逸轩译，长沙：湖南文艺出版社，2015年，第205页。

结　语

　　2021年诺贝尔文学奖花落坦桑尼亚裔作家阿卜杜勒－拉扎克·古尔纳（Abdulrazak Gurnah），而葡语文坛的最高荣誉卡蒙斯奖（Prémio Camões）则由莫桑比克土著女作家保丽娜·西吉亚尼（Paulina Chiziane）摘得。非洲文学已经成为世界文学多样性的重要组成部分，非洲作家正在用文字在世界舞台上发出振聋发聩的呐喊。

　　阿瓜卢萨在其小说《恩辛加女王》[①]的引言中曾写下这段话，为非洲葡语国家，乃至非洲国家发声：

　　他补充道，过去，非洲人眺望大海，望见的是世界尽头。大海像一堵厚实的墙，而非通往远方的路。

　　如今，非洲人再次眺望大海，眼前出现一条葡萄牙人开辟的航路，却依然没有得到眷顾。

　　未来，他确信，那片海终将成为非洲人的海，未来征途漫漫，定由非洲人民亲自书写。[②]

就像故事中那只寄居在白化人家中、紧贴住墙面滑行的小壁虎，阿瓜卢萨就是现实世界的观察者，用自己的手掌心触摸世界的心脏。

（文 / 上海师范大学 褚一格）

---

① 恩辛加女王（Raínha Ginga，1583—1663），恩东戈王国和马坦巴王国（位于今安哥拉境内）的统治者。

② José Eduardo Agualusa, *A Rainha Ginja*, Lisboa: Quetzal Editores, 2014, p. 7.

参考文献

一、著作类

外文著作

1.Achebe, Chinua. *Girls at War and Other Stories*. New York: Doubleday, 1972.

2.Achebe, Chinua. *Home and Exile*. New York: Oxford University Press, Inc., 2000.

3.Achebe, Chinua. *Hopes and Impediments*. New York: Anchor Books, 1990.

4.Achebe, Chinua. *There Was a Country: A Personal History of Biafra*. New York: Penguin, 2012.

5.Adebayo, Ayobami. *Stay with Me*. New York: Vintage Books, 2017.

6.Adichie, Chimamanda Ngozi, *Half of a Yellow Sun*. New York: Anchor Books, 2007.

7.Adichie, Chimamanda Ngozi. *Half of a Yellow Sun*. Lagos: Farafina, 2006.

8.Adichie, Chimamanda Ngozi. *Purple Hibiscus*. New York: Happer Perennial, 2005.

9.Adichie, Chimamanda Ngozi. *The Thing Around Your Neck*. Leicerter: W. F. Howes Ltd., 2009.

10.Adichie, Chimamanda Ngozi. *The Thing Around Your Neck*. New York: Alfred A. Knopf, 2009.

11.Agualusa, José Eduardo. *O vendedor de Passados*. Gryphus: Rio de Janeiro, 2005.

12.Agualusa, José Eduardo. *Rainha Ginja*. Lisboa: Quetzal Editores, 2014.

13.Amadi, Elechi. *Ethics in Nigerian Culture*. Ibadan: Heinemann Educational Books (Nigeria) Ltd., 1982.

14.Amadi, Elechi. *The Concubine*. Hallow: Heinemann, 1966.

15.Awodiya, Muyiwa P.. *The Drama of Femi Osofisan: A Critical Perspective*. Ibadan: Kraft Books Limited, 1995.

16.Bhabha, Homi K.. *The Location of Culture*. New York: Routledge Classics, 2004.

17.Boehmer, Elleke. *Stories of Women, Gender and Narrative in the Postcolonial Nation*. Manchester: Manchester University Press, 2005.

18.Caruth, Cathy. *Unclaimed Experience: Trauma, Narrative and History*. Baltimore: Johns Hopkins University Press, 1996.

19.Chukukere, Gloria. *Gender Voices and Choices: Redefining Women in Contemporary African Fiction*. Enugu: Fourth Dimension Publishing Co. Ltd., 1995.

20.Cooper, Brenda. *Magical Realism in West African Fiction*. London: Routledge, 1998.

21.Egbunike, Lousia Uchum and Chimalum Nwankwo eds. *Speculative & Science Fiction*. Suffolk: James Currey, 2021.

22.Emecheta, Buchi. *Adah's Story*. London: Allison & Busby, 1983.

23.Emecheta, Buchi. *Head Above Water: An Autobiography*. London: Heinemann Educational Publishers, 1994.

24.Emecheta, Buchi. *The Bride Price*. New York: George Braziller, Inc., 1976.

25.Emecheta, Buchi. *The Joys of Motherhood*. London: Heinemann, 1994.

26.Emecheta, Buchi. *The Joys of Motherhood*. New York: George Braziller, Inc., 1979.

27.Emenyonu, Ernest ed.. *A Companion to Chimamanda Ngozi Adichie*. New York: Boydell & Brewer Inc., 2017.

28.Emenyonu, Ernest N.. *Teaching African Literature Today: A Review*. Suffolk: James Currey, 2011.

29.Ezenwa-Ohaeto eds.. *Winging Words: Interviews with Nigerian Writers and Critics*. Ibadan: Kraft Books Ltd., 2003.

30.Feldner, Maximilian. *Narrating the New African Diaspora 21st Century Nigerian Literature in Context*. Cham: Springer Nature Switzerland AG, 2019.

31.Horrocks, John E.. *The Psychology of Adolescence*. Boston: Houghton Mifflin, 1976.

32.Irele, F. Abiola ed.. *The Cambridge Companion to the African Novel*. New York: Cambridge University Press, 2010.

33.Jahn, Janheinz. *A History of Neo-African Literature*. Oliver Oburn, Ursula Lehrburger Trans., New York: Faber and Faber and Grove Press, 1968.

34.Kolawole, Mary E. Modupe. *Womanism and African Consciousness*. Trenton: Africa World Press Ltd., 1996.

35.Lindfors, Bernth ed.. *DEM-SAY: Interviews with Eight Nigerian Writers*. Austin: African and Afro-American Studies and Research Center of the University of Texas, 1974.

36.Moh, Felicia Alu. *Ben Okri: An Introduction to His Early Fiction*. Enugu: Fourth Dimension Publishers, 2001.

37.Newell, Stephanie ed.. *Writing African Women: Gender, Popular Culture and Literature in West Africa*. London: Zed Books Ltd., 1997.

38.Nwapa, Flora. *Efuru*. London: Heinemann Educational Books Ltd., 1966.

39.Nwapa, Flora. *Never Again*. Trenton: Africa World Press, Inc., 1992.

40.Nzegwu, Femi. *Love, Motherhoodand the African Heritage: The Legacy of Flora Nwapa*. Dakar: African Renaissance, 2001.

41.Obioma, Chigozie. *An Orchestra of Minorities*. New York: Little, Brown and Company, 2019.

42.Okri, Ben. *The Famished Road*. London: Vintage Books, 2015.

43.Okuyade, Ogaga ed.. *Tradition and Change in Contemporary West and East African Fiction*. New York: Rodopi, 2014.

44.Osa, Osayimwense ed.. *Nigerian Youth Literature: A Critical Analysis of Ten Selected Novels*. Benin: The Bendel Newspapers Corporation, 1987.

45.Osofisan, Femi. *Once Upon Four Robbers*. Ibadan: Heinemann Educational Books Nigeria PLC, 1991.

46.Osofisan, Femi. *The Chattering and the Song*. Ibadan: Ibadan University Press, 1977.

47.Oyeyemi, Helen. *The Icarus Girl*. London: Bloomsbury Publishing, 2006.

48.Soyinka, Wole, Percy Mtwa, Ama Aidoo, et al.. *Contemporary African Plays: Death and the King's Horseman; Anowa; Chattering and the Song; Rise and Shine of Comrade; Woza Albert! Other War*. London: Bloomsbury Publishing, 1999.

49.Soyinka, Wole. *Myth, Literature and the African World*. Cambridge: Cambridge University Press, 1976.

50.Soyinka, Wole. *The Open Sore of a Continent: A Personal Narrative of the Nigerian Crisis*. Oxford: Oxford University Press, 1996.

51.Thiong'O, Ngugi wa. *Decolonising the Mind: The Politics of Language in African Literature*. London: James Currey, 1986.

52. Thiong'O, Ngugi wa. *Moving the Centre: The Straggle for Cultural Freedoms*. London: James Currey, 1993.

53. Umeh, Marie ed. *Emerging Perspectives on Flora Nwapa*. Trenton: Africa World Press, 1998.

54. Vida, Vendela, Ross Simonini, Sheila Heti, eds. *Always Apprentices: The Believer Magazine Presents Twenty-two Conversations Between Writers*. San Francisco: Believer Books, 2013.

55. Woolf, Virginia. *Three Guineas*. London: The Hogarth Press, 1986.

56. Zell, Hans M., et al.. *A New Reader's Guide to African Literature*. London: Heinemann, 1983.

中文著作

1. 索杰：《第三空间——去往洛杉矶和其他真实和想象地方的旅程》，陆杨等译，上海：上海教育出版社，2005 年。

2. 阿尔贝·加缪：《西绪福斯神话》，郭宏安译，北京：读书·生活·新知三联书店，2014 年。

3. 艾莉丝·薛尔莘：《黑色呐喊：法侬肖像》，彭仁郁译，台北：心灵工坊出版社，2008 年。

4. 爱德华·萨义德：《赛义德自选集》，谢少波等译，北京：中国社会科学出版社，1999 年。

5. 奥比奥玛：《钓鱼的男孩》，吴晓真译，长沙：湖南文艺出版社，2016 年。

6. 巴赫金：《小说理论》，白春仁、晓河译，石家庄：河北教育出版社，1998 年。

7. 巴特·穆尔－吉尔伯特等（编）：《后殖民批评》，杨乃乔等译，北京：北京大学出版社，2001 年。

8. 本·奥克瑞：《饥饿的路》，王维东译，南京：译林出版社，2003 年。

9. 彼得·丹尼尔斯（主编）：《人文地理学导论：21 世纪的议题》，邹劲风等译，南京：南京大学出版社，2014 年。

10. 戴圣：《礼记》，理雅各译，北京：中州古籍出版社，2016 年。

11. 段德智：《西方死亡哲学》，北京：北京大学出版社，2006 年。

12. 弗朗兹·法农：《全世界受苦的人》，万冰译，南京：译林出版社，2005 年。

13. 弗雷德里希·尼采：《悲剧的诞生》，孙周兴译，北京：商务印书馆，2011 年。

14. 高文惠：《依附与剥离：后殖民文化语境中的黑非洲英语写作》，北京：中国社会科学出版社，2015 年。

15. 高小弘：《成长如蜕——二十世纪九十年代女性成长小说研究》，北京：人民出版社，2011 年。

16. 顾广梅：《中国现代成长小说研究》，北京：人民出版社，2011 年。

17. 海伦·奥耶耶美：《遗失翅膀的天使》，马渔译，上海：上海人民出版社，2009 年。

18. 胡经之、张首映（主编）：《西方二十世纪文论选》（第一卷），北京：中国社会科学出版社，1989 年。

19. 黄华：《权力，身体与自我——福柯与女性主义文学批评》，北京：北京大学出版社，2005 年。

20. 康德：《康德人类学文集》，李秋零译注，北京：中国人民大学出版社，2016 年。

21. 克罗德·列维–斯特劳斯：《忧郁的热带》，王志明译，北京：中国人民大学出版社，2009 年。

22. 李安山（主编）：《中国非洲研究评论（2013）》，北京：社会科学文献出版社，2013 年。

23. 李学武：《蝶与蛹——中国当代小说成长主题的文化考察》，北京：中国社会科学出版社，2003 年。

24. 李有成：《逾越——非裔美国文学与文化批评》，杭州：浙江大学出版社，2015 年。

25. 刘鸿武等：《尼日利亚建国百年史（1914—2014）》，杭州：浙江人民出版社，2014 年。

26. 维特根斯坦：《哲学研究》，陈嘉映译，北京：商务印书馆，2016 年。

27. 陆庭恩、彭坤元（主编）：《非洲通史·现代卷》，上海：华东师范大学出版社，1995 年。

28. 伦纳德·S.克莱因（主编）：《20 世纪非洲文学》，李永彩译，北京：北京语言学院出版社，1991 年。

29. 米歇尔·福柯：《规训与惩罚》（第 2 版），刘北成、杨远婴译，北京：生活·读书·新知三联书店，2003 年。

30. 莫里斯·哈布瓦赫：《论集体记忆》，毕然、郭金华译，上海：上海人民出版社，2002 年。

31. 奇戈希·奥比奥玛：《卑微者之歌》，陈超译，北京：北京联合出版公司，2021年。

32. 奇玛曼达·恩戈兹·阿迪契：《亲爱的安吉维拉》，陶立夏译，北京：人民文学出版社，2019年。

33. 奇玛曼达·恩戈兹·阿迪契：《半轮黄日》，石平萍译，北京：人民文学出版社，2017年。

34. 奇玛曼达·恩戈兹·阿迪契：《美国佬》，张芸译，北京：人民文学出版社，2018年。

35. 奇玛曼达·恩戈兹·阿迪契：《女性的权利》，张芸、文敏译，北京：人民文学出版社，2017年。

36. 奇玛曼达·恩戈兹·阿迪契：《绕颈之物》，文敏译，上海：上海文艺出版社，2013年。

37. 奇玛曼达·恩戈兹·阿迪契：《紫木槿》，文静译，北京：人民文学出版社，2017年。

38. 钦努阿·阿契贝：《瓦解》，高宗禹译，重庆：重庆出版社，2009年。

39. 钦努阿·阿契贝：《这个世界土崩瓦解了》，高宗禹译，海口：南海出版公司，2014年。

40. 任一鸣：《后殖民：批评理论与文学》，北京：外语教学与研究出版社，2008年。

41. 芮渝萍：《美国成长小说研究》，北京：中国社会科学出版社，2004年。

42. 若泽·爱德华多·阿瓜卢萨：《贩卖过去的人》，陈逸轩译，长沙：湖南文艺出版社，2015年。

43. 施琪嘉（主编）：《创伤心理学》，北京：中国医药科技出版社，2006年。

44. 托因·法洛拉：《尼日利亚史》，沐涛译，上海：东方出版中心，2015年。

45. 托因·法罗拉：《尼日利亚的风俗与文化》，方之等译，北京：民主与建设出版社，2018年。

46. 汪民安：《身体、空间和后现代性》，南京：江苏人民出版社，2006年。

47. 王先谦：《荀子集解》，北京：中华书局，2012年。

48. 西格蒙德·弗洛伊德：《梦的解析》，郭亦译，北京：台海出版社，2018年。

49. 弗洛伊德：《一种幻想的未来 文明及其不满》，严志军、张沫译，石家庄：河北教育出版社，2003 年。

50. 徐秀明：《遮蔽与显现——中国成长小说类型学研究》，北京：中国社会科学出版社，2013 年。

51. 亚里士多德：《诗学》，陈中梅译注，北京：商务印书馆，1996 年。

52. 叔本华：《作为意志和表象的世界》，石冲白译，北京：商务印书馆，1982 年。

53. 阎晶明（主编）：《文学世界的激情与梦想（当代外国文学卷）》，合肥：安徽文艺出版社，2014 年。

54. 张京媛（主编）：《后殖民理论与文化批评》，北京：北京大学出版社，1999 年。

55. 张平功（主编）：《全球化与文化身份认同》，广州：暨南大学出版社，2013 年。

56. 张顺洪等：《英美新殖民主义》，北京：社会科学文献出版社，1999 年。

57. 张毅：《非洲英语文学》，北京：外语教学与研究出版社，2011 年。

58. 朱振武：《爱伦·坡小说全解》，上海：学林出版社，2008 年。

二、期刊类

外文期刊

1. Adam, Ezinwanyi E., E. Michael Adam. "Literary Art as a Vehicle for the Diffusion of Cultural Imperialism in the Nigerian Society: The Example of Chimamanda Adichie's *Purple Hibiscus*". *Journal of Literature and Art Studies*, 2015, 5(6), pp. 419—425.

2. Adichie, Chimamanda Ngozi. "A Brief Conversation with Chimamanda Ngozi Adichie". *World Literatures Today*, 2006, 80(2), pp. 5—6.

3. Amuta, Chidi. "The Nigerian Civil War and the Evolution of Nigerian Literature". *Canadian Journal of African Studies*, 1983, 17(1), pp. 85—99.

4. Andrade, Susan Z. "Adichie's Genealogies: National and Feminine Novels". *Research in African Literatures*, 2011, 42(2), pp. 91—101.

5. Berrian, Brenda F. "In Memoriam: Flora Nwapa (1931-1993)". *Signs: Journal of Women in Culture and Society*, 1995, 20(4), pp. 996—999.

6. Bhandari, Dipali Sharma. "The 'unheimlich' in Chimamanda Ngozi Adichie's *Purple Hibiscus*:

A Reading Along the Lines of Homi K. Bhabha's Idea of 'Uncanny'". *American International Journal of Research in Humanities, Arts and Social Sciences*, 2013, (2), pp. 135—137.

7. Bryce, Jane. "Conflict and Contradiction in Women's Writing on the Nigerian Civil War". *African Languages and Cultures*, 1991, 4(2), pp. 29—42.

8. Charlotte, Bruner. "The Other Audience: Children and the Example of Buchi Emecheta". *African Studies Review*, 1986, 29(3), pp. 129—140.

9. Coffey, Merdith. "'She Is Waiting': Political Allegory and the Specter of Secession in Chimamanda Ngozi Adichie's *Half of a Yellow Sun*". *Research in African Literatures*, 2014, 45(2), pp. 63—85.

10. Egbung, Itang Ede. "Gender and the Quest of Social Justice and Relevance in Chimamanda Ngozi Adichie's *Purple Hibiscus* and *Half of a Yellow Sun*". *American Journal of Social Issues and Humanities*, 2016, (2), pp. 714—724.

11. Emenyonu, Ernest N.. "Post-war Writing in Nigeria". *Ufahamu: A Journal of African Studies*, 1973, 4(1), pp. 77—92.

12. Forna, Aminatta. "New Writing and Nigeria: Chimamanda Ngozi Adichie and Helen Oyeyemi Conversation". *Wasafiri*, 2006, 21(1), pp.50—57.

13. Franklin, Ruth. "Things Come Together". *New Republic*, 2009, 240(17), pp. 52—55.

14. Gibbs, James. "Review of *Once upon Four Robbers* by F. Osofisan". *World Literature Today*, 1981, 55(1), p. 166.

15. Goyal, Yogita. "Africa and the Black Atlantic". *Research in African Literatures*, 2014, 45(3), pp. v—xxv.

16. Habila, Helon. "Chigozie Obioma". *Poets & Writers*, 2015, 43(3), pp. 45—47.

17. Hawley, John C.. "Biafra as Heritage and Symbol: Adichie, Mbachu and Iweala". *Research in African Literatures*, 2008, 39(2), pp. 15—26.

18. Hoekema, David A.. "Faith and family in Nigeria". *Christian Century*, 2016, 133(24).

19. Hron, Madelaine. "'Ora na-azu nwa': The Figure of the Child in Third-generation Nigerian Novels". *Research in African Literatures*, 2008, 39(2), pp. 27—48.

20. Ilechukwu, Sunday T. C.. "Ogbanje/Abiku and Cultural Conceptualizations of Psychopathology in Nigeria". *Mental Health, Religion and Culture*, 2007, 10(3), pp. 239—255.

21. Ilott, Sarah, Chloe Buckley. "'Fragmenting and Becoming Double': Supplementary Twins and

Abject Bodies in Helen Oyeyemi's *The Icarus Girl"*. *The Journal of Commonwealth Literature*, 2016, 51(3), pp. 402—415.

22.Kurtz, Roger J. "The Intertextual Imagination in *Purple Hibiscus*". *A Review of International English Literature*, 2012, 42(2), pp. 23—42.

23.Leroy, Fernand, et al. "Yoruba Customs and Beliefs Pertaining to Twins". *Twin Research*, 2002, 5(2), pp. 132—136.

24.Mabura, Lily G. N. "Breaking Gods: An African Postcolonial Gothic Reading of Chimamanda Ngozi Adichie's *Purple Hibiscus* and *Half of a Yellow Sun"*. *Research in African Literatures*, 2008, 39(1), pp. 218—219.

25.Mari, Christopher. "Chigozie Obioma". *Current Biography*, 2016, 77(2), pp. 46—49.

26.Mobolade, Timothy. "The Concept of Abiku". *African Arts*, 1973, 7(1), pp. 62—64.

27.Mohan, Athira. "*Things Fall Apart* and *Purple Hibiscus:* A Case of Organic Inter-textuality". *Aesthetique Journal for International Literary Enterprises*, 2016, (1), pp. 1—3.

28.Moji, Polo B. "Gender-based Genre Conventions and the Critical Reception of Buchi Emecheta's *Destination Biafra"*. *Literator*, 2014, 35(1), pp. 1—7.

29.Morrison, Jago. "Imagined Biafras: Fabricating Nation in Nigerian Civil War Writing", *Ariel: A Review of International English Literature*, 2005, 36(1-2), pp. 5—25.

30.Murphy, Laura. "Into the Bush of Ghosts: Specters of the Slave Trade in West African Fiction". *Research in African Literatures*, 2007, 38(4), pp. 141—152.

31.Naemeka, Obioma. "Fighting on All Fronts: Gendered Spaces, Ethnic Boundaries, and the Nigerian Civil War". *Dialectical Anthropology*, 1997, 22(3/4), pp. 235—263.

32.Nganga, B.. "An Interview with Cyprian Ekwensi". *Studia Anglica Posnaeniensia: An International Review of English Review*, 1984, 17, pp. 279—284.

33.Nyamnjoh, Francis B.. "A Relevant Education for African Development-Some Epistemological Considerations". *Africa Development*, 2004, 29(1), pp. 161—184.

34.Ogwude, Sophia. "History and Ideology in Chimamanda Adichie's Fiction". *Tydskrif Vir Letterkunde*, 2011, 48(1), pp. 110—123.

35.Oha, Anthony. "Beyond the Odds of the Red Hibiscus: A Critical Reading of Chimamanda Adichie's *Purple Hibiscus"*. *The Journal of Pan African Studies*, 2007, 1(9), pp. 199—211.

36. Oluwafunminiyi, Raheem. "Beyond Censorship: Contestation in *Half of a Yellow Sun's* Cinematic Adaptation". *Netsol*, 2019, 4(1), pp.16—35.

37. Osundare, Niyi. "Theatre of the Beaded Curtain: Nigerian Drama and the Kabiyesi Syndrome". *Okike: An African Journal of New Writing*, 1988, 27(28), pp. 99—113.

38. Ouma, Christopher. "Reading the Diasporic Abiku in Helen Oyeyemi's *The Icarus Girl*". *Research in African Literatures*, 2014, 45(3), pp. 188—205.

39. Sample, Maxine. "In Another Life: The Refugee Phenomenon in 2 Novels of the Nigerian Civil War". *Modern Fiction Studies*, 1991, 37(3), pp. 445—454.

40. Sandwith, Corinne. "Frailties of the Flesh: Observing the Body in Chimamanda Ngozi Adichie's *Purple Hibiscus*". *Research in African Literatures*, 2016, 47(1), pp. 95—108.

41. Schmidt, Nancy J.. "Children's Books by Well-known African Authors". *World Literature Written in English*, 1979, 18(1), pp. 114—123.

42. Shringarpure, Bhakti. "Wartime Transgressions: Postcolonial Feminists Reimagine the Self and Nation". *Journal of Commonwealth and Postcolonial Studies*, 2015, 3(1), pp. 22—39.

43. Stobie, Cheryl. "Dethroning the Infallible Father: Religion, Patriarchy and Politics in Chimamanda Ngozi Adichie's *Purple Hibiscus*". *Literature and Theology*, 2010, 24(4), pp. 421—435.

44. Stouck, Jordan. "Abjecting Hybridity in Helen Oyeyemi's *The Icarus Girl*". *Ariel: A Review of International English Literature*, 2011, 41(2), pp. 89—112.

45. Tunca, Diara. "The Confessions of a 'Buddhist Catholic': Religion in the Works of Chimamanda Ngozi Adichie". *Research in African Literatures*, 2013, 44(3), pp. 50—71.

46. Ugochukwu, Francoise. "A Lingering Nightmare: Achebe, Ofoegbu and Adichie on Biafra". *Matatu: Journal for African Culture and Society*, 2011, (39), pp. 253—272.

47. Ukande, Chris K.. "Post-Colonial Practice in Chimamanda Ngozi Adichie's *Purple Hibiscus*". *International Journal of Language, Literature and Gender Studies*, 2016, 5(1), pp. 51—66.

48. Umeh, M. & Nwapa F.. "The Poetics of Economic Independence for Female Empowerment: An interview with Flora Nwapa". *Research in African Literatures*, 1995, 26(2), pp. 22—29.

49. Umeh, Marie. "Flora Nwapa as Author, Character, and Omniscient Narrator on 'The Family Romance' in an African Society". *Dialectical Anthropology*, 2001, 26(3—4), pp. 343—355.

50. Wallace, Cynthia R.. "Chimamanda Ngozi Adichie's *Purple Hibiscus* and the Paradoxes of

Postcolonial Redemption". *Christianity and Literature*, 2012, 61(3), pp. 465—483.

中文期刊

1. 《尼日利亚的民族、语言和宗教》，《世界知识》1998 年第 16 期，第 21 页。

2. 费米·奥索菲桑：《"秘密起义"：军人统治下的后殖民国家戏剧》，黄觉译，《国际社会科学杂志（中文版）》2016 年第 4 期，第 122—135，12 页。

3. 高岱：《"殖民主义"与"新殖民主义"考释》，《历史研究》1998 第 2 期，第 155—161 页。

4. 黄坚、杨贵岚：《奥索菲桑的后殖民戏剧策略——〈从前的四个强盗〉及其他》，《读书》2020 年第 8 期，第 149—158 页。

5. 黄修己：《对"战争文学"的反思》，《河北学刊》2005 年第 5 期，第 170—172，178 页。

6. 黄芝：《从天真到成熟——论〈午夜的孩子〉中的"成长"》，《当代外国文学》2008 年第 4 期，第 94—99 页。

7. 蒋晖：《欧洲语言霸权是后殖民理论的灵魂——浅评〈逆写帝国：后殖民文学的理论与实践〉》，《文艺理论与批评》2016 年第 1 期，第 75—80 页。

8. 李青霜、王立梅：《当代尼日利亚女性文学回顾与展望》，《绥化学院学报》2007 年第 5 期，第 104—107 页。

9. 刘颂尧：《略论新殖民主义》，《经济研究》1984 第 4 期，第 65—71 页。

10. 孟夏韵：《幻灭中持希望，迷茫里苦求索——斯卡尔梅达小说中成长主题探析》，《外语教学》2015 年第 6 期，第 88—92 页。

11. 潘延：《对"成长"的倾注——近年来女性写作的一种描述》，《江苏社会科学》1997 年第 5 期，第 135—140 页。

12. 商轶：《"非美国黑人"的身份之旅——论〈美国佬〉中的移民身份认同》，《海外英语》2019 年第 6 期，第 211—212 页。

13. 尚必武：《后殖民语境下的非自然叙事学》，《天津社会科学》2018 年第 5 期，第 117—122，141 页。

14. 尚杰：《空间的哲学：福柯的"异托邦"概念》，《同济大学学报（社会科学版）》2005 年第 3 期，第 18—24 页。

15. 沈冰鹤：《尼日利亚百年经济发展历程述评》，《非洲研究》2015 年第 1 期，第 206—224，287—288 页。

16. 沈磊：《人性的呼喊——评奇玛曼达·恩戈齐·阿迪奇埃的〈半轮黄日〉》，《重庆理工大学学报（社会科学）》2014 年第 8 期，第 150—152 页。

17. 石平萍：《"小女子，大手笔"——尼日利亚作家奇玛曼达·恩戈齐·阿迪奇埃》，《世界文化》2010 年第 6 期，第 10—12 页。

18. 宋志明：《约鲁巴神话与索因卡的"仪式戏剧"》，《文艺研究》2019 年第 6 期，第 105—115，185 页。

19. 童明：《飞散》，《外国文学》2004 年第 6 期，第 52—60 页。

20. 王妍：《薄悲世界中的生命寓言——论阿来的成长叙事》，《文艺争鸣》2015 年第 11 期，第 159—163 页。

21. 魏婷：《颠覆和重构——福柯权力话语理论视角下〈比利·巴思格特〉中的女性形象解读》，《哈尔滨学院学报》2012 年第 11 期，第 82—85 页。

22. 谢雁冰：《〈落地〉构筑的"第三空间"：华裔离散身份认同新取向》，《福州大学学报（哲学社会科学版）》2017 年第 1 期，第 73—79 页。

23. 张毅：《重塑非洲妇女形象——福·恩瓦帕与她的处女作〈艾福茹〉》，《宜宾学院学报》2011 年第 11 期，第 62—65 页。

24. 张勇：《瓦解与重构——阿迪契小说〈紫木槿〉家庭叙事下的民族隐喻》，《当代外国文学》2017 年第 3 期，第 104—111 页。

25. 赵莉华、石坚：《叙事学聚焦理论探微》，《西南民族大学学报（人文社科版）》2008 年第 12 期，第 230—234，349 页。

26. 赵莉华：《空间政治与"空间三一论"》，《社会科学家》2011 年第 5 期，第 138—141 页。

27. 朱振武、韩文婷：《三重空间视阈下的非洲书写——以本·奥克瑞〈饥饿的路〉为中心》，《当代外国文学》2017 年第 4 期，第 60—68 页。

28. 朱振武、韩文婷：《文学路的探索与非洲梦的构建——尼日利亚英语文学源流考论》，《外语教学》2017 年第 4 期，第 97—102 页。

29. 朱振武、袁俊卿：《流散文学的时代表征及其世界意义——以非洲英语文学为例》，《中国社会科学》2019 年第 7 期，第 135—158，207 页。

三、报纸类

1.Chigozie Obioma's "*The Fishermen*-A Deadly Game Between Leviathans and Egrets". *Premium Times*, September 25, 2016.

2.Downer, Lesley. "*The Icarus Girl*: The Play Date from Hell". *The New York Times*, July 17, 2005.

3.Jeyifo, Biodun. "Femi Osofisan as a Literary Critic and Theorist". *The Guardian Newspaper*, February 28, 1987.

4.Lee, Felicia R.. "Conjuring an Imaginary Friend in the Search for an Authentic Self". *The New York Times*, June 21, 2005.

5.Martin, Tim. "Caught in a Spiral of Fear and Violence". *Daily Telegraph*, September 19, 2015.

6.Oyeyemi, Helen. "Home, Strange Home". *The Guardian*, February 2, 2005.

7.Robson, David. "The Young Visitor: David Robson Reviews *The Icarus Girl* by Helen Oyeyemi". *The Daily Telegraph*, January 30, 2005.

8. 朱振武：《复原非洲形象探讨非洲道路》,《文艺报》,2018 年 5 月 4 日，第 004 版。

四、学位论文类

1.Adeyemi, Adesola Olusiji. *The Dramaturgy of Femi Osofisan*, University of Leeds, 2009.

2.Larsson, Charlotte. *Surveillance and Rebellion: A Foucauldian Reading of Chimamanda Ngozi Adichie's Purple Hibiscus*, Halmstad University, 2013.

3. 乔蕊琳：《女性主义的后现代转向与新型女性文化的建构》，黑龙江大学博士学位论文，2014 年。

4. 杨自强：《文化、阶级与民族解放：弗朗兹·法侬后殖民主义理论研究》，南京师范大学硕士学位论文，2017 年。

五、网址（电子文献）类

1. Anya, Ikechuku. "In the Footsteps of Achebe: Enter Chimamanda Ngozi Adichie". African Writer, 15 October, 2005. https://www.africanwriter.com/in-the-footsteps-of-achebe-enter-chimamanda-ngozi-adichie/.

2. Baldwin, Rosecrans. "Black in America: A Story Rendered in Gray Scale". May 14, 2013. https://www.cfpublic.org/2013-05-14/black-in-america-a-story-rendered-in-gray-scale.

3. Frykholm, Amy. "From Nigeria to America and back". November 14, 2016. https://www.christiancentury.org/article/2016-11/nigeria-america-and-back.

4. Gross, Terry. "'Americanah' Author Explains 'Learning' to Be Black in the U.S." June 27, 2013. https://www.npr.org/2013/06/27/195598496/americanah-author-explains-learning-to-be-black-in-the-u-s.

5. Perromat, Prune. "A Conversation with Chigozie Obioma". June 2, 2016. http://www.Theliteraryshowproject.com/conversations/2016/6/26/a-conversation-with-chigozie-obioma.

6. *Premium Times*. "Chigozie Obioma's *The Fishermen*—A Deadly Game Between Leviathans and Egrets". September 25, 2016. https://www.premiumtimesng.com/entertainment/211165-title-chigozie-obiomas-fishermen-deadly-game-leviathans-egrets.html.

7. 阿德巴约网站：http://www.ayobamiadebayo.com/。

8. 阿德巴约网站：http://www.ayobamiadebayo.com/stay-with-me/。

9. 阿迪契网站：https://www.chimamanda.com/half-of-a-yellow-sun/。

10. 阿迪契网站：https://www.chimamanda.com/purple-hibiscus/。

11. 奥比奥玛网站：https://www.Chigozieobioma.com。

附 录

本书作家主要作品列表

（一）恩瓦帕

1966 年，小说《艾弗茹》（*Efuru*）

1970 年，小说《伊杜》（*Idu*）

1971 年，短篇小说集《这就是拉各斯》（*This Is Lagos*）

1975 年，小说《永不再来》（*Never Again*）

1980 年，短篇小说集《战争中的妻子》（*Wives at War*）

1981 年，小说《一个足已》（*One Is Enough*）

1986 年，小说《女人不一样》（*Women Are Different*）

1986 年，诗集《木薯之歌》（*Cassava Song*）

1986 年，诗集《稻米之歌》（*Rice Song*）

1995 年，小说《湖中女神》（*The Lake Goddess*）

（二）埃梅切塔

1972 年，小说《在沟里》（*In the Ditch*）

1974 年，小说《二等公民》（*Second-Class Citizen*）

1975 年，电视剧本《房东的面具》（*Juju Landlord*）

1976 年，小说《新娘彩礼》（*The Bride Price*）

1977 年，小说《奴隶女孩》（ *The Slave Girl* ）

1979 年，小说《为母之乐》（ *The Joys of Motherhood* ）

1979 年，儿童文学《小猫蒂奇》（ *Titch the Cat* ）

1980 年，儿童文学《摔跤比赛》（ *The Wrestling Match* ）

1980 年，儿童文学《无处玩耍》（ *Nowhere to Play* ）

1982 年，小说《双重枷锁》（ *Double Yoke* ）

1982 年，小说《月光新娘》（ *The Moonlight Bride* ）

1982 年，小说《目的地比亚夫拉》（ *Destination Biafra* ）

1983 年，小说《蹂躏沙维》（ *The Rape of Shavi* ）

1986 年，自传《凫出水面》（ *Head Above Water* ）

1986 年，电视剧本《一种婚姻》（ *A Kind of Marriage* ）

1987 年，电视剧本《家庭交易》（ *Family Bargain* ）

1989 年，小说《格温道林》（ *Gwendolen* ）

1994 年，小说《凯欣德》（ *Kehinde* ）

2000 年，小说《新部落》（ *The New Tribe* ）

（三）奥索菲桑

1976 年，剧本《喧哗与歌声》（ *The Chattering and the Song* ）

1978 年，剧本《谁害怕索拉林？》（ *Who's Afraid of Solarin?* ）

1980 年，剧本《从前有四个强盗》（ *Once upon Four Robbers* ）

1981 年，剧本《父亲的日记》（ *A Diary of My Father: A Voyage Round Wole Soyinka's Isara* ）

1982 年，剧本《莫伦托顿》（ *Morountodun* ）

1982 年，剧本《不再是废种》（ *No More the Wasted Breed* ）

1988 年，剧本《埃苏和流浪歌手》（ *Esu and the Vagabond Minstrels* ）

1988 年，剧本《另一只木筏》（*Another Raft*）

1991 年，剧本《阿林金丁和守夜人》（*Aringindin and the Nightwatchmen*）

1992 年，剧本《缠绕故事》（*Twingle-Twangle A-Twynning Tayle*）

1993 年，剧本《扬巴－扬巴和舞蹈比赛》（*Yungba-Yungba and the Dance Contest: A Parable for Our Times*）

1999 年，剧本《提戈涅》（*Tegonni*）

2006 年，剧本《奥武女人》（*Women of Owu*）

（四）奥克瑞

1980 年，小说《花与影》（*Flowers and Shadows*）

1981 年，小说《内部景观》（*The Landscapes Within*）

1986 年，短篇小说集《圣殿事件》（*Incidents at the Shrine*）

1988 年，短篇小说集《新宵禁之星》（*Stars of the New Curfew*）

1991 年，小说《饥饿的路》（*The Famished Road*）

1992 年，诗集《非洲挽歌》（*An African Elegy*）

1993 年，小说《迷魂之歌》（*Songs of Enchantment*）

1995 年，小说《诸神震惊》（*Astonishing the Gods*）

1996 年，小说《危险爱情》（*Dangerous Love*）

1996 年，散文集《天鸟》（*Birds of Heaven*）

1997 年，散文集《自由的方式》（*A Way of Being Free*）

1998 年，小说《无限财富》（*Infinite Riches*）

1999 年，诗集《精神战争》（*Mental Fight*）

2002 年，小说《在阿卡迪亚》（*In Arcadia*）

2007 年，小说《星书》（*Starbook*）

2009 年，短篇故事集《自由的故事》（*Tales of Freedom*）

2012 年，诗集《野性》（*Wild*）

2014 年，小说《魔法时代》（*The Age of Magic*）

2015 年，论文集《神秘盛宴》（*The Mystery Feast: Thoughts on Storytelling*）

2017 年，短篇故事集《魔法灯：我们时代的梦想》（*The Magic Lamp: Dreams of Our Age*）

2018 年，诗集《像狮子一样雄起》（*Rise Like Lions: Poetry for the Many*）

2019 年，散文集《新梦想时代》（*A Time for New Dreams*）

2019 年，小说《自由艺术家》（*The Freedom Artist*）

2019 年，短篇故事集《为活着祈祷》（*Prayer for the Living*）

2021 年，诗集《脑海之火》（*A Fire in My Head: Poems for the Dawn*）

（五）阿迪契

2003 年，小说《紫木槿》（*Purple Hibiscus*）

2006 年，小说《半轮黄日》（*Half of a Yellow Sun*）

2009 年，短篇小说集《绕颈之物》（*The Thing Around Your Neck*）

2013 年，小说《美国佬》（*Americanah*）

2014 年，散文《女性的权利》（*We Should All Be Feminists*）

2017 年，散文《亲爱的安吉维拉：或一份包含 15 条建议的女权主义宣言》（*Dear Ijeawele, or A Feminist Manifesto in Fifteen Suggestions*）

2021 年，回忆录《悲伤笔记》（*Notes on Grief*）

（六）奥耶耶美

2005 年，小说《遗失翅膀的天使》（*The Icarus Girl*）

2007 年，小说《对面的房屋》（*The Opposite House*）

2009 年，小说《白色施巫》（*White Is for Witching*）

2011 年，小说《福克斯先生》(*Mr. Fox*)

2014 年，小说《博伊、斯诺、博德》(*Boy , Snow, Birds*)

2016 年，小说《不是你的就不是你的》(*What Is Not Yours Is Not Yours*)

2019 年，小说《姜饼人》(*Gingerbread*)

（七）奥比奥玛

2015 年，小说《钓鱼男孩》(*The Fishermen*)

2019 年，小说《卑微者之歌》(*An Orchestra of Minorities*)

（八）阿德巴约

2017 年，小说《留下》(*Stay with Me*)

2023 年，小说《好事咒语》(*A Spell of Good Things*)

（九）阿瓜卢萨

1989 年，小说《阴谋》(*A Conjura*)

1991 年，诗集《树林之心》(*O Coração dos Bosques*)

1996 年，小说《雨季》(*Estação das Chuvas*)

1998 年，小说《克里奥尔民族》(*Nação Crioula*)

1999 年，短篇小说集《消失的边界》(*Fronteiras Perdidas*)

2000 年，小说《在果阿的异乡人》(*Um Estranho em Goa*)

2004 年，小说《贩卖过去的人》(*O Vendedor de Passados*)

2005 年，儿童文学《吃星星的长颈鹿》(*A Girafa que Comia Estrelas*)

2007 年，小说《我父亲的女人们》(*As Mulheres do Meu Pai*)

2009 年，小说《热带的巴洛克》(*Barroco Tropical*)

2010 年，小说《创造奇迹的人们》(*Milagrário Pessoal*)

2012 年，小说《遗忘通论》（*Teoria Geral do Esquecimento*）

2013 年，小说《空中的生活》（*A Vida no Céu*）

2014 年，小说《恩辛加女王》（*A Rainha Ginga*）

2017 年，小说《不自觉梦想者的社会》（*A Sociedade dos Sonhadores Involuntários*）

2018 年，日记 / 散文集《天堂与其他地狱》（*O Paraíso e Outros Infernos*）

2020 年，小说《生者与余众》（*Os Vivos e os Outros*）